ullstein

Andere wären für die von ihm begangene Strafat verurteilt worden, doch Karl Kogler, ehemaliger Chefnspektor und Leiter der Dienststelle Velden am Wörthersee, wurde nicht ins Gefängnis geschickt, sondern in den vorzeitigen Ruhestand. Was passiert ist? Kogler ist im Café Benny in Krumpendorf eingebrochen und wurde dabei von seinen eigenen Kollegen auf frischer Tat ertappt. Dumm gelaufen, aber immerhin hat er nun reichlich Zeit für seine Hobbys: Essen gehen, Pilze sammeln, Origami falten.

Schon bald ist jedoch Schluss mit Müßiggang: Klaus Pechhofer, der Leiter des Tourismusverbands, wird im Restaurant Seeblick vergifet. Die Polizei ist überfordert. Noch bevor die Ermittlungen Fahrt aufnehmen, schlägt der Mörder wieder zu. Und Kogler erhält die Chance, seinen Ruf wieder herzustellen ...

MARTIN SERNKO lebt mit Frau, Sohn und Katze in Graz. Wenn er einmal eine Auszeit von seiner Arbeit als Kommunikationsexperte braucht, fährt er gern an den Wörthersee, wo er sich bei gutem Essen und einem kühlen Getränk von der Krimi-Muse küssen lässt.

MARTIN SERNKO

Der Tod kennt keinen Ruhestand

KARL KOGLER ERMITTELT
AM WÖRTHERSEE

Ullstein

Besuchen Sie uns im Internet:

www.ullstein.de

Wir verpflichten uns zu Nachhaltigkeit

- Klimaneutrales Produkt
- Papiere aus nachhaltiger Waldwirtschaft und anderen kontrollierten Quellen
- ullstein.de/nachhaltigkeit

MIX
Papier
FSC FSC® C083411

Originalausgabe im Ullstein Taschenbuch

1. Auflage Juni 2020

2. Auflage 2021

Umschlaggestaltung: zero-media.net, München

Titelabbildung: © FinePic®, München

Gesetzt aus der Quadraat Pro powered by pepyrus.com

Druck und Bindearbeiten: CPI books GmbH, Leck

ISBN 978-3-548-06203-7

Für meine wunderbare Ehefrau Tina,
die wahre Krimiexpertin von uns beiden.

Prolog

»Das kann doch wohl nicht wahr sein!« Kogler fluchte in sich hinein. Leise natürlich. Erste Regel bei einem Einbruch: Stille. Absolute Stille. Er richtete seine Taschenlampe ein weiteres Mal auf den Tresor. Mit allem hatte Kogler gerechnet, aber damit ganz sicher nicht. Der stählerne Gigant schien ihn auszulachen. Wie hatte der schmächtige Benjamin den riesigen Sicherheitsschrank überhaupt hier hineinbekommen, in den Hinterraum vom Café Benny? Kogler biss sich auf die Lippe. Nun gut, egal. Das war jetzt nicht sein Hauptproblem. Er sollte sich lieber auf die Schlösser ... Kogler beugte sich nach vorne und leuchtete jedes einzelne von ihnen noch einmal gründlich ab.

Er dachte angestrengt nach. Oben und unten brauchte es Bartschlüssel. Verschiedene, wohlbemerkt. Und in der Mitte? Ein kompliziertes Doppelbartschloss. »Gott verdammt!«, flüsterte Kogler. Er warf einen Blick auf das Dietrichset, das neben ihm am Boden lag. Welchen sollte er nehmen? Gut, den Spanner würde er auf jeden Fall brauchen. Aber dazu? Den Schneemann? Die Schlange? Den Six Mountain? Er wusste es nicht. Kogler wusste gar nichts mehr. Schon für die Eingangstür hatte er ewig gebraucht, sicherlich fünf Minuten. Gar nicht gut. Denn die zweite Regel bei einem Einbruch lautete: so schnell wie möglich. Hatte aber nicht geklappt. Kogler war wohl eingerostet. Kein Wunder, wann hatte er auch das letzte Mal ein Schloss geknackt? Fast vierzig Jahre war das inzwischen her, seine Zeit beim Schlüsseldienst.

Langsam, aber sicher lief Kogler die Zeit davon. Er überlegte. So oder so, er würde den Tresor zusätzlich aufbohren müssen. Daran führte kein Weg vorbei, nicht einmal ein Trampelpfad. Und dann waren ja auch noch alle drei Schlösser zu knacken, eines nach dem anderen. Keine Chance. Das würde viel zu lange dauern. Das konnte er vergessen.

Kogler atmete mehrmals tief durch und verfluchte ein weiteres Mal den Tresor im Allgemeinen und den Benjamin im Besonderen. Es war sinnlos. Er musste sein Vorhaben abbrechen.

Hastig beförderte Kogler Hammer und Meißel, den Bohrer und das Dietrichset zurück in seine Reisetasche. Er zog den Reißverschluss zu und schaltete seine Taschenlampe aus. Einbruchregel Nummer drei: kein Licht. Kogler nahm seine Tasche und schlich vorsichtig zum Eingang des Cafés. Er richtete sich umständlich die schwarze Haube und öffnete die Tür.

Das grelle Licht der Taschenlampe, die der Mann auf ihn richtete, nahm Kogler die Sicht. Er kniff die Augen zusammen. Dann erkannte er ihn. Und die Pistole, die er in seiner anderen Hand hielt.

»Ist schon gut, Fritz. Ich bin unbewaffnet!«, rief Kogler. Er ließ die Tasche fallen, kniete sich hin und verschränkte seine Hände hinter dem Kopf. Vorsichtig kam der Revierinspektor näher. Schritt für Schritt.

»Scheiße! Karl? Was in aller Welt …«, stieß der Fritz Ganzbach hervor. Er blieb stehen und schrie: »Holub, kommen Sie her! Sofort! Ich hab ihn!«

Von der Ecke des Cafés eilte ein weiterer Polizist herbei. Kogler kannte ihn nicht, war wohl erst seit Kurzem dabei. Der junge Inspektor hatte bis jetzt anscheinend den Hintereingang und die

Fenster vom Café Benny beobachtet. Außensicherung. In Sichtweite zum Kollegen. Vorbildlich. Wie aus dem Lehrbuch.

»Ja, leck mich!«, entfuhr es dem herbeigeeilten Paul Holub »Das ist doch der …«

Sein Vorgesetzter nickte. »Ja, Holub, Sie sehen leider richtig. Das ist kein gewöhnlicher Einbrecher.« Er setzte eine kurze Pause und schüttelte den Kopf. »Das ist Chefinspektor Karl Kogler, Leiter der Polizeidienststelle Velden.«

1.

Ein knappes Jahr später ...

»Guten Morgen!«

Der Matthias Madritsch grunzte und drehte sich zur Seite. Er hatte einen Mordsschädel. In seinen Schläfen hämmerte es wie auf einer Baustelle. Er hätte es gestern Abend beim Wein belassen sollen. Der verfluchte Wodka, dieses russische Teufelszeug, hatte ihm wieder mal den Rest gegeben.

»Aufstehn, Herr Hoteldirektor!«

Mühsam öffnete der Matthias Madritsch seine Augen. Schemenhaft erkannte er eine schwarze Gestalt, die sich über ihn beugte. Wer in aller Welt war das? Die Putzfrau? Was war heute überhaupt für ein Tag? Samstag? Ja, Samstag, Wochenende also. Aber da hatte die Ivana doch frei?! Adrenalin schoss durch seinen Körper. Schlagartig war er hellwach.

»Was zum Teufel ...« Der Matthias Madritsch tastete auf dem Nachttisch nach seiner Brille und schob sie mit zittrigen Fingern auf den Nasenrücken. Langsam nahm die Gestalt im Regenmantel Kontur an.

»Du?!«

»Die Verandatür stand offen. Ich war so frei.«

»Die Verandatür?«

Ein kurzes Blitzen.

Ein leichter Luftzug.

Glänzender Stahl.

Um Gottes willen! Der Matthias Madritsch richtete sich im Bett auf und hob schützend seine Arme. Zu spät. Ein kurzes Knacken. Die Klinge des riesigen Küchenmessers bohrte sich tief in seinen Brustkorb.

»Bist wahnsinnig?!«, schrie er. Die Wucht des Hiebs hatte ihn zurück ins Bett geworfen. Ein dumpfer Schmerz jagte durch seine Brust. Verzweifelt versuchte er, das Messer aus seinem Körper zu ziehen, doch das war keine gute Idee. Sein weißer Seidenpyjama färbte sich in Sekundenschnelle dunkelrot.

»Mit schönen Grüßen vom blauen Wolf!«

»Blauer Wolf? Hast jetzt endgültig den Verstand verloren?« Der Matthias Madritsch stöhnte laut auf. »Warum?«, röchelte er. »Warum?!« Blut füllte sich in seinem Rachen.

Mit letzter Kraft versuchte der Hoteldirektor, seinen Mörder mit der Hand zu fassen. Der lachte nur, stand auf, zog ein Stück Papier unter seinem Mantel hervor und legte es auf das Nachtkästchen. Dann ging er zur Tür.

»Wünsch dir noch viel Spaß beim Verrecken!«

Der Madritsche Matthias starrte ihm hinterher. Sein Körper begann zu zucken. Er versuchte, um Hilfe zu schreien, aber kein Ton verließ seinen Mund. Langsam wurde es dunkel. Die Welt um ihn herum versank in einem tiefen Schwarz. Poch … poch … – … – … Der Matthias Madritsch spürte, wie sein Herz zu schlagen aufhörte. Dafür sprang der Radiowecker an: 6:30 Uhr, Chubby Checker sang »Oh baby baby balla balla«, fröhlich wie eh und je. Fürwahr, dachte sich der Matthias Madritsch, als er seinen letzten Atemzug machte, Humor hat er ja, der Tod. Wirklich, das musste man ihm lassen.

2.

»Na, warst erfolgreich?«, schallte es aus der Küche. Kogler wuchtete seine Ausbeute auf die Theke. »Schau selbst nach«, schnaufte er und setzte sich vorsichtig auf einen der Barhocker. Er misstraute den alten, wackeligen Stühlen. Oder seinem Gewicht – wie man es nahm. Denn inzwischen wog Kogler schon stolze 110 Kilo. Neuer Rekord. Leider.

Der Sepp eilte an die Bar und rieb sich die Hände. Hastig zog er den Reißverschluss der Reisetasche auf. Er warf einen Blick hinein und hob seine Augenbrauen.

»Wow! Sind das etwa …?«, fragte er und steckte seinen Kopf in die Tasche. Wie ein Trüffelschwein beschnupperte er die Pilze.

Kogler fuhr sich lächelnd durch seinen Vollbart. Jaja, da schaute er, der Sepp. Damit hatte sein ältester und bester Freund sicher nicht gerechnet. Im Leben nicht.

»Natürlich, so wie bestellt.«

»Wahnsinn! Wie viel ist das?«

»Zwei Kilo, so wie's das Gesetz erlaubt.«

»Ja sicher! Du alter Scherzbold!« Der Sepp hob die Tasche prüfend hoch. »Das sind doch mindestens sieben, wenn nicht mehr.«

Kogler zündete sich eine Zigarette an und zwinkerte ihm zu. »Na, wenn du das sagst, dann hab ich mich wohl ein wenig verschätzt.« Er nahm einen tiefen Zug und begutachtete seinen

Fund. Ja, jetzt war die beste Zeit, um Herbsttrompeten zu sammeln. Nicht umsonst nannte man sie im Volksmund auch Totentrompeten. Weil sie den November einläuteten. Den Totenmonat. Zu dieser Zeit schossen sie regelrecht aus dem Boden. So sagte man zumindest. Nachdenklich drehte Kogler seine Zigarette zwischen den Fingern hin und her. Bald war es so weit: das erste Allerheiligen und Allerseelen, an dem er die Hanna, seine Frau, besuchen würde. Die hatte ihn nämlich vor rund einem halben Jahr verlassen. War an einen besseren Ort gegangen. Aber gut, im Himmel hatte sie wenigstens keine Schmerzen mehr, die Hanna. Da war sich Kogler sicher.

»Diese ganze Pilz- und Schwammerlverordnung ist sowieso kompletter Blödsinn.« Der Sepp schüttelte den Kopf. So heftig, dass sein schütteres blondes Haar aufwirbelte. »Ich mein, was soll das? Sammeln nur von Mitte Juni bis Ende September, zwischen 7:00 und 18:00 Uhr, maximal zwei Kilo am Tag.«

Kogler verließ in seinen Gedanken die Hanna und den Friedhof. War wohl auch besser so. »Du musst wieder anfangen, im Hier und Jetzt zu leben«, sagte ihm die Yvonne immer. Das war seine Tochter. Die machte sich noch immer Sorgen um ihn. Ein wirklich gutes Kind. War im letzten Jahr immer zu ihm gestanden. Ohne Wenn und Aber. Die Sache mit dem Einbruch und der Frühpension hatte sie ihm nie vorgeworfen. Kein einziges Mal. Ganz im Gegensatz zu seinem Schwiegersohn. Der war nämlich hauptberuflich Besserwisser, nebenberuflich Arzt. Kogler seufzte leise und wandte sich wieder dem Sepp zu: »Na ja, ein paar Sorten darfst jetzt schon sammeln: Birkenpilze oder eben Herbsttrompeten.«

»Jaja, schon klar. Aber was soll ich bitte mit Birkenpilzen? Die haben kaum Eigengeschmack, die kannst maximal als Mischpilze benutzen.« Der Sepp runzelte seine Stirn und schob sich seine Brille zurecht.

Kogler nickte zustimmend. Wenn der Sepp das sagte, dann stimmte das sicher, denn wenn der etwas wirklich konnte, dann war es kochen. Nicht umsonst war sein Gasthaus, der Kogelnig Wirt, stets gut besucht. Vor allem die Einheimischen schätzten seine raffinierte, bodenständige Küche. Nur Touristen schauten selten herein. Das lag in erster Linie an der etwas abgeschiedenen Lage. Direkt im Zentrum Veldens oder am See hätte der Sepp sich wahrscheinlich vor Gästen kaum retten können.

»Die Pilze verschimmeln im Wald, weil die Behörden uns mit ihren Vorschriften knebeln. Dafür kannst in den Supermärkten Eierschwammerl aus der Slowakei und Litauen zu astronomischen Preisen kaufen«, schimpfte der Sepp munter weiter, während er einige Herbsttrompeten näher begutachtete. Bedächtig ließ er die schwarzgrauen labbrigen Pilze von der einen in die andere Hand wandern, bevor er sie wieder vorsichtig zu den anderen legte.

»Brauchst die Tasche heut noch zurück?«

Kogler winkte ab.

»Willst was trinken, Karl? Ein Gläschen vom Weißen?«

»Nein, gib mir einfach ein großes Mineralwasser mit Zitrone.« Kogler drückte seine Zigarette aus. »Und einen starken Kaffee, hab die Nacht kaum ein Auge zugetan und lauter Blödsinn geträumt.« Er beobachtete seinen Freund. Auch der Sepp sah müde aus. Nun gut, der hatte es im Moment auch nicht ganz leicht. Seine Tochter, die Maria, war nämlich schwanger. Gut, so was passiert. Keine Frage. Nur dummerweise gab es keinen Vater, denn die Maria war in der Zeugungsnacht stockbetrunken gewesen. September. Wörthersee Reloaded. Golf GTI Nachtreffen. 5.000 Besucher. All die Autonarren hatten ein weiteres Mal so richtig Gummi gegeben. Nur der Hans-Peter, der hatte offensichtlich keinen dabeigehabt. So hatte er nämlich geheißen, der junge Deutsche, mit dem sich die Maria am See vergnügt hatte. Das war's aber auch schon. An mehr konnte sie sich bis heute nicht erinnern.

»Wie geht's der Maria eigentlich?«, fragte Kogler den Sepp.

Der verzog seinen Mund und seufzte laut. »Der war heut wieder schlecht. Hat sich den ganzen Tag übergeben. Hab ihr gesagt, sie soll vormittags zu Haus bleiben. Sollt jetzt aber bald kommen.« Der Sepp warf einen Blick auf seine Armbanduhr, schenkte sich ein Glas Wein ein und nahm einen kräftigen Schluck. »Weißt, Karl, ich versteh das Mädl einfach nicht. Warum versucht sie nicht wenigstens, diesen Hans-Peter ausfindig zu machen? Ich mein, sie könnt doch zumindest was in die GTI-Gruppe auf Facebook posten, da wird ja wohl irgendwer diesen Hans-Peter kennen.«

Facebook, ja, das kannte Kogler inzwischen auch. Hatte ihm seine Tochter an seinem letzten Geburtstag erklärt. Da hatte sie ihm auch ein neues Handy geschenkt. Mit Internet. »Damit du auch mal in der Neuzeit ankommst, Papa«, hatte die Yvonne gesagt.

»Was soll sie denn hineinposten? Dass sie einen Hans-Peter sucht, weil sie nach einer versoffenen Nacht schwanger von ihm ist?«

»Nein, red keinen Blödsinn!«, gab sein Freund zurück. »Das muss man natürlich geschickter angehen. Keine Ahnung ... dass sie ein Geschenk für ihn hat ... so irgendwie. Neugier wecken halt ...«

Kogler lachte laut auf. »Dass sie ein Geschenk für ihn hat ...« Er schüttelte den Kopf. »Ja, das trifft's wirklich gut: ein Geschenk ...«

Der Sepp kniff seine Augen zusammen und schaute Kogler beleidigt an. »Jaja, mach dich nur lustig«, schmollte er und leerte sein Weinglas in einem Zug. »Wie auch immer«, fuhr er dann fort, »es ist, wie's ist. Schaun wir jetzt lieber mal, was wir aus deinen Herbsttrompeten zaubern können.« Der Sepp riss ein paar Zettel von seinem Kellnerblock und fischte einen Kugelschreiber aus seiner Hemdtasche. Das konnte dauern. Wenn er sich Gerichte oder Speisepläne ausdachte, war der Sepp in einer anderen Welt.

Kogler nahm einen großen Schluck von seinem Mineralwasser und lehnte sich entspannt zurück. Ja, beim Pilze- und Schwammerlsuchen machte ihm so schnell keiner was vor. Er wusste einfach, wo er suchen musste. So wie heute im Reifnitzer Wald. Viel wichtiger war aber: Man musste auch wissen, wie. Und das würde Kogler dem Sepp nicht auf die Nase binden. Sicher nicht. Es war nicht so, dass er ein Problem damit gehabt hätte, seine altbewährten Geheimnisse zu teilen. Nein, keineswegs. Kogler hatte schlicht und einfach keine Lust, dass der Sepp sich wieder über ihn lustig machte. »Nichts als Aberglaube«, würde er sagen. »Dass du, als erwachsener Mensch, noch an so einen Blödsinn glaubst.« Kogler trommelte ein paarmal mit den Fingern auf seine Glatze. Sollten die anderen nur reden, er wusste, dass in volkstümlichen Bräuchen und Überlieferungen immer ein wahrer Kern steckte. Hatte ihm die Oma beigebracht. Bei der war er nämlich aufgewachsen. Auf ihrem Bauernhof im Lavanttal. Dass Kogler sein Haus trotz seines Hangs zum Aberglauben mit einem ausgewachsenen schwarzen Kater, dem Blacky, teilte, tat dabei nichts zur Sache. Denn bei Menschen und Tieren ist die Farbe egal. Auch das hatte die Oma ihm erklärt. War eben eine ganz besondere Frau gewesen. Die Oma.

Eigentlich war das mit dem Pilzesammeln ganz einfach, wenn man ein paar Grundregeln befolgte: Man musste krächzen, wenn man den Wald betrat. Wie ein Käuzchen. Warum, wusste Kogler zugegebenermaßen selbst nicht so genau. Wahrscheinlich, um die guten Waldgeister zu wecken. Der zweite Schritt zum Erfolg: den ersten Pilz stets stehen lassen. Demut zeigen. Mit dem nächsten, den man fand, wischte man sich seine Augen aus. So richtig, bis sie zu tränen begannen. Das schärft den Blick. Eigentlich logisch. Außerdem: Wie hieß es so schön? Hilft's nicht, schadet's nicht. So einfach war das. Sollte der schlaue, aufgeklärte Sepp doch einmal versuchen, solche Mengen an Herbsttrompeten zu finden. Aussichtlos. Da wünschte er ihm viel Erfolg.

»Branko!«, brüllte der Sepp plötzlich und riss Kogler damit aus seinen Gedanken. »Kann er kurz kommen, der Branko?!«

Wer zum Teufel war Branko?

Ein groß gewachsener, gut aussehender Mann Mitte dreißig kam aus der Küche, wischte sich die Hände an seiner Schürze ab und stellte sich neben den Sepp. Er überragte selbigen mindestens um eineinhalb Kopflängen. Seine langen schwarzen Haare hatte der Branko zu einem Pferdeschwanz zusammengebunden. Er hatte ein breites Grinsen aufgesetzt und schien bester Laune zu sein. Fast schon ansteckend.

»Ah, Karl, den Branko kennst ja noch gar nicht. Das ist der Großneffe von der Slavica Oberberger. Weißt ja, die Witwe vom Bernhard Oberberger, dem ehemaligen Gemeinderat.«

»Nein, kenn ich noch nicht.«

»Also, der Branko kommt aus Kroatien. Aus so einem kleinen Dorf. Und der Branko hilft mir jetzt in der Küche, dann kann ich die Leute bedienen, und die Maria muss weniger arbeiten.«

Der Sepp drehte sich zum Branko. Der lächelte noch immer. »Gell, der Branko, kochen kann er. Gut kochen, der Branko. Und immer fleißig ist er auch, der Branko. Werden wir schon machen, gell? Der Branko und ich.«

»Werden ma, Chef!«, antwortete der Branko und nickte entschlossen.

»Gut, Branko. Und jetzt tun wir putzen, gell? Schwammerl putzen. Kennt er die Pilze, der Branko?«

Der Branko begutachtete die Pilze gewissenhaft. Dann wiegte er seinen Kopf hin und her und sagte nach einiger Zeit mit ernster Miene: »Werden ma putzen, Chef.«

»Herbstrompeten, Branko, Herbstrompeten. Kennt der Branko?«

»Herbst. Trompeten. Werden ma putzen, Chef.«

»Ja. Sehr gut, Branko. Tut er putzen.« Sepp nahm einen der trichterförmigen Pilze und riss ihn in der Mitte auf. »So tun wir machen. Gell, Branko. Mitte aufreißen. Gell. Dann putzen tut er, der Branko. Und Stiele innen hohl sind. Da genau putzen, der Branko. Sonst Insekten bleiben drinnen und so. Nix gut. Gäste nicht wollen. Gell. Also putzen schön.«

Der Branko beendete sein hingebungsvolles Nicken, mit dem er den Anweisungen vom Sepp gelauscht hatte. »Werden ma putzen, Chef«, befand er ein weiteres Mal. Er nickte Kogler freudig zu und begab sich mit der Tasche in die Küche.

»Na, was sagst?«, meinte der Sepp zu ihm.

»Ja, was soll ich sagen? Scheint ein freundliches Wesen zu haben, der Mann. Aber warum, um Gottes willen, redest mit dem wie mit einem Vollidioten?«

»Was meinst denn?«

»Tut er komisch reden, der Sepp, gell. Muss er normal sprechen, der Sepp. Gell. Nix so komisch, gell.«

»Jetzt lass mal die Kirche im Dorf, Karl. Ich helf ihm ja nur. Der muss doch erst Deutsch lernen. Und so tut er sich leichter am Anfang.«

»So ein Blödsinn. Das Einzige, was der so lernt, ist Kasperldeutsch«, beendete Kogler die Diskussion. Es war sowieso sinnlos, dem Sepp da irgendetwas klarzumachen. »Ist ja auch ganz egal. Und hast ihn angemeldet, den Branko?«

Die Miene vom Sepp verfinsterte sich leicht. »Aber was, anmelden … Der Branko macht ein Ferienpraktikum bei mir. Schnuppern sozusagen. Und ich geb ihm halt ein bisserl Taschengeld dazu. Leben tut er eh bei seiner Großtante.«

»Ein Schnupperpraktikum, na sicher. Taschengeld. Haha! Dass ich nicht lach.«

»Da kannst so viel lachen, wie du willst. So ist's nun mal. Der Branko macht bei mir ein Schnupperpraktikum. Punkt. Dann schaun wir weiter. Und bis dahin geb ich ihm privat ein Taschengeld.«

»Aha, und wie viel?«

»Das geht nur den Branko und mich was an. Und jetzt lassen wir das Thema. Sag mir lieber, was du von den Gerichten für die nächste Woche hältst.« Der Sepp nahm die Zettel, die er bekritzelt hatte, in die Hand, richtete seine Brille und begann: »Also, wir machen eine Herbsttrompetenwoche. Vorspeisen wie folgt: entweder Kärntner Schwammerlsuppe oder Entenleberpastete mit gerösteten Schwammerln.« Der Sepp machte eine Pause und sah Kogler auffordernd an.

»Klingt köstlich«, beeilte dieser sich zu sagen.

»Seh ich auch so. Also, wo war ich? Ah ja, genau. Jeden Tag gibt es drei Hauptspeisen zur Auswahl: Schwammerl-Sterz, Schwammerlschmarrn oder Rehmedaillons mit Schwammerlsoße.«

»Perfekt!« Kogler lief bereits das Wasser im Mund zusammen.

»Und zu guter Letzt die Nachspeisen: Ofenapfel mit Schwammerlfüllung oder ein Himbeer-Joghurt-Mus mit karamellisierten Schwammerln.«

Koglers Magen begann zu knurren. So laut, dass es sogar der

Sepp hörte. Der lachte und schlug ihm auf die Schulter. »Na, dann werd ich dir schnell eine Kleinigkeit anrichten. Nicht, dass du mir noch verhungerst, mein Freund.« Der Sepp steckte sich die Zettel mit seinen Notizen in die Hemdtasche. »Und natürlich bist die ganze nächste Woche eingeladen.«

»Aber das ist doch nicht nötig«, protestierte Kogler halbherzig.

»Doch, doch. Keine Widerrede!«, entgegnete der Sepp energisch. »Weißt, was mich die Herbsttrompeten am Markt gekostet hätten? Ein Vermögen!« Dann verschwand er in der Küche.

Kurz darauf meldete sich Koglers Handy, eindringlich und schrill. Er musste endlich den nervigen Benachrichtigungston ändern. Kogler öffnete die SMS. Schon wieder diese Susanne Mahringer! Er stöhnte. Das war die fünfte Nachricht in dieser Woche. Dabei hatte er ihr, als sie das erste Mal angerufen hatte, klipp und klar gesagt, dass er ihr kein Interview geben würde. Was bitte war denn daran nicht zu verstehen? Aber die liebe Frau Mahringer ließ einfach nicht locker. Vollblutjournalistin aus Wien, beim Kärntner Blatt in Klagenfurt gelandet. Und jetzt hatte sie sich in den Kopf gesetzt, seine Einbruch-Story noch einmal zu durchleuchten. Und das ausgerechnet jetzt, wo endlich etwas Gras über die Sache gewachsen war.

»Objektiv natürlich. Das ist doch auch in Ihrem Sinne«, hatte sie gesäuselt. Kogler knirschte mit den Zähnen. Das würde ihr so passen. Er mochte zwar manchmal ein wenig naiv sein, aber er war kein Idiot. Im letzten Jahr hatten sich die Lokalreporter auf ihn gestürzt. Einen Teufel würde er tun, sich ihnen ein weiteres Mal auszuliefern.

Kogler stand auf und griff nach dem Kellnerblock. Er riss einen Zettel ab. Die Beate, seine geliebte Enkeltochter, hatte ihm zu seinem 58. Geburtstag ein Taschenbuch über die hohe Kunst des japanischen Papierfaltens geschenkt. Und die Beate hatte ihm auch gleich einen Kranich vorgefaltet. War eben geschickt, die Beate. Kam ganz nach ihrer Mutter. Nicht nach dem Vater. Und einige Tage später, als Kogler wieder einmal nicht schlafen konnte, da hatte er das Buch zur Hand genommen und auch einen Kranich probiert. Und noch einen. Und dann sogar eine Maus. Und einen Papagei. Und na ja, seitdem hatte er eigentlich nicht mehr damit aufgehört. Das Falten hatte etwas Meditatives. Ließ Kogler zur Ruhe kommen und entspannen. Kein Wunder. Immerhin kam das Origami-Papier ja ursprünglich auch aus China. Land der alten Weisheit. Heimat der buddhistischen Mönche.

3.

Kogler saß im Gastgarten vom Kogelnig Wirt. Der Himmel hatte sich in der letzten Stunde verdunkelt. Erste Wolken zogen auf, und der Geruch von Regen lag in der Luft. Kogler stellte seinen fertig gefalteten Papierkrebs neben den Aschenbecher und atmete tief ein. Klare, kalte Luft. Bald würde es zu nieseln beginnen, da war er sich sicher. Kogler ging zum Geländer der geräumigen Terrasse und ließ seinen Blick über den Wörthersee wandern, der einige Hundert Meter entfernt in einem satten Türkis erstrahlte. Sonnenschein fiel zwischen den Wolkenbergen hindurch auf das grüne, gelbe und rote Laub der Bäume. Der goldene Herbst am Wörthersee. Ein beeindruckendes Naturschauspiel. Es war die Zeit, in der die Enten nach und nach die Touristenmassen auf den Promenaden ablösten. Watschelnd und schnatternd. Die Enten wohlgemerkt, nicht die Touristen, dachte Kogler.

In einigen Tagen würden die ersten Strandbäder schließen und die letzten Segelboote aus dem Wasser gehoben werden. Ruhe machte sich breit in Velden. Denn wenn der Herbst den Sommer ablöste, veränderte sich am Wörthersee nicht nur die Farbe der Natur, sondern auch die Stimmung der Menschen. Herbstliche Geselligkeit machte sich breit. Die beste Zeit, um selbst zur Ruhe zu kommen.

Ein köstlicher Geruch stieg Kogler in die Nase. Er drehte sich um und sah den Sepp, der durch die Verandatür schlenderte.

»Ah, da bist.« In der einen Hand trug er Teller und Besteck, in der anderen Brotkorb und Zeitung. Er stellte alles auf einen der massiven Holztische und winkte Kogler zu sich. »Lass es dir schmecken, Karl.«

Das ließ sich Kogler nicht zweimal sagen. Gierig machte er sich über die mit Herbsttrompeten bedeckten Spiegeleier her. Schon der erste Bissen zerging ihm auf der Zunge. Eine Offenbarung! Während er kaute, brach er sich ein Stück vom warmen Bauernbrot ab. Hatte der Sepp wohl noch kurz in den Ofen geschoben. Guter Mann. Profi eben.

Der Sepp nahm die Zeitung in die Hand. Die Wörthersee Post. Gratiszeitschrift. Erschien jeden Mittwoch und ging an alle Haushalte rund um den See.

»Hast schon gelesen?«

Kogler schüttelte den Kopf.

»Echt nicht? Ist seit einigen Tagen *das* Thema am See«, sagte der Sepp und hielt ihm das Titelblatt vor die Nase. Kogler nahm die Zeitung in die Hand, schluckte hinunter und las laut vor: »Müssen wir uns fürchten? Irrer droht Wörthersee mit Mord.«

»Den Drohbrief hat die Redaktion Anfang der Woche per Post bekommen«, erklärte der Sepp.

Kogler betrachtete das abgedruckte Schreiben. Auf dem Papier prangte ein großes Logo: ein schwarzer Kreis, darin ein blauer Wolfskopf. Darunter stand in Großbuchstaben: »WER TOURISMUS SÄT, WIRD TOTE ERNTEN!« Unterschrieben war das Ganze mit »Der blaue Wolf«. Alles am Computer entworfen. Das waren noch Zeiten gewesen, als die Verfasser solcher Briefe die Buchstaben aus Zeitungen ausschnitten.

»Das wird den Tourismusverband sicher unheimlich freuen«, sagte Kogler.

»Ja, die werden sich aus Angst vor diesem blauen Wolf bestimmt in die Hose machen«, feixte der Sepp.

»Das mein ich nicht«, erwiderte Kogler. »Überleg mal, das liegt seit heute in sämtlichen Hotels und Lokalen aus. Die Touristen werden das nicht grad sexy finden. Eigentlich hätte die Wörthersee Post das gar nicht veröffentlichen dürfen.«

»Meinst? Ach komm! Das sind doch keine Deppen, die Touristen. Die können das schon richtig einschätzen. Das war bestimmt bloß ein dummer Scherz, kennt man ja.«

Kogler war sich da nicht so sicher. »Könnten zum Beispiel genauso gut Umweltaktivisten dahinterstecken.«

»Unsinn! Wegen was denn?«

»Was weiß ich, vielleicht wegen den Armleuchteralgen?« Einige Arten dieser Algen galten nämlich in ganz Europa als vom Aussterben bedroht. Und so hatte die EU Kärnten kürzlich darüber informiert, dass der Wörthersee, wo diese Art von Alge vorkam, besonders geschützt werden müsse. »Natura-2000-Gebiete« nannte Brüssel diese Art Gewässer. Und das konnte theoretisch auch Badeverbot bedeuten – eine Katastrophe für Wirtschaft und Tourismus. Natürlich hatte das Land Kärnten sofort Beschwerde eingereicht. Verständlich. Da stand einiges auf dem Spiel.

»Also, ich weiß nicht. Das wär schon ein bisschen extrem. Glaub ich nicht, dass das Naturschützer waren«, meinte der Sepp.

»Keine Ahnung, wahrscheinlich hast recht.« Kogler gab seinem Freund die Zeitung zurück und wandte sich wieder seinen Eiern und Herbstrompeten zu. Was interessierte ihn irgendein blauer Wolf, wenn er beim Essen war. »Sepp, du musst mir unbedingt sagen, wie du diese Spiegeleier gemacht hast. Ernsthaft, die sind großartig. Ich würd die nie so hinbekommen, im Leben nicht.«

Der Sepp schmunzelte. »Ach komm! Machst doch große Fortschritte beim Kochen. Ich mein, dafür, dass du bis vor einigen Monaten nicht mal einen Herd einschalten hast können …« Kogler schaute seinen Freund misstrauisch an. Meinte der das jetzt ernst, oder nahm er ihn auf den Arm? Natürlich hatte Kogler sich verbessert, das war aber auch kein Kunststück gewesen. Er hatte beim Kochen ja bei null anfangen müssen. Wo auch sonst? Hatte ja vorher immer alles die Hanna gemacht.

»Also, wegen des Rezepts. Eigentlich ist das eine ganz einfache Sache«, sagte der Sepp. »Zuerst machst die Soße. Dafür nimmst kleine Zwiebeln, keine großen, und hackst sie klein.«

»Wie viele?«, hakte Kogler ein. Er nahm sich noch ein Stück Brot und tunkte es in die besagte Soße. Hineinlegen hätte er sich können, so göttlich schmeckte die.

»Na ja, nach Bedarf halt. Das hast dann bald im Gefühl. Keine Ahnung, für eine Portion wie die hier eine bis anderthalb. Und, ah ja, schälen musst die Zwiebel vorher noch, Karl.« Der Sepp grinste, und Kogler schaute leicht säuerlich.

»Danke, das hätt ich jetzt auch grad noch gewusst.«

Der Sepp lachte auf und fuhr fort: »Na bitte, ich sag ja, du machst Fortschritte. Also, dann die fein gehackten Zwiebeln in heißer Butter anschwitzen und mit Weißwein ablöschen. In Butter, nicht in Öl. Lass alles aufkochen, füg ein paar Löffel Obers hinzu und gib dem Ganzen ein paar Minuten Zeit. Dann nimmst einen Stabmixer …« Der Sepp machte eine kurze Pause. »Hast so was überhaupt?«

»Natürlich.« Was glaubte der Sepp denn? Dass er keinen Stabmixer hatte? Lächerlich. Natürlich besaß er einen. Erst gestern gekauft. Beim Elektromarkt in Klagenfurt.

»Na bestens. Also, damit pürierst alles. Und am Ende verfeinerst die ganze Sache mit Kren und Salz.«

»Wie viel Kren?« Kogler bereute seine Frage sofort.

»Nach Gefühl«, antwortete sein Freund leicht genervt. »Nach Gefühl, Karl. Merk dir: Kochen ist in allererster Linie Gefühlssache.« Kogler senkte schuldbewusst den Kopf. Natürlich. Gefühlssache. Was sonst?

Der Sepp zeigte auf die letzten Herbsttrompeten auf Koglers Teller. »So, und dann nimmst die geputzten, klein gezupften Herbsttrompeten und brätst sie in heißer Butter ein, zwei Minuten ordentlich an. Ein Löffel Butter reicht. Mit Salz und Pfeffer würzen, Schwammerl raus, neue Butter und Eier rein. Wenn die Spiegeleier fertig sind, gibst sie und die Schwammerl auf die Soße. Das war's. Keine große Sache.«

Kogler nahm vorsichtig ein kleines Stück des knackigen grünen Zeugs von seinem Teller. Er hielt es hoch. »Und was ist das?«

Der Sepp kniff seine Augen zusammen. »Ah ja, genau, hab ich ganz vergessen. Das ist Petersilie. Die hab ich in heißem Öl frittiert – in Öl, nicht in Butter. Frittieren tust immer in Öl, Karl. Kannst sie aber auch einfach so dazugeben. Frisch.«

Frische Petersilie, dachte Kogler. Kein Problem. Die würde er nächstes Jahr einfach in seinem kleinen Kräuterhochbeet anbauen. Gleich neben dem Baldrian, den der Blacky im Sommer außerordentlich zu schätzen wusste.

•••

Als Kogler mit dem Essen fertig war, putzte er sich mit einer Serviette erst seinen Mund, dann seinen Bart ab. Was für ein einfaches, geniales Essen. Mild, fein und doch auf unvergleichliche Art würzig.

Der Sepp nahm den kleinen Papierkrebs in die Hand und begutachtete ihn von allen Seiten.

»Frosch?«, fragte er.

»Nein, das ist ein Krebs.« Sah man doch. Eindeutig.

»Ah ja, jetzt wo du's sagst.« Der Sepp stellte ihn wieder auf den Tisch. »Ja, das waren noch Zeiten, als der Vater und ich die Krebse fürs Essen selber gefangen haben. Der See war ja voll von denen: Galizier-, Sumpf-, Edelkrebse. Hunderte haben wir aus dem Wasser gefischt. Heut alles verboten. Obwohl es sie ja wieder reichlich gibt, die Krebse. Auch direkt im Wörthersee. Das sollte man mal den Touristen sagen, dann würden die mit äußerst gemischten Gefühlen baden gehen.« Er grinste. Auch Kogler konnte sich ein Schmunzeln nicht verkneifen.

»Apropos Krebse, hast eigentlich schon Erfolg gehabt beim Angeln?«

Kogler schüttelte den Kopf. »Nicht wirklich, war aber auch erst dreimal draußen.« Er hatte nämlich nach einer gefühlten Ewigkeit wieder mit dem Fischen begonnen.

»Wo warst denn?«

»Am Forstsee.«

»Soso, bei den Nackerten.« Der Sepp zwinkerte Kogler zu. Der Forstsee erfreute sich nämlich nicht nur bei Anglern, sondern auch bei Anhängern der Freikörperkultur großer Beliebtheit.

»Du hast's erfasst«, erwiderte Kogler trocken.

Der Forstsee hatte – mal abgesehen davon, dass er als einer der freizügigsten Plätze Kärntens galt – seinen ganz eigenen Charme. Er lag nur rund sechs Kilometer von Velden entfernt, fünf Minuten mit dem Auto. Seit Kogler vor einigen Monaten seinen in die Jahre gekommenen Kombi gegen ein Mountainbike getauscht hatte, waren daraus allerdings rund vierzig Minuten geworden. Das lag nicht nur an der Distanz, sondern auch an der

Lage des Sees: Auf den letzten zwei Kilometern galt es, einen Höhenunterschied von rund 150 Metern zu überwinden. Der brachte Kogler jedes Mal ordentlich ins Schnaufen, war es aber wert. Denn einmal oben angekommen, lief der Weg durch einen kleinen Wald, der den Eingang zum Forstsee markierte. Den vielen Fichten sei Dank dominierte dort selbst jetzt noch, im Herbst, ein dunkles, fast magisch anmutendes Grün. Und dann lag schließlich der See vor einem. Ein Anblick wie aus dem Bilderbuch: ruhig und idyllisch, kristallblaues Wasser, abgesehen von dem dort errichteten Schaukraftwerk völlig naturbelassen. Bis zu 35 Meter tief – ideal zum Fischen, auch vom Ufer aus. Für Kogler war das ein gewichtiger Grund. Am Wörthersee konnte man nämlich nur von einem Boot aus fischen, mit mindestens 50 Meter Abstand zum Ufer. Gesetzlich vorgeschrieben. Und Bootsfahrten waren nicht Koglers Ding, schon gar nicht in einem kleinen wackeligen Ruderboot. Er hatte großen Respekt vor tiefem Wasser. Aber das wusste niemand. Nur der Hanna hatte Kogler sich offenbart. Wie hätte das auch all die Jahre ausgesehen? Bei einem Chefinspektor. Am Wörthersee.

»Auf was fischst denn überhaupt? Hecht? Zander? Brasse?«

»Im Moment Karpfen«, antwortete Kogler.

»Na ja, die musst aber zuerst ein paar Tage anfüttern. Kein Wunder, dass du nicht viel Erfolg hast.«

»Ja, schon möglich. Mir geht's beim Angeln aber vor allem um die Entspannung.« War natürlich gelogen. In Wahrheit hätte Kogler sehr wohl gerne den einen oder anderen Karpfen gefangen.

Der Sepp war inzwischen aufgestanden und machte sich daran, den Tisch abzuräumen. »Na ja, falls du irgendwann doch mal was fängst, nehm ich dir gern ein paar schöne Karpfen ab. Haben wir schon lange nicht mehr auf der Karte gehabt.« Er wiegte seinen Kopf hin und her und blickte einen Moment verträumt vor sich hin. Kogler wusste genau, was jetzt kommen würde. Er kannte den Sepp einfach zu gut. Das war sein Ich-erzähl-jetzt-einen Witz-Blick.

»Drei, zwei, eins ...«, zählte Kogler leise. Und schon legte der Sepp los.

»Du, da fällt mir ein Witz ein«, verkündete sein Freund und begann auch schon zu lachen. Auch das war typisch Sepp: Er lachte immer schon, bevor er überhaupt damit begonnen hatte, einen Witz zu erzählen. »Also!«, sagte er schließlich, nachdem er sich wieder eingekriegt hatte. »Zwei Angler sitzen an einem See und fischen. Nach ungefähr drei Stunden konzentrierten Angelns hebt dann der eine sein Bein und schlägt es über das andere. Daraufhin schaut ihn der andere vorwurfsvoll an und sagt: »Sag mal, Alter, was führst denn auf? Tun wir fischen oder steppen?« Der Sepp lachte hysterisch auf und schüttelte den Kopf. »Verstehst? Fischen oder steppen!«, wiederholte er einige Male und wischte sich eine Träne aus seinem Auge. Dann nahm er das Geschirr und den Brotkorb und ging zurück ins Wirtshaus.

Kogler seufzte. Wenigstens hatte der Sepp keine weiteren Anglerwitze aus seinem Ärmel geschüttelt. Konnte man nämlich alles von ihm haben, vor allem, wenn er das eine oder andere Achterl zu viel intus hatte. Dann lief er zur Höchstform auf, der Sepp. Witze ohne Ende. Einer schlechter als der andere.

Kogler stand auf und streckte sich. Es begann zu regnen, genau wie von ihm vorhergesagt. Aber das machte Kogler nichts. Ein wenig Abkühlung würde ihm guttun.

...

Drinnen an der Theke grüßte ihn die Maria. Sie nippte an ihrem

Minztee. Das war ein Tick von ihr: frischer Minztee, literweise, schon seit sie ein kleines Mädchen war.

»Hallo, Maria!«, sagte Kogler und lächelte sie an. Gut sah sie aus. Sie hatte ihre langen blonden Haare zu einem Zopf gebunden. Blaue Ohrringe unterstrichen die Farbe ihrer Augen.

»Na, Karl, bist auch schon so aufgeregt wegen der Mitgliederversammlung? Der Papa redet schon seit gestern von nix anderem mehr.« Sie schaute auf ihr Handy. »Wann geht's denn los? Um 16:00 Uhr? Da müsst ihr euch aber beeilen.«

»Nein, erst um 16:30 Uhr.«

»Ach so, na dann.« Sie nahm noch einen großen Schluck Tee, bevor sie die Tasse abstellte. »Ich schau jetzt, ob der Branko Hilfe braucht. Ist ja das erste Mal, dass der Papa ihm das Kochen allein überlässt.« Die Maria nickte ihm freundlich zu und verschwand in der Küche. Kogler steckte sich eine Zigarette an. Vor ihr hatte er sie sich nicht anzünden wollen. Wegen der Schwangerschaft. Gesundheit ging nun einmal vor.

Kurze Zeit später kam der Sepp aus dem Männerklo. Er hatte sich umgezogen. Über seinem T-Shirt trug er nun ein langärmliges Trikot der Velden Vipers, dem hiesigen Eishockeyklub, seit diesem Jahr stolzer Aufsteiger in die erste Kärntner Landesdivision. Der Sepp drehte sich einmal um die eigene Achse. Nicht ganz so einnehmend wie ein Model, aber doch mit einer gewissen Eleganz. »Kogelnig 61« stand in großen Lettern auf seinem Rücken.

»Da schaust«, sagte er, »ein Geschenk vom Verein.« Der Sepp war seit Jahren Sponsor der Velden Vipers. Ehrensache. Richtete jedes Jahr deren Weihnachtsfeier aus. Kostenlos.

»Fesch!«

»Und, was glaubst? Welchen Sensationstransfer wird der Klaus Pechhofer heute verkünden?« Kogler zuckte mit den Schultern. Er hatte keine Ahnung, aber es musste jemand Besonderes sein. Denn der Obmann der Velden Vipers hatte nicht nur eine außerordentliche Mitgliederversammlung einberufen, sondern auch die komplette Lokalpresse eingeladen. Sogar den Blauen Brahms-Saal im noblen Gogginger Hof hatte er angemietet. Nun gut, der Pechhofer machte nun mal keine halben Sachen. War ja auch nicht ohne Grund der Leiter vom Tourismusverband Wörthersee. Mit Inszenierungen kannte der sich also aus. Protzen statt Kleckern. So machte man Werbung.

»Also, ich bin schon gespannt«, fuhr der Sepp fort. Er goss sich noch ein Glas Wein ein und prostete ihm zu. Kogler nickte und zog den Autoschlüssel aus seiner Hosentasche. Er legte ihn dem Sepp hin. »Danke, dass du mir deinen Wagen geborgt hast fürs Schwammerlsuchen. Wär mit dem Fahrrad schwierig geworden.«

»Na klar, gern geschehn!«

»Du, was anderes, hab ich ganz vergessen zu erzählen. Du glaubst nicht, wer gestern bei mir gegessen hat.« Der Sepp zog eine Schublade auf und legte ihm einen Zettel hin. Kogler beugte seinen Kopf über das Gekritzel.

»Das kann ich nicht entziffern.«

Der Sepp seufzte. »Ich glaub, du brauchst langsam auch eine Brille. Da steht: Vielen Dank für alles! Und unterschrieben hat das kein anderer als ... wart! Da musst jetzt selbst draufkommen. Ich geb dir einen Tipp!« Der Sepp machte eine theatralische Pause, schaute Kogler in die Augen und sagte mit tiefer Stimme: »Der Wixxer.«

»Bitte was?«

»Der Wixxer!«

Was in aller Welt faselte der Sepp da? Welcher Wichser? »Der Didi Leitner?«, riet Kogler ins Blaue. Den konnte der Sepp nämlich nicht ausstehen. Platzhirsch in der Veldener Innenstadt. Ihm gehörte das Gasthaus Zum Goldenen Eichelhäher.

»Nein, natürlich nicht der Leitner. Mein Gott, das ist der Name vom Film, in dem der mitspielt: Der Wixxer.«

»Kenn ich nicht.«

»Hat auch seine eigene Serie, wo er sich selbst spielt: Pastewka.«

»Keine Ahnung …« Pastewka erinnerte Kogler an einen polnischen Eintopf. Den hatte nämlich letzte Woche eine Kandidatin in einer Fernsehshow gekocht. Der hatte einen ähnlichen Namen gehabt. Der Eintopf.

»Himmel Herr, Karl! Der deutsche Schauspieler Bastian Pastewka, natürlich kennst den.« Der Sepp nahm sein Handy zur Hand und hielt es sich vor den Mund. »Bastian Pastewka«, sagte er laut. Das machte er immer, der Sepp. Google-Spracherkennung. Funktionierte aber meistens nicht wie gewünscht. Wohl auch dieses Mal nicht, denn der Sepp fluchte und brüllte ein zweites, dann ein drittes Mal »Bastian Pastewka« in das Telefon. Dann gab er auf. Er tippte den Namen händisch ein und schien endlich die richtigen Suchergebnisse erhalten zu haben. Nach ein, zwei Wischbewegungen hielt der Sepp ihm ein Foto vors Gesicht.

»Erkennst ihn jetzt?«

»Ah ja, klar!«, antwortete Kogler. Notlüge. Er hatte diesen Menschen noch nie in seinem Leben gesehen. Aber so hatte er wenigstens seinen Frieden.

»Na eben, hab ich's doch gewusst. Jeder kennt den«, stellte der Sepp zufrieden fest. »Also, der Pastewka ist gestern in Begleitung zum Abendessen gekommen. Ich schätz mal, dass das sein Manager war. Und weißt, was ich glaub? Die planen einen neuen Supernasen-Film. Die kennst bestimmt: Achtzigerjahre, mit dem Mike Krüger und dem Thomas Gottschalk.« Aufgeregt deutete der

Sepp auf die Wand neben dem Eingang, wo die Fotos der beiden Promis neben denen von Uschi Glas, Roy Black, Ottfried Fischer und anderen Berühmtheiten des deutschen Films hingen. Der Vater vom Sepp war nämlich gut befreundet gewesen mit dem Produzenten einer Filmfirma, die hier in den Sechzigern und Siebzigern zahlreiche Klassiker gedreht hatte. Damals, als der Wörthersee der Society-Treff Europas schlechthin war. Anfang der Neunziger war dann auch noch »Ein Schloss am Wörthersee« erschienen, die Serie auf RTL. Der Tourismus hatte geboomt. Die Deutschen hatten Velden regelrecht überrannt, noch mehr als heute.

»Und wie kommst drauf, dass die hier einen neuen Supernasen-Film drehn?«, wandte sich Kogler an den Sepp.

»Der Pastewka und der andere haben sehr leise miteinander gesprochen, aber ich hab beim Servieren deutlich die Wörter ›Super‹ und ›Nase‹ gehört.«

»Vielleicht haben sie über ein Schnupfenmittel geredet? Schon daran gedacht, Sherlock?«

Der Sepp schaute verärgert und trank seinen Wein aus. »Blödsinn! Da ging's ganz sicher um einen neuen Wörthersee-Film«, sagte er und legte den Zettel mit Pastewkas Gekritzel vorsichtig in die Schublade zurück. »Und dann, wirst schon sehn, werden die alten erfolgreichen Zeiten des Kogelnig Wirts wieder aufleben. Die ganzen Schauspieler werden bei mir dinieren, und die Touristen werden Schlange stehn.«

»Lass mich raten. Du hast den Pastewka und seinen Bekannten sicherlich aufs Essen eingeladen.«

Der Sepp schaute irritiert. »Selbstverständlich, Karl. Man muss die Leute ein bisschen anzuckern, so läuft das im Geschäft.« Er nickte selbstgefällig, so als würde er sich selbst zu seinem raffinierten Vorgehen gratulieren. Dann sah der Sepp auf seine Uhr.

»Gut, jetzt sollten wir aber aufbrechen, sonst kommen wir zu spät. Ich schau nur noch kurz in die Küche, ob die beiden alles im Griff haben.«

Kogler nickte. »Ich geh dann schon mal raus«, sagte er und verließ das Lokal.

Kogler genoss die vereinzelten Regentropfen auf seiner Glatze. Er mochte das Gefühl, es erdete ihn irgendwie. Er ließ seinen Blick über den Gasthof schweifen. Auf dem Dach saßen drei große Krähen. »Rabenvögel sind die einzigen Vögel, die ins Jenseits und zurück fliegen können. Sie stehn für Tod und Wiedergeburt«, hatte die Oma Kogler vor langer Zeit erzählt. Damals auf dem Bauernhof, als er noch ein Kind gewesen war.

Eine der Krähen verließ das Dach und flog eine Runde um das Haus. Dann ließ sie sich vor einem der Fenster nieder und krächzte mehrmals in die Richtung des Gasthofs. Kogler gefror das Blut in den Adern. Das war gar nicht gut. Überhaupt nicht. Denn das bedeutete, im Gasthof würde jemand sterben. Kogler tat also, was er tun musste: Er drehte den Kopf nach links und spuckte dreimal über seine Schulter. Dann nickte er zufrieden. Das sollte erst einmal helfen, mögliches Unglück aufzuhalten. Jaja, auch er hatte so sein Wissen. Nicht nur die Krähen.

4.

Kogler stand unter dem Vordach des Gogginger Hofs. Der Sepp hatte richtig Gas gegeben und die rund zwanzig Kilometer in Rekordzeit zurückgelegt. Aus dem Gasthof erschallte zur Begrüßung der eintrudelnden Gäste die zweite Sinfonie von Johannes Brahms. Die hatte selbiger in seinen Sommerurlauben geschrieben, und zwar nicht irgendwo, sondern genau hier. »Erzählen will ich, dass ich hier in Pörtschach ausstieg mit der Absicht, den nächsten Tag nach Wien zu fahren. Doch der erste Tag war so schön, dass ich den zweiten Tag durchaus bleiben musste. Der zweite war aber so schön, dass ich fürs Erste weiter bleibe.« Das waren die Worte des bekannten Komponisten gewesen. Irgendwann gegen Ende des 19. Jahrhunderts. So war es überliefert. Briefwechsel. Belegbar. Tatsache also. Und darauf waren die Pörtschacher bis heute stolz. Darum verehrten sie den Herrn Brahms auch mit voller Hingabe. Es gab hier nicht nur jeden September den Johannes-Brahms-Wettbewerb, wo sich begabte Musiker in verschiedenen klassischen Bereichen maßen, sondern auch den abgetretenen Brahms-Weg, den die Touristen jahrein, jahraus eifrig auf und ab marschierten, sowie ein eigenes Brahms-Museum, direkt auf der Pörtschacher Hauptstraße. Auch der Hans Patterer, Eigentümer des Gogginger Hofs, zelebrierte seit einigen Jahren die Brahms-Nostalgie. Er hatte den alten Rittersaal des Hauses in

Blauer Brahms-Saal umbenannt. »Rittersaal war gestern, aber Johannes Brahms, der zieht bei den Touristen. Wurde ja auch nicht umsonst als der legitime Nachfolger vom Beethoven bezeichnet«, hatte der Hans Patterer Kogler damals erklärt. »Und blau … ja blau, das hat was. Wie der Blaue Salon im Hotel Sacher im Wien. Das mögen die Leute. Blau ist eine beruhigende Farbe, da denken sie weniger und trinken mehr.«

Pörtschach war so etwas wie die Schwesterstadt von Velden. Die beiden waren *die* Tourismus-Hotspots am Wörthersee, und wie es sich für brave Geschwister gehörte, stritten sie nur äußerst selten. Im Gegenteil, meist arbeiteten sie Hand in Hand, ergänzten sich und schufen so rege Geschäftsmöglichkeiten im gegenseitigen Interesse.

Immer mehr Mitglieder der Velden Vipers liefen durch den stärker werdenden Regen an Kogler vorbei ins Trockene. Er hob zum wiederholten Mal seine Hand zum Gruß, bekam meist aber nur ein stummes Kopfnicken zur Antwort. Seit seinem Einbruch und dem damit verbundenen Skandal mieden viele seiner alten Bekannten ihn.

Kogler blickte auf sein Handy: noch rund zehn Minuten bis zum Beginn der Versammlung. Er betrat den Gogginger Hof und stieß fast mit der Erika Patterer zusammen. Die Ehefrau vom Hans jonglierte ein großes Tablett mit Sektgläsern in ihren Händen.

»Ah, Herr Chefinspektor, das ist aber schön, dass Sie gekommen sind.«

»Frau Patterer, ich bin doch kein Chefinspektor mehr. Bin ja jetzt in Pension.«

»Für mich werden Sie immer der Herr Chefinspektor bleiben, Herr Kogler. Ganz egal, was der eine oder andere sagt, so einen guten Polizisten wie Sie gibt's kein zweites Mal hier am See.«

»Das ist sehr nett von Ihnen, Frau Patterer«, bedankte sich Kogler.

»Ein Gläschen Sekt für den Herrn Chefinspektor?«

Kogler deutete in Richtung vom Sepp. »Ähm, nein danke, mein Freund wird bestimmt mehr als nur ein, zwei Gläser Sekt trinken, und ich werd dann wohl heut noch mit seinem Auto fahren müssen.«

Die Dame des Hauses nickte verständnisvoll und begab sich zum aufwendig angerichteten Buffet. Kogler blieb am Eingang stehen und beobachtete die Szenerie. Unzählige Leute waren Pechhofers Einladung gefolgt. Kamen bei normalen Mitgliederversammlungen vielleicht gerade einmal zwanzig treue Fans, tummelten sich jetzt sicher dreimal so viele Gäste im Saal. Unter ihnen war auch eine Handvoll Journalisten, und sogar ein Team des regionalen Fernsehsenders hatte sich eingefunden.

Blaue Teller, Gläser und Servietten zierten die Tische, die links und rechts von der Saalmitte aufgestellt waren. Vorne, schräg hinter dem Rednerpult, stand eine riesige Leinwand. Darauf war das Logo der Velden Vipers projiziert. Eine Schlange rankte sich um zwei gekreuzte Eishockeyschläger, darunter trieb eine Seerose im Wasser – in Anlehnung an das Wappen der Gemeinde Velden.

Koglers Blick blieb auf einer attraktiven Frau hängen, die in einigen Metern Abstand den Klaus Pechhofer interviewte: groß, kurzes schwarzes Haar, einnehmende Rehaugen und eine tolle Ausstrahlung. Kogler schätzte sie auf Mitte vierzig.

»Na, ist der Jäger in dir endlich wieder erwacht?« Der Sepp war leise an Kogler herangetreten. Er nahm einen Schluck aus seinem Sektglas und zwinkerte ihm zu. Kogler bedachte ihn mit einem maßregelnden Blick.

»Ah, Entschuldigung! War nicht so gemeint. Ich wollt nicht

unpassend sein, wegen der Hanna.« Schuldbewusst senkte der Sepp seinen Kopf.

Kogler atmete tief durch. »Passt schon. Hast ja recht, die hat schon was. Kennst die?«

»Nein, noch nie gesehn. Aber ist wirklich eine Hübsche.«

Der Sepp seufzte und nahm noch einen Schluck Sekt. Dem hätte eine neue Beziehung sicherlich auch mal wieder gutgetan, dachte Kogler. War ja auch schon fast drei Jahre her, dass er sich von seiner Frau, der Irmgard, hatte scheiden lassen. War eine dumme Geschichte gewesen damals. Der Sepp war am späten Abend in Villach und wollte dort in der Sportbar mit Freunden Fußball schauen. Da kam völlig unerwartet die Irmgard aus der Tür. Aber leider nicht aus der Bar, sondern aus dem Haus gegenüber. Dem Swingerklub. Mehr hatte es nicht gebraucht.

Die Journalistin schien von Klaus Pechhofers Wortschwall genug zu haben. Sie packte ihr Diktafon in die Handtasche und schüttelte ihm die Hand. Dann drehte sie sich um und sah die beiden an. Sie lächelte und kam zu ihnen. Der Sepp hustete und leerte hastig sein Glas.

»Herr Kogler?«, fragte sie, als sie vor ihnen stand.

»Ähm, ja, kennen wir uns?« Etwas Besseres war ihm auf die Schnelle nicht eingefallen.

»Kogelnig«, mischte sich der Sepp ein. Er sprang zwischen die beiden und streckte ihr seine Hand hin.

»Äh ja, freut mich«, bekam er als Antwort. Dann wandte sich die Frau wieder Kogler zu. Der Sepp stand noch immer mit ausgestreckter Hand da. Wie ein dummer Schulbub.

»Wir haben miteinander telefoniert, Herr Kogler. Mein Name ist Susanne Mahringer. Vom Kärntner Blatt.«

Koglers Miene verfinsterte sich umgehend. Das war diese Susanne Mahringer? Na bravo!

»Frau Mahringer, ich hab's Ihnen schon am Telefon gesagt. Ich geb keine Interviews. Die Sache mit dem Einbruch ist für mich abgehakt.«

»Aber, Herr Kogler, ich versprech Ihnen, dass ich nix veröffentlich, was Sie nicht freigegeben haben.«

»Es bleibt dabei. Kein Interview.«

»Wollen Sie nicht Ihre Sicht der Dinge kundtun? Überlegen Sie mal: Sie können sagen, was wirklich geschehn ist, damit die Leute sehn, dass so was jedem passieren kann. Dass sich unter Stress der Verstand manchmal ausschaltet. Das ist ein ganz wichtiges Thema.«

»Jetzt lassen Sie bitte den Herrn Chefinspektor ... äh, ich mein, den Herrn Chefinspektor im Ruhestand zufrieden!«, schaltete sich der Sepp ein. Kogler sah der Susanne Mahringer in die Augen. Sie schien das Gesagte ernst zu meinen. Irgendetwas in ihm riss plötzlich. Er fühlte sich unendlich müde.

»Schon gut, Sepp«, sagte Kogler, »ist schon in Ordnung. Ich komm damit klar.« Sein Freund schaute skeptisch.

»Frau Mahringer, lassen Sie mich raten. Sie werden nicht aufgeben, bis Sie Ihr ach so wichtiges Interview bekommen haben, oder?«

Die Mahringer antwortete nicht. Stattdessen legte sie ihren Kopf schief und zuckte leicht mit den Schultern.

»Ich wert das mal als ein Ja«, fuhr Kogler fort. »Von mir aus. Wenn Sie mir versprechen, dass Sie mich dann ein für alle Mal in Ruh lassen.«

Die Mahringer nickte zaghaft. Ihr schien das Ganze plötzlich etwas unangenehm zu sein.

»Gut, dann treffen wir uns morgen um elf im Kogelnig Wirt in Velden. Da haben wir unsere Ruhe. Der Sepp wird uns hineinlassen. Die ersten Gäste kommen dann erst gegen Mittag. Das geht doch so in Ordnung, Sepp, oder?«

Der Sepp nickte. Kogler hatte ihn überrumpelt.

»In Ordnung, Herr Kogler. Danke Ihnen!«, antwortete die Susanne Mahringer. Sie schüttelte ihm die Hand. Dann reichte sie die selbige auch dem Sepp. Der verschränkte seine Arme demonstrativ hinter dem Rücken. »Wiedersehn!«, knurrte er.

•••

Der Sepp und Kogler saßen in der zweiten Tischreihe und warteten darauf, dass der Klaus Pechhofer mit seiner Ansprache begann. Der stand breitbeinig am Rednerpult und grinste über das ganze Gesicht. Sein Ausdruck hatte etwas von einer Hyäne. Er blickte einmal durch den Saal und dann direkt in die Kamera. Der wusste halt, worauf es ankam. Dann gab er der Erika Patterer ein Zeichen. Die sah ihn verständnislos an. Er wiederholte die Bewegung mit seiner Hand. Diesmal energischer. Wieder keine Reaktion.

»Licht aus!«

Jetzt hatte die Erika Patterer offensichtlich verstanden. Sie drückte an den Lichtschaltern, aber nichts tat sich. »Schräg drücken!«, schrie ihr Mann aus der hinteren Ecke. »Nicht dimmen! Ausschalten! Schräg oben! Himmel, hab ich dir doch schon x-mal gezeigt.« Die Erika Patterer blickte ihren Mann drohend an. Inzwischen hatte sich der ganze Saal zu ihr umgedreht, nur der Kameramann hielt sein Objektiv eisern auf den Klaus Pechhofer gerichtet. Dann ging das Licht endlich aus. Die Erika Patterer zog die Vorhänge zu. Nun war es stockdunkel, denn auch die PowerPoint-Präsentation war plötzlich ausgegangen. Die Leinwand war schwarz.

»Scheiße!«, kommentierte der Klaus Pechhofer die Situation. Er ging auf die andere Seite der Bühne und fiel dabei fast über ein am Boden liegendes Kabel. Er fluchte. Dann hämmerte er auf die Tastatur des Laptops. Sofort leuchtete das Logo der Velden Vipers wieder auf.

»Hans! Nebel, Strobo, Musik!«

Der Hans Patterer werkelte an zwei Geräten. Die waren Kogler vorher gar nicht aufgefallen. Lichtblitze sprangen durch die Luft. Eine Nebelwolke bildete sich. Das Ganze hatte etwas von einer Achtzigerjahre-Disco. Und wie aufs Stichwort dröhnte auch schon das neue Vereinslied der Velden Vipers durch den Raum. So laut, dass sich der Sepp erschrocken die Ohren zuhielt.

»Go! Go! Go! Wir sind die Vipers! Never give up! No! No! No!«, brüllte der Bruce Domino zu den wummernden Beats. Der hatte nämlich den Song geschrieben. Große Sache. War ja auch nicht irgendwer. Hatte in Österreich immerhin mal einen Top-Ten-Hit gelandet. Vor rund 40 Jahren. »Love me, Angelika!«. Ein One-Hit-Wunder. Heute hatte er einen Imbissstand in Reifnitz, der Herwig Dominger. So hieß er nämlich mit richtigem Namen, der Bruce Domino.

Während sich die Eishockeyhymne zu ihrem furiosen Finale steigerte, hatte sich der Nebel im gesamten Saal ausgebreitet. Kogler konnte kaum noch etwas erkennen. Irgendwo im Nebel begann der Klaus Pechhofer zu sprechen. Dummerweise verstand man aber kein Wort, da der Bruce Domino ein weiteres Mal zum Refrain ansetzte: »Wir lieben unsere Schlangen! Sind von ihnen gefangen! Go! Go! Go!«

»Jetzt schaltet doch mal die verfluchte Musik aus!«, brüllte der Klaus Pechhofer entnervt in den Gesang hinein. Kogler fragte sich, ob der Kameramann das alles aufgenommen hatte. Er hoffte es insgeheim.

Die Musik brach abrupt ab, nicht aber der Nebel. Man sah seine eigene Hand nicht mehr vor Augen. Dann wurde die Tür aufgerissen. Kogler kniff die Augen zusammen. Ein Mann stürmte hinein und rannte Richtung Bühne. Auf halbem Weg blieb er stehen und tastete sich wackelig weiter. Anscheinend konnte der auch nichts mehr sehen. Als er endlich auf der Bühne angekommen war, schrie der Klaus Pechhofer: »Mit der Nummer 81! Gesponsert vom Tourismusverband Wörthersee und der Immo-Aventura AG! Unser neuer Tormann! Meine Damen und Herren: Applaus!«

Der Sepp stieß Kogler in die Seite. »Wer ist das? Welcher Tormann? Warum sagt der Pechhofer den Namen nicht? Siehst was, Karl? Ich seh nur Nebel.«

»Keine Ahnung!«, antwortete Kogler. Ein paar Leute klatschten verhalten. Dann ging wieder die Musik los: »Auf ewig! Den Platz einnehmen! Mit den Schlangenzähnen. Go! Go! Go!«

Kogler kamen die Tränen. Nicht wegen des furchtbar schlechten Liedes, sondern weil seine Augen brannten. Ein zweiter Geruch mischte sich in die Zitronennote des künstlichen Nebels. Irgendwoher kannte Kogler den. Dann fiel es ihm wie Schuppen von den Augen. Das konnte doch nicht sein! Die ersten Leute begannen zu husten. Sessel wurden gerückt.

»Ausschalten! Nebelmaschine ausschalten! Sofort!«, schrie der Klaus Pechhofer.

»Ist schon ausgeschaltet!«, brüllte der Hans Patterer zurück. Panik machte sich breit. Der ganze Saal hustete, Leute rannten zur Tür. Koglers Lungen stachen. Seine Augen brannten wie Feuer. Das war kein normaler Nebel.

»Das ist Tränengas!«, schrie Kogler. »Alle raus!«

Es gab einen Knall, gefolgt von einem Schmerzensschrei. »Die Tür lässt sich nicht öffnen!«, brüllte jemand hysterisch. Kogler zog sich seinen Pullover aus und schüttete Wasser aus einer Mineralwasserflasche darüber. Dann hielt er sich den durchtränkten Stoff vor sein Gesicht. Er bedeutete dem Sepp, das Gleiche zu tun. Inzwischen war der ganze Saal von Wimmern, Husten und Hilferufen gefüllt. Kogler stolperte zu einem Fenster. Er versuchte, es zu öffnen, aber das ging nicht. Kogler fluchte. Ein Mann tauchte neben ihm auf und warf einen Stuhl gegen die Scheibe. Der Sessel prallte zurück, ohne den geringsten Kratzer zu hinterlassen. Sicherheitsglas. Auch das noch! Kogler untersuchte den Fenstergriff, so gut es mit halb zugeschwollenen Augen eben ging. Eine Fenstersicherung. Deswegen hatte er es nicht öffnen können. Kogler zog sein Taschenmesser aus der Hosentasche. Gott sei Dank war er heute Schwammerlsuchen gewesen! Er rammte die Klinge in das Sicherheitsschloss. Sein Kopf hämmerte. Er atmete schwer. Kogler drehte das Messer hin und her. Endlich gab der billige Plastikzylinder nach, und das Schloss sprang auf. Kogler riss das Fenster auf und atmete röchelnd die frische Luft ein. Dann drehte er sich um und schrie: »Alle raus! Durchs Fenster!« Die Leute liefen, wankten und krochen zum Fenster. Warfen sich auf den Parkplatz. Bilder wie aus einem Horrorfilm.

Ganz langsam lichtete sich der Nebel. In einer Ecke sah Kogler die Susanne Mahringer. Sie kauerte am Boden und hatte ihr Gesicht in den Händen vergraben. Kogler rannte zu ihr und riss sie hoch. Er schleifte sie zum Fenster und rollte sie hinaus. Nachdem er sich vergewissert hatte, dass alle Gäste den Saal verlassen hatten, stieg Kogler aus dem Fenster und ließ sich auf den Beton fallen. Er rang nach Atem. Was um alles in der Welt war hier gerade geschehen?

5.

Kogler ließ seinen Blick über den Parkplatz schweifen. Noch immer husteten die Leute. Einige saßen auf dem Boden oder lehnten an den Autos, andere telefonierten. Der Großteil stand verunsichert und orientierungslos vor dem Eingang des Gasthofs.

Kogler richtete sich langsam auf und sah durch das Fenster in den Saal. Noch immer hing Tränengas in der Luft. Es stieg ihm stechend in die Nase. Ganz hinten, auf der anderen Seite des Raums, glaubte Kogler etwas zu erkennen. Was war das? Konnte das sein? Er versuchte, seinen Blick zu fokussieren. Sofort begannen seine Augen, wieder stärker zu tränen. Kogler atmete noch einmal tief durch, schnappte seinen Pullover und schwang sich über das Fensterbrett in den Saal hinein.

Hustend lief er zur Eingangstür und ging in die Knie. Er begutachtete die beiden schwarzen Flaschen, die am Boden standen. Die daran angebrachten Kippgriffe waren eingerastet. Kogler hatte sich nicht geirrt. »Wolf 1000«, las er, »Türstürmer. CS-Gas. 400 ml.« Kogler hob seine Augenbrauen. Verdammt, das war raffiniert. Denn war der Griff von so einer Art Tränengas erst einmal fixiert, sprühte das Ding, bis es leer war. Unaufhaltsam. Bis zum bitteren Ende. So hatte der Täter während der Nebelshow unbemerkt fast einen Liter verteilen können.

Kogler erhob sich. Seine Knie knackten. Aufgeregtes Stimmengewirr erschallte. »Fassen Sie nix an, bis die Polizei kommt!«, rief Kogler durch die verschlossene Tür.

»Das Schwein hat den Türgriff mit einem Holzblock fixiert. Und da hängt so ein Bekennerschreiben von diesem blauen Wolf, das gleiche wie in der Wörthersee Post.« Das war die Stimme vom Klaus Pechhofer.

»In Ordnung. Hände weg! Das ist Sache der Spurensicherung.«

»Die Leute brauchen aber ihre Jacken und andere Sachen aus dem Saal«, beschwerte sich der Klaus Pechhofer.

»Die Polizei wird jede Minute da sein, so lang holt niemand was raus!«, antwortete Kogler. »Und die Tür bleibt zu! Sagen Sie den Patterers, sie sollen Decken und Handtücher für die Leute bringen. Und Wasser zum Augenausspülen. Und Öl. Damit sollen sich alle das Gas vorsichtig von der Haut reiben.«

»Was für ein Öl?«

»Ganz egal, irgendeins.«

Der Klaus Pechhofer gab Koglers Anweisungen umgehend weiter. War nicht zu überhören. Er brüllte so laut, dass es einem durch Mark und Bein ging. Ein echter Macher eben. Führungsqualitäten hatte der. Keine Frage.

Kogler begann wieder zu husten. Verfluchtes Tränengas! Im Laufschritt steuerte Kogler die Fenster an. Wie ein alter Mann rollte er sich ins Freie. Aus der Ferne hörte er bereits die Sirenen von Rettung, Feuerwehr und Polizei. Großaufgebot. Terroralarm am Wörthersee. Mit der Idylle und der Ruhe war es wohl vorbei. Und die Theorie, die Drohung in der Wörthersee Post sei ein Lausbubenstreich gewesen, konnten sie sich auch allesamt abschminken.

Kogler ging langsam zum Haupteingang. Ihm war ein wenig schwindlig. Vor dem Gasthof hüllten sich die Leute in Decken und reinigten ihre Augen und Haut. Eine gespenstische Szenerie. Ganz am Rand des Eingangs stand der Sepp. Er hielt Kogler eine Decke und ein Handtuch entgegen.

»Hier, hab ich für dich organisiert.«

»Danke!«

Kogler legte die Decke auf den Boden. Er setzte sich und griff nach einer Flasche Olivenöl. Nur vom Feinsten, dachte Kogler, als er es über das Handtuch schüttete und sich damit sein Gesicht abtupfte. Er atmete tief durch. Der Schwindel verschwand langsam. Er gab dem Sepp die Flasche mit dem Öl. »Solltest's auch machen«, wies er seinen Freund an, »sonst kannst größere Hautprobleme bekommen, Ekzeme und so.«

Der Sepp nickte. »Ich weiß jetzt übrigens, wer unser neuer Tormann ist. Der Wolfgang Bukovsky. Der hat seine Karriere ja eigentlich schon beendet. Starke Sache, oder?«

Kogler nickte. Da hatte der Sepp schon recht. Der Wolfgang Bukovsky war nämlich Kapitän der österreichischen Eishockey-Nationalmannschaft gewesen. Vor rund zehn Jahren. Ein echtes VSV-Urgestein. Traditionsklub aus Villach. Mehrfacher österreichischer Meister.

»Na ja, aber der wird uns die Saison erst mal nicht weiterhelfen können.«

»Warum nicht?«, fragte Kogler.

»Tja, der Bukovsky hat vorhin versucht, die Tür im Saal aufzubrechen. Hat sich mit seinem ganzen Kampfgewicht dagegengeworfen, nur blöderweise hat er nicht bedacht, dass die Tür nach innen aufgeht. Dabei hat er sich wohl die Schulter gebrochen, meint er. Und der Bukovsky wird's schon wissen, der kennt sich ja mit so was aus. Hat ja schon drei schwere Schulterverletzungen hinter sich.«

»Ja, dumm gelaufen. Der Pechhofer wird auf hundertachtzig

sein«, resümierte Kogler. »Du, ich schau mal rein. Bei dir so weit alles klar?«

Der Sepp nickte.

Kogler nahm die Decke vom Boden hoch, hängte sie sich um und betrat den Gasthof. Hinter der Rezeption saßen Herr und Frau Patterer. »Frau Patterer«, sagte er leise, »können Sie mir sagen, warum die Fenster im Saal aus Spezialglas sind? Bruchsicher?« Er setzte eine kurze Pause. »Und warum sind innen Sicherheitsschlösser angebracht?«

Die Erika Patterer blickte ein-, zweimal nervös hin und her. Dann zog sie Kogler zur Seite und antwortete mit gesenkter Stimme: »Ach, Herr Chefinspektor, sagen Sie es bitte nicht weiter, aber letztes Jahr ist bei uns eingebrochen worden. Mehrmals. Und die neuen Fenster samt Sicherheitsglas und Schlössern waren Vorschrift von unserer Versicherung, sonst hätten die uns den Vertrag nicht mehr verlängert.«

Kogler nickte. Er kratzte sich am Hals. »Aber was ich trotzdem nicht versteh, Frau Patterer ... Warum waren die Fenster mitten am Tag versperrt? Beziehungsweise besser ausgedrückt: während unzählige Leute im Saal waren?«

Die Erika Patterer seufzte laut. »Das war mein Fehler, Herr Chefinspektor. Ich hab vergessen, sie vor der Veranstaltung aufzusperren. Es hat ja geregnet, und ich hab einfach nicht daran gedacht. War ja so viel vorzubereiten: der Saal, die Dekoration, das Buffet. Und die Schlüssel hängen hier.« Sie zeigte auf ein kleines Schlüsselbrett hinter der Rezeption. »Darum hab ich die Fenster auch nicht aufsperren können, als der ganze Wahnsinn losgegangen ist.« Sie sah Kogler ängstlich an. »Glauben Sie, dass wir deswegen Probleme bekommen, Herr Chefinspektor?«

Kogler dachte nach. »Ich bin zwar kein Experte, aber das wird schon alles, Frau Patterer!«, murmelte er. Ganz sicher war er sich allerdings nicht. In Sachen Brandschutz und Fluchtweg war mit den Behörden nämlich nicht gut Kirschen essen. Vorschrift war eben Vorschrift.

Kogler drehte sich um. Durch die Glasfront sah er, dass die ersten Einsatzfahrzeuge eingetroffen waren. Das Blau der Sirenen spiegelte sich in den Fenstern. Ärzte, Sanitäter, Feuerwehrleute und Polizisten liefen hastig durch die Gegend. Wie in einem Endzeitfilm. Armageddon ließ grüßen. Kogler ließ sich erschöpft auf die Couch gegenüber der Rezeption fallen. Rauchverbot hin, Brennen im Hals her – er brauchte jetzt dringend eine Zigarette. Kogler zog einen Glimmstängel aus der Packung und steckte ihn sich in den Mund.

»Hallo, Karl!«, hörte er plötzlich jemanden hinter sich sagen. Die Stimme kannte Kogler nur zu gut. Harald Pinter, sein langjähriger Assistent und seit seiner Pensionierung der neue Leiter der Polizeidienststelle Velden.

Kogler legte die Zigarette auf den Tisch und stand auf. Er reichte ihm seine Hand. »Hallo, Harald! Was machst du denn hier?« Kogler war überrascht. Die Gemeinde Velden gehörte im Gegensatz zu den anderen Ortschaften am Wörthersee nicht zum Bezirk Klagenfurt Land, sondern zum Verwaltungskreis Villach Land. Eigentlich waren der Harald und seine Leute also nicht für Pörtschach zuständig.

»Nennen wir's Nachbarschaftshilfe, Karl. Wir waren grad auf Streife, als die Meldung reingekommen ist. Sag, was ist denn passiert? Die Leute hier erzählen die wildesten Geschichten: Anschlag, Terroristen, Nervengas …«

»Wollen wir kurz rausgehen? Ich brauch unbedingt eine Zigarette.«

Sein kürzlich zum Chefinspektor beförderter Ex-Kollege nickte. Kogler folgte ihm hinaus. An der Ecke des Gasthofs blieben die beiden stehen. Kogler betrachtete seinen ehemaligen Arbeitskollegen. Der war immer fair zu ihm gewesen. Einer der ganz wenigen aus seinem alten Team, die ihn nach dem Einbruch und während der Zeit, in der eine Anklage im Raum gestanden hatte, immer freundlich und respektvoll behandelt hatten. Dafür war Kogler ihm noch immer dankbar.

»Also, Karl. Was ist da jetzt wirklich passiert?«, fragte der Harald Pinter ihn. Er nahm seine Polizeikappe ab und wischte sich über die Stirn.

Auf dem Parkplatz parkten inzwischen weitere Einsatzwagen. Aus dem Augenwinkel sah Kogler die Susanne Mahringer hektisch telefonieren. Sie hatte sich anscheinend mit dem Kamerateam des Fernsehsenders zusammengetan. Gemeinsam liefen sie wie aufgescheuchte Hühner herum. Witterten wohl alle die ganz große Story.

»Also, was kann ich dir sagen? Bei der Präsentation haben sie eine Nebelmaschine verwendet, wie in den Discos. Die hat alles so richtig zugequalmt. Du hast kaum noch was gesehn. Und dann hat sich auch das Tränengas ausgebreitet.«

»Tränengas? Kein Pfefferspray? Wo ist das hergekommen? War das der Nebelflüssigkeit zugesetzt?«

Kogler schüttelte den Kopf. »Nein, das war CS-Gas, kein Pfefferspray. Der Täter hat dazu zwei Türstürmer-Flaschen benutzt. Marke: Wolf 1000.«

Der Veldener Chefinspektor pfiff durch die Zähne. »Und das Gas hat er über Schläuche unter der Tür durchgeleitet? Entschuldige die Frage, Karl, aber ich war noch nicht im Saal. Machen eh alles die Kollegen vom Sektor. Sind ja alle da ... richtiger Großeinsatz halt. Würd mich nicht wundern, wenn das LKA Klagenfurt auch gleich auftaucht.«

Kogler wusste, worauf der Harald Pinter hinauswollte. Solche

Türstürmer-Flaschen wurden nämlich auch von der Polizei verwendet, wenn eine Einsatzgruppe eine Wohnung räumen musste zum Beispiel. Der Schlauch wurde dann von außen entweder durch ein altes Türschloss, einen Spalt oder eine Ritze gelegt. Dann musste man nur noch warten, bis die Zielpersonen vor dem Tränengas nach draußen flüchteten.

»Nein, der hat die beiden Flaschen drinnen aktiviert und hingestellt. Ohne Schläuche, direkt beim Eingang vom Saal. Clever eigentlich, denn durch den Nebel hat ja keiner was sehn können. Und dann, nachdem der Bukovsky reingelaufen war, hat er den Saal verlassen und die Tür von außen mit einem Holzklotz blockiert. Ein Bekennerschreiben hängt dort auch. Das gleiche wie das, was die Wörthersee Post veröffentlicht hat. Weißt ja: Blauer Wolf … Wer Tourismus sät, wird Tote ernten!«

»Der blaue Wolf«, murmelte der Harald Pinter. »Na bravo, ich komm mir vor wie in einer schlechten Tatort-Folge. Gut, Karl, ich schau dann mal rein.« Kogler begleitete ihn zum Eingang.

»Mit wem von der Dienststelle bist denn eigentlich da? Mit dem Goran?«

Der Goran war erst seit rund eineinhalb Jahren Inspektor. War gewissermaßen so etwas wie Koglers Ziehsohn gewesen. Bei seinem Vater, dem Neven Biljan, war Kogler nämlich jahrelang Stammgast gewesen. Im Pijan Volk, einem feinen, kleinen Lokal in Kranzlhofen, dem Nachbarort von Velden. Und der Goran war schon als Kind Koglers größter Fan gewesen. Wollte sein Leben lang Polizist werden, so wie er. Hatte dann auch die Polizeischule abgeschlossen, mit Auszeichnung sogar. Kogler hatte daraufhin persönlich dafür gesorgt, dass der Goran in seiner Dienststelle anfangen konnte. Doch die gemeinsame Arbeit war nur von kurzer Dauer gewesen, denn dann kam der Einbruch samt Suspendierung. Und den Goran hatte das mehr getroffen als jeden anderen. Hatte ihm die Freundschaft gekündigt. Für ihn war Kogler seitdem ein Verräter. Nicht mehr wert als jeder andere gewöhnliche Verbrecher.

»Nein, der Goran hat Urlaub. Der Walser ist mit. Also dann ... Ich werd den Kollegen sagen, was du mir erzählt hast. Kann sein, dass sie noch mit dir persönlich sprechen wollen.« Der Harald setzte sich seine Polizeikappe auf, verabschiedete sich und verschwand im Gasthof.

Kogler war plötzlich kalt geworden. Er wusste nicht, ob es an der aufkommenden Dämmerung oder an der Sache mit dem Goran lag, die noch immer auf sein Gemüt drückte. Er zog die Decke enger um seine Schultern und ging zum Sepp.

»Wollen wir fahren?«, schlug der Sepp vor. Kogler nickte. »Gleich, ich red noch kurz mit dem Pechhofer. Geh schon mal zum Wagen. Ich komm gleich nach.«

Der Sepp legte seine Decke ab und rieb sich die Oberarme. »In Ordnung«, sagte er.

Kogler ging zu dem Rettungsauto, wo der Klaus Pechhofer gerade aufgeregt mit einem Notarzt redete. Als er Kogler sah, beendete er sein Gespräch und kam ihm entgegen.

»Ist wohl ein komplizierter Schulterbruch. Den Bukovsky können wir fürs Erste abhaken«, ließ er ihn wissen.

»Ja, ordentlich schiefgelaufen, die ganze Sache heut«, erwiderte Kogler. »Herr Pechhofer, ich wollt Sie nur kurz noch was fragen. Was war denn das für ein Holzklotz, mit dem die Tür blockiert war?«

»Der war von der Deko im Gasthof. Aus dem Speisesaal, wo die Weinflaschen ausgestellt sind. Hat mir zumindest der Patterer gesagt. Warum? Ist das wichtig?«

»Keine Ahnung, hat mich nur interessiert.«

Der Klaus Pechhofer fuhr sich durch seine gegelten Haare und knöpfte sich sein Hemd zu. Er schnaufte und bedeutete Kogler, näher zu kommen. Dann fragte er ihn leise: »Irgendeine Idee, mit wem wir's hier zu tun haben?«

Kogler zuckte mit den Schultern. »Keine Ahnung. Sie? Ich mein, Sie sitzen ja tourismustechnisch direkt an der Quelle. Wegen der Drohung, mein ich.«

»Ich hab da schon eine Idee«, murmelte der Klaus Pechhofer. »Aber besprechen wir das doch morgen in Ruhe. Außerdem schulde ich Ihnen sowieso was. Nicht auszudenken, was passiert wär, wenn Sie nicht da gewesen wären und die Fenster aufgebrochen hätten. Also, wie wär's mit einem Abendessen? Morgen um 19:00 Uhr? Im Restaurant Seeblick?«

»Das vom Schlosshotel?«

»Genau, ich hab da sowieso schon einen Tisch reserviert. Ich lad Sie ein. Dann plaudern wir. In Ordnung?«

»Ähm, ja gern. Aber, Herr Pechhofer, Sie wissen ja, dass ich nicht mehr bei der Polizei bin.«

»Klar, darum geht's auch nicht. Wie gesagt, als kleines Dankeschön. Und ein bisschen reden kann ja nie schaden. Und ganz ehrlich, Sie sind ja ein heller Kopf, Kogler. Heller als die meisten von der Exekutive hier. Sie wissen schon, was ich mein. Waren Sie immer schon. Also dann, morgen um 19:00 Uhr?«

»O. k., wenn Sie meinen. Dann bis morgen!«

Die beiden verabschiedeten sich. Kogler ging nachdenklich zum Auto. Eigentlich wollte er mit der ganzen Sache nichts mehr zu tun haben. Aber eine gewisse Neugier auf Pechhofers Vermutungen hatte ihn einwilligen lassen. Außerdem wäre es töricht gewesen, seine Einladung zum Essen abzulehnen. Fast schon fahrlässig. Denn das Seeblick war bekannt für seine einzigartige Küche. Und einem geschenkten Gaul schaute man nicht ins Maul. Schon gar nicht, wenn es ums Essen ging.

6.

Der Blacky hatte schon sehnsüchtig auf Kogler gewartet und strich nun um seine Beine. »Jetzt nicht, mein Schatz«, sagte Kogler. Er hatte Sorge, dass der Kater das eingetrocknete Reizgas auf sein Fell bekam. Man wusste ja nie. Lieber auf Nummer sicher gehen. Der Blacky verzog sich murrend in das große Wohnzimmer und begann, laut zu miauen. Was hatte er denn? Kogler folgte dem Blacky ins Wohnzimmer. Der Blacky saß vor der Couch und sah ihn mit großen erwartungsvollen Augen an. Kogler seufzte laut auf. Auf der Ledercouch lag eine halb verspeiste Maus. Ein Geschenk für ihn. Eine Hälfte für mich, eine für dich, hatte sich der Blacky wohl gedacht. Nett von ihm. Großzügig. Kogler streichelte ihn am Kopf. »Brav! Hast gut gemacht, mein Meisterjäger!«, lobte er ihn. »Aber vielleicht legst deine Beute mal zur Abwechslung vor die Haustür?« Blacky gurrte zufrieden und sprang auf den größten Sessel der Sitzecke. Das war sein Platz. Immer schon gewesen.

Kogler schob die Maus auf eine alte Illustrierte, öffnete die Tür und legte den Kadaver samt Zeitschrift kurz auf die Schwelle, damit die Seele der Maus Verbindung zum Totenreich aufnehmen konnte. So machte man das nämlich, wenn Tiere in einem Menschenhaus starben. Die Hanna hatte ihn dafür immer geneckt. »Und was ist mit den Insekten? Sind das etwa keine Tiere?«, hatte sie ihn einmal amüsiert gefragt. Kogler hatte darüber ernsthaft nachgedacht, dann aber beschlossen, kleine Tiere von dem Ritual auszuschließen. Nur für die Hornisse, die der Blacky vor einigen Wochen erlegt hatte, hatte Kogler dann doch eine Ausnahme gemacht. Hatte ihm wohl Respekt eingeflößt, dieses Riesending mit seinem gigantischen Stachel. Und wer wollte solch einen gefährlichen Geist schon verärgern?

Kogler entsorgte die Maus in der Biomülltonne und drehte sich zum Haus um. Ja, es war wirklich schön geworden. Unendlich schade, dass die Hanna nur knapp zwei Jahre etwas von ihrem gemeinsamen Traum gehabt hatte. Kogler seufzte. In Wahrheit bot das Haus viel zu viel Platz für ihn und seinen Kater. Und zu viel Stille. Keine Hanna mehr, die mit ihnen das Haus zum Leben erweckte. Nichts war daraus geworden, ihren gemeinsamen Lebensabend hier zu genießen. Kogler überlegte. Vielleicht sollte er das Haus verkaufen und mit dem Blacky in eine Wohnung ziehen. Samt Garten natürlich. Aber irgendwie fehlte ihm dazu der Mut. Er hatte im Moment einfach keine Kraft mehr für weitere Veränderungen.

• • •

Kogler hatte sein Handy mit dem Bluetooth-Lautsprecher verbunden – auch ein Geschenk von der Yvonne – und auf YouTube das passende Album gesucht.

»I think I'm sophisticated, 'cos I'm living my life like a good homosapien ...«, begann Ray Davies zu singen. Sänger von The Kinks. Der Apeman-Song. Vom großartigen 1970er-Album. Kogler drehte den Ton auf volle Lautstärke. Gute Musik musste laut sein. Richtig laut. Er nahm die Flasche mit Franzbranntwein aus dem Badezimmerschrank und rieb sich damit sorgfältig am ganzen Körper ein. Der intensive Geruch vom Latschenkiefern- und Fichtenöl breitete sich zügig im ganzen Bad aus.

Kogler öffnete das Fenster und ließ seinen Blick über das dunkle Velden wandern. Die Nacht hatte sich über die Gemeinde gelegt. In den Häusern brannten vereinzelt Lichter, die Straßenbeleuchtung der Tourismusmeile im Zentrum strahlte hell. Samstagabend, da ging es auch im Herbst noch ordentlich zur Sache. Kogler duschte sich gründlich. Zuerst kalt, dann warm. Als er aus der Dusche stieg, waren The Kinks bei ihrem Welthit »Lola« angelangt. »Lola la-la-la-la Lola la-la-la-la Lola«, sang Kogler lauthals mit, während er sich frische Shorts und ein T-Shirt anzog. Er schaltete die Musik aus, schlüpfte in seine Hauspatschen und stieg die Treppe ins Erdgeschoss hinunter, wo ihn der Blacky schon aufgeregt erwartete. »Ist ja schon gut«, lächelte Kogler. »Ich weiß, ich weiß. Allerhöchste Zeit für deinen Tschaikowsky und die Leckerlis.«

Im Wohnzimmer suchte Kogler die richtige Platte heraus. Die Hanna und er hatten beide Vinyls gesammelt, seine Frau klassische Musik, er die aus den 70ern und 80ern, hauptsächlich Rock. Kogler selbst hatte nie allzu viel mit Klassik anfangen können, hatte sich aber über die Jahre daran gewöhnt. Der Blacky hingegen, der liebte diese Art von Musik abgöttisch. Er wurde dann ganz ruhig und spitzte seine Ohren. Schon nach kürzester Zeit lag er ausgestreckt da und schnurrte voller Inbrunst. Gemeinsam mit der Hanna hatte der Kater jeden Samstagabend die alten Komponisten gehört. Natürlich hatte Kogler diese Tradition fortgesetzt. Der arme Blacky hatte nach dem Tod seiner Frau sowieso schon genug gelitten. Es hatte Tage gedauert, bis er wieder gefressen hatte, und Monate, bis der Blacky wieder halbwegs der Alte gewesen war. Kogler zog eine Tschaikowsky-Platte hervor. Aus irgendeinem Grund mochte der Blacky den ganz besonders, gleich wie Händel oder Wagner.

»Also dann, mein Freund. Der Nussknacker. In Ordnung?« Kogler setzte die Nadel auf die Platte. Die Musik erschallte, und der Blacky machte es sich vor einer der Lautsprecherboxen bequem. Kogler legte zwei Leckerlistangen neben den vierbeinigen Klassik-Liebhaber, streichelte ihn kurz und ging dann in die Küche, um sich zwei Butterbrote zu richten. Dazu schnitt er sich eine großzügige Portion vom Kärntner Schinkenspeck auf, den er vor einigen Tagen am Schieflinger Bauernmarkt gekauft hatte. Der fand südlich vom Wörthersee zweimal im Monat statt. Feine Sache. Die Bauern der dortigen Region boten Brot, Speck und Würstel an. Dazu verschiedenste selbst gemachte Topfenaufstriche, frischen Apfelsaft und Most aus eigener Herstellung. Kogler suchte die Schubladen nach dem großen Küchenmesser ab, mit dem er immer den Speck schnitt, doch von diesem war weit und breit keine Spur. Fluchend griff Kogler zu einem anderen Messer. Wer einen Schinkenspeck korrekt schneiden wollte, tat das immer gegen die Faser. Außerdem sollte man möglichst große Scheiben abschneiden, damit sich die Aromen gut auf der Zunge entfalten konnten.

Und das zahlte sich aus, denn der Genuss eines originalen Kärntner Schinkenspecks war wahrlich einzigartig. Von den hiesigen Bauern wurde ausschließlich erlesener Schinken österreichischer Schweine verwendet – mit feiner Marmorierung und einem kleinen, zarten Fettrand. Kärntner Schinkenspeck wurde handgefertigt, gesalzen, mit unterschiedlichen Naturgewürzen verfeinert und schlussendlich über Buchenholz vorsichtig geräuchert. Dann reifte der Schinkenspeck vier Monate in der Bergluft, bis er seinen vollen Geschmack entfaltete, der sich durch eine ganz besondere Milde und Zartheit auszeichnete.

Kogler drapierte den aufgeschnittenen Schinkenspeck rund um die Butterbrote und trug sein Abendessen ins Wohnzimmer. Der Blacky lag ausgestreckt da und knabberte zufrieden an einem Leckerli. Kogler ließ sich auf die Couch fallen und schaltete den Fernseher ein. Er aktivierte die Teletext-Funktion und navigierte auf die Schlagzeilenseite. Na, da schau an, dachte er, der Reizgas-Anschlag hatte es sogar in die österreichischen Hauptnachrichten geschafft. Kogler öffnete die entsprechende Seite. Rund dreißig Betroffene hatten sich ins Krankenhaus bringen lassen. Die Polizei versicherte, in alle Richtungen zu ermitteln. Und auch der Pörtschacher Bürgermeister verurteilte den Angriff aufs Schärfste.

Kogler nahm einen großen Biss von seinem Butterbrot. Eine seltsame Geschichte war das. Was bezweckte dieser blaue Wolf? War er ein Einzeltäter, oder verbarg sich dahinter eine Gruppe? Und wem hatte dieser Anschlag eigentlich gegolten? Wer Tourismus sät, wird Tote ernten! Dem Gogginger Hof? Dem Klaus Pechhofer als Chef des Tourismusverbands? Dem Tourismusverband Wörthersee als Sponsor des neuen Tormanns? Oder den Velden Vipers direkt? Kogler schüttelte den Kopf. Letzteres glaubte er nicht. Was hatte ein Eishockeyverein auch bitte schön mit Tourismus zu tun?

Kogler schaltete sein Handy ein, ging ins Internet und gab den Suchbegriff »Der blaue Wolf« ein. Warum nicht? Vielleicht bekam er ja so einen Hinweis. Kogler scrollte durch die ersten Ergebnisse. Nichts Spannendes. Mehrere Verweise zu Dschingis Khan. Der hatte angeblich diesen Beinamen getragen. Es gab auch einen japanischen Monumentalfilm und ein altes österreichisches Kinderbuch mit diesem Titel. Keine wirklich brauchbaren Informationen also. Kogler streckte sich und gähnte.

Kogler legte das Telefon zur Seite, nahm den Teller mit den

Broten in die Hand und begab sich zum Blacky, der sich inzwischen zufrieden eingerollt hatte. Er kniete sich zu ihm hin und kraulte ihn. »Na, du? Ich geh dann hinauf und ess im Schlafzimmer auf. Bin hundemüde. Überlegst's dir halt, ob du nachher noch mal rausgehst strawanzen oder nachkommst.« Der Blacky drehte sich einmal hin und her und legte kurz seine Pfote auf Koglers Knie. Sollte wohl heißen, dass er sich noch nicht so recht entschieden hatte. Kogler schmunzelte. Ihm konnte es ja zum Glück gleich sein. Blackys Katzenklappe sei Dank.

»Und falls du noch rausschaust, lass die Mäuse in Ruh!«

Der Blacky hob als Antwort seinen Schwanz. Was auch immer er ihm damit sagen wollte.

7.

Kogler klopfte am Eingang des Kogelnig Wirts. Er hatte wieder einmal schlecht geschlafen. Der Tränengas-Angriff und die Sache mit dem anstehenden Interview waren ihm die ganze Nacht durch den Kopf geschwirrt. Kurz darauf hörte Kogler Schritte näher kommen. Die Tür wurde aufgesperrt, und ein bestens gelaunter Branko begrüßte ihn.

»Chef auch da. In Küche. Tun ma kochen«, erklärte der Branko.

»Verstehe, Branko.«

»Ja. Werden ma scho machen! Katzengulasch.«

»Katzengulasch?«

»Ja. Neu. Katzengulasch.«

Kogler überlegte einen Moment, ob er den Branko darauf hinweisen sollte, dass Gulasch aus Rind gemacht wurde, ließ es dann aber sein. Natürlich wusste der Branko das. War ja kein Idiot. Wahrscheinlich hatte der Sepp sich einen dummen Spaß erlaubt und ihm diesen Ausdruck beigebracht.

»Chef gleich kommt«, teilte ihm der Branko noch freudig mit, bevor er wieder in der Küche verschwand. Kogler nickte. Er hängte seine Lederjacke an die Garderobe und setzte sich an die Theke. Der intensive Geruch des angesetzten Gulaschs verteilte sich im ganzen Gasthaus. Kogler liebte den Duft von scharf angebratenen Zwiebeln. Er erinnerte ihn an die Zeit, als seine Oma noch Gulasch zubereitet hatte. Kogler sog den Geruch ein weiteres Mal ein. Ja, das waren schöne Zeiten gewesen. Was wäre wohl ohne seine Oma aus ihm geworden, nachdem seine Eltern bei einem Autounfall ums Leben gekommen waren? Nicht auszudenken. Kogler bedankte sich noch einmal still bei ihr. Fast zehn Jahre war es jetzt her, dass sie das Zeitliche gesegnet hatte. War eines Tages einfach eingeschlafen. Ein schöner Tod. Der beste.

Kogler riss sich von seinen Erinnerungen los. Er schaute auf die Uhr. 10:40 Uhr. Er gähnte. »Sepp!«, rief er in Richtung Küche. Wenig später kam sein Freund aus der Küche. »Morgen!«, begrüßte er ihn. Sein Gesicht sah etwas zerknittert aus. Hatte wohl auch nicht besonders gut geschlafen.

»Kaffee?«

»Ja, bitte. Schwarz.«

»Also wie immer«, stellte der Sepp fest und betätigte die Kaffeemaschine. Schon wenig später würfelte Kogler Süßstoff in die Tasse und rührte einige Male um. Der Sepp setzte sich neben ihn und streckte sich.

»Na, hast auch nicht so richtig schlafen können?«, fragte Kogler.

»Nicht wirklich. Zuerst hat die Maria ewig mit mir telefoniert. Die hat das mit dem Gas im Internet gelesen und war komplett außer sich. Kennst sie ja, wenn die sich über was aufregt. Und dann hab ich einfach nicht einschlafen können. Kennst das? Wenn du hundemüde bist, aber dein Kopf einfach nicht abschalten kann?«

»Kenn ich nur zu gut.« Kogler nahm einen Schluck von seinem Kaffee. »Hab heut Nacht auch kaum ein Auge zubekommen. War fast so schlimm wie letzte Nacht. Und um fünf in der Früh hat mich dann der Blacky geweckt. Das war's dann auch. Hab nicht mehr einschlafen können.«

Der Sepp nahm eine Serviette und putzte seine Brille. »Ja, ich hab's dann auch aufgegeben. War schon um sieben da. Hab dann den Branko angerufen, ob er früher kommen kann. Zum Gulasch-Vorbereiten. Wir üben das heut, damit er's in Zukunft selber machen kann. Und zur Mittagszeit bieten wir's dann als Sonntagsmenü an. Sollt zwar eigentlich länger stehn, aber ich nenn's einfach Junggulasch.«

Junggulasch? Fantasie hatte er ja, der Sepp. Das musste man ihm lassen. »Was ist denn das eigentlich für ein Gag mit dem Katzengulasch?«, fragte Kogler.

»Katzengulasch? Was für ein Katzengulasch? Was soll das sein?« Der Sepp sah ihn fragend an.

»Na ja, der Branko hat gemeint, dass ihr ein Katzengulasch kocht.«

»Was hat er? Katzengulasch?« Der Sepp schaute ihn verständnislos an. Dann begann er plötzlich zu lachen. »Ach so. Katzengulasch. Jetzt versteh ich. Haha! Der Branko! Köstlich. Wart kurz, ich zeig dir was.« Er verschwand in der Küche. Kurze Zeit später kam er mit einem großen Karton unter dem Arm zurück.

»Hab ich dir ja noch gar nicht erzählt.« Er stellte den Karton ab und zog einen Flyer heraus. »Neue Geschäftsidee. Was sagst?«

Kogler nahm den handflächengroßen Zettel und begutachtete ihn: Hochglanzpapier, Farbdruck, professionell gemacht. Darauf ein Foto von einer niedlichen grauen Katze, die auf einem Gasthaustisch lag. Vor ihr stand ein Teller mit Gulasch und einem kleinen Bier. Er las den Text: »Neu!!! Für alle Nachtschwärmer Veldens! Katerfrühstück: kleines Kärntner Gulasch und ein Glas Bier. Jeden Samstag und Sonntag von 6:00 bis 11:00 Uhr.« Darunter war das Logo vom Kogelnig Wirt platziert. Inklusive Adresse und Telefonnummer.

»Schaut gut aus«, befand Kogler. »Und das funktioniert? Glaubst echt?«

Als hätte er nur auf diese Frage gewartet, sprang der Sepp von seinem Hocker auf. »Natürlich. Zielgruppen-Marketing. Hab ich alles genau durchdacht.« Er räusperte sich und machte eine ausholende Bewegung mit seinen Händen. Von Müdigkeit plötzlich keine Spur mehr. »Also, Karl, du weißt ja, dass wir hier ein wenig abgelegen sind. Und darum hab ich mir gedacht: Die ganzen Touristen, was machen die bei uns? Grad die jungen und jung gebliebenen?«

»Urlaub?«

»Ja schon. Aber das mein ich nicht. Sie feiern, Karl, gehn aus und lassen es krachen. Haun sich bis in die Früh die Nächte um die Ohren in den Lokalen, Klubs und Discos. Und was wollen sie dann, unsere Touristen?«

»Schlafen?«

»Nein, Karl, stell dich nicht blöd! Das wollen sie eben nicht. Schau, stell dir mal vor, du bist wieder ein junger Spund, hast gefeiert bis ins Morgengrauen, die letzten Lokale haben zugemacht. Und du ... also, du willst aber noch nicht ins Hotel. Deine Kollegen auch nicht. Also brauchst erstens was, wohin du weiterziehn kannst, und zweitens hast einen Mordshunger. Brauchst ja eine Grundlage, bevor du weitertrinken kannst. Und genau da setzen wir an. Die Leute kommen ab 6:00 Uhr in der Früh zu uns und geben weiter Gas oder kommen vom Alk runter. Egal. Und wie machen sie das?«

»Katerfrühstück?«

»Exakt! Und das Angebot ist unschlagbar. Ich mein, ich bitt dich ... ein kleines Kärntner Gulasch und ein Glas Bier für 5 Euro 90. Geschenkt! Aber wenn sie erst mal da sind, die Herrschaften, dann konsumieren sie natürlich mehr, verstehst? Und kommen tun sie dann auch immer wieder gern. So läuft das im Destinationsmarketing.«

Kogler sah noch einmal auf den Flyer. Nein, er hatte sich nicht geirrt. »Du, Sepp …«

»Und dann machen sie natürlich Mundpropaganda.«

»Sepp!«

»Oder posten es im Internet.«

»Sepp!!!«

»Ja, was ist denn, Karl? Ich erklär dir doch nur das Konzept.«

»Da steht 15,90.«

»Was 15,90?«

»Da steht, dass das kleine Gulasch und das Glas Bier 15 Euro 90 kosten.«

»Red keinen Schmarrn, Karl!« Der Sepp riss Kogler den Flyer aus der Hand. Er starrte auf das Papier und wurde kreidebleich. »Scheiße!«, stammelte er. »Der Depp von einem Grafiker hat wirklich zehn Euro zu viel raufgeschrieben.« Er griff sich sein Handy und rannte in den hinteren Gästeraum. Kurze Zeit später hörte Kogler seinen Freund bereits schreien. Durchaus verständlich. Fast 16 Euro für ein kleines Gulasch und ein Glas Bier waren dann doch nicht das allerbeste Argument für eine frühmorgendliche Reise zum Kogelnig Wirt. Wäre wahrscheinlich sogar neureichen Russen zu unverschämt gewesen.

Kogler stand auf und ging zum kleinen Zeitungstisch, der neben der Garderobe stand. Er nahm das Kärntner Blatt in die Hand. In diesem Moment klopfte es an der Tür. Das musste die Mahringer sein. Pünktlich wie ein Uhrwerk, das musste man ihr lassen. Kogler drehte den Schlüssel um und öffnete.

»Grüß Gott, Herr Kogler!«

»Hallo!« Kogler schloss die Tür hinter der Journalistin und folgte ihr in den Barbereich. »Es riecht ziemlich arg nach Zwiebeln«, sagte er. »Der Sepp und sein neuer Koch setzen gerade ein Gulasch auf. Wollen Sie sich lieber raussetzen? Auf die Terrasse?«

Die Susanne Mahringer atmete mehrmals tief durch die Nase ein und lächelte. »Aber nein, ich liebe den Geruch von Gulasch. Erinnert mich immer an meine Urgroßmutter. Die hat das jedes Wochenende gekocht. Bei uns in Wien, als ich noch klein war.«

»Na dann.« Kogler bemühte sich, die in ihm aufkommende Nervosität zu unterdrücken. Er schaute sich im Gasthaus um. »Wollen wir uns dann vielleicht ganz nach hinten setzen? In den großen Speisesaal? Da sind wir ungestört und können in Ruhe reden.« Nebenbei musterte er die Susanne Mahringer unauffällig: Bluejeans, Sakko, darunter ein schwarzer Pullover. Die Haare hatte sie heute mit einem dünnen Haarreifen zurückgelegt. Kogler fiel auf, dass ihre Augenpartie stärker geschminkt war als gestern. Sollte wohl die Folgen des gestrigen Nachmittags abdecken.

»Klar, gern«, antwortete sie. Der Sepp nickte ihnen aus einer Ecke zu, um sofort wieder ins Telefon zu fluchen.

»Was wollen Sie denn trinken, Frau Mahringer?«

»Einen Milchkaffee, bitte.«

»Wasser auch?«

»Nein danke, Kaffee reicht. Ich hab wenig Schlaf bekommen in der letzten Nacht.« Kogler nickte, legte die Zeitung auf den Tisch und ging zum Sepp.

»Kannst uns bitte einen Milchkaffee bringen? Und ein Cola Zero?«

Der Sepp unterbrach sein Telefonat und rollte mit den Augen. »Nimm's dir bitte selbst. Ich hab grad zu tun. Weißt ja, wo die Limonaden stehn.«

»Ja schon, aber ich kann keinen Kaffee machen.«

Der Sepp seufzte. »Branko, macht er Milchkaffee, bitte!«, rief er und verschwand in der Küche. Gute Laune sah anders aus. Wenig später erschien auch schon der Branko. »Werden ma scho machen!«, ließ er Kogler wissen. »Bringen dann nach hinten.«

Kogler bedankte sich und schnappte sich seine Cola-Zero-Flasche. Null Kalorien. Steter Tropfen höhlt den Stein. Auch beim Abnehmen. Hoffte er zumindest.

Beim Eingang zum großen Saal blieb Kogler stehen. »Stört's Sie, wenn ich rauch?«, rief er der Susanne Mahringer zu. So viel Höflichkeit musste sein.

Die schaute kurz auf und schüttelte den Kopf. »Nein, ich rauch selber von Zeit zu Zeit.«

Kogler atmete innerlich auf. Gott sei Dank! Er nahm einen Aschenbecher. »Ist normalerweise Nichtraucherbereich hier«, erklärte er ihr.

»Wenn Sie's niemandem verraten, werd ich's auch nicht tun.« Sie zwinkerte ihm zu.

Als er sich gesetzt hatte, begann die Susanne Mahringer, nervös an ihrem Sakko zu zupfen. »Als Erstes wollte ich mich bei Ihnen bedanken, Herr Kogler, dass Sie mich gestern aus dem Saal gebracht haben. Ich weiß auch nicht, ich war wie gelähmt. Ohne Sie wär ich da wohl noch hocken geblieben ...« Sie brach ab und schaute unsicher zur Seite.

»Das war doch selbstverständlich! Machen Sie sich keine Gedanken. Sie haben einfach Panik bekommen, so was passiert den Besten.«

»Na, ich weiß nicht, es ist mir trotzdem peinlich. Ich hab reagiert wie ein verängstigtes kleines Kind.«

»Wie gesagt, vergessen Sie das Ganze!« Kogler glaubte zu wissen, worum es der Journalistin in Wahrheit ging. »Ich werd natürlich auch niemandem davon erzählen.«

Die Susanne Mahringer atmete hörbar auf. Bingo! Da hatte er voll ins Schwarze getroffen.

Die Susanne Mahringer hatte ihre Fassung wiedererlangt. Sie kramte in ihrer Tasche und reichte Kogler ein Blatt Papier. »Also dann, wie gesagt, vielen herzlichen Dank noch mal!« Sie gab ihm den Zettel. »Das ist eine Vereinbarung beziehungsweise eine schriftliche Zusage von mir, in der steht, dass ich keinen Artikel veröffentlichen darf, den Sie vorher nicht freigegeben haben – inhaltlich und wörtlich. Ich hab sie schon unterschrieben.«

Kogler begutachtete das Schreiben. Damit hatte er nicht gerechnet.

»Warum schaun Sie denn so verblüfft? Ich hab Ihnen doch versprochen, dass ich nix schreib, was Sie so nicht akzeptieren, und dazu steh ich.«

Kogler nahm einen Schluck Cola. Schau, schau! Hatte er sich in seiner Einschätzung von der Mahringer vielleicht geirrt? Ging es ihr gar wirklich um die Wahrheit und nicht darum, ihn als Zugpferd für eine weitere Aufarbeitung des Skandals zu benutzen? Nun gut, man würde ja sehen. Er faltete ihre Erklärung und steckte sie ein.

Der Branko brachte den Milchkaffee. Die Susanne Mahringer bedankte sich und schüttete gefühlt den halben Zuckerstreuer hinein.

»Also, Herr Kogler, ich schlag vor, dass wir heut ganz zwanglos miteinander reden, damit ich mir fürs Erste ein grobes Bild von Ihrer Sichtweise machen kann. Und dann treffen wir uns die nächsten Tage noch ein, zwei weitere Male.«

Kogler zündete sich eine Zigarette an. »Alles klar, Sie sind der Profi. Dann legen Sie mal los.«

»Also gut, Herr Kogler, ich hab natürlich ein wenig recherchiert. Die meisten Zeitungsartikel kenn ich. Daher stell ich bloß ein paar Nachfragen. Korrigieren Sie mich bitte, wenn ich etwas falsch zusammenfasse.« Die Susanne Mahringer nahm einen beherzten Schluck von ihrem Milchkaffee und fuhr fort: »Also, in der besagten Nacht sieht eine Zeugin, wie Sie im Café Benny einbrechen. Sie ruft die Polizei, Ihre Kollegen nehmen Sie kurz darauf fest. Sie haben eine Taschenlampe, Hammer und Meißel, eine Bohrmaschine und ein Dietrichset bei sich. Einbruchswerkzeug also.«

»Kein Einbruchswerkzeug, eine Schlüsseldienstausrüstung«, korrigierte Kogler. »Und Sie haben die Flex vergessen.«

»Nun gut, eine komplette Schlüsseldienstausrüstung.« Die Journalistin schaute ihn prüfend an. »Hatten Sie auch eine Waffe dabei?«

»Nein, selbstverständlich nicht. Ich war ja zu diesem Zeitpunkt nicht im Dienst.«

»Verstehe. Sie werden also von zwei Polizisten vor Ort verhaftet, zur Polizeidienststelle in Krumpendorf gebracht und noch mitten in der Nacht verhört. Auf die Frage, warum Sie im Café Benny eingebrochen sind, antworten Sie ...« Die Mahringer zog einen Ordner aus ihrer Tasche und blätterte in ihm. »... dass Sie Schulden hätten und wüssten, dass der Besitzer des Lokals, ein gewisser Benjamin Hartner, dort in seinem Tresor Geld aufbewahrt. Stimmt das?«

»Ich glaub schon.«

»Sie wissen nicht mehr, was Sie gesagt haben?«

»Nein, ich kann mich nicht an die Vernehmung erinnern.«

»An den Einbruch auch nicht?«

»Nicht wirklich. Da ploppen nur einige wenige Bilder auf. Ich war für meine Frau Medikamente aus der Nachtapotheke holen – das ist das Letzte, an das ich mich richtig erinnere, also so richtig richtig.«

»Die Apotheke in Krumpendorf?«

»Nein, die in Pörtschach hatte Nachtdienst.«

»Waren Sie in dieser Apotheke?«

»Nein, ich bin offensichtlich direkt nach Krumpendorf gefahren. Ich hab da einen Filmriss.«

»Also, versteh ich Sie richtig, dass Sie sich an alles, was nach Ihrem Aufbruch in Velden passiert ist, nur noch schemenhaft erinnern können?«

»Wie oft denn noch? Ich kann mich an gar nix erinnern. Null. Das ist ein kleiner, aber feiner Unterschied, Frau Mahringer.« Zack. Das hatte gesessen.

Die Journalistin räusperte sich. »Ähm ja, also ... was ich sagen wollte: Sie legen damals, obwohl Sie sich nicht mehr erinnern, ein volles Geständnis ab.« Die Susanne Mahringer blätterte wieder in ihren Unterlagen. »Sie geben zu Protokoll, dass Sie mit der familiären Situation überfordert sind und Schulden haben. Sie kennen das Café und dessen Besitzer, deswegen haben Sie von dem Tresor gewusst. Dann, ich zitiere: ›Ich habe aus meiner Garage eine Flex, einen Schlagbohrer, Hammer und Meißel sowie verschiedene Dietrichsets und eine Taschenlampe genommen und alles in eine Tasche gepackt. Diese habe ich im Kofferraum meines Autos deponiert. Dann habe ich mir Handschuhe angezogen, eine Haube aufgesetzt und bin zum Café Benny gefahren. ‹« Die Susanne Mahringer sah Kogler auffordernd an. Was glaubte sie? Dass er ein Idiot war? Dass er ihr jetzt einfach die Wahrheit erzählen würde?

»Wie gesagt, ich kann mich nicht erinnern, das so angegeben zu haben. Es entspricht auch nicht der Wahrheit. Die Psychiater haben gemeint, dass ich wohl unter Schock stand und deshalb diese falsche Aussage gemacht hab.«

»Gut, Sie haben Ihre Aussage ja auch einige Wochen später geändert.«

Kogler lächelte etwas gequält. »Frau Mahringer, noch mal: Ich weiß nicht, warum ich all das in dieser Nacht so zu Protokoll gegeben habe. Das komplette Werkzeug hab ich immer im Kofferraum meines Autos aufbewahrt, weil …«

»… weil Sie gelegentlich Freunden geholfen haben, wenn sie sich ausgesperrt hatten. So haben Sie's später erklärt«, unterbrach die Mahringer ihn.

»Genau, Gefälligkeiten halt.«

»Und das schwarze Gewand, die Handschuhe und die Haube?«

»Es war kalt. Und ich mag Schwarz.« Kogler bemühte sich, möglichst gelassen zu bleiben. Aber in ihm brodelte es. Natürlich war das alles ausgemachter Blödsinn, den sie ihm nie im Leben abkaufen würde. Es war ein Wunder gewesen, dass seine hanebüchenen Ausreden und das widerrufene Geständnis überhaupt bei der Untersuchung durchgegangen waren. Hilfe von oben hin, Hilfe von oben her. Kogler beobachtete die Mimik und Gestik der Journalistin. Keine Frage, auch sie hegte große Zweifel an seiner Geschichte. Konnte er ihr nicht verübeln. Wie auch?

»Gut, Herr Kogler, es gibt da noch eine Sache, die mir nicht ganz klar ist.« Die Susanne Mahringer faltete ihre Hände und beugte ihren Oberkörper in seine Richtung. »Um 4:00 Uhr unterschreiben Sie Ihr Geständnis und werden dann gegen 5:00 Uhr in der Früh aus der Haft entlassen.« Die Journalistin nahm einen Schluck Kaffee und setzte nach: »Hierzu meine Frage. Warum wird ein geständiger Einbrecher enthaftet? Das kann ja wohl nicht die übliche Vorgangsweise sein.«

Kogler entspannte sich etwas. Das war sicheres Terrain für ihn. Die Frage war leicht zu beantworten. »Schaun Sie, Frau Mahringer, das wissen natürlich viele nicht. Es gibt drei Voraussetzungen für eine Enthaftung: keine Fluchtgefahr, keine Verdunkelungsgefahr und keine Gefahr einer neuerlichen Straftat. Und in meinem Fall waren alle drei gegeben. Flüchten? Während meine

Frau mit dem Tod kämpft? Mitbeschuldigte beeinflussen? Welche? Beweise zur Seite schaffen? Ich wurde ja auf frischer Tat erwischt. Und ein weiterer Einbruch? Wohl kaum.«

Die Susanne Mahringer nickte abwesend. Sie ließ ihren Blick kurz umherschweifen und steckte dann ihre Notizen abrupt in die Tasche zurück. »Wissen Sie was, Herr Kogler? Machen wir doch an dieser Stelle für heut Schluss. Ich mein, uns läuft die Zeit ja nicht davon. Außerdem hab ich, um ehrlich zu sein, ziemliches Kopfweh.«

Kogler war überrascht. Konnte er das als ein gutes Zeichen werten? Vielleicht war der Susanne Mahringer seine Story ja am Ende gar nicht so wichtig.

»Ich würd mit Ihnen aber gerne noch über was anderes reden.« Kogler kratzte sich am Kinn. Er hatte da so einen Verdacht. »Und zwar über den Anschlag gestern.« Die Journalistin deutete auf die Zeitung. »Haben Sie meinen Artikel gelesen?«

Kogler lächelte in sich hinein. Na klar, wie er es sich gedacht hatte. Was interessierte die Dame ein alter Einbruchsskandal, wenn alle Leser nach Berichterstattung über den blauen Wolf lechzten. Daher wehte also der Wind. Er sah die Susanne Mahringer an, die ihn hoffnungsvoll anschaute. Warum eigentlich nicht?, dachte Kogler. Vielleicht würde sie ja so das Interesse an seiner Geschichte verlieren.

»Gut«, sagte er, »ganz, wie Sie meinen.« Er griff nach dem Kärntner Blatt, suchte die richtige Seite und überflog den Artikel. War solide geschrieben. Auf rund einer halben Seite berichtete die Susanne Mahringer über den Anschlag, ohne jedoch reißerische Vermutungen anzustellen. Gerade als Kogler die Zeitung wieder schließen wollte, wanderte sein Blick noch einmal zurück auf den vorletzten Absatz. Stand da wirklich sein Name? Tatsächlich. »Dem ehemaligen Chefinspektor Karl Kogler, vormals Leiter der Polizeidienststelle Velden, war es zu verdanken, dass es zu keiner größeren Katastrophe kam. Durch seinen beherzten Einsatz konnten die Besucher den Saal durch ein Fenster verlassen.«

Kogler wusste nicht so recht, was er davon halten sollte. »War das wirklich notwendig, dass Sie mich namentlich nennen?«, fragte er die Susanne Mahringer.

»Warum denn nicht? Ist ja die Wahrheit.«

»Mir wär's aber lieber gewesen, wenn Sie mich da rausgehalten hätten«, grummelte Kogler.

»Wieso? Die Leser sollen ruhig wissen, was Sie getan haben. Und gerade in Ihrer Situation, schadet's sicher nicht.« Die Susanne Mahringer schüttelte den Kopf, ganz so, als ob sie seinen Einwand kindisch finden würde. Nun gut, vielleicht hatte sie nicht ganz unrecht. Kogler seufzte innerlich und wechselte das Thema: »Gut, und worüber wollen Sie jetzt im Detail mit mir sprechen?«

»Glauben Sie, dass der Attentäter wirklich töten wollte? Ich mein, wie in seinem Schreiben an die Wörthersee Post angedroht?«

Kogler lehnte sich zurück und verschränkte seine Arme vor der Brust. »Sie zitieren mich aber nicht?«, stellte er sicher.

»Nein, das bleibt alles unter uns.«

Kogler lächelte amüsiert. »Soso, na gut, da bin ich ja gespannt.« Die Mahringer schaute beleidigt. Sollte sie ruhig. Das konnte sie ihrem Frisör erzählen.

»Also«, begann Kogler, »nein, ich glaub nicht, dass der Täter jemanden töten wollte. Ich denk vielmehr, dass der Anschlag anders geplant war.« Er setzte eine Pause und ergänzte: »Ich mein, der Holzklotz, der dazu benutzt wurde, die Tür von außen zu blockieren, gehört zur Einrichtung und wurde wohl spontan zur Hand genommen. Der Täter hat sicherlich gedacht, dass wir durch die Fenster fliehen können. Dass die verriegelt waren, war

Zufall. Die Erika Patterer hat das einfach in der ganzen Hektik vergessen.«

»Also, dumm gelaufen. Versteh ich das richtig?«

»Ja, so richtig dumm gelaufen. So seh ich das.«

»Ein böser Streich? Mehr nicht?«

Kogler trank sein Getränk aus und biss sich kurz auf den Fingernagel seines Daumens. »Ich weiß es nicht«, sagte er. »Ich bin mir ehrlich gesagt nicht sicher. Ich glaub zwar, dass dieser blaue Wolf niemanden schwer verletzen oder gar töten wollte, aber andererseits ...« Er rutschte unruhig auf seinem Stuhl hin und her. »... keine Ahnung.«

»Ich hab mit einigen Leuten gesprochen, gestern und heut. Manche haben diesen anderen Eishockeyverein im Verdacht.«

»Welchen?«

»Na, den aus Villach.«

»Den VSV? Was sollte den denn bitte unser kleiner Veldener Amateurverein interessieren?«

»Nein, nicht der VSV. Die Villach Wolves.«

Kogler dachte nach. Ja gut, die Villach Wolves waren die letzten Jahre, wenn man so wollte, der Erzfeind der Velden Vipers gewesen – ständige Konkurrenten um den Aufstieg von der zweiten in die erste Kärntner Division.

»Die Villach Wolves haben auch einen Wolf als Logo. Und ihre Vereinsfarbe ist Blau.«

Ja, das stimmte schon, aber es war ein ganz anderes Wolfslogo. Und bei aller Hassliebe zwischen den beiden Vereinen, Kogler konnte sich beim besten Willen nicht vorstellen, dass die Fans der Villach Wolves so etwas anzetteln würden.

»Also, das glaub ich nicht, Frau Mahringer. Ich seh hier auch keine Verbindung zum Tourismus. Aber wer weiß, Spinner gibt's ja heutzutage leider überall.«

»Finden Sie's nicht verdächtig, dass der Obmann von den Villach Wolves ein Waffengeschäft besitzt?«

»Der Hubner? Ja und? Das hat seine Familie seit Generationen.«

»Na ja, der kommt doch sicher auch ohne Schwierigkeiten an Tränengas.«

Aha, aus dieser Ecke wehte der Wind. »Frau Mahringer, ich kenn den Hubner schon ewig. Der ist vielleicht ein kleiner Heißläufer, aber so einen feigen Angriff würde der nie im Leben planen oder gar durchführen. Und zum Thema Tränengas: Diese Art von Türstürmern, also solche großen Reizgasflaschen, die selbstständig sprühen, bekommt man ganz einfach im Internet. Bei Amazon zum Beispiel. Und zwar für rund hundert Euro pro Flasche.«

»Aber, so was fällt doch unters Waffengesetz.«

»Ja freilich. Aber kaufen und besitzen dürfen Sie's ganz legal. Ist das Gleiche mit einem Samuraischwert. Das können Sie sich auch nach Lust und Laune übers Bett hängen oder damit Gemüse schneiden. Nur andere Menschen damit angreifen dürfen Sie halt nicht.«

»Und haben Sie einen Verdacht, mit wem wir's da zu tun haben könnten?«

Kogler musste innerlich lachen. Chuzpe hatte sie ja, die Mahringer. Was glaubte die denn? Selbst wenn er einen Verdacht gehabt hätte ... sie wäre die Letzte gewesen, mit der er seine Vermutung geteilt hätte.

»Nein, ich steh vor einem Rätsel wie jeder andere auch.«

»Aber es interessiert Sie schon, oder? Ich hab eigentlich gedacht, dass Sie als ehemaliger Chefinspektor auch ein wenig recherchieren werden. Ich mein, Frühpension hin oder her, ein Ermittler bleibt doch letzten Endes immer ein Ermittler, oder?«

Kogler zuckte als Antwort nur leicht mit den Schultern. Wenn sie meinte. Er spürte auf alle Fälle kein Bedürfnis, sich in die Arbeit von Polizei oder Medien einzumischen. Im Gegenteil. Kogler hoffte inständig, dass diese ganze Blaue-Wolf-Geschichte an ihm vorbeiziehen würde.

8.

Die Susanne Mahringer hatte sich verabschiedet. Fürs Erste war der Spuk vorbei. Kogler setzte sich wieder neben den Sepp an die Bar. Der bearbeitete emsig seine Katerfrühstück-Flyer. Mit einem dicken Stift übermalte er Flyer für Flyer die erste Stelle des falsch ausgewiesenen Preises mit einem fetten Rufzeichen. Eine Notlösung natürlich, aber was blieb ihm auch anderes übrig? Das war nun mal der große Nachteil, wenn man jemanden schwarz bezahlte: Wenn etwas schiefging, gab es keinen Anspruch auf Rückzahlung oder Neuanfertigung. Wenigstens hatte der Betreiber des Grafikstudios sich dazu bereit erklärt, dem Sepp die Hälfte seiner Ausgaben zurückzuerstatten.

»Na, schaut ja gar nicht so schlecht aus. Man könnt fast meinen, das aufgemalte Rufzeichen sei Absicht gewesen«, murmelte der Sepp. »Und kosten tut's jetzt auch viel weniger«, fügte er noch hinzu. Eine gewisse Zufriedenheit spiegelte sich in seinem Gesicht.

Der Sepp legte den Stift zur Seite. »So, den Rest wird der Branko ausbessern. Ist ja auch seine Idee gewesen mit dem Stift. Schon ein guter Mann. Hat was im Kopf.«

»Na, da wird er sich aber freun, der Branko, dass er seine brillante Idee jetzt selbst umsetzen darf«, ätzte Kogler.

Der Sepp überhörte seine Kritik geflissentlich. »Na, und wie war dein Verhör mit der Mahringer?«, fragte er ihn stattdessen.

Kogler fuhr sich kurz durch seinen Bart. Ja, wie war es gelaufen? Gute Frage. »Eigentlich ganz o. k.«, antwortete er dann wahrheitsgemäß.

»Ich versteh ehrlich gesagt noch immer nicht, warum du dir das antust.«

Kogler zuckte mit seinen Schultern. »Die Mahringer ist nun mal hartnäckig, und ich will einfach wieder meine Ruh haben. Aber eins sag ich dir, diese Mahringer hat's faustdick hinter den Ohren. Das ist eine ganz Ausgekochte. Hat mich während des Interviews ständig angestarrt.«

»Ja und? Wo soll sie denn sonst hinschaun? Auf den Boden? Ist halt höflich.«

»Nein, das mein ich nicht. Die hat mich richtig fixiert und hat versucht, meine Mimik und Körpersprache zu deuten, ganz so wie wir's bei Polizeiverhören gemacht haben. Doch, doch, glaub mir, die wollt checken, ob ich die Wahrheit sag.«

»Natürlich sagst die Wahrheit, warum hättest denn auch lügen sollen?«

»Ja, keine Ahnung.« Kogler lachte gezwungen. Insgeheim musste er schlucken, ließ sich aber nichts anmerken. Kogler atmete einmal tief durch. Er hasste sie. Diese Momente, in denen er seine Liebsten anlügen musste: seine Tochter, den Sepp … nicht einmal der Hanna hatte er die Wahrheit erzählt, nachdem er aus dem Krankenhaus nach Hause gekommen war: dass der Einbruch natürlich geplant war, dass es nicht um Geld, sondern um etwas viel Größeres gegangen war. Etwas, das nie ans Tageslicht kommen durfte. Und dass die ganze Sache mit dem Gedächtnisverlust und der Unzurechnungsfähigkeit kompletter Blödsinn war, eine Taktik, gemeinsam mit der Staatsanwältin Pokorny entworfen und durch Beziehungen und Schmiergeld umgesetzt, um das Schlimmste zu verhindern: einen Super-GAU erster Klasse.

Der Sepp erhob sich. Der Branko hatte ihn gerufen. Er marschierte in die Küche. »Willst ein Junggulasch kosten?«, fragte er Kogler über seine Schulter.

»Ja gern!«

Koglers Magen begann zu rumoren. War wohl die Vorfreude auf das angekündigte Mittagessen. Er liebte das Kärntner Gulasch vom Sepp. Jung oder alt. Ganz egal.

Kurz darauf brachte ihm der Sepp einen Teller mit dampfendem Gulasch, dazu zwei Semmeln. Es roch fantastisch.

Kogler schluckte den ersten Bissen hinunter, während er bereits das nächste Stück des zarten, würzigen Fleischs in seinen Mund wandern ließ. Er kaute bedächtig. Es hieß ja, dass Gulasch, je länger es stand und je öfter man es aufwärmte, an Geschmack gewann, also noch besser wurde. Bei diesem Gulasch konnte Kogler sich das nur schwer vorstellen, denn das Fleisch und der Saft auf seinem Teller waren Genuss pur. Die Paprika- und Zwiebelnoten ergänzten sich perfekt. Der Geschmack war nicht zu scharf und nicht zu mild. Ein wahres Fest für den Gaumen.

»Die Zutaten fürs Rezept hab ich dir auch schnell zusammengeschrieben, hast mich ja vor ein paar Wochen danach gefragt. Ist alles für rund vier Portionen gedacht. Aber du weißt ja, in erster Linie geht's …«

»… beim Kochen ums Gefühl«, ergänzte Kogler. Man war ja lernfähig.

»Ja, ganz genau. Sehr gut, Karl, langsam begreifst es ja. Also, ich erklär dir noch ein paar generelle Kniffe. Pass auf! Du kannst alles im Supermarkt kaufen, nur beim Rindfleisch musst aufpassen. Das nimmst vom Bug, kein anderes Stück. Lass dir da ja nix einreden, am besten gehst zur Fleischerei Goritschnigg, sag einfach, dass ich dich schick.«

»Alles klar!«, murmelte Kogler mit vollem Mund. Er ging sowieso gerne zu den Goritschniggs. Das war nämlich eine ganz ausgezeichnete Fleischerei. Da gab es nicht nur ein reichhaltiges Sortiment an erstklassigen Fleisch- und Wurstspezialitäten sowie eine gut bestückte heiße Theke, sondern auch köstliche, individuell zusammengestellte Geschenkkörbe und Platten. Natürlich boten die Goritschniggs auch Lunch und Mittagsmenüs an. Und doch war es keine Fleischerei im eigentlichen Sinne. Denn die Fleischerei Goritschnigg, gegründet 1893, war seit einigen Jahrzehnten auch ein Hotel samt eigenem Steakhouse, in dem es sich vorzüglich dinieren ließ: die besten Steaks, frisch gegrillte Garnelen und vieles mehr. Dazu eine riesige Salatbar und eine große Weinauswahl. Alles nur vom Allerfeinsten.

»O. k., das Fleisch schneidest in daumengroße, aber nicht quadratische Stücke. Erst haust die Zwiebel und den Knoblauch in den Topf und röstest beides in Olivenöl an. Dann, wenn sie braun sind, gibst das Fleisch dazu. Jetzt schmorst alles, bis das Fleisch nicht mehr rot ist. Tomatenmark und Gewürze – Kümmel, Majoran, Lorbeerblätter, Salz, Pfeffer und natürlich Paprika, edelsüß versteht sich – rein, kurz weiterschmoren und dann mit Essig und Rotwein ablöschen, dass es anständig zischt. Wenn notwendig, füllst mit der Brühe oder mit Wasser auf, sodass das Fleisch gerade so bedeckt ist. Dann Deckel drauf, Flamme runterdrehn und knapp zwei Stunden köcheln lassen. Währenddessen rührst immer mal wieder. Und schau bitte, dass der Zwiebelbrei ja nicht zu dick wird. Aber, und das ist der Geheimtrick … einmal anbrennen darf das Gulasch. Soll es sogar. Das gibt den richtigen, einzigartigen Geschmack.«

»Echt, ich lass das einmal anbrennen? So richtig?«

»Ja, sag ich ja. So mittel halt, nicht zu wenig und nicht zu viel. Ah ja, und bevor ich's vergess, der Saft muss zum Schluss recht dick sein.«

»Und wenn er zu dünn ist?«

»Und wenn er zu dünn ist?« Der Sepp überdrehte seine Augen. »Na, was wohl? Dann nimmst einfach den Deckel ab, dann verdampft das Wasser. Am Ende sollt das Fleisch weich sein, so wie deins jetzt. Je nach Lust und Laune kannst das Ganze abschließend noch nachwürzen. Fertig. Alles keine große Hexerei. Jetzt hast dein Junggulasch. Dann ein, zwei Tage stehn lassen und immer wieder aufwärmen.« Der Sepp griff nach der Weinflasche, die hinter der Theke stand, und goss sich ein Glas ein. Er begann zu lachen. »Weißt übrigens, wie man aus Schweinsgulasch ein Rindsgulasch macht?«

Kogler schüttelte den Kopf, während er mit der zweiten Semmel den letzten Gulaschsaft auftunkte. »Keine Ahnung, ich versteh die Frage nicht. Wie soll das gehn?«

»Ganz einfach. Teller kippen, dann rinnt's Gulasch!« Der Sepp lachte noch einmal. Dann stand er auf. Kogler stöhnte leise. Was für ein Witz!

Kogler streckte sich ausgiebig. Sein Magen war gut gefüllt. Jetzt ging es ihm deutlich besser.

»Magst ein Schnapserl?«, fragte der Sepp.

Kogler überlegte. Warum nicht? »Gern!«, sagte er. »Trinkst auch einen?«

»Na, sowieso! Was nehmen wir denn? Birne?«

»Ja, klingt gut!«

Der Sepp holte die Schnapsflasche und schenkte großzügig ein. Die beiden stießen an und leerten ihre Gläser auf einen Zug. Kogler ließ den Geschmack der hochprozentigen Birne in seiner Kehle nachwirken: fruchtig, mild, mit einem feinen warmen Abgang. Wunderbar! In Gedanken plante er den weiteren Tag durch. Um 19:00 Uhr musste er beim Schlosshotel sein. Blieben also etwas weniger als sieben Stunden. Was war zu tun? Gulaschzutaten kaufen. Den Blacky füttern. Etwas Hausputz. Und natürlich die sonntägliche Gartenarbeit. Kogler mochte es, sich im Freien zu betätigen. Das entspannte ihn und baute Stress aller Art ab. Er erinnerte sich an ein altes chinesisches Sprichwort: »Willst du eine Stunde glücklich sein, dann betrinke dich. Willst du ein Jahr glücklich sein, dann heirate. Willst du aber ein ganzes Leben lang glücklich sein, dann kaufe dir einen Garten.«

Kogler stellte in seinem Kopf eine Liste der Dinge zusammen, die er dort zu erledigen hatte: Umpflanzarbeiten, neue Rosen einsetzen, Sträucher schneiden. Gut, das sollte alles in rund drei Stunden erledigt sein. Er würde sich vorher noch einmal hinlegen. Denn auch wenn es die Chinesen nicht niedergeschrieben hatten: »Willst du zwei Stunden glücklich sein, dann begib dich in dein bequemes Bett.«

9.

Im Wasser wuselte es nur so. Kogler stand am größten der drei privaten Fischteiche des Schlosshotels und betrachtete versonnen das rege Treiben der schuppigen Gesellen. Neben einer Unzahl von Saiblingen tummelten sich dort auch einige Forellen und Huchen. Sogar ein ausgewachsener Stör machte Kogler eine kurze Aufwartung. Majestätisch, wie es sich für einen rund zehn Jahre alten Vertreter seiner Gattung gehörte, glitt er an ihm vorbei. Während das Wasser der hoteleigenen Quelle langsam in den Teich plätscherte, machte sich in Kogler eine tiefe Ruhe breit.

Die Anlage als solche gab es schon seit über hundert Jahren. Aber erst einer der letzten, inzwischen verstorbenen Besitzer des Schlosshotels, seines Zeichens bekannter österreichischer Milliardär und Gründer einer riesigen Supermarktkette, hatte vor einigen Jahren beschlossen, das Areal von Grund auf sanieren und umbauen zu lassen. Das war gleichzeitig auch der Startschuss für die hoteleigene Fischzucht auf annähernd 6 000 Quadratmetern Wasserfläche gewesen. Seitdem erfreute sich der sogenannte Schlosssaibling ungebrochener Beliebtheit bei den Gästen: Täglich frisch gefangen, landete er in verschiedensten Formen auf deren Tellern – roh mariniert, gebeizt, als Tatar, im Ganzen gebraten oder auch filetiert. Auf diese Art wanderten jedes Jahr fast zwei Tonnen Saibling in die verwöhnten Bäuche diverser einheimischer und ausländischer Feinschmecker. Eine unglaubliche Zahl. Das hatte Kogler der Rudi Moshammer erzählt, ein ehemaliger Klassenkamerad seiner Tochter, der seit einigen Jahren am Empfang des Schlosshotels arbeitete. Auch Kogler schätzte diese Fischart, besonders die klassische Zubereitung, die seit Inbetriebnahme der Zucht angeboten wurde: Schlosssaibling mit Kerbelkartoffeln und frischem Gartengemüse. In Butter und frischem Thymian angebraten. Ein wahres Festessen.

Überhaupt konnte man in den verschiedenen Hotelrestaurants erstklassig Fisch essen, und zwar nicht nur den aus der eigenen Zucht, sondern auch frisch aus dem Wörthersee gefangene Arten wie Seeforelle, Hecht und Zander. Und als Zugeständnis an die Russen und alle anderen Liebhaber von Kaviar hatte man sich etwas ganz Besonderes überlegt: Schon sehr bald sollte es einen eigenen Kaviar geben. Hausgemacht. Direkt aus den Schlossteichen. Eine echte Sensation. Hierfür tüftelten die Köche des Hotels seit geraumer Zeit emsig an Methoden zur Kaviargewinnung, die ohne die hierfür übliche Tötung der Störe auskommen sollten. Gelebte Innovation und Nachhaltigkeit. Vorbildlich.

Kogler schaute auf das Display seines Handys. Viertel vor sieben. Zeit aufzubrechen. Er warf einen letzten Blick auf den Fischteich und seufzte. Gerne wäre er noch länger geblieben, aber es half nichts. Er wollte den Klaus Pechhofer, den Sponsor seines sicher formidablen Abendmahls, nicht warten lassen.

Auf dem Weg zum Schlosshotel ließ Kogler den neuen Anbau auf sich wirken. Das Design des Seitentrakts war modern, fügte sich aber stimmig an den großen, rechteckigen Schlossbau mit seinen vier Ecktürmen. Dort, im Spa des Schlosshotels, konnten die Gäste Wellness auf höchstem Niveau genießen: ein riesiger Gartenpool mit Panoramablick über den Wörthersee, eine exklusive Saunalandschaft sowie zahlreiche Beauty-Angebote samt Schönheitsoperationen.

Kogler zog die Magnetkarte, die ihm der Rudi Moshammer geborgt hatte, aus seiner Tasche und öffnete die Tür zum Hotelkomplex. Er hatte wirklich Glück, ihn zu kennen, denn die Schlossteiche waren Privatgrund und für normale Gäste tabu.

• • •

Kogler verließ das Hotel durch den Haupteingang und betrat den wenige Meter entfernt gelegenen Strandpark. An der Gerhard-Höllerich-Gedenkbüste blieb er kurz stehen. Er hatte den deutschen Sänger und Schauspieler, besser bekannt unter seinem Künstlernamen Roy Black, persönlich gekannt. War mit ihm sogar einmal Angeln gewesen. Ein ausgesprochen netter Mensch, der zeit seines Lebens in zahlreichen Wörthersee-Filmen mitgewirkt hatte. Anfang der Neunzigerjahre, als er eigentlich schon in der Versenkung verschwunden gewesen war, feierte Roy Black dann mit der Serie »Ein Schloss am Wörthersee« ein fulminantes Comeback. Umso unvorbereiteter traf die Anwohner der Region, von denen viele ein freundschaftliches Verhältnis zu ihm gepflegt hatten, die Nachricht seines unerwarteten Ablebens. Nur einen Tag nach Abdreh der zweiten Staffel wurde er tot in seiner Fischerhütte aufgefunden.

Kogler betrachtete die Büste. »Ach, Gerd …«, murmelte er, »… was hat man dir mit dieser Skulptur nur angetan. Das hast dir wirklich nicht verdient.« Kogler seufzte. Gut gemeint war eben nicht gut gemacht. Die ursprüngliche Büste, die anfänglich im Veldener Kurpark gestanden hatte, hatte dem Schauspieler zweifellos deutlich ähnlicher gesehen als diese hier. Viele Veldener ließen deswegen bis heute ihrem Unmut freien Lauf. Sie forderten, dass die Büste durch eine neue Abbildung ersetzt wurde, die dem originalen Kunstwerk nachempfunden wurde. Warum überhaupt eine neue Büste in Auftrag gegeben wurde? Bizarre Geschichte. Das Original wurde im Wörthersee versenkt. Riesenskandal damals. Ging durch die gesamte österreichische und deutsche Presse. Schlussendlich wurde die Büste von Tauchern geborgen und neu montiert. Die Sache schien erledigt, doch dummerweise wurde der Kopf des Schauspielers schon wenig später erneut gestohlen. Und seitdem war er verschollen. Auch Kogler hatte in diesem Fall ermittelt. Die Untersuchungen waren jedoch im Sand verlaufen. So war der Gemeinde am Ende nichts anderes übrig geblieben, als eine neue Büste anfertigen zu lassen. Man entschied sich, warum auch immer, für einen anderen Bildhauer und platzierte die neue Büste in der Nähe des Schlosshotels. Und da war sie nun. Gott sei Dank stand auf der am Sockel angebrachten Gedenktafel Roy Blacks Name, denn ohne diesen Hinweis hätte ihn sicherlich niemand erkannt. Definitiv. Beim besten Willen nicht.

• • •

Kogler dachte an das anstehende Essen. Grundsätzlich bot das Schlosshotel seinen Besuchern zwei Nobelrestaurants, die zur absoluten Spitzenklasse zählten. Hochdekoriert und mehrfach ausgezeichnet. National und international. Im ersten Stock des Hotels befand sich das Restaurant Schlossstern. Es bot eine unvergleichliche Aussicht und exzellente frische Küche mit Fokus auf Österreich und Kärnten. Alpen-Adria-Küche nannte das Hotel das. Geschätzt von zahlreichen Gästen, Urlaubern und Einheimischen. Ohne Vorausreservierung lief hier gar nichts. Das zweite Restaurant, das Seeblick, auf das Kogler gerade zusteuerte, bot dem verwöhnten Gast in ungezwungenem Ambiente Slow Food der Extraklasse. Hier wurde besonderer Wert auf saisonale Produkte gelegt. Man verarbeitete ausschließlich Zutaten aus maximal 150 Kilometern Entfernung.

Kogler betrat das Restaurant. Es war gut besucht. Kein einziger freier Tisch. Am Ende des Saals erkannte er den Klaus Pechhofer, der ihm kurz entgegenwinkte. Kogler erklärte dem herbeigeeilten Kellner, dass er zum Tourismuschef gehörte. Er übergab ihm seine Lederjacke und streifte sich sein weißes Sporthemd glatt. Normalerweise trug Kogler keine Hemden, aber für das heutige Treffen hatte er dann doch eine Ausnahme gemacht.

»Pünktlich auf die Minute«, stellte der Klaus Pechhofer fest, als er ihm die Hand schüttelte. »Bitte, Kogler, nehmen Sie Platz. Ich hoff, Sie haben einen guten Hunger mitgebracht.«

Kogler setzte sich auf die andere Seite des Tischs. »Ja durchaus, Herr Pechhofer, durchaus.«

Der Klaus Pechhofer grinste. »Na, sehr fein, dann fangen wir mal mit einem Aperitif an. Wissen Sie schon, was Sie wollen, oder soll uns der Kellner ein paar Vorschläge machen? Die haben ja sicher wieder ganz spezielle saisonale Sachen.«

Kogler brauchte nicht lange zu überlegen. »Ich nehm einen Martini Bianco mit Eis.« Darauf hatte er schon seit gut einer Stunde einen Gusto gehabt.

»Wunderbar, mal sehn ...« Der Klaus Pechhofer warf einen Blick auf die Karte. »Ich fang mit einem Schilcher-Prosecco an.« Er hob seinen Arm und schnippte, ohne sich umzudrehen, mit den Fingern. Sofort eilte ein junger Kellner, der die beiden seit rund einer Minute aufmerksam im Auge behalten hatte, herbei. Den Chef des Tourismusverbands Wörthersee ließ man eben nicht warten.

Nachdem der Klaus Pechhofer bestellt hatte, wandte er sich an Kogler: »Wollen Sie eine rauchen zum Aperitif?«

»Aber hier ist doch Rauchverbot.«

»Ja schon, aber warum gehn wir fürs erste Getränk nicht kurz in die Schlossbar gegenüber?«

»Ja gut, gern, aber was ist mit der Tischreservierung?«

Der Klaus Pechhofer lachte, ganz so, als hätte er ihn gefragt, ob die Erde rund sei. »Keine Angst, Kogler, den nimmt uns so lang keiner weg.« Er schnippte ein weiteres Mal mit seinen Fingern. Umgehend kam der Kellner angeschossen. Der Klaus Pechhofer erklärte ihm kurz und knapp den Stand der Dinge und trug ihm auf, die bestellten Getränke in die Schlossbar bringen zu lassen. Danach stand er auf und schlug Kogler kräftig auf die Schulter. So fest, dass dieser kurz nach vorne überkippte. »Gut, das hätten wir.« Er nahm eine Speisekarte vom Tisch. »Und die nehmen wir gleich mit. Wir bestellen dann einfach in der Schlossbar, dann brauchen wir anschließend nicht lange warten.«

• • •

Kogler und der Klaus Pechhofer saßen etwas abseits der anderen Gäste am äußeren Ende der Theke. In der Luft hing Zigarrenrauch. Kogler nippte an seinem Getränk. Der Klaus Pechhofer starrte nachdenklich vor sich hin. Dann drehte er sich ruckartig zu Kogler und schaute ihm ernst in die Augen. Die für ihn so typische überhebliche Gelassenheit war aus seinem Gesicht gewichen.

»Nun, Kogler, kommen wir gleich zur Sache. Sie können sich sicherlich vorstellen, warum ich mit Ihnen reden wollte. Ich mein, es ist ja wohl offensichtlich, dass hier eine reelle Chance besteht, dass der Anschlag mir persönlich gegolten hat.«

Kogler sagte erst einmal nichts. Natürlich war das möglich, immerhin war der Klaus Pechhofer der Chef des Tourismusverbands Wörthersee.

»Was meinen Sie?«, bohrte sein Gegenüber nach.

»Na ja, möglich ist's. Aber ich würd mich an Ihrer Stelle jetzt nicht verrückt machen. Der Täter hätte es sich auch einfacher machen können, wenn es ihm nur um Sie gegangen wär, meinen Sie nicht?«

»Mag sein.« Richtig überzeugt schien der Klaus Pechhofer nicht. Er holte einen Zigarillo aus seiner Sakkotasche und wickelte ihn vorsichtig aus seiner Plastikfolie. »Andere Ideen?«, fragte er Kogler.

»Einige Leute meinen, dass die Sache etwas mit den Villach Wolves zu tun haben könnte, vielleicht auch mit deren Obmann, dem Franz Hubner. Ist vielleicht ein bisschen weit hergeholt, aber ...«

Der Klaus Pechhofer lachte laut auf. So laut, dass es durch die gesamte Bar schallte. »Der Hubner? Der Franz? Nie im Leben!«

»Na ja, wenn wir davon ausgehn, dass das Tränengas nur als Abreibung gedacht war, da man dachte, dass sich die Fenster normal öffnen lassen würden ...«

»Kogler, vergessen Sie diese Theorie! Kommen Sie ein bisschen näher, ich erzähl Ihnen jetzt was, ist aber vertraulich.« Kogler beugte seinen Kopf nach vorn. Der Klaus Pechhofer lächelte breit und fuhr etwas leiser fort: »Also, die ganze Rivalität zwischen unseren beiden Eishockeyklubs, die Sticheleien zwischen dem Hubner und mir, die medialen Streitereien ... das ist alles nur Show.«

»Nur Show?«

»Ja, nix als eine große Show. Inszeniert. Ein Jux, wenn Sie so wollen. Dient ausschließlich der Fan-Mobilisierung. Der Hubner und ich sind in Wahrheit gute Freunde. Sogar Geschäftspartner.«

»Sie beide?« Kogler konnte es nicht glauben. Die beiden Obmänner beleidigten und beschimpften sich seit Jahren bei jeder Gelegenheit aufs Heftigste.

»Hören Sie, der Hubner und ich machen seit Jahren gemeinsame Geschäfte im Bau- und Immobilienbereich. Große Geschäfte, kein Pipifax, wenn Sie verstehn. Er ist sogar, aber das haben Sie nie gehört, stiller Teilhaber bei der Immo-Aventura, meiner Bauträgerfirma.«

»Als Waffenhändler?«

»Ach, Kogler …« Der Klaus Pechhofer schüttelte schmunzelnd den Kopf. Da war sie wieder: die gewohnte überhebliche Heiterkeit. »Kennen Sie den Bruder von Hubners Frau?«

Kogler schüttelte den Kopf. Nein, den kannte er nicht.

»Der ist der Generaldirektor der Kärntner Hausbank. Und der sitzt so ganz nebenbei auch im Aufsichtsrat bei BARR, dem Baukonzern.«

Langsam dämmerte es Kogler. »Verstehe, beides sicher nicht unpraktisch in der Bau- und Immobilienbranche.«

»Ganz genau.« Der Klaus Pechhofer klopfte mehrmals auf den Tisch. »Nein, nein, den Hubner können wir ausschließen. Er ist der Letzte, dem was daran liegen könnte, dass mir was passiert. Der würd sich nur ins eigene Fleisch schneiden.«

»Andere aus der Immobilienbranche vielleicht?«

Der Klaus Pechhofer zündete sich seinen Zigarillo an. Er nahm einen tiefen Zug, dann noch einen. Er schien nachzudenken.

»Bauträgergeschäfte und Immobilien, mein lieber Kogler, sind kein Prinzessinnen-Business«, sagte er dann. »Das ist was für echte Männer. Natürlich, keine Frage, es braucht einen guten Riecher und viel Vorstellungsvermögen, aber das allein reicht nicht. Was am Ende zählt, sind Stärke und Durchsetzungskraft, und damit mein ich echte Stärke und Durchsetzungskraft.«

»Hoffentlich der legalen Art.«

Der Klaus Pechhofer gab ihm keine Antwort. Brauchte er auch nicht. Sein amüsiertes Grinsen war Antwort genug.

»Na dann, vielleicht war's ein unzufriedener Kunde oder Partner«, stellte Kogler in den Raum.

»Kann ich natürlich nicht ausschließen, glaub ich aber nicht. Wissen Sie, Kogler, ich hab jetzt immer und immer wieder über diesen Anschlag nachgedacht. Warum dieser Aufwand? Warum die Ankündigung in der Zeitung? Das alles deutet für mich auf eins hin: Es geht hier um Öffentlichkeitsarbeit, um das Generieren von Aufmerksamkeit. Glauben Sie mir, in so was kenn ich mich aus. Der Täter will den Tourismus anprangern. Vielleicht auch unseren Tourismusverband. Und damit letzten Endes mich.«

»Na gut.« Kogler leerte sein Glas in einem Zug. »Gehn wir mal davon aus, es ist so, wie Sie sagen: Irgendein Spinner will den Tourismus öffentlichkeitswirksam an den Pranger stellen. Dann sind wir jetzt genauso weit wie vorher. Hinter dem Anschlag können alle und jeder stecken.«

»Vielleicht, vielleicht aber auch nicht. Denn was, wenn die ganze hysterische Tourismus-Drohung nur Ablenkung war und es in Wahrheit um mich als Person ging?« Der Klaus Pechhofer senkte seine Stimme. Kogler musste sich konzentrieren, um ihn überhaupt noch zu verstehen. »Schaun Sie, wir sitzen hier nicht in der Schlossbar, um unsere Nikotinsucht zu befriedigen. Ich bin mit Ihnen hierhergegangen, damit wir in Ruhe, ohne dabei belauscht zu werden, reden können, denn das, was ich Ihnen jetzt erzählen werd, ist ziemlich – wie soll ich sagen – heikel. Und vor allem streng vertraulich. Und so soll's auch bleiben. Haben wir uns verstanden?«

Kogler nickte. Seine Neugier war geweckt.

»Sie wissen ja, dass ich für die SPÖ im Veldener Gemeinderat sitz.« Natürlich wusste Kogler das. Jeder wusste das. Der Klaus Pechhofer wurde ja auch nicht müde, dies bei jeder passenden und unpassenden Gelegenheit zu erwähnen. Keine Interviews oder Reden ohne einen dezenten Hinweis auf seine selbstlose und aufopfernde Nebentätigkeit.

»Also, und so wie's ausschaut, sitzt vor Ihnen ein zukünftiger Bürgermeisterkandidat«, fügte der Pechhofer hinzu.

Kogler hustete. Der Klaus Pechhofer als Bürgermeister von Velden? Na bravo! Jetzt brauchte er dringend noch etwas zu trinken. Er gab dem Kellner ein entsprechendes Handzeichen.

Der Bürgermeisterkandidat in spe lächelte. »Ja, da schaun Sie. Ist noch geheim, aber parteiintern fix.«

»Aber was ist denn mit dem Robert Jägde?« Der war das amtierende Oberhaupt der Gemeinde. Ebenfalls Sozialdemokrat. Ein rotes Urgestein, beliebt und geschätzt, was man vom Klaus Pechhofer nicht gerade sagen konnte.

»Der Jägde tritt nicht mehr an. Ist ja schon bald siebzig. Aber natürlich wird er mich bei der Wahl unterstützen, so wie die anderen Genossen.«

»Na dann!«, sagte Kogler und prostete dem Klaus Pechhofer mit seinem neuen Martini Bianco zu.

»Also«, fuhr der Klaus Pechhofer fort, »ich brauch Ihnen ja nicht zu erklären, wie im Moment in Velden die Wählervorlieben liegen.«

Nein, das brauchte er Kogler nicht zu erläutern. Auch in Kärnten hatte sich die politische Landschaft in der letzten Zeit verändert. Nach langer Alleinherrschaft der Blauen, also der FPÖ, waren die Sozialdemokraten über die Jahre wieder zur unangefochtenen Nummer eins aufgestiegen.

»Gut, wie gesagt, ist alles noch nicht offiziell«, betonte der

Klaus Pechhofer noch einmal. »Aber es gibt da einen, der hat damit ein grobes Problem. Also mit mir. Ein richtig grobes.«

»Wer?«

»Der alte und vielleicht auch neue Bürgermeisterkandidat der Freiheitlichen Partei.«

»Der Wolfgang Greidl?«

»Ganz genau.«

»Na ja, logisch«, antwortete Kogler. »Wer wird auch schon gern Zweiter oder Dritter?« Auch er ging davon aus, dass die Veldener wieder Rot wählen würden. Selbst einen Kandidaten wie sein Gegenüber. Menschen waren halt Gewohnheitstiere, und Partei war eben Partei.

»Nein, so mein ich's nicht. Der Greidl hat ein echtes Problem mit mir. Der ist schon fast psychotisch. Hat mir mehrmals in persönlichen Gesprächen gedroht, dass er mich fertigmachen und meinen Ruf ruinieren wird. Das letzte Mal ist er sogar handgreiflich geworden.«

»War er betrunken?«

»Der Greidl? Soll das ein Scherz sein? Na sicher! Haben Sie den schon mal nüchtern gesehn?«

Kogler runzelte die Stirn. »Sie meinen also im Ernst, dass der Greidl hinter allem steckt? Hinter dem Drohbrief und dem Anschlag?«

»Glauben Sie mir, der ist nicht mehr ganz bei sich. Hat sich wohl um den Verstand gesoffen. Und, Kogler, das Beste kommt erst noch. Wissen Sie, wie der Wolfgang Greidl von seinen Parteifreunden liebevoll genannt wird?«

»Keine Ahnung. Wolfi?«

»Nein.«

»Greidi?«

»Nein, Kogler, weder noch. Sie nennen ihn …« Der Klaus

Pechhofer setzte eine kurze, bedeutungsvolle Pause. »Sie nennen ihn ... den blauen Wolf.«

Kogler war für einen kurzen Moment sprachlos. Konnte das wirklich sein? Er kannte den Wolfgang Greidl nur flüchtig. Eingefleischter FPÖler. Eigentümer von den Autohäusern Mercedes Greidl. Zugegeben, ein Wichtigtuer. Trank auch gern. Aber, dass der so weit gehen würde? Kogler wusste nicht so recht, was er auf diese Enthüllung antworten sollte. »Im Ernst?«, fragte er ungläubig.

»Ja, Kogler, natürlich mein ich das ernst. Warum glauben Sie denn, reden wir hier gerade miteinander? Aus Jux und Tollerei?«

»Nein, nein, schon klar.« Kogler zündete sich eine Zigarette an. »Und warum haben Sie das nicht der Polizei gesagt?« Er nahm einen weiteren schnellen Zug. »Haben Sie doch nicht, oder?«

»Mein Gott! Natürlich nicht! Das ist ja nur ein Verdacht. Und wie stellen Sie sich das überhaupt vor? Soll ich der Polizei aufs Aug drücken, dass ich kandidieren werd? Himmel Herr, Kogler, das ist Politik. Alles noch streng geheim. G-E-H-E-I-M!«

»Na klar, streng geheim«, seufzte Kogler. »Aber, Herr Pechhofer, mal unter uns, warum sollte der Wolfgang Greidl so dämlich sein und seinen eigenen Spitznamen verwenden? Ich mein, das wär doch alles andere als clever, um nicht zu sagen komplett idiotisch.«

»Was weiß ich? Wie gesagt, der spinnt von Tag zu Tag mehr. Ich wollt das ja auch nur bei Ihnen deponieren. Für den Fall der Fälle, sicher ist sicher, man weiß ja nie.«

Kogler sah dem Klaus Pechhofer in die Augen. Er wusste nicht so recht, was er von den Anschuldigungen halten sollte, aber eines war sicher: Der ach so selbstbewusste, arrogante Herr Tausendsassa schien wirklich besorgt zu sein. Vor ihm saß kein erfolgreicher Macher, sondern ein leicht verschrecktes Kaninchen.

»In Ordnung, ich halt meine Augen offen, Herr Pechhofer. Nicht, dass ich ermitteln würde. Sie wissen ja, diese Zeiten sind ein für alle Mal vorbei. Aber ich hör mich ein wenig um.«

»Sehr gut, danke!« Der Klaus Pechhofer schien erleichtert. »Und weil Sie mich vorher nach unzufriedenen Kunden gefragt haben, da wär eventuell doch noch eine zweite Sache.«

»Ja?«

»Nun, die ist nicht minder heikel. Schaun Sie, Kogler, bei Immobiliengeschäften geht's oft ein wenig deftig zu. Liegt in der Natur der Sache. Und das gefällt nicht allen Kunden. Sie wissen ja ... Angebot und Nachfrage. Tja, und vor längerer Zeit, kurz nach einem – wie soll ich sagen – etwas schwierigeren Hauskauf, bin ich einmal kontaktiert und aufs Übelste beschimpft worden. Der Mann hat sogar gedroht, mich umzubringen.«

Kogler schwenkte sein Glas hin und her. »Schön, und wer war das?«

Der Klaus Pechhofer fuhr sich mit seiner Zunge über die Lippen. »Tja, wie bereits angedeutet, das ist etwas heikel. Sie kennen diesen Herrn. Ein ehemaliger Kollege von Ihnen.«

»Ein Polizist?«, entfuhr es Kogler.

»Ja, aber je länger ich drüber nachdenk ... Nein, ich glaub nicht, dass der's war. War damals wohl nur sehr aufgeregt, der Gute.«

»Jetzt sagen Sie's schon!«, hakte Kogler nach.

Der Klaus Pechhofer winkte ab. »Nein, vergessen Sie's. Jetzt wo ich's mir genauer überleg ... ist ein Blödsinn. Außerdem will ich keinen Ärger mit der Exekutive – welcher Art auch immer.« Der Tourismuschef machte eine Pause und starrte an Kogler vorbei auf den Wörthersee. Dann lächelte er Kogler an. »Konzentrieren Sie sich bitte einfach auf diesen unsäglichen Greidl, und schaun Sie jetzt, was Sie bestellen wollen. Sie haben ja sicherlich schon einen Bärenhunger.«

»Na gut, wie Sie meinen«, seufzte Kogler. »Haben Sie sich schon entschieden?«

»Ja, ich nehm das Wolfsbarsch-Carpaccio in Mandelsoße. Wie immer.«

Kogler warf einen Blick auf die Karte und runzelte die Stirn. Er konnte das besagte Fischgericht nirgendwo finden.

»Das Carpaccio steht da nicht drauf«, erklärte der Klaus Pechhofer, der seinem suchenden Blick gefolgt war. »Ist ein Spezialauftrag von mir. Gibt leider nur eine Portion, falls ich Ihnen jetzt Lust darauf gemacht habe. Wissen Sie, das ess ich immer, wenn ich hier bin. Meine Frau Sonja, die im Spa das neue Fingernagelstudio betreibt, bestellt mir das dann meist ein paar Tage vorher direkt beim Heimo Lurcher, dem Chefkoch vom Seeblick. Ist ein braver Mann, der Lurcher. Und kochen kann der ... Ich sag's Ihnen, Kogler, exzellent. Sie werden sehn.«

Kogler nickte beiläufig. Er hatte nur mit einem Ohr zugehört. War damit beschäftigt gewesen, die verschiedenen Gerichte der Karte gegeneinander abzuwägen. Keine einfache Sache. Ganz und gar nicht. »Verstehe, Herr Pechhofer. Gut, dann nehm ich das Lavanttaler Weidegansl.«

»Ausgezeichnete Wahl. Und als Vorspeise?«

»Na ja, wenn Sie so fragen ... Vorab probier ich gern noch den Winterspargel.«

»Winterspargel. Schwarzwurzel also. Keine schlechte Idee. Was ist da noch mal dabei?«

»Ähm, Moment ... ein Stundenei, schwarze Johannisbeeren und Hadn.«

»Klingt verführerisch. Ich verzicht trotzdem auf eine Vorspeise. Wissen Sie, der Lurcher macht mir immer eine Riesenportion vom Wolfsbarsch-Carpaccio. XXL sozusagen.«

10.

Kogler wischte sich mit seiner Serviette den Mund ab. Seine Vorspeise war ausgezeichnet gewesen. Die Johannisbeeren und der Hadn, auch bekannt als Kärntner Buchweizen, hatten hervorragend mit den gekochten Schwarzwurzeln harmoniert. Und das Stundenei erst ... eine Sensation! Es war innen wunderbar cremig und außen von ungewöhnlich weichem Eiweiß umgeben gewesen. Kogler musste unbedingt herausfinden, wie man ein Ei so lange kochen konnte, ohne dass es hart wurde.

»Na, war's gut?«, fragte ihn der Klaus Pechhofer. Er prostete ihm mit seinem Weinglas zu.

»Ja danke, exquisit.«

Der Kellner kam an den Tisch gehuscht, schenkte den beiden Wein nach und servierte den Teller ab.

»Und? Wie steht's mit dem Tourismus am Wörthersee?« Kogler wusste, was sich gehörte. Ein wenig Small Talk konnte nie schaden. Das Thema war sicher nach Pechhofers Geschmack.

»Na ja, was soll ich sagen, Kogler? Es läuft so weit alles. Morgen startet in mehreren Hotels der Verkauf der neuen Wörthersee-Geschenkkörbe. Auserwählte Gäste erhalten die sogar umsonst. Sie verstehn?«

Kogler nickte. Natürlich verstand er das. Destinationsmarketing für die Oberklasse. Kleine Aufmerksamkeiten für die Reichen und Mächtigen.

»Und für das Pilotprojekt mit dem Bus in Pörtschach bekommen wir auch jede Menge positives Feedback.«

»Ja, eine wirklich beeindruckende Sache«, stimmte Kogler zu. Seit Juni fuhr ein Elektro-Kleinbus durch Veldens Schwestergemeinde. Mit rund 20 km/h. So weit, so gut. Allerdings gab es in diesem Bus keinen Fahrer. Er wurde über ein modernes 5G-Mobilfunknetz gesteuert, fuhr also autonom. Jeden Wochentag von 9:00 bis 16:00 Uhr. Wie ein Uhrwerk. Vom Dermuth-Platz zum Bahnhof und weiter zum Pörtschacher Gemeindeamt. Kostenlos, eine Attraktion für Einheimische und Touristen.

»Tja, und dann haben wir da noch unser Leuchtturm-Projekt. Die Sprachassistenten am Wörthersee. Schon davon gehört?«

»Nein, was für Sprachassistenten?«

»Kennen Sie Alexa?«

»Welche Alexa?«

Der Tourismuschef lachte. »Nein, Kogler, keine Person. Alexa, den Sprachassistenten von Amazon. Diese kleinen Dinger, die sich die Leute zu Hause hinstellen. Alexa, mach das Licht an! Alexa, setz Schokolade auf die Einkaufsliste! Klingelt's jetzt?«

»Ja, denk schon.« Kogler meinte, sich daran zu erinnern, dazu eine Werbung im Fernsehen gesehen zu haben.

»Also, bis Ende nächsten Jahres stellen wir 350 solcher Assistenten in Hotelzimmern auf. Mit spezieller Software, kompatibel mit Apple und Android. Inklusive App-Anbindung. Wird so nebenbei mit 200.000 Euro gefördert.«

»Und was machen die Gäste dann damit?«

»Na ja, die können diese digitalen Sprachassistenten dann zum Beispiel fragen, wo sie in der Nähe gut essen können oder was es für Veranstaltungen gibt. Und, was weiß ich ... was sie bei schlechtem Wetter tun können.«

Kogler überlegte. »Nicht dumm«, sagte er dann, »das heißt, auf der einen Seite steuern Sie die Gäste, und auf der anderen Seite können Sie unauffällig Daten erheben.«

»Nicht schlecht, Kogler! Ich sag's ja, Sie sind ein schlaues Kerlchen. Offiziell geht's aber natürlich bloß darum, dass sich die lieben Touristen bei uns besser zurechtfinden.« Er zwinkerte Kogler zu.

»Selbstverständlich«, antwortete Kogler artig. »Wo ich schon mit Ihnen zusammensitze, Herr Pechhofer, was ganz anderes: Was wird denn nun eigentlich aus der Luftseilbahn?« Dieses Projekt interessierte Kogler wirklich. Es gab seit einiger Zeit Pläne, eine rund zwei Kilometer lange Schwebebahn über den Wörthersee zu bauen, vom Strandbad Pörtschach bis zum Pyramidenkogel auf der anderen Seite des Sees. Die Pörtschacher Gemeindevertreter waren von dieser Idee natürlich begeistert. Verständlich. Die hörten schon ordentlich die Kasse klingeln. Ein autonom fahrender Kleinbus war eine Sache, eine spektakuläre Hochseilbahn über dem Wörthersee eine gänzlich andere.

Der Klaus Pechhofer lehnte sich gemächlich zurück und faltete seine Hände gebieterisch vor dem Bauch. »Tja, das ist eine gute Frage. Ist alles sprichwörtlich noch in der Schwebe. Die Machbarkeitsstudie gibt's schon. Die Umsetzung würde mit allen Nebenprojekten rund 50 Millionen kosten. Das ist eine schöne Stange Geld, Kogler, eine Riesensumme, selbst bei uns am Wörthersee. Die Regierung und das Land sind grundsätzlich nicht abgeneigt, aber die ganze Sache steht und fällt mit den privaten Sponsoren, die aufgetrieben werden müssen.«

»Und? Wie schaut's da aus?«

»So weit ganz gut, aber alles noch nicht spruchreif. Außerdem wird gerade eine alternative Idee diskutiert: ein Tunnel.«

»Ein Tunnel? Wo? Im Wasser?«

»Ja, denn nicht alle halten die Schwebebahn für eine gute Idee. Ihre Kritiker befürchten, dass sie das Landschaftsbild zerstören könnte. Und dann gibt's natürlich noch zahlreiche Umweltaspekte zu beachten. Darum also jetzt der Vorschlag, einen Unterwassertunnel zwischen dem Nord- und dem Südufer zu bauen: eine Röhre aus Beton von rund acht Metern Durchmesser, in den See abgesenkt, mit Glaselementen zum Rausschauen.«

»Wie jetzt? Für Autos? Echt?«

»Nein, das nicht. Für Radfahrer und Fußgänger, vielleicht auch für eine eigene kleine Elektrobahn.«

»Aber wenn der Rundweg um den Wörthersee geteilt wird, wie kommen die Leute dann auf den Pyramidenkogel?«

»Ah! Sie denken wirklich immer mit. Ganz richtig, Kogler, in diesem Fall müsste am Südufer eine Aufstiegshilfe, also eine klassische Seilbahn entlang des Bergrückens, gebaut werden.«

Gerade als Kogler eine weitere Frage stellen wollte, schwang hinter ihnen die Tür zur Küche auf. Ihr Kellner steuerte schnellen Schritts auf sie zu. Schon aus einigen Metern Entfernung erkannte Kogler sein Weidegansl, das ihm verführerisch sein Beinchen, eine knusprig braun gebratene Keule, entgegenstreckte. Kogler musste sich bemühen, nicht mit der Zunge zu schnalzen.

»Mit besten Grüßen aus der Küche!« Der junge Kellner platzierte die beiden Gerichte ehrfürchtig vor ihnen am Tisch. »Von unserem Chefkoch persönlich«, beeilte er sich hinzuzufügen. Dabei blickte er dem Klaus Pechhofer unterwürfig ins Gesicht.

»Ja danke! Wie heißen Sie denn, junger Mann?«

»Roman«, antwortete der Kellner ein wenig nervös.

»Gut, Roman. Richten Sie dem Lurcher meinen besten Dank

aus! Das Carpaccio schaut ausgezeichnet aus. Duftet auch herrlich, ganz wie immer.«

Kogler griff nach seinem Besteck, als sich plötzlich ein Gast vom Nachbartisch zu Wort meldete: »Ja, aber hallo! Das schaut ja lecker aus! Was essen Sie denn da, guter Mann?«, fragte er. Seinem Dialekt nach zu urteilen, stammte er aus dem Norden Deutschlands.

Kogler ließ Gabel und Messer wieder sinken. Er hatte ihren Sitznachbarn vorher gar nicht beachtet. Ein hagerer Mann mit kurzem braunen Haar reckte seinen Kopf zu ihnen hinüber, den Blick auf den Teller vom Klaus Pechhofer gerichtet.

»Was hat er denn da Feines, der Herr?«, setzte der Gast nach. Diesmal etwas lauter. Der Klaus Pechhofer seufzte kurz und ließ seine Stoffserviette, die er sich gerade auf seine Beine hatte legen wollen, wieder auf den Tisch sinken. »Wolfsbarsch-Carpaccio«, antwortete er missmutig. Dann griff er wieder zur Serviette und fügte an Kogler gewandt hinzu: »Wohl ein ganz Wissensdurstiger, unser Deutschmann.« Gerade so laut, dass dieser es auch mitbekommen musste.

»Wie bitte? Was glaubt ihr arroganten Ösis eigentlich?«, empörte der sich. Aus seinen Augenwinkeln sah Kogler, dass sich einige Restaurantbesucher bereits zu ihnen umdrehten.

»Ach, halten Sie doch Ihr vorlautes Maul!«, legte der Klaus Pechhofer nach. »Scheißpiefke!«, ergänzte er. Dann platzierte er in aller Ruhe die Serviette auf seinem Schoß, strich sie glatt und nahm seine Gabel zur Hand. Alles betont langsam. Sein Kontrahent schnaufte laut. »Ersticken sollen Sie an Ihrem Fisch-Carpaccio, Sie Fatzke!«, schrie er dann.

»Jaja, immer mit der Ruhe! Passen Sie lieber auf, dass ich Sie nicht rausschmeißen lass, Sie Spinner!« Der Klaus Pechhofer nahm einen Schluck Wein und prostete Kogler zu. »Mahlzeit! Ignorieren Sie diesen Idioten einfach«, sagte er.

»Mahlzeit!«, murmelte Kogler, dem die Situation zunehmend unangenehmer wurde. Er hoffte inständig, dass sich die Gemüter der beiden beruhigen würden. Für den Klaus Pechhofer schien die Sache geklärt zu sein. Er schob sich einen ersten Bissen des hauchdünn aufgeschnittenen Wolfsbarsches in den Mund. »Köstlich!«, kommentierte er zufrieden.

Kogler bemühte sich, es dem Pechhofer nachzutun, und widmete sich wieder seinem Teller. Wenige Happen später entspannte er sich. Das Gröbste schien ausgestanden. Auch die anderen Gäste aßen weiter und nahmen ihre Gespräche wieder auf.

Einige Minuten herrschte Ruhe. Doch als Kogler gerade die zweite Hälfte seiner Gänsekeule in Angriff nehmen wollte, fing der Klaus Pechhofer an, seltsame Geräusche von sich zu geben. Kogler sah auf und ließ vor Schreck sein Besteck fallen. Um Gottes willen! Der Klaus Pechhofer starrte ihn mit unnatürlich weit geöffneten Augen an. Er röchelte qualvoll, keuchte lautstark und rang hustend nach Luft. Sein Kopf begann, hin und her zu zucken.

»Scheiße!«, entfuhr es Kogler. Er sprang von seinem Sessel auf und hetzte auf die andere Seite des Tischs. Dabei warf er aus Versehen sein Weinglas um. Egal. Kogler versuchte, die Situation einzuschätzen. Was passierte hier gerade? Fisch, Röcheln, Husten. Eine Gräte? Hatte der Klaus Pechhofer eine Gräte in die Luftröhre bekommen? Er schlug seinem nach Atem ringenden Bekannten mehrmals auf den Rücken. Immer stärker, aber das half nicht. Kogler drosch ein weiteres Mal zu. Keine Wirkung. Der Klaus Pechhofer schien missbilligend den Kopf zu schütteln. War schwer zu erkennen, so stark wie sein Körper inzwischen zuckte: als ob er einen epileptischen Anfall hatte. Kogler war mit der Situation komplett überfordert. »Heimlich-Griff!«, rief ihm irgendjemand von der anderen Seite des Restaurants zu. »Machen Sie den Heimlich-Griff! Der erstickt Ihnen sonst an der Gräte!« Heimlich-Griff? Wie ging der noch mal? Plötzlich erinnerte sich Kogler. Klar, den hatte er ja in seiner Erste-Hilfe-Ausbildung gelernt. Er riss den Klaus Pechhofer von seinem Stuhl, zog ihn hoch und umfasste ihn von hinten. Keine einfache Sache. Der japsende zukünftige Bürgermeisterkandidat schien plötzlich doppelt so schwer zu sein wie normal. Sein zunehmendes unkontrolliertes Zucken machte das Unterfangen auch nicht gerade leichter. Kogler begann zu schwitzen. Panik kam in ihm auf. Ruhig Blut, befahl er sich. Reiß dich zusammen, Karl! Er ballte eine Faust und umfasste sie knapp unterhalb des Brustbeins mit seiner anderen Hand. Dann zog er ruckartig mit aller Kraft gleichzeitig nach hinten und nach oben, so fest er nur irgendwie konnte. Der Klaus Pechhofer stöhnte. Sofern man die winselnden, pfeifenden Geräusche, die aus seinem Mund drangen, überhaupt noch ein Stöhnen nennen konnte. Kogler riss ihn ein weiteres Mal schräg nach hinten. Er erinnerte sich, dass ihnen beigebracht worden war, dass der Heimlich-Griff bei Fischgräten oft nicht optimal wirkte, da sich die Luftröhre nicht vernünftig schloss. Der erzeugte Überdruck konnte also im Hals vorbeigleiten. Griff man beherzt zu, konnte es auch zu inneren Verletzungen kommen. Aber Kogler blieb keine andere Wahl. »Wenn es um Leben und Tod geht, packen Sie zu! Bis zu fünfmal. Scheuen Sie sich nicht! Die möglichen Verletzungen sind das geringere Übel«, hatte ihnen der Ausbilder damals erklärt. Dein Wort in Gottes Ohr, dachte Kogler. Er wiederholte den Griff drei weitere Male. Einziger Erfolg: Der Klaus Pechhofer übergab sich. Kogler ließ ihn zu Boden gleiten. Hatte er die Gräte ausgespuckt? Wohl eher nicht, denn von Besserung war keine Spur. Im Gegenteil, sein Zustand hatte sich weiter verschlechtert. Krämpfe jagten durch den Körper vom Klaus Pechhofer. Sein Gesicht war geschwollen und erst rot, dann blau angelaufen. Panisch blickte er Kogler in die Augen. Er öffnete den Mund, versuchte, etwas zu sagen, aber Kogler verstand nichts. Er bückte sich zu ihm hinunter, sodass sein Ohr nur wenige Zentimeter von dessen Mund entfernt war. Erneut presste der Klaus Pechhofer ein Wort hervor: »Panther!« Leise und kaum hörbar, aber Kogler hatte ihn verstanden. Dann ließ das Röcheln plötzlich nach. Auch das Zucken verebbte. Ein letztes Mal bewegten sich die Lippen des Sterbenden. »Fru ...«, flüsterte er, »Fru ...«

Dann war da nur noch Stille. Absolute Stille. Der Klaus Pechhofer hatte zu atmen aufgehört. Sein Kopf kippte wie ein Stein zur Seite. Kogler fiel auf seine Knie und stützte sich mit einer Hand am Boden ab. Er sah in die Augen vom Klaus Pechhofer. Aus ihnen war jegliches Leben gewichen. Kogler atmete schwer. Zitternd hob er seinen Kopf und schrie: »Arzt! Arzt! Verflucht noch mal! Wir brauchen hier einen Arzt!« Seine Stimme überschlug sich. Sollte er ihm den Puls fühlen? Wozu? Er wusste auch so, dass der Klaus Pechhofer keinen Arzt mehr brauchte. Niemand würde ihm mehr helfen können. Kein Griff der Welt konnte den Tourismuschef wieder ins Leben zurückholen.

11.

Kogler saß schräg gegenüber vom toten Klaus Pechhofer versunken auf einem Stuhl. Ihm war schlecht. Sein Magen rebellierte. Natürlich hatte er als Polizist immer wieder mit Leichen zu tun gehabt. Das lag in der Natur der Sache. Daran gewöhnte man sich mit der Zeit auch notgedrungen, aber bei so einem Todeskampf wie eben hautnah dabei zu sein war einfach zu viel, noch dazu, wenn man den Verstorbenen gekannt hatte. Das ging einem dann wirklich nahe.

Zwei Ärzte beugten sich über den regungslosen Körper vom Klaus Pechhofer. Der Jüngere, ein Hausarzt aus Vorarlberg, war aus der Lobby herbeigeeilt, als er von dem Zwischenfall gehört hatte. Der andere arbeitete als Schönheitschirurg im Wellnessbereich des Hotels und brauchte sich gar nicht erst vorzustellen: Prof. Dr. Hans Dorschach, Liebling der Tratschmedien, kannte in Österreich jeder.

»Und er hat gezuckt, haben Sie gesagt?«, fragte der Hans Dorschach.

Kogler nickte. »Nicht nur gezuckt, er hatte spastische Krämpfe. Wie bei einem epileptischen Anfall.«

»Krämpfe, Übergeben, Atemnot, hier auf der Haut bilden sich bereits ganz leichte Rötungen …«, murmelte der andere Mediziner, der sich das Gesicht des Toten aus nächster Nähe anschaute.

»Vielleicht hab ich beim Heimlich-Griff zu fest zugedrückt? Vielleicht hat er sich deshalb übergeben?«

»Nein, das glaub ich nicht. Sie haben alles richtig gemacht«, stellte der Hans Dorschach fest. Er fuhr sich durch sein schulterlanges graues Haar und stand auf. Der junge Arzt tat es ihm gleich. »Starker Mandelgeruch aus dem Mund«, stieß er leise durch zusammengepresste Lippen hervor. Der Hans Dorschach hob seine Augenbrauen.

»Das Carpaccio war in einer Mandelsoße zubereitet«, klärte Kogler die beiden auf.

»Soso«, sagte der Schönheitschirurg, »könnte natürlich der Grund für den Geruch sein. Oder aber ...«

»... da war jemand besonders schlau«, ergänzte sein Vorarlberger Kollege. »Denn wenn man sich die anderen Anzeichen anschaut ... Was meinen Sie, Herr Professor?«

»Seh ich auch so. Ganz schön grausam, hab ich bisher nur aus den Büchern gekannt.«

Kogler verfolgte die Diskussion mit zunehmender Ungeduld. »Jetzt bitte mal auf gut Deutsch. Wollen Sie mir sagen, dass der Pechhofer gar nicht an einer Gräte erstickt ist?«

Die beiden Ärzte tauschten bedeutungsvolle Blicke aus.

»Also, was jetzt?«, hakte Kogler nach.

»Sind Sie ein Angehöriger?«

»Nein, ein Bekannter.« Offensichtlich zögerten die beiden, Informationen mit ihm zu teilen. Kogler entschied sich für eine andere Taktik: »Hören Sie, mein Name ist Karl Kogler. Ich bin der ehemalige Chefinspektor von Velden.«

»Nun, wenn das so ist, Herr Inspektor, es sieht nicht so aus, als hätte eine Fischgräte zum Ersticken geführt«, sagte der Jüngere.

»Ganz sicher nicht«, fügte der Hans Dorschach hinzu, um

dem Ganzen Nachdruck zu verleihen. »Ich möchte wetten, dass Ihr Bekannter vergiftet wurde«, ergänzte er.

»Wie bitte? Vergiftet?« Kogler konnte nicht fassen, was er da gerade gehört hatte.

»Ja, schaut nach Zyankali aus, und zwar in einer hohen Menge. Einer sehr hohen Menge.«

»Zyankali?«

»Ja, Genaueres werden die Kollegen nach der toxikologischen Untersuchung sagen können.«

Kogler brauchte einen Moment, um diese Informationen zu verarbeiten. Dann stand er auf und rief die beiden Kellner zu sich, die einige Meter entfernt standen und aufgeregt miteinander diskutierten.

»Hören Sie zu, Roman! Sie unterrichten jetzt das Management vom Schlosshotel, dass wir es hier nicht mit einem Unfall zu tun haben«, sagte Kogler leise. »Der Herr Pechhofer wurde offensichtlich vergiftet.«

»Mord?«, entfuhr es dem jungen Hotelangestellten.

»Ja, Mord, aber behalten Sie das für sich. Richten Sie das auch Ihren Kollegen aus. Kein Wort an die Gäste! Sie informieren nur die Hotelführung. Sagen Sie Ihren Vorgesetzten auch, dass keiner der Angestellten das Hotelareal verlassen darf. Das gilt ganz besonders für das Küchenpersonal. Und Sie ...« Kogler wandte sich an den anderen Kellner. »Sie bleiben hier und sorgen dafür, dass niemand den Tatort, also das Restaurant, betritt. Die Gäste schicken Sie raus, von mir aus auch in die Hotellobby, dort sollen sie sich zur Verfügung halten. Und ganz wichtig: Das Wolfsbarsch-Carpaccio, also das Essen vom Pechhofer, wird nicht angerührt! Von niemandem! Keiner Menschenseele! Verstanden?«

»Natürlich!«

»In Ordnung. Gut, Prof. Dr. Dorschach und sein Kollege bleiben hier, bis die Polizei eintrifft. Wurde die überhaupt gerufen?«

»Nein, nur die Rettung, glaub ich.«

»Gut, dann machen Sie das. Sofort! Sagen Sie denen, dass es um Mord geht.«

»Ich hab kein Handy dabei.«

»Ich hab eins«, sagte der Hans Dorschach. Er zog sein Telefon aus der Sakkotasche, wählte den Notruf und ging ein paar Schritte zur Seite, um der Polizei die Lage zu schildern. Der Kellner geleitete derweilen die Gäste hinaus. »Bitte entschuldigen Sie die Unannehmlichkeiten! Folgen Sie mir jetzt nach draußen. Essen und Getränke gehn aufs Haus«, hörte Kogler ihn sagen.

Er selbst musste jetzt dringend eine rauchen. Kogler ging vor die Tür des Seeblicks. Er zündete sich eine Zigarette an und blickte in Richtung der Hoteleinfahrt, die gegenüber vom Haupteingang lag. Hier parkten einige der betuchtesten und wichtigsten Gäste ihre Nobelschlitten und Sportwagen. Auch der stadtbekannte schwarze Hummer vom Klaus Pechhofer war hier elitär abgestellt. Der Wagen war aufgrund seiner Größe selbst in der Dunkelheit deutlich auszumachen.

Kogler nahm einen tiefen Zug von seiner Zigarette, als ihm eine Gestalt ins Auge fiel, die sich dem Parkplatz näherte. Kogler konnte nur Schemen erkennen: mittelgroße bis große Statur, dunkel gekleidet, trug Mantel und eine Art Mütze. Aber was war das?! Kogler kniff die Augen zusammen, um besser sehen zu können. Doch! Ganz eindeutig! Die Person machte sich am Auto vom Klaus Pechhofer, genauer gesagt an dessen Scheibenwischer, zu schaffen. Sie schien etwas an der Windschutzscheibe festklemmen zu wollen, so wie ein Parkwächter einen Strafzettel. In diesem Moment kam Kogler ein Verdacht. Ein Bekennerschreiben! Der blaue Wolf! Er schmiss seine Zigarette weg und ging mit schnellem Schritt Richtung Parkplatz. Die Gestalt in der Ferne drehte sich zu ihm um. »Halt! Bleiben Sie stehen!«, schrie Kogler. »Polizei!«, brüllte er hinterher. Gut, stimmte nur so halb, aber der Zweck heiligt nun mal die Mittel.

Die Person an Pechhofers Auto rannte los. »Scheiße!«, fluchte Kogler. Nun gut, was hatte er auch anderes erwartet? Er hastete los und verfolgte die ominöse Gestalt, die auf die Seestraße zulief, dann aber plötzlich nach rechts abbog und auf die neben dem Hotel gelegene Grünfläche zusteuerte. Kogler sprintete hinterher. Zwischen den beiden lagen sicherlich rund sechzig Meter. Kogler begann zu schnaufen. Noch hatte er halbwegs Blickkontakt, aber wie lange noch? Wenn die verdächtige Person erst einmal das Ende der Wiese erreicht hätte, wo sich Häuser und Gärten aneinanderreihten, würde er sie schnell aus den Augen verlieren.

»Bleiben Sie stehn! Polizei!«, rief Kogler ein weiteres Mal. »Verdammt, bleib stehn. Ich bin keine zwanzig mehr«, fügte er fluchend hinzu, mehr an sich selbst gerichtet als an die andere Person. Und siehe da! Zu seiner Überraschung tat sie wie befohlen. Sie stoppte und drehte sich um.

Kogler rannte weiter.

Noch fünfzig Meter.

Sie holte etwas unter dem Mantel hervor und hob ihre Hand.

Noch dreißig Meter.

Ein Knall.

Das Geräusch kannte Kogler leider nur zu gut. Er schmiss sich auf den Boden. Flach liegen bleiben, befahl er sich, wenig Trefferfläche bieten! Kogler drehte vorsichtig seinen Kopf, gerade so weit, dass er in die Richtung des Angreifers sehen konnte. Der war inzwischen weitergelaufen und hatte das Ende der Wiese erreicht. Er kletterte über eine Mauer und war verschwunden.

Kogler richtete sich mühsam auf. Sein Herz raste. In seiner

ganzen Polizeilaufbahn war kein einziges Mal auf ihn geschossen worden. Er klopfte die Erde von seinem linken Hemdsärmel. Das war es dann wohl mit dem strahlenden Weiß gewesen. Breite braun-grüne Grasstreifen zogen sich über den Stoff. Die Flecken wurden immer größer. Kogler schüttelte den Kopf. Wie konnte das sein? Er begutachtete seinen Arm. Das Braungrün wich einem Purpurrot.

Das war kein Dreck.

Das war Blut.

Und zwar sein eigenes.

• • •

Es dauerte nicht lang, nur wenige Minuten, bis Kogler den ersten Schock überwunden und sich beruhigt hatte. Er öffnete sein Hemd und untersuchte die Schusswunde: ein Streifschuss, nichts weiter. Er hatte großes Glück gehabt. Trotzdem spürte Kogler einen pulsierenden Schmerz in seinem Arm. Umständlich knöpfte er sich sein Hemd zu und ging langsam zu der Stelle, an der der Schütze gestanden hatte. »Na, wollen wir doch mal sehn«, murmelte er und leuchtete mit der Taschenlampe seines Telefons den Boden Zentimeter für Zentimeter ab.

Kogler fand schnell, wonach er gesucht hatte. Er bückte sich und nahm die Patronenhülse in die Hand. »Bingo!«, rief er triumphierend. Kogler betrachtete das kleine metallene Stück. Da fiel es ihm wie Schuppen von den Augen. Er ließ sich fallen und begann, hysterisch zu lachen. Die letzten Worte vom Klaus Pechhofer … und jetzt diese Patronenhülse … Wenn Kogler eins und eins richtig zusammenzählte, dann hatte er jetzt ein Problem. Ein riesiges Problem. Und nicht nur das. Dann war er von jetzt an ganz auf sich allein gestellt. Er konnte niemandem mehr trauen. Nicht einmal der Polizei.

12.

»Ja, Karl, was machst denn für Sachen? Lässt dich auf deine alten Tage noch anschießen.« Der Harald Pinter schüttelte den Kopf und klopfte Kogler vorsichtig auf die Schulter.

»Ihr Kollege wird wieder. Ist nur ein leichter Streifschuss, nicht besonders tief«, versicherte der Hans Dorschach. Der Doktor warf einen prüfenden Blick auf Koglers Verband. »Haben sie gut hinbekommen, die Sanitäter.«

»Ex-Kollege!«, meldete sich der Goran zu Wort. »Der Herr Kogler ist schon seit einiger Zeit keiner mehr von uns. Hat beschlossen, die Seiten zu wechseln.«

»Goran, halt den Mund!«, zischte der Harald Pinter. Dann wandte er sich wieder dem Schönheitschirurgen zu. »Entschuldigen Sie bitte, Herr Dr. Dorschach. Mein Kollege meint, dass der Chefinspektor Kogler jetzt im wohlverdienten Ruhestand ist. Ist doch so, Herr Inspektor Biljan, oder?« Der Goran nickte mit eisiger Miene.

»Gut, Herr Doktor, sind Sie hier so weit fertig? Wir würden gern kurz mit dem Herrn Kogler reden. Allein.«

»Ja, ist so weit alles erledigt. Brauchen Ihre Leute mich noch, oder kann ich dann gehn? Ich hab denen ja bereits alles gesagt.«

»Ja, ist schon in Ordnung. Aber bleiben Sie bitte vorerst im Hotel, falls wir noch Fragen an Sie haben.«

Der Hans Dorschach nickte. Er verabschiedete sich und marschierte davon. Auf halben Weg drehte er sich noch einmal um. »Und vergessen Sie nicht, Herr Kogler, morgen müssen Sie den Verband noch einmal wechseln lassen.«

Kogler deutete dem Arzt mit nach oben gestrecktem Daumen, dass er ihn verstanden hatte.

»Fährst ins Krankenhaus zur Kontrolle?«, fragte ihn der Harald Pinter.

»Nein, das soll sich der Gerhard anschaun.«

»Welcher Gerhard?«

»Na, mein Schwiegersohn, wer sonst?«

»Ah so, klar, der ist ja auch Arzt. Schon praktisch, so jemanden in der Familie zu haben.«

Kogler nickte stumm. Praktisch? Als Arzt: sicher. Als Schwiegersohn: na ja, darüber ließ sich streiten. Kogler begann es zu frösteln. Er zog sich die Rettungsdecke fester um die Schultern. Umständliche Angelegenheit. War gar nicht so einfach mit nur einer Hand.

»Wo sind denn deine Anziehsachen?«

»Das Hemd hab ich abgeschrieben, war voller Blut, Dreck und Grasflecken. Der Sanitäter musste außerdem den Ärmel aufschneiden, weil der Stoff an der Wunde geklebt hat.«

Kogler bewegte seine rechte Schulter einige Male nach vorn, die dumme Decke wollte aber nicht so recht folgen.

Dem Harald Pinter war sein Bemühen nicht entgangen. »Mein Gott, Goran! Jetzt steh nicht wie angewachsen da. Siehst doch, dass der Karl was Neues zum Anziehen braucht«, rügte er ihn. »Also, organisier ihm was, kann ja nicht so schwer sein in einem Fünfsternehotel.«

»Bitte?! Wer bin ich denn?! Die Caritas? Als du vorhin angerufen hast, hab ich meinen Urlaub ganz bestimmt nicht extra unterbrochen, um hier Kindermädchen zu spielen.«

»Himmel Herr, Goran! Treib's jetzt nicht auf die Spitze! Also, geh raus, und schau, ob die Kollegen schon Fortschritte bei der Suche nach Kugel und Patronenhülse gemacht haben. Auf dem Weg zurück kümmerst dich um ein T-Shirt und einen Pullover für den Karl. Hast mich verstanden? Das ist ein Befehl!«

Der Goran wollte protestieren, ließ es dann aber bleiben. Stattdessen knurrte er leise und sagte: »Sehr wohl, Herr Chefinspektor. Ich red mit den Kollegen. Und neue Kleidung für unseren Meistereinbrecher wird besorgt.« Er schlug die Beine zusammen und deutete ein Salutieren an. Dann ging er los.

Der Harald Pinter setzte sich neben Kogler und seufzte. »Nimm dir das nicht zu Herzen, Karl. Kennst ihn ja, den Goran, der kann mit der ganzen Einbruchsache einfach nicht umgehn, verhält sich noch immer wie ein kleines trotziges Kind.« Er schüttelte den Kopf und fuhr fort: »Also, dann erzähl mal. Was zum Teufel ist da vorhin passiert? Warum hast dich überhaupt mit dem Pechhofer getroffen?«

Kogler schaute den Chefinspektor überrascht an. »Harald, bitte! Was soll das? Ich hab diesem Aschenwald vom Landeskriminalamt grad schon alles erzählt: ausführlich, eine geschlagene Viertelstunde lang. Lies das bitte bei ihm nach, ich hab echt keine Lust, das Ganze noch mal runterzubeten.«

Der Harald Pinter bedachte Kogler mit einem strengen Blick. »Karl, ich frag dich das nicht aus Spaß. Schau dich mal um! Unsere gesamte Belegschaft ist da. Der ganze See. Alle Dienststellen, das Polizeikommando Villach und die Leute vom LKA Klagenfurt. Du weißt genau, was das bedeutet. Die sind alle hochgradig nervös. Das ist jetzt keine kleine Sache mehr.«

Koglers Blick fiel auf einen Mann, der wild gestikulierend auf einen Hotelangestellten einredete. Schau, schau, dachte Kogler. Auch der Leiter der LKA-Ermittlungsgruppe Leib/Leben war persönlich vor Ort. Wenn der sich einschaltete, war Feuer am Dach. Dann brannte es lichterloh.

»Hast Angst, dass unser lieber Freund vom LKA dich nicht ausreichend informiert?«

»Wär ja nicht das erste Mal«, sagte der Harald Pinter. »Aber das muss ich dir ja nicht erzählen, du kennst das ja nur allzu gut.« Er deutete auf den LKA-Chefinspektor, der noch immer lauthals mit dem Hotelangestellten diskutierte. »Da geht's jetzt richtig zur Sache. Das LKA will die Daten von allen Hotelgästen, um zu überprüfen, wer von ihnen einen Waffenschein besitzt oder Mitglied in einem Schießklub ist. Wundert mich nicht – seitdem unser alter Freund die Karriereleiter hinaufgefallen ist, tut er ja alles, um selbst gut dazustehen. Kennst ja seinen Ehrgeiz. Und wir hier unten am See stehn dann jedes Mal da wie unfähige Idioten.«

Kogler atmete zweimal tief ein und aus. Seine Wunde tat noch immer weh. Kaum zu glauben, wie stark so ein kleiner Streifschuss schmerzen konnte.

»Also Karl, bist jetzt bitte so nett und erzählst mir, was sich da heut abgespielt hat? Vom Anfang bis zum Ende.«

Kogler nickte. »Na gut, in Ordnung, weil du's bist. Aber eine Frage hätt ich da noch. Wann ist unser Freund vom LKA eigentlich angekommen?« Kogler deutete auf den Leiter der Ermittlungsgruppe Leib/Leben.

»Er? Seit wann? Keine Ahnung, der war, glaub ich, schon recht zeitig da. Als er angerufen wurde, war er gerade bei einem Essen in Villach, hab ich gehört. Warum fragst?«

Kogler bemühte sich, desinteressiert zu wirken. »Ach, nur so. Hab ihn vorher bloß gar nicht gesehn.«

• • •

Der Harald Pinter räusperte sich. »Schon komisch, dieser Greidl-Verdacht vom Pechhofer, findest nicht auch?«

»Ja schon.«

»Ergibt irgendwie keinen rechten Sinn.«

»Das hab ich ihm auch gesagt.«

»Und sonst? Hat er noch irgendeine andere Vermutung aufgestellt?«

Kogler überlegte. Sollte er dem Harald davon erzählen? Auch wenn er sich nicht vorstellen konnte, dass sein Nachfolger in der Sache drinnen hing ... Vorsicht war nun mal die Mutter der Porzellankiste. Kogler dachte noch einmal an die Patronenhülse und entschied sich, die Sache mit dem über den Hausverkauf verärgerten Polizisten erst einmal für sich zu behalten.

»Nein, das war alles.«

Der Harald Pinter blätterte in seinem Notizblock um und runzelte die Stirn. »Und gesagt hat der Pechhofer nix mehr? Während er mit dem Tod gerungen hat, mein ich? Irgendwas?«

»Ob er noch was gesagt hat?« Kogler biss sich kurz auf die Lippe. In seinem Inneren hörte er ein weiteres Mal klar und deutlich die letzten Worte des Verstorbenen: »Panther«, »Fru« und noch einmal »Fru«.

Kogler schaute seinem alten Bekannten in die Augen. »Nein«, log er, »außer Würgen und Stöhnen war da nix.«

Der Harald Pinter nickte und klappte sein Notizbuch zu. »Na dann, das war's auch schon. Jetzt aber noch was zwischen dir und mir. Sag, was zum Teufel hat dich geritten, da draußen den Helden zu spielen? Rennst ohne Waffe einem Verdächtigen hinterher. Gott, Karl, dabei hättest draufgehn können, das ist dir schon klar?«

Kogler blickte zu Boden. Das hatte ihm gerade noch gefehlt. Er kam sich vor wie ein ungezogener Schulbub. Er hob seinen Kopf. Doch als er gerade antworten wollte, schallte ihm die Stimme vom Goran entgegen. Diesmal war Kogler ausnahmsweise froh, ihn zu sehen.

»Die Kollegen haben noch nix gefunden. Weder das Projektil noch die Hülse.« Er ließ seine Tragetasche auf den Tisch neben ihnen fallen. »Gut, das Projektil kann von der Schussrichtung her überall und nirgends sein«, fuhr der Goran fort, »aber da draußen ist gefühlt ein halbes Dutzend Kollegen mit Taschenlampen am Suchen. Ist also die Frage, ob sich der Herr Kogler die Stelle überhaupt korrekt gemerkt hat.«

»Natürlich hab ich die richtige Stelle angegeben«, kläffte Kogler. »Ich bin ja kein Idiot!«

Der junge Polizeibeamte schien diesen Einwand beflissentlich zu überhören. »Auf alle Fälle müssen wir, falls die Stelle denn nun wirklich stimmt, davon ausgehn, dass der Täter ein verdammt guter Schütze ist. Das waren locker 25 Meter.«

Der Harald Pinter pfiff leise durch die Zähne. »Echt? 25 Meter? Ja, das ist schon eine gewaltige Distanz. Und dunkel war's ja auch schon.«

Kogler stimmte den beiden im Stillen zu. Das hatte ihn auch schon beschäftigt. Eine Meisterleistung, jemanden aus dieser Entfernung zu treffen. Das war wohl auch einer der Gründe, warum das LKA die Hotelgäste auf Waffenbesitz und Schießerfahrung überprüfen wollte.

Der Harald Pinter wandte sich wieder an seinen Mitarbeiter. »Na ja, vielleicht finden die Kollegen die Patronenhülse ja noch.«

»Kann ich mir schwer vorstellen, wenn sie die bis jetzt nicht haben«, bekam er als Antwort.

Kogler umfasste die beiden Zipfel der Decke mit der linken

Hand und ließ seine rechte in die Hosentasche wandern. Da war sie, die Patronenhülse. Genau dort, wo sie sein sollte. Wenn die beiden nur wüssten ... »Vielleicht hat er ja auch einen Revolver benutzt«, beeilte er sich zu sagen.

»Einen Revolver? Ich weiß nicht, meinst echt? Eher unüblich«, wägte der Harald Pinter ab.

»Keine Ahnung, vielleicht hat er die Hülse auch ganz einfach aufgehoben nach dem Schuss. Ich hab mich ja auf den Boden geschmissen und eine Zeit lang nix gesehn. Unmöglich wär's nicht.«

»Ja, was ist schon unmöglich«, brachte sich der Goran wieder ins Spiel. Er ging zu dem Plastiksack und überreichte ihn Kogler. »Ah ja, das hätt ich fast vergessen, Ihr neues Outfit.« Dabei grinste er boshaft. Kogler ahnte Übles. Er zog das erste Kleidungstück heraus und schüttelte es aus. Ein schwarzes T-Shirt. «Ich und mein Golf! Golfi, Golfi, Golf!« stand vorne groß drauf. »Soll das ein Witz sein?«

»Es gab nix anderes«, bekam er als Antwort.

»Goran, was soll der Blödsinn?«, fragte der Harald Pinter.

»Und das?« Kogler leerte den Sack aus und deutete auf die weiße Jacke mit dem breiten Revers und den zahlreichen schwarzen Knöpfen. Das war eine Kochjacke. Eindeutig. In ihm begann es zu brodeln.

»Wie gesagt, auf die Schnelle haben die mir nix anderes geben können. Aber passt doch ganz gut zum T-Shirt. Beides in XXL, die Größe stimmt also auch.«

Der Harald Pinter griff nach dem T-Shirt. »Gib das her, Karl!«, sagte er. »Ich bin mir sicher, der Goran wollt nur einen dummen Scherz machen. Wir besorgen dir was Anständiges.«

Kogler riss dem Dienststellenleiter das T-Shirt aus der Hand und warf die Decke ab. Er stand auf und ging langsam einige Schritte auf den Goran zu. Er spürte, wie die Wut in ihm stärker und stärker wurde: all die Verletzungen, all das Gespött, all die dummen Bemerkungen … Nichts hatte er zu den Leuten gesagt, die sich über ihn lustig machten oder ihn als Verrückten abstempelten, gar nichts. Den Mund hatte er gehalten und alles über sich ergehen lassen. Aber was zu viel war, war zu viel.

Der Goran wich zurück. Eine Mischung aus Überraschung und Irritation spiegelte sich in seinem Gesicht.

»So, Goran, jetzt sag ich dir was«, presste Kogler leise hervor, aber gerade noch laut genug, dass es auch dessen Vorgesetzter hören konnte. Er setzte einen weiteren Schritt nach vorne und klopfte seinem ehemaligen Protegé mit dem zerknüllten T-Shirt unsanft auf die Brust. »Findest dich wohl besonders witzig, was?! Eine lustige Sache, oder? Ein Mordsspaß?! Er genügt dir nicht, mich seit dieser elendigen Krumpendorf-Sache bei jeder Gelegenheit zu beleidigen. Oh nein, demütigen willst mich, so richtig demütigen, nix anderes! Mich, der immer für dich da war, seit du in die Windeln gemacht hast! Mich, der dich immer gefördert und zur Polizei geholt hat! Zu mir, in meine Dienststelle! Demütigen willst mich, nix anderes! So wie jetzt mit diesem Proleten-Shirt und einer Kochjacke! Ich soll mich wohl auch anziehn wie ein Clown? Mich nicht nur von euch allen so behandeln lassen, denn das reicht dir ja nicht, oder?«

Kogler pochte ein paar weitere Male auf die Brust vom Goran.

»Nehmen Sie sofort Ihre Hand weg, sonst kann's schmerzhaft werden für Sie!«

Kogler schnaubte. Seine Stimme wurde lauter. »Und hör endlich mit diesem idiotischen ›wir sind per Sie‹ auf!«

Der Harald Pinter versuchte, Kogler zu beruhigen. Er zog ihn sanft, aber bestimmt ein Stück zurück. »Karl, er hat's nicht so gemeint! Schau, er ist ja noch jung und …«

»Natürlich hat er's so gemeint! Genau so!«

»Karl, bitte, lass es jetzt gut sein!« Der Harald Pinter stellte sich zwischen die beiden Streithähne und zeigte auf seinen Kollegen. »Und du, Goran ... Du sagst jetzt gar nix mehr! Hast schon genug angerichtet heut.«

»Keiner sagt mir, wann ich den Mund halt! Ich lass mich doch nicht von diesem abgehalfterten ehemaligen Polizisten beleidigen, einem Einbrecher und Kriminellen.«

»Dein Vater würd sich im Grab umdrehn«, entfuhr es Kogler leise.

»Gott, Karl! Lass um Himmels willen seinen Vater aus dem Spiel. Du weißt doch ...«

Der Goran sprang in Richtung Kogler und versuchte, ihn an der Gurgel zu fassen. »Halt ja deinen verschissenen Mund!«, schrie er. »Ich warn dich!« Der Leiter der Polizeidienststelle Velden hatte alle Hände voll zu tun, um seinen Untergebenen unter Kontrolle zu halten. »Aufhören! Sofort! Seid ihr jetzt völlig übergeschnappt? Die ganzen Kollegen schaun schon her.«

Ein schneller Blick verriet Kogler, dass der Harald recht hatte. Die anderen Polizisten beobachteten sie neugierig. Einige tuschelten amüsiert.

»Du armseliger alter Idiot!«, setzte der Goran nach.

Kogler beschloss, auf die anderen zu pfeifen. Sollten sie sich doch die Mäuler zerreißen! »Ah, schau einer an, sind wir jetzt plötzlich wieder per Du? Na, sehr schön! Soll ich dir was sagen, Goran? Ich red über deinen Vater, wann immer es mir passt. Ich hab den Neven schon gekannt, als du noch nicht einmal ein Funkeln in den Augen deiner Eltern gewesen bist. Hast mich verstanden? Du bist nicht der Einzige, der jemand Geliebten verloren hat! Vom Friedhof hast mich geschmissen bei seiner Beerdigung! Vor allen anderen! Respekt, bist ein echter Mann geworden! Eine wahre Meisterleistung, dem langjährigen Freund deines Vaters den letzten Abschied zu verweigern. Aber darin bist du ja sowieso ein Spezialist, oder? Wo warst denn, als die Hanna gestorben ist?!« Koglers Stimme füllte inzwischen die ganze Hotellobby aus. »Wo du warst, möcht ich wissen! Hast sie in ihren letzten Wochen wenigstens im Krankenhaus besucht? Nur einmal? Nein, hast nicht! Nicht einmal zu ihrer Beerdigung bist gekommen! Wolltest dich wohl nicht mit mir sehn lassen, dem durchgeknallten Einbrecher. Und das, obwohl sie immer für dich da war, die Hanna. Wie eine Ziehmutter war sie zu dir, nachdem deine eigene abgehaun ist. Zum Kindergarten und zur Schule hat sie dich gebracht, mit dir gelernt und gespielt, ein und aus gegangen bist bei uns wie ein Sohn. Aber dich von ihr zu verabschieden, dafür warst dir zu fein! Ach, was für ein fantastischer Mensch du doch bist! Was Besseres! Kannst über alle anderen urteilen, besonders über mich!«

Der Goran bebte. Er riss sich von seinem Chef los und ging einen Schritt zurück. Dann richtete er sich seine Uniform. »Ich hab zu arbeiten«, murmelte er. Er streckte seinen Arm Richtung Kogler aus und zeigte mit ausgestrecktem Finger auf ihn. »Und wer sagt dir, dass ich mich nicht auf meine eigene Art und Weise von der Tante Hanna verabschiedet hab? Und zum Thema ›toller Mensch‹: Denk lieber mal drüber nach, was du ihr mit dem Einbruch angetan hast in den letzten Monaten ihres Lebens. Denk drüber nach!« Er setzte eine kurze Pause. Dann ließ er dem Gesagten noch ein lautes »Und erwähn nie mehr meine Mutter, Karl!« folgen. Er senkte seinen Arm, drehte sich um und marschierte, verfolgt von einem Dutzend Augenpaaren, aus dem Restaurant.

Der Harald Pinter ließ sich auf den nächstbesten Sessel fallen. »Was ist denn bitte nur los mit euch beiden? Hat das wirklich sein müssen?«

»Das ist eine Sache zwischen dem Goran und mir, Harald«,

antwortete Kogler. Er steckte seinen rechten Arm in das Golftreffen-T-Shirt und versuchte, es sich anzuziehen.

»Karl, jetzt lass das verdammte T-Shirt da. Wir besorgen dir was anderes.«

Kogler dachte nicht daran. Er mühte sich weiter ab. Als er sich das schwarze T-Shirt endlich übergezogen hatte, drehte er sich zu seinem alten Bekannten um und rief: »Na bitte, passt wunderbar.«

»Jetzt mach dich nicht lächerlich.«

»Lächerlich? Ich? Aber nein, wieso denn? Die Sachen passen doch zu mir, dem durchgeknallten Kogler, der seinen Verstand verloren hat. Denkt ihr doch sowieso alle im Team.« Er bückte sich und hob die Kochjacke auf.

»Karl, red keinen Unsinn! Keiner denkt das. So was kann jedem passieren.«

»Jaja, sicher.« Kogler fluchte, als er sich in die Kochjacke zwängte. Sein Arm begann wieder zu schmerzen. »So, ich geh jetzt.« Er nahm seine Lederjacke. »Viel Spaß beim Ermitteln! Mir reicht's für heut.«

Ohne sich noch einmal umzudrehen, verließ Kogler das Hotel.

13.

Kogler stand an der Seestraße gegenüber vom Parkplatz des Schlosshotels. Die Flamme seines Feuerzeugs tänzelte im Wind. Er zündete sich eine Zigarette an und nahm einen tiefen Zug. Kogler begann zu husten. Ja, die Gier ist ein Schwein, dachte er und betrachtete die rote Glut auf der Zigarettenspitze. Kogler war noch immer aufgewühlt. Eine solche Szene war eigentlich gar nicht seine Art. Er schüttelte den Kopf. Was war nur in ihn gefahren? Nun gut, was geschehen war, war geschehen, er konnte es sowieso nicht mehr ändern. Vielleicht war es ja auch an der Zeit gewesen, diese Dinge auszusprechen. Aber hatte er den Goran zu heftig attackiert und die Kontrolle verloren? Es wollte ihm keine passende Antwort einfallen.

Kogler blickte auf die Boote, die leicht im Wind schaukelten. Sanfte Wellen glitten über die Oberfläche des Wörthersees und spiegelten sich im matten Licht der Laternen. Kogler zog ein weiteres Mal an seiner Zigarette und blies den Rauch langsam aus. Er erinnerte sich an Gorans fünften Geburtstag im Pijan Volk, dem Lokal von seinem Freund Neven, Gorans Vater. Die Hanna, die Yvonne und er waren schon zeitig nach Kranzlhofen gefahren. Seine Frau hatte bis spät in die Nacht eine Schokoladen-Marzipan-Torte gebacken, denn der Goran liebte Marzipan über alles. Sie hatten den Kleinen beide fest ins Herz geschlossen, für ihn gesorgt wie für ihr eigenes Kind, besonders, nachdem seine Mutter die Familie drei Jahre nach seiner Geburt von heute auf morgen auf Nimmerwiedersehen verlassen hatte.

»Onkel Karl! Onkel Karl!«, hatte es Kogler schon beim Betreten des Gasthauses entgegengeschallt. Der Goran hatte, wie er noch klein war, immer Onkel zu ihm gesagt, erst in der Pubertät war daraus ein joviales, aber nicht weniger herzliches »Karl« geworden. Der kleine Goran kam auf ihn zugeschossen und umarmte ihn. »Hast sie mit?«, fragte er ganz aufgeregt. »Hast sie mit? Mit fünf, hast gesagt, dann bin ich groß genug.« Kogler überreichte dem mit hochroten Ohren hin und her zappelnden Jungen sein Geschenk. Er hatte es auf dem Revier selbst eingewickelt. Dementsprechend sah die Verpackung auch etwas ramponiert aus, aber das machte nichts. Es ging ja um den Inhalt.

»Ja, schau halt nach!«, sagte Kogler.

Der Goran ließ sich auf den Boden fallen und riss das Geschenkpapier auf. Er fischte Koglers alte Polizeikappe heraus und begann, über das ganze Gesicht zu strahlen. »Eine Polizeimütze! Eine echte Polizeimütze!«, jubilierte er und hüpfte von einem Bein auf das andere.

Kogler lächelte. Unglaublich, welche Freude der Kleine daran hatte. »Ja, Goran, von heute an bist einer von uns: Ehrenmitglied der Kinderpolizei Wörthersee. Aber, du weißt ja, vorerst nur auf Probe, denn Polizist zu sein, das muss man sich verdienen.«

Goran setzte voller Stolz die Mütze auf. Er sah Kogler an. Ein kindesuntypischer Ernst machte sich in seinen Augen breit. Er nickte mehrmals und antwortete: »Ja, Onkel Karl, natürlich! Ich werd's mir verdienen! Jeden Tag! Ganz sicher! Versprochen!«

Ein leises Vibrieren holte Kogler in das Hier und Jetzt zurück. Er griff in die Innentasche seiner Jacke und holte sein Handy heraus. Einen Tick zu spät, der Anruf war bereits abgeschnappt. Kogler schaute auf das Display. »Na bravo!«, murmelte er. Acht Anrufe in Abwesenheit. Die Mahringer. Natürlich, war ja klar. Wer noch? Seine Tochter. Mehrmals. Kogler schluckte nervös. Und als Letzter der Sepp. Zweimal. Er tippte auf den Eintrag und hielt sich das Handy ans Ohr. Nach nur einem Läuten hob sein Freund auch schon ab.

»Sag mir jetzt nicht, dass das wahr ist!«, brüllte der Sepp ins Telefon, bevor Kogler auch nur grüßen konnte.

»Von was redest denn, Sepp?«, fragte Kogler betont unschuldig.

»Karl, jetzt stell dich nicht dumm! Was werd ich wohl meinen?! Sag mir jetzt sofort, dass nicht du es warst, der da vorm Schlosshotel angeschossen worden ist. Die Yvonne hat mich schon dreimal angerufen, weil sie dich nicht erreicht. Am Polizeirevier haben sie ihr auch keine Auskunft geben können. Die ist schon ganz hysterisch.«

Kogler seufzte. Genau das hatte er befürchtet. Seine Tochter war sicher fuchsteufelswild.

»Karl? Bist noch dran?«

»Jaja, jetzt macht da bitte keine so große Sache draus. Es ist ja nur ein Streifschuss. Ganz harmlos, nicht sonderlich tief, bloß eine Abschürfung.«

»Hab ich's doch gewusst!«, stöhnte der Sepp am anderen Ende der Leitung. »Gott, Karl, was führst denn auf?«

»Ich führ gar nix auf. Glaubst, ich hab das geplant? Das ist halt passiert. Woher wisst ihr das überhaupt?«

»Das ist halt passiert. Ja mei, das ist halt passiert«, äffte der Sepp ihn nach. Wenigstens hatte er inzwischen aufgehört zu brüllen. »Ja, woher wohl? Radio, Internet ... Such's dir aus. Wart, ich muss nur kurz die Kopfhörer mit dem Mikro anstecken, dann les ich's dir vor.« Es knackste in der Leitung. »Also. Bla, bla, bla. So!

Da! Ein pensionierter Polizeibeamter wurde bei der Verfolgung eines Verdächtigen angeschossen. Bla, bla, bla. Es besteht keine Lebensgefahr.«

Kogler verdrehte die Augen. Es besteht keine Lebensgefahr. Was für eine Formulierung. Kein Wunder, dass alle am Rad drehten. »Es ist nur eine Schürfwunde. Ihr könnt euch also alle beruhigen.«

»Karl, sieh lieber zu, dass du die Yvonne anrufst. Die ist schon außer sich vor Sorge. Und wegen der Pörtschach-Sache gestern hast ihr auch kein Wort gesagt, meint sie. Das hat sie aus der Zeitung erfahren.«

Das hatte er nun davon. Warum hatte die Mahringer ihn auch unbedingt namentlich nennen müssen? Kogler fluchte leise. »Ist ja schon gut, Sepp. Ich ruf sie gleich an.«

»Mach das! Aber wirklich, Karl! Und komm dann später bei mir vorbei. Ich will alle Details.«

»In Ordnung, dann bis später.« Kogler beendete das Gespräch und wählte die Nummer seiner Tochter. Mit jedem weiteren Tuten wuchs das mulmige Gefühl in seiner Brust. Die Yvonne konnte nämlich sehr emotional werden, wenn sie sich über etwas aufregte. Da kam sie ganz nach ihrer Mutter.

»Ich weiß es schon. Die Polizei hat mich zurückgerufen«, meldete sie sich.

»Es ist alles ganz harmlos, mein Schatz. Es ist nur …«

»Ich will jetzt nicht weiter drüber reden, Papa. Lass es gut sein! Tränengas, Schusswunde – ich hoff, dir macht's Spaß, den Helden zu spielen. Deine Familie scheint dir ja komplett egal zu sein.«

»Aber, Yvonne, jetzt hör mir doch zu. Ich …«

Zu spät. Nur noch das Freizeichen war zu hören. Seine Tochter hatte einfach aufgelegt.

Kogler starrte auf sein Handy. Sollte er sie noch einmal anrufen? Er überlegte hin und her, dann entschied er sich dagegen. Sie würde sowieso nicht abheben. Er kannte sie ja. War stur wie ein Elefant. Oder zwei.

Kogler seufzte laut. Warum taten eigentlich alle so, als hätte er das alles absichtlich gemacht? Er steckte sein Telefon zurück in die Tasche.

»Herr Kogler! Sind Sie das?«

Kogler zuckte zusammen. Auch das noch! Hatten sich denn heute wirklich alle gegen ihn verschworen?

»Ich hab schon versucht, Sie anzurufen.«

»Frau Mahringer! Sagen Sie, werd ich Sie denn nie los?« Er fuhr herum. »Ich hab zurzeit wirklich andere Probleme, als mit der Zeitung zu reden. Können Sie ...« Kogler hielt inne. Er betrachtete die Journalistin. Sie sah mitgenommen aus. Ihre Schminke war verwischt, die Wimperntusche verronnen. Hatte sie etwa geweint? »Alles in Ordnung mit Ihnen?«, fragte er.

Die Susanne Mahringer schaute ihn etwas verlegen an und fuhr sich mit der Hand über das Gesicht. »Der Wind«, sagte sie, »und so eine billige Wimperntusche.«

Kogler nickte. Der alte Spruch: »Wer am Freitag viel lacht, hat am Sonntag Grund zum Weinen«, kam ihm in den Sinn. Laut sagte er: »Ja, das ist natürlich eine dumme Kombination.« Etwas Besseres war ihm nicht eingefallen. Er sah zu Boden. Es folgte ein betretenes Schweigen.

»Ich stör Sie auch nicht lang. Aber hätten Sie vielleicht eine Zigarette für mich?«

Kogler nickte und reichte ihr seine Packung zusammen mit dem Feuerzeug. Während die Susanne Mahringer sich eine Zigarette in den Mund steckte, beobachtete er sie eingehend. Ihre

Hände waren ruhig. Kein Zittern. Anscheinend hatte sie die Fassung schon vor geraumer Zeit wiedergewonnen.

Kogler zupfte betreten an seinem Bart. Irgendwie wusste er nicht so recht, was er sagen sollte. Nach einer gefühlten Ewigkeit – die Zigarette hatte er fast schon aufgeraucht – nahm die Journalistin das Gespräch wieder auf: »Sie müssen sich wegen mir keine Sorgen mehr machen. Ich werd Sie in Zukunft nicht mehr belästigen, weder wegen der Einbruchsgeschichte noch wegen des Anschlags gestern, des Vorfalls heut oder irgendeiner anderen Sache. Sie scheinen übrigens ein ganz besonderes Händchen dafür zu haben, zur falschen Zeit am falschen Ort zu sein.«

Was war das? Hatte Kogler gerade richtig gehört?

»Wissen Sie, es ist nämlich so, ich bin gerade ernsthaft am Überlegen, meinen Job beim Kärntner Blatt aufzugeben. Das wird wohl nix mehr, Kärnten und ich. Wir beide sind anscheinend nicht füreinander geschaffen.«

Kogler biss sich auf die Lippe. Eine innere Stimme befahl ihm eindringlich, der Mahringer ein paar aufmunternde Worte zu schenken, ihr alles Gute zu wünschen und dann seiner Wege zu gehen. Aber irgendetwas hielt ihn davon ab. Er wollte es sich nicht so recht eingestehen, aber Kogler hatte begonnen, die Journalistin zu mögen. Jetzt gerade hätte er sie am liebsten in den Arm genommen und ihr Mut zugesprochen. Schon komisch, dachte er. Menschen und ihre Gefühle. Ein ewiges Durcheinander. Probleme vorprogrammiert.

Kogler atmete einmal tief durch. Er widerstand dem Impuls, die Journalistin zu drücken. Stattdessen sagte er: »Aber, Frau Mahringer, Sie sind doch erst seit Kurzem bei uns. Geben Sie Kärnten noch eine Chance.«

»Ach, um Kärnten geht's mir gar nicht.« Sie warf die Zigarettenkippe auf den Boden und trat sie aus, länger und energischer als notwendig. Die Susanne Mahringer ließ ihren Blick über den Wörthersee wandern. »Sagen wir's mal so: Man muss sich an das alles hier erst einmal gewöhnen, diesen Kärntner Stolz und diese ›Mir san mir‹-Mentalität. Da könnten sich sogar die Bayern mit ihrem ausgeprägten Identitätsgefühl noch etwas abschaun. Diese Hin-und-her-Gerissenheit zwischen internationaler Eventkultur auf der einen und gelebter Heimatliebe auf der anderen Seite – ich weiß nicht, das ist für mich alles etwas verwirrend.«

Kogler dachte über die Worte der Journalistin nach. Ja, da war sicher etwas Wahres dran. Kärnten hatte zwei Gesichter. Auf der einen Seite: das Land der Sehn- und Seensüchte. Urlaubermagnet, Bade- und Skifahr-Eldorado und Tummelplatz der Faschingsnarren. Man war Gastgeber rauschender Feste, brachte Konzertbesucher zum Kreischen, genoss das Dolce Vita und schlürfte Cocktails auf riesigen Jachten. Rund um die Uhr wurde gebaggert, nicht nur bei der Beachvolleyball-World-Tour, die einmal im Jahr am Wörthersee Station machte. Und auf der anderen Seite? Da war die Sehnsucht nach längst vergangenen Zeiten. Kärnten war schon immer patriotischer gewesen als die anderen Bundesländer. Kogler seufzte leise. Ja, Kärnten war schon eine ganz besondere Mischung – nirgendwo in Österreich spürte man gleichzeitig die Weite der angrenzenden Adria so stark wie die Enge der umgebenden Berge.

Kogler drehte seinen Kopf und betrachtete die Susanne Mahringer. Er konnte verstehen, dass sie haderte. Es fiel allen Außenstehenden und Zugereisten am Anfang schwer, das Verhalten der Kärntner und deren Mentalität zu verstehen. Wer hierherkam, erlebte die Einheimischen meist höflich, zuvorkommend und bestens gelaunt – geradezu süchtig nach Harmonie und Gemeinschaftlichkeit. Doch das konnte schnell umschlagen. Dann wurde aus Heiterkeit Melancholie und aus Feierlaune offen zur Schau gestellte Ablehnung.

Der Wind blies stärker. Die Susanne Mahringer strich sich die Haare zurück, die ihr ins Gesicht wehten, und sah Kogler in die Augen. »Wissen Sie, ich glaub, an Kärnten hätt ich mich schon noch gewöhnt und an den Wörthersee sowieso. Ich mein, die meisten würden doch ihre linke Hand dafür geben, hier unten leben und arbeiten zu dürfen.« Sie senkte ihren Blick, bevor sie fortfuhr: »Das ist es nicht. Es ist ... wie soll ich sagen?« Die Journalistin fuhr sich ein weiteres Mal durch die Haare. Sie schien nervös zu sein. »Es ist die Arbeit, die Kollegen, genauer gesagt. Ach, ich weiß, das hört sich dumm an, aber die mögen mich einfach nicht, und ich ... ich weiß nicht, warum. Die haben fast alle ein Problem mit mir, und das zeigen sie mir auch. Die Art, wie sie mit mir umgehn und sprechen ... Die Arbeiten, die sie mir geben: die miesesten und unwichtigsten Dinge. Und soll ich Ihnen was sagen? Bisher hab ich alles runtergeschluckt und nie gemurrt. Hab's einfach gemacht, und zwar verdammt gut, denn ich bin eine professionelle Journalistin, Herr Kogler. Hab Preise gewonnen, wissen Sie? Trotzdem behandeln sie mich wie den letzten Dreck. Aber was erzähl ich Ihnen da, Sie wissen ja nur zu gut, wie sich das anfühlt.«

Kogler hob eine Augenbraue. Die Susanne Mahringer schien über ihre eigenen Worte erschrocken.

»Ach, Entschuldigung! Das war jetzt nicht so gemeint. Ich wollt damit nicht sagen, dass die Leute Sie ...«

»Schon gut«, unterbrach Kogler sie. »Ich weiß schon, wie Sie's gemeint haben. Machen Sie sich keine Gedanken. Und ja, Sie haben durchaus recht, viele Leute mögen mich nicht mehr besonders. Aber wissen Sie was? Zwischen Ihrer und meiner Situation gibt es einen großen, gravierenden Unterschied.«

»Ach, ja?«

»Ja, denn ich hab mir das mit dem Einbruch und dem ganzen Skandal alles selbst eingebrockt. Wie sollen die Leute denn auch verstehn, dass ich damals nicht anders hab können.«

»Sie meinen, weil Sie nicht Herr Ihrer Sinne waren und keine andere Wahl hatten?«

»Keine andere Wahl? Ähm, ja genau«, erwiderte Kogler. Er schnaufte kurz durch. Er musste besser aufpassen, sonst würde er sich noch um Kopf und Kragen reden. »Also, wie auch immer, Frau Mahringer, worauf ich hinauswollte: Sie trifft keine Schuld. Ich kenn Sie, Sie sind eine gute Journalistin.« Kogler hüstelte. »Und Sie sind auch ein guter Mensch.«

Die Susanne Mahringer schaute ihn dankbar an.

»Das ist sehr nett von Ihnen! Ich hab mir das schon gedacht, Herr Kogler, dass Sie ein großes Herz haben.« Die Susanne Mahringer setzte eine kurze Pause. Dann kam sie zwei Schritte auf ihn zu. Sie stand jetzt nur noch eine Armlänge von ihm entfernt. »Aber was reden wir da überhaupt die ganze Zeit über mich. Ich bin doch wirklich eine dumme Kuh. Ich schütt Ihnen mein Herz aus und behellige Sie mit meinen Arbeitsproblemen, obwohl Sie gerade einem Mord beigewohnt haben und zu allem Überfluss auch noch angeschossen worden sind.«

»Schon gut, Frau Mahringer, schon gut«, wiegelte Kogler ab.

»Nein, ist's nicht. Also erzählen Sie, wie geht's Ihrem Arm? Haben Sie schlimme Schmerzen?«

Kogler schüttelte den Kopf. »Nein, ist nicht weiter tragisch. Nur ein harmloser Streifschuss, pocht und sticht halt. Aber keine große Sache.«

Die Susanne Mahringer schaute etwas skeptisch. »Na ja, wenn Sie das sagen, dann glaub ich Ihnen das mal.« Sie legte ihren Kopf schief und machte einen weiteren Schritt nach vorne. Sie war ihm jetzt so nah, dass er ihren Atem auf seinem Hals spüren konnte.

Kogler musste sich zusammenreißen, nicht instinktiv zurückzuweichen. Er zwang sich regelrecht, stehen zu bleiben. Das süßherbe Parfum der Journalistin stieg ihm verführerisch in die Nase. Er zog den Geruch ein. Ihm wurde ein wenig schwindlig.

»Alles in Ordnung? Schwanken Sie?«

»Ist sicher nur der Kreislauf.«

»Setzen Sie sich!«

»Hier auf den Boden?«

Die Susanne Mahringer nickte und drückte sanft auf die Schulter seines unversehrten Arms. »Machen Sie sich keine Sorgen um Ihre Hose, die ist sowieso voller Grasflecken.«

Kogler setzte sich hin. Denn, wo sie recht hatte, hatte sie recht. Die Susanne Mahringer kniete sich neben ihn. Ihr Kopf kam seinem gefährlich nahe. Sie fasste ihm an seine Wange.

»Ihr Bart ist voller Grasflecken und Schmutz«. Sie lachte. Wie ein kleines Kind. »Ganz grün. Sie sehn fast wie der Gringe aus. Sie wissen schon ... Ich hasse Weihnachten!« Die Susanne Mahringer kicherte und verdrehte die Augen. »Ich ha-aaa-sssse Weiiiihnachten!«

Kogler lächelte etwas gequält. Wie der Gringe sah er also aus? Na, bravo! Den kannte er nur zu gut. Hatte den Film ja oft genug angeschaut. Jedes Jahr zum Weihnachtsfest. Mit seiner Tochter und dem Enkelkind.

Die Susanne Mahringer kramte in ihrer Handtasche. Die war, genau genommen, von der Größe einer Reisetasche. Kogler hatte noch nie verstanden, warum Frauen heutzutage so viel Stauraum mit sich herumschleppten. Die Journalistin zog eine große Plastikflasche hervor. »Stilles Wasser«, kommentierte sie, während sie den Schraubverschluss abdrehte. »Schaun Sie da rüber ins Laternenlicht«, wies die Susanne Mahringer ihn an. »Haben Sie Taschentücher dabei?«

Kogler schüttelte den Kopf.

»Na gut, ich hab auch keine mehr.«

Hat sie wohl alle aufgebraucht, dachte Kogler, als sie weinen musste und versucht hat, ihr Make-up in Ordnung zu bringen. Wieder kam in ihm das starke Bedürfnis auf, sie in den Arm zu nehmen und zu drücken.

»Also, dann eben mit der Hand. Stillhalten!«

Die Journalistin begann, gewissenhaft seinen Bart zu spülen und zu reinigen. Stück für Stück. Kogler war das ein wenig unangenehm. Er kam sich vor wie ein kleines Kind, das sich beim Spielen schmutzig gemacht hatte. Er schaute starr in Richtung der Straßenlaterne und versuchte krampfhaft, sich nichts anmerken zu lassen.

»So, fertig! Ist wieder fast weiß, der Bart.«

»Ist nicht wirklich weiß, eher silbergrau«, merkte Kogler an und stand auf. *Ist nicht wirklich weiß, eher silbergrau.* Was für eine sinnbefreite Antwort. Was zum Teufel redete er da nur?

Die Susanne Mahringer verstaute die Wasserflasche in ihrer Tasche und erhob sich ebenfalls. »Wissen Sie, was ich einmal in einer Zeitschrift gelesen hab? Einige Männer lassen sich Vollbärte wachsen, weil sie sich bewusst oder unterbewusst verstecken wollen. Seit wann haben Sie den denn?«

»Seit der Sache in Krumpendorf«, murmelte Kogler. Gerade als er noch etwas hinzufügen wollte, wanderte der Blick der Journalistin seinen Oberkörper hinunter. »Ich liebe meinen Golf! Golfi, Golfi, Golf!«, las sie laut vor. »Waren Sie auf dem GTI-Treffen?« Kogler schüttelte den Kopf. »Und jetzt seh ich's erst. Tragen Sie etwa eine Kochjacke über dem T-Shirt?« Die Susanne Mahringer kniff ihre Augen zusammen. »Ja, ganz sicher. Das ist eindeutig eine Kochjacke.«

Kogler seufzte. »Das sind nicht meine Sachen. Ist eine lange Geschichte …«

Die Susanne Mahringer lachte freundlich. »Verstehe«, sagte sie. Sie trat auf ihn zu und begann, seine Kochjacke zuzuknöpfen. »Aber dann mach ich Ihnen das schicke Jäckchen wenigstens zu, es sei denn, Sie legen großen Wert auf den ›Golfi, Golfi, Golf!‹-Spruch.«

Nachdem sie fertig war, zog sie Kogler noch den Revers zurecht. »Na bitte, schaut doch schon ganz anders aus.«

Kogler murmelte etwas Zustimmendes. Was sollte er nun tun? Sich verabschieden? Er überlegte kurz und entschied sich dagegen. »Was halten Sie davon, Frau Mahringer?«, fragte er stattdessen. »Ich lad Sie auf einen Drink ins Casino ein!«

14.

Die Susanne Mahringer schaute betreten zu Boden. Sie hängte sich bei Kogler ein und versuchte, ihn vom Eingang des Casinos fortzuziehen. Zuerst sanft, dann bestimmter. Kogler nahm ihre Bemühungen kaum wahr. Er fixierte den athletischen Hünen, der sich mit verschränkten Armen vor ihm aufgebaut hatte.

»Ich sag's Ihnen jetzt noch mal im Guten: Sie kommen so nicht rein. Hier herrscht der Dresscode ›gehobene Freizeitkleidung‹.«

»Das ist meine gehobene Freizeitkleidung.«

»Mit Kragenzwang.«

»Was jetzt?«, fauchte Kogler. »Gehobene Freizeitkleidung oder Kragenzwang?«

»Beides.«

»Soso. Und was ist das?« Kogler deutete auf den breiten Revers seiner Jacke. »Ist das kein Kragen?«

»Mein lieber Herr, Sie tragen eine Kochjacke. Eine Kochjacke!«

»Ja und? Ist das verboten?«

»Ach, kommen Sie, Herr Kogler«, schaltete sich die Susanne Mahringer ein. »Das macht doch keinen Sinn. Wir kommen so nicht hinein. Ich hab's Ihnen doch gesagt.« Eine gewisse Verzweiflung schwang in ihrer Stimme mit.

Kogler ignorierte sie und wandte sich wieder dem Türsteher zu. Gerade, als die Situation zu eskalieren drohte, trat wie aus dem Nichts eine ältere Frau neben den Riesen. »Lass die beiden rein, ich kümmer mich schon um seine Kleidung.«

»Bist übergeschnappt, Herta?!«

»Himmel, tu einfach, was ich sag! Das ist … war … egal … das ist der Herr Kogler, ehemaliger Chefinspektor und Leiter der Polizeidienststelle Velden.«

»Der? Willst mich auf den Arm nehmen?«

»Ja, der hat dem Casino vor einigen Jahren mal bei einem Diebstahl aus der Patsche geholfen. Und jetzt hör auf zu diskutieren und lass die beiden rein!« Sie nickte Kogler und der Susanne Mahringer zu. »Seien Sie ihm nicht bös. Er macht nur seinen Job, der Mike, und den macht er sehr gut, obwohl er erst seit einem Monat bei uns ist.«

Der Türsteher schien zu überlegen. Sein siegessicheres Lächeln war verschwunden. »Also gut!«, zischte er sichtlich überfordert und deutete den beiden den Weg zur Garderobe. »Du bist dafür verantwortlich, dass der so keinen Schritt weiter macht«, wies er die Herta an.

»Kommen Sie!«, sagte die Herta. »Ich war hier die Chef-Garderobiere«, ließ ihre Fürsprecherin die beiden wissen. »Herta Falzer, aber nennen Sie mich einfach Herta. Sie können sich wohl nicht mehr an mich erinnern, Herr Kogler?«

»Nein, leider nicht. War ja nie ein großer Casino-Geher.«

»Schon in Ordnung, an uns Damen von der Garderobe erinnern sich die wenigsten. Wir gehören quasi zum Inventar, das nicht weiter beachtet wird.«

»Aber nicht doch«, beeilte sich Kogler zu sagen, erntete aber nur einen amüsierten Blick. Die Herta führte die beiden hinter den Tresen der Garderobe. »Eigentlich bin ich seit letztem Jahr schon in Pension, aber sonntags helf ich hin und wieder noch aus«, erklärte sie. Dann ließ sie ihren Blick tadelnd über Kogler wandern. Er fühlte sich unweigerlich in seine Kindheit zurückversetzt, als er von der Schule nach Hause gekommen war. Zu seiner Oma auf den Bauernhof – in schmutziger Kleidung, weil er wieder zu wild mit seinen Freunden auf dem Pausenhof herumgetollt war.

»Der Herr Kogler ist heute beim Schlosshotel angeschossen worden, und das ist seine Ersatzkleidung. Na ja, bis auf die Hose, das ist seine. Aber die ist halt schmutzig geworden, als er verwundet worden ist.«

»Frau Mahringer, bitte, das muss ja nicht gleich die ganze Welt erfahren«, grummelte Kogler.

»Angeschossen? Um Gottes willen!«, entfuhr es der Herta.

»Ja, als er den Mörder vom Pechhofer verfolgt hat. Den blauen Wolf wahrscheinlich.«

»Frau Mahringer!«

»Der Klaus Pechhofer? Ermordet vom blauen Wolf?«

»Ja, so schaut's aus.«

»Frau Mahringer! Jetzt reicht's aber wirklich. Das ist doch alles noch gar nicht gesagt.«

Die Journalistin sah Kogler aufmüpfig an. »Und das Bekennerschreiben am Auto, das die Polizei gefunden hat?«

»Ach, erzählen Sie doch, was Sie wollen«, gab Kogler genervt zurück. Er stieß einen lauten Seufzer aus und wandte sich der Herta zu, die ihn noch immer mit großen Augen anstarrte. »Sagen Sie, ist vielleicht eine dumme Frage, aber haben Sie zufällig was zu trinken da, Frau Herta?«

Die Susanne Mahringer griff in ihre Handtasche.

»Kein Wasser, Frau Mahringer, was Alkoholisches hab ich gemeint.«

• • •

»Wollen Sie kosten?« Kogler reichte der Susanne Mahringer den Flachmann, den die Herta Falzer liebenswerterweise aus einer Schublade hervorgezaubert hatte. »Unfassbar, was die Leute hier so alles vergessen«, hatte sie gesagt und ihnen dabei zugezwinkert.

»Ja, warum eigentlich nicht.«

Die Journalistin setzte die kleine, leicht gewölbte Flasche an ihre Lippen und nahm einen beherzten Schluck. Sie begann sofort zu husten und schnappte nach Luft. »Um Gottes willen! Was ist denn das?«

»Himbeere, selbst gebrannt«, erklärte die Herta und nahm den Flachmann wieder entgegen. Die Susanne Mahringer japste und zog ihre Wasserflasche aus der Handtasche. Sie öffnete sie hastig und trank in großen Zügen.

»Wienerin«, bemühte sich Kogler zu sagen, als er den verständnislosen Blick der Herta bemerkte.

»Jaja, die Wiener, nix Gutes gewöhnt«, klagte sie.

»Nein, so einen Schnaps bin ich wirklich nicht gewöhnt«, meldete sich die Susanne Mahringer mit rotem Kopf zu Wort.

»Edelbrand, kein Schnaps«, verbesserte die Herta sie.

»Ja, dann eben Edelbrand. Was auch immer. Wo ist denn da überhaupt der Unterschied?«

Kogler klärte sie auf: »Wissen Sie, Frau Mahringer, es ist so: Bei einem Edelbrand wird der Alkohol ausschließlich aus der Frucht gewonnen. Das Destillat wird nicht aromatisiert, sondern nur mit Wasser auf Trinkstärke eingestellt.«

»Quellwasser!«, stellte die Garderobiere klar.

»Ähm, ja genau, Quellwasser in diesem Fall. Also keine Farbstoffe und kein Zucker. Noch einfacher ausgedrückt: Schnaps wird gestreckt, Edelbrand nicht. Darum hat der Letztere auch eine besondere Länge am Gaumen. Der Geschmack kann so bei einem guten Destillat mehrere Stunden anhalten.«

»Mehrere Stunden? Na bravo!«, stöhnte die Susanne Mahringer.

»Wirklich nix Gutes gewöhnt.« Die Herta schüttelte den Kopf, um sich dann selbst einen kräftigen Zug des Edelbrands zu gönnen. »Na gut«, sagte sie dann. »Dann wollen wir uns jetzt mal um Ihre Kleidung kümmern, Herr Kogler.«

• • •

»Nicht schlecht!« Die Susanne Mahringer pfiff anerkennend, als sie Kogler in seinem neuen Outfit sah.

»Meinen Sie? Die Hose ist mindestens drei Nummern zu groß.« Kogler fühlte sich in ihr etwas verloren, aber er hatte keine Wahl. Die anderen beiden waren ihm viel zu klein gewesen.

»Wer so genau schaut, stiehlt«, stellte die Susanne Mahringer lapidar fest.

»Na gut«, sagte er, »dann lassen Sie uns hineingehn.«

»Müssen wir keinen Eintritt zahlen?«

»Hier? Für das Casino? Nein, hier kommt man immer umsonst rein.« Kogler fischte einen Jeton aus seiner Sakkotasche und gab ihn der Journalistin. »Von der Frau Herta, wir sollen damit an einem Roulettetisch auf vier bis neun setzen. Falls wir gewinnen, wird geteilt. Also, probieren Sie später Ihr Glück, ich hab kein gutes Händchen dafür.«

Die Susanne Mahringer schaute auf den Jeton. »20 Euro. Nun gut, ich weiß aber nicht, ob ich dafür die Richtige bin. Hab im Moment ja nicht grad eine Glückssträhne.«

»Tja, wer weiß, vielleicht fängt sie ja genau hier an«, erwiderte

Kogler. »Aber überkreuzen Sie später beim Setzen am Tisch ja nicht Ihre Finger oder Beine.«

»Ich werd's sicher gleich bereun, aber ich frag trotzdem: Warum denn nicht?«

»Das schließt das Glück aus, Frau Mahringer, das schließt das Glück aus.« Innerlich schüttelte Kogler den Kopf. Die Mahringer. Das konnte was werden. Der Jeton war schon so gut wie verloren. Die kannte ja nicht einmal die einfachsten Grundlagen des Glücksspiels.

• • •

»Wo find ich denn den Wolfgang Greidl?«

»Den Greidl? Keine Ahnung.« Der Kellner deutete auf einen der Spieltische. »Hat vorhin Black Jack gespielt. Wahrscheinlich sitzt er jetzt im Restaurant.«

»Seit wann ist er denn da?«

»Wie lang? Seit ein paar Stunden.«

»Allein?«

»Nein, mit einem anderen Herrn.«

»Alles klar, danke!« Kogler nickte der Susanne Mahringer zu. »Also, auf zur Jacht.«

»Zur Marina? Aber warum denn?«

»Nicht zur Marina, Frau Mahringer. Ins Casino-Restaurant. Das heißt so: Die Jacht. Hat übrigens zwei Hauben.«

»Was wollen Sie eigentlich noch von diesem Greidl? Ich mein, wir wissen doch jetzt, dass er seit mehreren Stunden da ist, ganz so, wie Sie vermutet haben. Sie haben ja selbst gesagt, dass der ein Gewohnheitstier ist und sonntags immer ins Casino geht. Und in Begleitung ist er auch noch.«

»Erstens wissen wir nicht, ob er zwischendurch nicht kurz

beim Schlosshotel war. Ist ja nur einen Katzensprung von hier entfernt. Zweitens, wer sagt Ihnen, dass der andere die ganze Zeit bei ihm war? Und drittens hab ich Hunger. Der Rest von meinem Weidegansl liegt nämlich noch auf seinem Teller im Seeblick.«

»Herr Kogler«, die Susanne Mahringer stellte sich ihm in den Weg, »bevor wir jetzt in dieses Boot gehn ...«

»Die Jacht, es heißt Jacht, nicht Boot.«

»Ja, Boot, Jacht, Hafen – was auch immer. Also, bitte nehmen Sie mir das jetzt nicht krumm, Herr Kogler, aber na ja ... ich weiß nicht ... wie soll ich sagen ... irgendwie ...«

»Jetzt spucken Sie's schon aus, Frau Mahringer ...«

»Na gut. Ich mach mir Sorgen um Sie. Sie wirken irgendwie überdreht.«

»Überdreht?«

»Herr Kogler, Sie haben im Moment keine einfache Zeit. Gestern der Reizgasangriff ...«

»Ja und? Sie waren doch auch dabei.«

»Ja schon, aber ich hab heut nicht mit ansehn müssen, wie jemand neben mir qualvoll stirbt. Und ich bin auch nicht angeschossen worden.«

»Ja, schon gut. Ich versteh ja, worauf Sie hinauswollen. Aber wie kommen Sie darauf, dass ich überdreht wär? Ganz im Gegenteil, ich find, dass ich mich großartig mach. Die Ruhe in Person bin ich. Die Ruhe in Person, Frau Mahringer.«

»Die Ruhe in Person? Herr Kogler, Sie haben gerade einen Riesenaufstand gemacht, um ins Casino gelassen zu werden, wohl wissend, dass Sie ein ›Golfi Golf‹-T-Shirt und eine Kochjacke anhatten. Eine Kochjacke! Von den komplett eingesauten Jeans mal ganz abgesehen. Und wofür? Nur um diesen Greidl zu sehn? Sein Alibi hätten wir doch auch anders überprüfen können. Außerdem haben Sie auf dem Hinweg selbst gesagt, dass die Theorie vom Pechhofer Ihrer Meinung nach kompletter Blödsinn ist.«

»Glaub nix, was du nicht aus erster Hand weißt. Und aus erster Hand bedeutet in meinem Fall, was ich seh und was ich hör. Ich. Verstehn Sie? Ich.«

»Es tut mir leid, Herr Kogler, aber Sie nehmen das alles irgendwie viel zu persönlich.«

»Zu persönlich? Ich bin angeschossen worden, Frau Mahringer. An-ge-schos-sen. Dementsprechend ja, ich nehm das persönlich. Und darum schau ich mir diese Blaue-Wolf-Sache jetzt auch persönlich an. Und beim Wolfgang Greidl – Spitzname: ›Der blaue Wolf‹ – fang ich an.«

»Herr Kogler, Sie sind aber nicht die Polizei. Nicht mehr.«

»Ich weiß, dass ich nicht mehr bei der Polizei bin. Danke für die Erinnerung! Und soll ich Ihnen was sagen? Genau das ist ja der springende Punkt. Ich bin eben nicht die Polizei!« Kogler hielt den Atem an. Verdammt. Das war ihm jetzt unabsichtlich rausgerutscht. Hoffentlich hatte die Journalistin das nicht so verstanden, wie er es gemeint hatte.

»Zweifeln Sie etwa an den Fähigkeiten Ihrer ehemaligen Kollegen?« Na klar, natürlich hatte sie es richtig verstanden. Logisch.

»Nein, so hab ich das natürlich nicht gemeint«, versuchte Kogler zu retten, was noch zu retten war. Er begann, leicht zu schwitzen. Es kam ihm so vor, als wäre seine Hose gerade noch eine Nummer größer geworden.

»Sehn Sie, Herr Kogler, genau das mein ich. Sie stehn irgendwie neben sich im Moment. Ich glaub, Sie sollten einfach nur schaun, dass Sie ein wenig zur Ruhe kommen. Ich mein, na ja, Sie wissen schon. Nicht, dass Sie ...«

»Dass ich was?«

»Ach nix.«

Kogler dämmerte etwas. »Sie machen sich Sorgen, dass ich durchdreh. Das ist es. Sie glauben, dass ich am Rad drehn könnte wie bei der Einbruchsache.«

»Unzurechnungsfähigkeit ist die ganz normale Konsequenz eines zu hohen Stressfaktors.«

Unzurechnungsfähigkeit? Stressfaktor? Was glaubte die Mahringer eigentlich? Dass er eine wandelnde Zeitbombe war? Dass er jede Minute die Kontrolle verlieren könnte? Kogler atmete einige Male tief ein und aus. Reiß dich zusammen, befahl er sich. Sie traf ja keine Schuld. Es war seine eigene. Die ganze Ausrede mit der Unzurechnungsfähigkeit fiel ihm jetzt halt auf die Füße. Kein Wunder, dass die Leute sich um ihn Sorgen machten. Jemanden, der als Polizist in einem Café eingebrochen war und sich danach an nichts mehr erinnern konnte. Und ja, natürlich hätte sich Kogler den ganzen Casino-Auftritt sparen können. Das mit dem Greidl hatten seine ehemaligen Kollegen wahrscheinlich schon längst überprüft. Er wollte in Wahrheit einfach nicht glauben, dass sein Verdacht bezüglich einer Polizeibeteiligung stimmen könnte, und wünschte sich deswegen, dass der FPÖ-Politiker – so aberwitzig es auch sein mochte – bei Anschlag und Mord seine Finger im Spiel gehabt hatte. Kogler tastete nach der Zigarettenschachtel in seiner Hosentasche und schüttelte sie leicht. Alles klar, die Patronenhülse war noch genau dort, wo er sie beim Umziehen verstaut hatte. Kogler grübelte. Angenommen, der Greidl war unschuldig, war er dann vielleicht wirklich drauf und dran, sich in einen hanebüchenen Verdacht zu verrennen? Denn selbst wenn an seiner Theorie etwas dran sein sollte, dann hieß das ja noch lange nicht, dass mehrere Polizisten in die Sache verwickelt waren. Und selbst wenn er ins Schwarze getroffen haben sollte, was ging ihn das alles eigentlich an? Genau genommen war es seine eigene Schuld gewesen, dass man auf ihn geschossen hatte, da hatte der Harald recht gehabt. Was machte er eigentlich wirklich hier? Die dumme Streiterei am Eingang. Wofür das Ganze? Für eine private Ermittlung gegen den Greidl, der zu 99,9 Prozent sowieso nichts mit der ganzen Sache zu tun hatte. Kogler atmete ein weiteres Mal tief ein und aus. Er kam sich plötzlich wie ein Idiot vor.

»Wissen Sie was, Frau Mahringer? Sie haben recht.«

»Ach ja?« Die Journalistin wirkte überrascht.

»Ja, ich bin wohl wirklich ein wenig überdreht. Das hat mich alles etwas mitgenommen: Reizgas, Gift, Streifschuss. Ich mein, was kommt als Nächstes? Eine Bombe?« Kogler schüttelte den Kopf. »Und dann hab ich mich vorhin im Hotel noch über einen ehemaligen Kollegen ärgern müssen. So richtig. Dem hatte ich übrigens auch dieses bescheuerte Outfit zu verdanken. Und meine Tochter erst ... Wissen Sie, die ist stinksauer auf mich. Aber was erzähl ich Ihnen das eigentlich alles, Frau Mahringer? Schaun Sie, ich glaub, ich wollte eigentlich nur ein für alle Mal sicherstellen, dass der Greidl mit der ganzen Sache nix zu tun hat. Hab wohl irgendwie das Gefühl gehabt, dass ich das dem Pechhofer schuldig bin. Der Greidl war immerhin der Grund gewesen, warum er mich hatte treffen wollen. Und dann ist er in meinen Armen gestorben. Wir sind uns zwar nicht besonders nah gestanden, aber trotzdem ...«

Die Susanne Mahringer legte ihren Zeigefinger auf seine Lippen. »Ist ja alles in Ordnung, Herr Kogler. Wissen Sie was? Machen wir's doch so. Wir gehn jetzt auf einen Sprung in dieses Casino-Restaurant und schaun, ob der Greidl dort ist. Und dann gehn wir wieder und haun noch schnell den Jeton auf den Kopf.«

Kogler kratzte sich am Kopf. »In Ordnung«, sagte er. »Aber vergessen Sie dann am Spieltisch nicht ...«

Die Susanne Mahringer kräuselte ihre Nase. Sie streckte ihm

ihre Hand entgegen und kreuzte ihren Ring- und Mittelfinger. »Meinen Sie das?«

»Frau Mahringer, lassen Sie das. Das ist nicht witzig. Ich hab's Ihnen doch gesagt. Kein Verkreuzen …«

»Jaja, kein Verkreuzen von Fingern und Beinen. Bringt schlimmes Unglück im Casino.« Die Mahringer löste ihre beiden Finger und klopfte Kogler auf die Schulter.

»Keine Sorge, ich hab's ja verstanden. So, und jetzt kommen Sie, damit wir diese leidige Greidl-Sache endlich hinter uns haben.«

15.

»Da drüben sitzt er, der ganz in Schwarz mit der Halbglatze. Und der daneben mit den grauen Haaren und den etwas abstehenden Ohren, das ist der stumme Plautz.«

»Wie heißt der? Stummer Plautz?«

»Ja, eigentlich Gabriel Plautz. Von der ÖVP Pörtschach. Sitzt für die im Gemeinderat. Hat eine große Trockenbaufirma.«

»Warum stumm?«

»Der redet nicht viel, der stumme Plautz. Ist quasi sein Markenzeichen.«

»Aha, alles klar. Also, ich bin zwar keine Detektivin, aber so wie's ausschaut, bechern die schon seit Stunden, und zwar quer durch die Bank. Schaun Sie mal: die vielen verschiedenen Flaschen und Gläser. Und was ist das? Eine Magnumflasche Sekt?«

»Jeroboam.«

»Jero-was?«

»Eine Jeroboam-Flasche. Eine Magnum fasst eineinhalb Liter, eine Jeroboam fünf.«

»Wow! Fünf Liter Sekt. Die muss ja ein Vermögen kosten.«

»Ja, bestimmt. Aber Sekt ist das sicher keiner, da kennen Sie den Greidl schlecht. Das ist hundertprozentig Champagner.« Kogler kniff die Augen zusammen. »Könnten auch sechs Liter sein. Dann wär's keine Jeroboam, sondern eine Methusalem.«

»Methusalem, soso ...« Die Susanne Mahringer verdrehte die Augen. »Sie lassen es sich ja alle richtig gut gehen, hier am Wörthersee.«

»Ja, wenn man das nötige Kleingeld hat wie der gute Greidl, kann man hier richtig Spaß haben.«

»Also, wollen wir jetzt noch einen Kellner fragen, ob der Greidl zwischendurch weg war?«

»Nein, ich glaub, das können wir uns sparen. Abgesehen davon kümmern sich da ja eh meine Ex-Kollegen drum. Kommen Sie, Frau Mahringer, lassen Sie uns jetzt den Jeton setzen.«

• • •

Ein Kellner trat an die beiden heran und deutete zu den Tischen. »Der Herr dort würd Sie gern auf ein Glas Champagner einladen.«

Kogler folgte der Hand des Kellners. Der Wolfgang Greidl winkte ihnen mit der monströsen Champagnerflasche zu.

»Herr Kogler, kommen Sie, lassen Sie uns gehn.«

»Aber Frau Mahringer, wo bleiben denn Ihre Manieren? Und ein Gläschen Champagner wird uns schon nicht schaden.« Kogler schob sie ein Stück nach vorne. Murrend setzte sich die Journalistin in Bewegung. Am Tisch angekommen, deutete der Wolfgang Greidl ihnen, sich zu setzen. Kaum, dass sie das getan hatten, machte sich der Kellner auch schon daran, ihre Gläser mit Champagner zu füllen.

»Kogler, das freut mich aber, Sie hier zu sehn. Sagen Sie, wen haben Sie uns denn da mitgebracht?«

»Ich bin die Frau Mahringer vom Kärntner Blatt«, stellte die Susanne Mahringer sich selbst vor.

»Oh, schau an, eine Journalistin. Gestatten, Wolfgang Greidl. Autohäuser Mercedes Greidl: Klagenfurt – Villach – Wolfsberg.

Gemeinderat, FPÖ Velden.« Er erhob sich und gab der Susanne Mahringer die Hand. »Also«, sagte er, nachdem er sich wieder gesetzt hatte. »Wie Sie sehn, haben wir heute was zu feiern. Eigentlich hat der ganze Wörthersee was zu feiern.«

Er hob sein Glas.

»Auf unseren geschätzten Klaus Pechhofer. Der Herr hat's gegeben, der Herr hat's genommen. Amen.«

Der stumme Plautz grunzte und zuckte wortlos mit seinen Schultern. Er schien schon ordentlich bedient zu sein.

Der Wolfgang Greidl wandte sich Kogler zu. »Und? Wie geht's Ihrem Arm? Oder war's die Schulter? Hab gehört, Sie sind angeschossen worden. Respekt! Sie können's wohl nicht lassen. Immer noch ganz vorne dabei, der Kogler, erste Reihe fußfrei.«

»Na, schau einer an, Ihre Buschtrommeln funktionieren ja ausgezeichnet. Sie sind schon über alles informiert: den Mord, meine Verletzung ... find ich spannend.«

»Kogler, Sie wissen doch, wie's hier läuft. Gute Neuigkeiten verbreiten sich schnell. Damit mein ich natürlich das mit dem Pechhofer, nicht, dass Sie angeschossen worden sind.« Er setzte eine kurze Pause und fuhr fort: »Also, stimmt, ich bin bereits bestens informiert. Und wissen Sie, was mir auch noch zugetragen wurde?« Er warf Kogler einen auffordernden Blick zu.

»Der blaue Wolf wird's mir sicher gleich sagen.«

»Blauer Wolf? Sehr gut, Kogler, bravo! Sie spielen auf meinen Spitznamen an. Oh ja, wenn das mal nicht verdächtig ist, diese Namensähnlichkeit.«

Kogler sagte nichts. Stattdessen setzte er ein Lächeln auf. Sollte sich der Greidl doch in Rage reden. Ihm war's recht.

Der tat aber nicht wie erhofft. Stattdessen lächelte auch er und fuhr mit gesenkter Stimme fort: »Kogler, jetzt mal im Ernst. Was haben Sie den Leuten vom LKA denn da für einen Blödsinn erzählt? Dass der Pechhofer mich verdächtigt hätt, für den gestrigen Anschlag verantwortlich zu sein? Ich hätt Sie für intelligenter gehalten.«

Kogler stellte sein Glas ab und lehnte sich nach vorne. Der Wolfgang Greidl tat es ihm gleich. Die beiden starrten sich eine Zeit lang in die Augen wie zwei Boxer vor einem Kampf.

»Jetzt passen Sie mal auf, Herr Greidl. Ich hab schon dem Pechhofer gesagt, dass sein Verdacht meiner Meinung nach ein Schmarrn ist. Das hab ich auch der Polizei gesagt und sogar der Frau Mahringer. Oder, Frau Mahringer?«

Die Journalistin nickte.

»Und warum sind Sie dann hier, Kogler? Wollten Sie etwa Ihr Glück an einem Roulettetisch nebenan versuchen? Da lach ich doch. Ich sag Ihnen, warum Sie hergekommen sind: wegen mir.«

»Und wenn schon – das ist meine Privatsache. Vielleicht wollt ich ja nur auf Nummer sicher gehen, dass Sie mit der ganzen Blauer-Wolf-Sache nix zu tun haben.« Und dass an meiner Polizeitheorie nichts dran ist, fügte Kogler in seinen Gedanken hinzu. »Aber gut, hätt ich mir wohl sparen können. Der Herr Plautz wird ja sicher Gott und der Welt bestätigen, dass Sie beiden die letzten Stunden hier gemeinsam verbracht haben, oder lieg ich da etwa falsch?«

Der ÖVP-Abgeordnete nickte.

»Ich sag Ihnen was, Kogler«, meldete sich der Wolfgang Greidl wieder zu Wort. »Ja, es stimmt. Ich hab den Pechhofer nicht ausstehn können. Ein widerlicher Mensch: politisch, beruflich und privat. Und ja, ich bin heilfroh, dass den jemand um die Ecke gebracht hat. Na und? Wollen Sie mich dafür jetzt verhaften lassen?«

Kogler antwortete: »Hat Sie bestimmt richtig gestört, dass der unser nächster Bürgermeister werden sollte.«

»Nächster Bürgermeister?«

»Ja, wär ja der neue SPÖ-Kandidat in Velden gewesen, haben Sie das etwa nicht gewusst?«

Der Wolfgang Greidl lachte. »Ich? Nicht gewusst? Ich bitt Sie, natürlich hab ich das. Aber gewonnen hätt er's nie. Der doch nicht, im Leben nicht.« Er wischte mit seinen Händen über seine Hosenbeine und stand auf. »Frau Mahringer, Kogler ... Der Herr Diplomingenieur Plautz und ich gehn jetzt kurz auf die Seeterrasse, eine Kleinigkeit besprechen. Bitte tun Sie mir doch den Gefallen und bleiben Sie so lang sitzen. Sie sind selbstverständlich zum Essen eingeladen. Heute gibt's übrigens ausnahmsweise das berühmte weiße Menü, das gleiche wie im Juli, vom Chef persönlich. War ein Spezialwunsch von der Wirtschaftsdelegation da drüben am großen Ecktisch. Die sind, glaub ich, aus Armenien oder Aserbaidschan. Keine Ahnung, irgendwas mit ›A‹. Sagen Sie dem Kellner einfach, er soll der Küche ausrichten, dass ich darum gebeten hab. Die Karte mit der Menüfolge liegt hier auf dem Tisch.« Er reichte ihnen einen Zettel. »Kann ich nur empfehlen. Wir haben's vorhin selbst gegessen.«

• • •

Kogler warf einen kurzen Blick auf den unscheinbaren handgeschriebenen Menüzettel. Wirklich, da war es: das legendäre weiße Menü. Der Greidl hatte keine falschen Versprechungen gemacht. Als er anfing, die Karte zu studieren, spürte Kogler einen Tritt gegen sein Schienbein. Er schaute die Susanne Mahringer verständnislos an. Was war denn in sie gefahren?

»Haben Sie schon vergessen, Herr Kogler? Wir wollten doch zeitig gehn.«

»Frau Mahringer, ich weiß, ich weiß. Aber Sie verstehn nicht ganz. Das ist das legendäre weiße Menü. Das gibt's sonst nur zur

Fête Blanche und zu den White Nights, also nur an einem einzigen Tag im Jahr: immer anders interpretiert, zum Höhepunkt des Partysommers.«

»Ja, schön und gut, aber ich muss morgen früh raus. Und Sie haben mir versprochen, dass …«

»Schaun Sie, Frau Mahringer«, Kogler legte den Zettel mit der Menüfolge vor sie auf den Tisch, »jetzt entspannen Sie sich doch mal kurz.« Er begann vorzulesen: »Tomaten-Riesengarnelen-Traum. Dann ein Weißburgunder-Parfait. Mit Venusmuschel sogar. Und Mangold.«

»Ich mag keinen Mangold.«

»Ja, mein Gott, dann nehmen Sie halt Spinat oder Rucola dazu. Daran wird's schon nicht scheitern. Also, und dann: als Zwischengang ein Kokos-Cocktail. Jetzt sagen Sie mir bitte nicht, dass Sie keine Cocktails mögen.«

»Herr Kogler …«

»Weiter geht's mit der Krone vom Iberico auf Kartoffel-Pilz-Spiegel. Und zum Abschluss: weiße Schokoladenmousse mit gerösteten Nusssplittern. Ich mein, Frau Mahringer, was will man denn mehr?«

Die Susanne Mahringer knirschte mit den Zähnen. »Herr Kogler, Ihre Begeisterung für dieses Essen in allen Ehren …«

»So ein Menü kostet normalerweise über 150 Euro.«

»So, jetzt reicht's mir!« Die Susanne Mahringer haute mit der flachen Hand auf den Tisch und schaute ihn böse an. »Was soll das? Wir haben doch ausgemacht, dass wir nur kurz im Restaurant vorbeischaun. Und jetzt wollen Sie sich allen Ernstes vom Greidl auf ein mehrgängiges Menü einladen lassen?«

Kogler starrte auf die Tischdecke und murmelte: »Aber es ist doch das berühmte weiße Menü, und das hab ich noch nie probieren können.«

Die Susanne Mahringer seufzte. »Jetzt schaun Sie nicht wie ein verwundeter Bär.«

»Tu ich doch gar nicht.«

»Natürlich tun Sie das. Zugegeben, wie ein sehr großer angeschossener und vor allem hungriger Bär.«

»Ach, kommen Sie.« Kogler rutschte verlegen auf seinem Stuhl hin und her. Gutes Essen war seine Schwachstelle. Schon möglich. Aber die Mahringer hatte auch einen Hang zur Übertreibung. Aber wirklich.

»Schaun Sie, ich gönn Ihnen ja Ihr Menü.«

»Weißes Menü.«

»Jaja, das weiße Menü. Gott! Ihr hier unten am Wörthersee habt schon alle einen kleinen Sprung in der Schüssel. Aber egal. Wie gesagt, ich gönn Ihnen dieses weiße Menü von Herzen, wirklich, aber ich nehm diese Einladung vom Greidl sicher nicht an. Ich bin Journalistin, wie schaut denn das aus? Ich sag's Ihnen: nach Bestechung! So schaut's aus! Und ich hab momentan schon genug Probleme in der Redaktion. Was glauben Sie, was ich mir da anhören müsste? Ich bin sowieso knapp davor, die ganze Story endgültig zu verlieren. Darf nur noch recherchieren und Informationen zutragen, schreiben tun's andere, die dann dafür die Lorbeeren einheimsen. Also, Herr Kogler, wenn Sie sich einladen lassen wollen, dann tun Sie das, aber ohne mich. Und übrigens, ich hab das vorhin ernst gemeint. Es ist spät, knapp vor Mitternacht, und ich muss morgen früh raus.«

»Und wenn ich's Ihnen zahl und nicht der Greidl?«

Die Susanne Mahringer seufzte. »Nein, Herr Kogler, auch dann nicht – weißes Menü hin, weißes Menü her. Jetzt denken Sie doch mal nach! Sie stolpern von einem Fettnäpfchen ins nächste. Glauben Sie, dass das besonders gut ausschaut, wenn Sie sich jetzt auch noch in aller Öffentlichkeit vom Greidl, dem Feind vom Pechhofer, zu einem sauteuren Menü einladen lassen?«

Kogler dachte nach. Ganz unrecht hatte sie nicht, die Mahringer. Wahrscheinlich sollte er wirklich mehr auf seinen Kopf und weniger auf seinen Bauch hören.

»Wissen Sie was, Herr Kogler? Wir machen es so. Nächsten Juli, wenn der ganze Wörthersee wieder weiß trägt und im kollektiven Partyrausch versinkt, dann lad ich Sie hier in dieses Restaurant ein, und wir essen so ein gottverdammtes weißes Menü.«

»Aber, Frau Mahringer, das kostet ein Vermögen.«

»Keine Sorge, ich hab Ersparnisse.«

»Heißt das, Sie bleiben in Kärnten?«

»Das hab ich nicht gesagt, aber wenn nicht, dann komm ich im Sommer runter zu den White Nights und der Fête Blanche, versprochen!«

Kogler schnaufte einmal durch. Er reichte der Susanne Mahringer die Hand. »Na gut, in Ordnung, Sie haben ja recht. O. k., dann machen wir das so, aber mein Menü zahl ich dann schon selbst.«

Sie erhoben sich beide. Kogler steckte seinen Kopf durch die Terrassentür. Ganz hinten, in der Ecke, standen der Wolfgang Greidl und der stumme Plautz, offensichtlich noch immer heftig am Diskutieren. Er winkte ihnen zu. Als Kogler endlich Blickkontakt hatte, hob er seine Hand zu einem Abschiedsgruß und setzte sich in Bewegung. Im Restaurant drehte er sich noch einmal zur Susanne Mahringer um: »Aber reservieren sollten wir am besten noch in diesem Monat. Sie haben ja keine Ahnung, wie viele Leute nächstes Jahr da sein werden. Sind ja alle ganz narrisch drauf, auf das weiße Menü.«

• • •

Am Roulettetisch sah die Susanne Mahringer Kogler fragend an. »Und wo leg ich jetzt den Jeton hin?«

»Legen Sie ihn genau zwischen die Vier und die Sieben, und sagen Sie ›Transversale vier bis neun‹.«

Die Susanne Mahringer tat wie ihr geheißen.

Die Kugel rollte. »Rien ne va plus, nichts geht mehr«, verkündete der Croupier. Die Mahringer schaute gebannt auf das Rouletterad. Dann überkreuzte sie zwei Finger und hielt sie Kogler vor sein Gesicht.

»Nicht!«, entfuhr es ihm. »Frau Mahringer, um Gottes willen! Was tun Sie denn da? Versündigen Sie sich nicht!«

• • •

»Gewonnen! Gewonnen!« Seit über einer Minute hüpfte die Susanne Mahringer wie ein kleines Mädchen immer wieder neben Kogler auf und ab. Dabei hielt sie ihm die sechs Zwanzig-Euro-Jetons vor die Nase.

»Ja, ist ja schon gut, Frau Mahringer.«

»Und wissen Sie, warum? Weil ich die Finger überkreuzt hab!«

Kogler schaute sie mitleidig an. »Nein, Frau Mahringer. Nicht, *weil* Sie die Finger überkreuzt haben, sondern *obwohl* Sie sie überkreuzt haben.«

»Na, da hat anscheinend jemand Glück gehabt.« Die Herta Falzer lehnte sich aus der Garderobe.

»Die Frau Mahringer war das, Frau Herta. Obwohl sie die Finger überkreuzt hat, absichtlich!«

»Was hat sie? Ach so. Na, ist da wer abergläubisch?«

»In jedem Aberglauben steckt ein Funke Wahrheit«, erwiderte Kogler.

Die Susanne Mahringer gab der Garderobiere die Jetons.

»Was soll denn das, Mädl? Halbe-halbe war ausgemacht. Wollen Sie es in bar haben?«

»Ähm. Ja gern, dann kann ich gleich das Taxi nach Klagenfurt nehmen.«

»Vielen Dank, Frau Herta! Für alles!«

»Aber ja, kein Problem. Brauchen Sie auch ein Taxi, Herr Kogler?«

»Nein danke, ich werd zu Fuß gehn und auf dem Weg noch im Kogelnig Wirt vorbeischaun. Hab einen Mordshunger.«

16.

»Schmeckt noch besser als heut früh.« Kogler löffelte den Rest des Gulaschs auf, das ihm der Sepp extra aufgewärmt hatte. Nebenbei hatte Kogler ihm die ganze Geschichte erzählt: vom Schlosshotel und vom Casino. Nur die Sache mit der Patronenhülse hatte er ausgelassen. Bei aller Freundschaft, er musste nicht alles wissen, der Sepp.

»Ja, das ist so mit dem Gulasch. Das braucht ein bisserl, bis es perfekt ist.«

Kogler nickte. Er wischte sich seinen Mund mit der Serviette ab.

»Am Bart hast auch noch was, Karl.«

»Ah, danke.« Kogler tupfte um seine Mundwinkel herum. »Weg?«

»Ja, halbwegs.«

Kogler legte die Serviette auf die Theke. »Danke noch mal, dass du offen gelassen hast. Ist ja schon nach Mitternacht.«

»Kein Problem, bin heut sowieso noch länger da. Die Maria kommt gleich noch vorbei.«

»Die Maria? Jetzt? Um diese Uhrzeit?«

»Ja, sie kann nicht schlafen, hat sie gesagt. Ich will noch was mit dem Mädl und dem Branko besprechen. Wobei, mit dem Branko hab ich's eigentlich schon beredet.« Der Sepp drehte sich

Richtung Küche und rief: »Gell, Branko. Hamma besprochen. Wir beide.«

»Ja, Chef. Hamma geredet.«

»Na bitte. Da hörst's. So, ich muss jetzt kurz nach dem Tee für die Maria schaun. Sie hat mich gebeten, einen aufzusetzen. Kennst sie ja und ihre Vorliebe für dieses Minze-Zeug, keine Ahnung, wo sie das herhat.«

»Stört's dich, wenn ich noch ein bisschen sitzen bleib?«

»Nein, überhaupt nicht. Gehörst ja so gut wie zur Familie.« Der Sepp verschwand in der Küche. Kurze Zeit später kam er mit einer großen Thermoskanne und einem Teeglas zurück. Er stellte beides auf der Bar ab.

»Keine Ahnung, wie die Maria so viel davon trinken kann.«

Wie auf Bestellung betrat die Tochter vom Sepp das Lokal. Sie umarmte Kogler und gab ihrem Vater einen Kuss auf die Wange.

»Hast hoffentlich meine Spezialminze genommen, oder?«, fragte sie mit Blick auf die Kanne.

»Klar«, sagte der Sepp. »ich weiß doch, dass du die am liebsten magst.« Er setzte eine kurze Pause. Dann fügte er an: »Warum auch immer.«

Die Maria runzelte die Stirn und strich ihre Haare zurück, die sie heute offen trug. Sie drehte sich zu Kogler und sagte: »Der Papa, ein ausgezeichneter Koch, aber er kann nicht mal den Unterschied zwischen Pfefferminze, Minze und Kärntner Minze schmecken.«

»Du mit deiner Kärntner Minze. Erstens heißt die bei uns noch immer Nudelminze, und zweitens schmeckt Minze in heißem Wasser immer gleich. Ist doch alles nur ein Marketing-Gag. Ich bitt dich, geh mal in irgendeine Bar und bestell dir einen Hugo. Wie hätten Sie ihn denn gern? Grüne Minze? Marokkanische? Orangen-, Schoko-, Spearmint-Minze? Oder eben deine heilige Nudelminze.« Der Sepp verdrehte seine Augen und schüttelte den Kopf.

»Ach Papa, Nudelminze, so sagt doch heut kein Mensch mehr. Ich bitt dich, Kärntner Minze heißt die.« Die Maria schenkte sich eine Tasse Tee ein und schob sie zu Kogler. »Da, Karl, kost mal und sag dem Papa, dass die ganz anders schmeckt als normale Minze.«

Kogler schaute skeptisch auf das ihm angebotene dampfende Getränk.

»Ich weiß nicht, Maria. Ich bin echt kein Teekenner, und mit Minze kenn ich mich erst recht nicht aus.«

»Red jetzt keinen Blödsinn. Wie viel Kärntner Kasnudeln hast in deinem Leben schon gegessen?«

»Ähm, keine Ahnung. Schon einige.«

»Siehst du! Dreimal darfst raten, mit was für einer Minze die gemacht werden? Mit Kärntner Minze, deshalb nennt der Papa sie auch Nudelminze.« Die Maria stupste ihn in die Seite. »Also, kost jetzt!« Kogler ergab sich. Marias Ton duldete keinen Widerspruch. Und mit Schwangeren sollte man sich sowieso nicht anlegen. Stimmungsschwankungen und so. Kannte man ja.

»Zucker?«

»Du brauchst keinen Zucker, der überdeckt nur den Geschmack.«

Kogler seufzte. Er blies mehrmals in die Schale. Dann nahm er einen kleinen Schluck.

»Und?«

»Ja, gar nicht so schlecht.« Kogler nahm einen weiteren Schluck. Diesmal einen größeren. Der Tee schmeckte wirklich gut. Er hatte ein starkes süß-würziges Aroma, ganz anders als der Pfefferminztee, den ihm die Hanna immer gemacht hatte, wenn er Halsweh hatte. Es mochte zwar verrückt klingen, aber irgendwie schmeckte das grüne Zeug wirklich nach einer Kasnudel.

Kogler stellte den Tee wieder vor sich ab.

»Behalt die Tasse, Karl, ich hol mir eine neue.«

Kogler nickte. Er roch ein weiteres Mal an dem Tee. Ja, kein Zweifel: schmeckte ähnlich, roch auch gleich. Kogler seufzte leise. Er liebte Kärntner Kasnudeln: nahrhaft, schmackhaft und, so sagte man zumindest, Grundbedingung für eine Heirat im südlichsten Bundesland Österreichs. Denn wie hieß es hier so schön: »Ein Dirndl, das nicht krendeln kann, kriegt keinen Mann.« Unter krendeln verstand man spezielle Handgriffe, mit denen man die Teigränder der Kasnudeln fingerfertig verschloss, und zwar so, dass durch versetztes Zusammendrücken kleine ornamentale Kunstwerke entstanden. Überhaupt waren die Kasnudeln das vielleicht kärntnerischste aller Gerichte.

Kogler nahm noch einen Schluck von seinem Minztee. Die Kärntner oder Nudelminze war, wie ihr Name schon sagte, essenzieller Bestandteil der Kasnudeln, die es in so gut wie jedem Kärntner Gasthaus gab, natürlich auch beim Sepp. Seit seine Frau tot war, ließ sich Kogler von ihm oft mehrere Portionen vorkochen. Dann fror er sie zu Hause ein, so hatte er immer einen vernünftigen Vorrat zur Hand. Denn auch wenn er nach wie vor kein Meister im Kochen war, eines gelang ihm immer: Kasnudeln aufwärmen. Das konnte man mit Fug und Recht behaupten.

Für viele Nicht-Kärntner war es allerdings etwas verwirrend, dass die Kasnudeln nicht unbedingt etwas mit Käse zu tun hatten. Es gab sie mit verschiedensten Füllungen – von herzhaft bis süß. Meist war Topfen enthalten, aber nicht immer. In die klassische Variante gehörten neben dem Frischkäse auch Kartoffeln und verschiedene Kräuter. Dann gab es zum Beispiel noch die reine Erdäpfelnudel, die Fleischnudel, die Herrenpilznudel, die grün strahlende Spinat- oder Bärlauchnudel sowie die süßen Vertreter: Apfelnudel und Kletzennudel, in der gedörrte Birnen verarbeitet waren. Mit anderen Worten: Erlaubt war eigentlich alles, was schmeckte. Die Kasnudeln gehörten genauso zu Kärnten wie der Wörthersee. Der Neven, der Vater vom Goran, hatte Kogler einmal erzählt, dass der Sekretär eines italienischen Patriarchen nach einer Reise durch das Drautal bereits um 1485 über sie berichtet hatte, über die »von fleißigen Frauen gefertigten Teigwerke mit schmackhaftem Inhalte«. So stand es laut dem Neven zumindest im Katalog der Speisen des Bundesministeriums für Nachhaltigkeit und Tourismus, in dem die Kärntner Kasnudeln als kulinarisches Erbe gelistet waren. Auf einem Speiseplan wurden sie Mitte des 18. Jahrhunderts zum ersten Mal erwähnt: im Hospital Spittl in Spittal an der Drau. Das war natürlich kein Krankenhaus, sondern eine Herberge für Pilger gewesen, die über die Radstädter Tauern und den Katschberg nach Süden gezogen waren.

Kogler kratzte sich an seinem Oberkörper. Die Nesselsucht, unter der er seit geraumer Zeit – mal mehr, mal weniger – litt, machte ihm heute wieder stärker zu schaffen.

»Dein Ausschlag wieder?«, fragte die Maria.

Kogler nickte. »Ja, ist in letzten Tagen wieder stärker geworden.«

»Weißt, wer dir da sicher helfen kann? Die Eva.«

»Welche Eva?«

»Die Eva Madritsch. Die Frau vom Matthias Madritsch. Die hat in ihrem Hotel so einen Laden: Zur Kräuterhexe. Und die kennt sich bei solchen Sachen wirklich aus. Die soll dir eine Salbe dagegen zubereiten.«

Kogler wiegelte ab: »Na, ich weiß nicht. Mit ein paar Kräutern werden wir da nicht weit kommen.«

»Keine Widerrede!«, sagte die Maria. »Glaub mir, Karl, die kann Wunder vollbringen, wenn's um solche Sachen geht. Meine spezielle Kärntner Minze kauf ich übrigens auch bei ihr. Die Eva ist grad in ihrem Wochenendhaus, aber ich ruf sie gleich morgen an und frag sie, wann du zu ihr kommen kannst.«

Kogler seufzte leise. Er merkte schon, dass die Maria sich nicht von ihrer Idee abbringen lassen würde. »Na gut, wenn du meinst, probieren kann ich's ja mal.«

...

Nachdem der Sepp rund zehn Minuten angeregt mit seiner Tochter und dem Branko an einem Ecktisch gesprochen hatte, verabschiedete sich die Maria von Kogler. Der Sepp kam zur Theke und putzte sich seine Brille.

»So, hätten wir das auch erledigt.« Er sah Kogler an. Anscheinend erwartete er irgendeine Reaktion von ihm.

»Tut mir leid, Sepp. Ich hab euch nicht zugehört. War in Gedanken.«

»Na, da musst aber weit weg gewesen sein. Hast ja sonst Ohren wie ein Luchs.«

Kogler zuckte mit den Schultern. Schon möglich, vielleicht hatten ihn die Kasnudeln wirklich in eine andere Welt entführt. Konnte er nicht ausschließen.

»Also, ich hab der Maria gesagt, dass sie ab morgen nicht mehr bei mir arbeiten muss. Außer die Buchhaltung, die macht sie weiter. Das volle Gehalt bekommt sie trotzdem, bis sie wieder arbeiten kann, also bis mein Enkerl groß genug ist für die Kinderkrippe oder wie man das heut nennt. So was hat's ja bei uns alles noch nicht gegeben.«

»Großzügig von dir. Hut ab!«

Der Sepp wiegelte ab: »Blödsinn, Karl, ist doch selbstverständlich. Was denkst denn? Ist ja schließlich meine Familie. Die Maria soll sich jetzt mal ganz auf sich und auf die Schwangerschaft konzentrieren. Wenn sie in ihrem Zustand zu lang arbeitet, bekommt sie noch Krampfadern. Grad als Kellnerin. Weißt ja, das ganze Stehn und Herumlaufen.«

»Und wie machst das dann mit dem Lokal?«

Der Sepp klopfte mehrmals auf die Theke. »Gut, dass du fragst.« Kogler schmunzelte. Als hätte der Sepp ihm das nicht so oder so ausführlich erzählt. Sein Freund liebte es, über seine Ideen zu reden. Mehr als alles andere.

»Also, pass auf. Zuerst hab ich mit dem Branko gesprochen. Hab ihm gesagt, dass er sich wirklich gut macht in der Küche und dass ich in ihm viel Potenzial seh und er deswegen sein Grundpraktikum erfolgreich abgeschlossen hat.«

»Nach einer Woche? War aber ein flottes Grundpraktikum.«

»Ja, dann war's halt flott. Dabei geht's nicht um Monate oder Wochen, da geht's um Inhalte und Leistung. Verstehst, Karl? Das ist nicht wie bei euch Beamten. In der Gastronomie geht's ums Können.«

Kogler seufzte. »Natürlich«, sagte er. »Klar.«

»Deswegen hab ich ihm erklärt, dass er jetzt bereit ist für den nächsten Schritt: Kochen und Kellnern. Doppelausbildung sozusagen. Vom Meister.« Der Sepp setzte seine Brille wieder auf und klopfte auf die Holztheke. »Neue Kompetenz, neue Verantwortung. Was bedeutet das?« Der Sepp setzte eine Pause, ganz so, als ob er eine Antwort erwartete. Doch gerade als Kogler etwas darauf sagen wollte, fuhr der Sepp fort: »Es bedeutet, dass der Branko ab sofort ein Profipraktikum machen wird und ein deutlich höheres Taschengeld bekommt.«

Kogler stöhnte. »Kannst net gleich sagen, dass du ihn schwarz bezahlst?«

»Das ist ein grenzübergreifendes, privates Ausbildungspraktikum, und wie der Branko und ich die Bezahlung handhaben, das überlass bitte schön uns. Er hilft mir freiwillig und lernt etwas dabei. Da ist nix Illegales dabei.«

»Ja sicher ...« Kogler tippte sich an die Stirn. »Ich glaub auch.«

»Kannst ja seine Großtante fragen.«

»Die Slavica Oberberger? Die ist doch schon seit einer Ewigkeit komplett dement. Die weiß ja nicht mal mehr, welches Jahr wir haben.«

Der Sepp griff sich sein Weinglas, das er vorher vom Tisch mitgebracht hatte, und hielt es in die Höhe: »Wie auch immer. Auf den Branko und sein neues Profipraktikum!«

Kogler seufzte. Was ging ihn das Ganze auch an? Der Branko war ein erwachsener Mann, der musste wissen, was er tat. »Aber mit meiner Teetasse stoß ich jetzt nicht an.«

»Ah, jetzt seh ich's erst. Dein Glas ist ja leer. Wart, ich schenk dir noch was ein.«

Der Sepp holte die Weinflasche und füllte Kogler großzügig nach.

»Gut, in Zukunft brauchen wir aber natürlich noch jemanden. Zu zweit schaffen wir das nicht. Also hab ich mit dem Arbeitsmarktservice gesprochen, die schicken in der nächsten Woche Leute vorbei. Da wird ja wohl was Passendes dabei sein. Und überhaupt, wer möchte nicht als Kellner am Wörthersee arbeiten, noch dazu in Velden? Ich bitt dich, die werden uns die Tür einrennen, dem Branko und mir, da kannst dir sicher sein.«

»Wenn du das sagst ...«

»Ja, sag ich! Da kenn ich mich nämlich, wie du ja weißt, ziemlich gut aus: in der Gastro und im Destinationsmarketing.«

»Wie kein anderer, Sepp, wie kein anderer.«

Der Sepp erhob sich. »So, ich mach jetzt noch die erste Deutscheinheit mit dem Branko. Setzt dich zu uns rüber?«

»Du machst was mit dem Branko?«

»Seine erste Lerneinheit. Deutsch für Kellner sozusagen. Machen wir jetzt jeden Tag nach der Arbeit. Hab mir gedacht, dann lernt er's schneller.«

Kogler lachte auf. »Du als Deutschlehrer? Ja genau, das möcht ich sehn.«

Der Sepp sah ihn mit leicht zusammengezogenen Augenbrauen an. »Du wirst schon sehn, wie schnell der Branko bei mir Deutsch lernt. Aber da geht's nicht um Hochdeutsch, er muss ja keine Schiller-Balladen aufsagen. Nein, nein, mit den Gästen soll er gut reden können. Plaudern, verstehst? Darum machen wir beide das auch etwas anders. Learning by Doing. Und jedes Mal gibt's ein spezielles Thema für den Gästekontakt.«

»Für den Gästekontakt. Spezialthemen. Aha! Da bin ich ja gespannt. Und worum geht's heut?«

»Na, was glaubst, Karl? Um das mit Abstand Wichtigste in der Gastronomie.«

»Essen?«

»Blödsinn.«

»Trinken?«

»Nein, Karl! Politik natürlich! Politik!«

• • •

»Gut«, sagte der Sepp, nachdem er sich einen neuen Wein eingeschenkt hatte. »Also, heut reden wir ein bisschen über Politik. Gell, Branko. Politik. Muss er kennen. Ist wichtig. Damit er kann reden ein bisschen mit Gästen. Also fangen wir an. In Österreich schaut's so aus …«

»Wer Präsident?«

»Präsident? In Österreich? Ah, Präsident nix wichtig in Österreich. Gell, Branko. Gibt es zwar, aber nix wichtig.«

»Sepp«, brachte Kogler sich ein, »red keinen Blödsinn!« Er drehte sich zu Branko und sagte: »Natürlich Präsident wichtig.« Verdammt! Jetzt fing er schon an, wie der Sepp zu sprechen. »Natürlich ist der Präsident in Österreich wichtig«, verbesserte Kogler sich umgehend.

Der Sepp rollte mit den Augen. »Karl, bitte! So ein Schmarrn! Der hat genau nix zu sagen.«

»Und was war mit dem Misstrauensantrag, der Übergangsregierung und den Neuwahlen?«

»Na, von mir aus. Also bitte …« Er wandte sich wieder dem Branko zu. »Präsident ist Van der Bellen. Von den Grünen. Grüne Partei. Umwelt und so. Nix Atomkraftwerk.«

»Der ist nicht von den Grünen, ein Präsident muss immer neutral sein.«

»Jaja!« Der Sepp lachte. »Genau, Karl. Neutral, sicher. Der ist ein Grüner durch und durch. So grün wie der Branko noch hinter seinen Ohren ist. Gell, Branko?«

»Ja, bin ich grün hinter Ohren, Chef. Grün. Wie Fanta Peln.«

»Haha! Der Branko! Sehr gut! Aber heißt Van der Bellen. Nicht Fanta Peln. Wie Hund macht. Bellen. Wau! Wau!«

»Fanta Bellen?«

»Ja, von mir aus, passt schon. Tut ihn so jeder verstehn, den Branko.«

Kogler griff zur Weinflasche und füllte sein Glas auf. Er brauchte etwas zu trinken. Dringend.

Der Sepp war inzwischen so richtig in Fahrt gekommen. Mit

seinem Oberkörper halb über dem Tisch hängend, fuhr er wild gestikulierend fort: »Also gut, jetzt noch die Parteien, dann wir Schluss machen für heut.«

Branko nickte. »Tun ma gehn dann.«

»Ja genau. Tun ma gehn dann. So. Also, zuerst die ÖVP. Österreichische Volkspartei. Die Schwarzen.«

Der Branko nickte und sagte: »Schwarz. EVP.«

»Ja gut, aber ÖVP, Branko. Ö! Ö wie Österreich.«

»E. E wie Esterreich.«

»Ähm, nicht ganz. Ö. Ö wie ... ach, egal. Tut er sich einfach nur merken Schwarz. Die Schwarzen. O. k.?«

Der Branko nickte.

»Also, die Schwarzen, die stehen für Wirtschaft. Und Kirche. Oder Karl? So kann man's erklären, oder?«

Kogler wischte sich durch seinen Bart. »Klar, für Fünfjährige sicher.«

Der Sepp ignorierte seine Kritik und machte munter weiter: »Als Nächstes haben wir die Sozialdemokraten, also die SPÖ. Die Roten. Stehn für Arbeitslose zum Beispiel.«

Kogler stöhnte auf. »Sepp, bitte! Warum sollen die für Arbeitslose sein? Was redest da zusammen?«

»Für die Arbeitslosen, hab ich gemeint: die Arbeitslosenversicherung. Hör halt genau zu. Also, dass man Geld bekommt, wenn man keine Arbeit hat. Also Soziales, so versteht er's am besten, der Branko.«

»Ja genau, eine tolle Beschreibung.« Kogler schüttelte den Kopf. Warum hatte er überhaupt etwas gesagt?

»Also, von mir aus, dann merkt er sich eben Arbeiterpartei, der Branko. Gell. Die Roten. Für Arbeiter.«

Bei dem Wort »Arbeiter« nickte der Branko. Der Sepp grinste zufrieden. »Sehr gut!«

Ein wahrer Musterschüler, dachte Kogler, während er sich eine Zigarette anzündete.

Der Sepp fuhr fort: »O. k., die dritte Partei in Österreich sind die Freiheitlichen. FPÖ. Die Blauen.«

»Blaue Partei«, sagte Branko.

»Also, die Blauen sind für Heimat. Also: Österreich zuerst, dann Rest. Und natürlich alle braven Nichtösterreicher auch zuerst. Also die guten, wie der Branko. Oder, Karl?«

»Was?«

»Die FPÖ steht für Heimat, oder? So kann man's in aller Kürze erklären.«

»Ja, wenn du meinst, nennt sich ja auch die soziale Heimatpartei.«

»Eben. Ja, ich glaub, so kann man's sagen: Heimatpartei. Also wer fehlt uns noch? Ah ja, die Grünen, aber die hatten wir ja schon.« Der Sepp nahm einen Schluck Wein. »Gut, dann fehlt nur noch eine. Nur noch eine Partei, Branko, dann wir haben fertig. Und zwar die NEOS. Rosa.«

»Pink, nicht Rosa«, verbesserte Kogler seinen Freund.

»Ja, von mir aus, dann halt Pink. Wo ist da der Unterschied, bitte? So oder so, die sind liberal. Also, wie erklär ich dir das, Branko? Sind wie ÖVP. Also schwarz. Für Wirtschaft, aber ohne Kirche. Nix Kirche!«

»Was NEOS?«

»Ja, Partei halt, Branko.«

»Nein, was bedeuten?«

»Was bedeuten? Ähm ja, gute Frage, keine Ahnung.«

»NEOS steht für Neues Österreich«, klärte Kogler die beiden auf.

Branko nickte. »NEOS. Österreich neu. Pink. Für Wirtschaft. Kirche nix.«

Der Sepp klopfte mit seiner Hand auf den Tisch. »Sehr gut! So, jetzt ist's aber schon spät. War genug für erste Einheit Politik.«

Kogler atmete innerlich auf. Gott sei Dank, dachte er. In seinem Kopf drehte sich schon alles von den Ausführungen vom Sepp.

Kogler stand auf. »Ich werd jetzt aufbrechen, muss ja morgen früh aufstehn und zum Gerhard nach Klagenfurt fahren, damit er sich meine Wunde anschaut.« Kogler griff nach seiner Lederjacke, die neben ihm auf der Bank lag.

»Wie geht's dir überhaupt? Hast noch arge Schmerzen?«

»Na ja, geht so. Ich werd zu Haus noch eine Schmerztablette nehmen.« Kogler verabschiedete sich, schnappte sich die Tragtasche mit seiner dreckigen Hose und verließ das Lokal. Es war wirklich allerhöchste Zeit, der Blacky würde schon sauer sein. Und die Strafe für Kogler stand sicher auch schon fest: Ignorieren und Hintern zeigen. Zehn Minuten lang. Mindestens.

17.

Der Blacky hatte es sich neben Kogler auf der Couch bequem gemacht und ihm sein spätes Nachhausekommen schlussendlich doch verziehen. Das ein oder andere Leckerli hatte natürlich geholfen, den Hausfrieden wiederherzustellen und die Wogen zu glätten, keine Frage.

Aus den Lautsprecherboxen tönte Pink Floyd. David Gilmours sanfte Stimme schmiegte sich förmlich an die Gitarrenklänge von »Take it Back« an, Koglers Lieblingslied von dem späten »Division Bell«-Album. 1996 erschienen, war es von Kritikern gnadenlos verrissen worden, und das, obwohl es sich weltweit immerhin rund zwölf Millionen Mal verkauft hatte. Ideen- und seelenlos sei es, schwach und konzeptlos. Mit gerade mal einem mickrigen Stern von fünf möglichen wurde es vom renommierten Rolling-Stone-Magazin bewertet. Kogler schüttelte nur stumm seinen Kopf und nahm einen großen Schluck von seinem Orangensaft, den er sich, als er nach Hause gekommen war, frisch gepresst hatte. Vitamine waren nie verkehrt, so sagte man zumindest.

Er stellte das Glas ab und starrte weiter auf die Patronenhülse, die er vor sich auf den Tisch gelegt hatte.

»Na, Blacky, was meinst? Was hätte deine Menschenmama wohl dazu gesagt?«

Der Kater legte seinen Kopf schief und streckte sich.

»Na, du bist mir ja eine große Hilfe!«

Kogler nahm die Hülse in die Hand und drehte sie langsam hin und her. Ja, was hätte die Hanna wohl dazu gesagt? Wahrscheinlich, dass er es gut sein lassen sollte. Dass er keinen Beweis für seine Theorie habe. Dass er froh sein könne, nur einen Streifschuss abbekommen zu haben. Eine Warnung sei das gewesen, hätte sie gesagt. Ein Zeichen, dass er die ganze Sache vergessen solle und dass man das Schicksal nicht herausfordern dürfe.

Kogler betrachtete den Blacky. Nur seine zuckenden Ohren verrieten, dass er noch nicht ganz entschwunden war – sanft hob sich seine Bauchdecke bei jedem Atemzug. Der Anblick seines vierbeinigen Freundes beruhigte ihn. Kogler widerstand der Versuchung, seinen treuen Gefährten zu streicheln. Er wollte ihn nicht wecken. Stattdessen ließ er noch einmal die letzten beiden Tage Revue passieren. Ja, dachte er, wahrscheinlich war es tatsächlich vernünftiger, an dieser Stelle das bizarre Spielfeld des blauen Wolfs zu verlassen. Warum denn auch nicht? Er war kein Polizist mehr. Und selbst wenn an seinem Verdacht etwas dran war – was ja nicht einmal gesagt war –, was ging ihn eigentlich dieser ganze Irrsinn an? Gar nichts! Er hatte einfach Pech gehabt. War zur falschen Zeit am falschen Ort gewesen, genau, wie die Mahringer gesagt hatte. Gar nichts wäre ihm passiert, wenn er nicht auf seine alten Tage noch eine Verfolgungsjagd gestartet hätte.

Kogler schnaufte. In ihm kam ein neues Gefühl hoch: Wut. Was hatte er sich eigentlich dabei gedacht? Und warum sollte er bitte schön irgendetwas in diesem Fall unternehmen? Hier nahm ihn sowieso keiner mehr ernst. Sollten sich doch andere der ganzen Sache annehmen, er würde seinen Verdacht für sich behalten. Ganz einfach. Noch konnte er das Parkett unauffällig verlassen. Kogler schnappte sich die Patronenhülse und ging in die Küche.

Gleich morgen würde er bei der Yvonne vorbeischauen, sich bei seiner Tochter für die ganze Aufregung entschuldigen und ihr versprechen, dass er sich nie wieder grundlos in Gefahr begeben würde. Kogler öffnete den Kühlschrank. Dort lagen die Zutaten für das Kärntner Gulasch, die er gestern gekauft hatte. Genau! Auf das Kochen würde er sich in Zukunft konzentrieren. Dazu angeln gehen, Pilze suchen, Sport schauen, Musik hören, mehr Zeit mit seinen Enkelkindern verbringen und im Idealfall sogar etwas für seine Gesundheit tun: Rad fahren oder spazieren gehen zum Beispiel, solche Sachen halt.

Kogler schloss die Kühlschranktür und warf einen letzten Blick auf das kleine metallene Beweisstück, bevor er es in den Mistkübel fallen ließ. Matt glänzend lag es auf dem Berg von Orangenschalen. Kogler schloss den Deckel. Aus den Augen, aus dem Sinn, dachte er und atmete tief durch.

• • •

Kogler fuhr aus dem Bett hoch. Ein lautes Klirren und ein dumpfer Knall hatten ihn aus dem Schlaf gerissen. Der Blacky sprang fauchend auf den Fußboden. Kogler machte die Nachttischlampe an und warf einen Blick auf den Wecker. 4:23 Uhr. »Was ist denn jetzt schon wieder los?«, fluchte er, stand auf und ging auf die andere Seite des Schlafzimmers. Er trat auf den Flur und schaltete das Licht an. Nichts zu hören. Im Haus war es totenstill.

»Ich schau mal nach, was da los war«, sagte er zum Blacky, der wie versteinert auf der Türschwelle des Schlafzimmers saß und ihn mit großen Augen ansah. Kogler stieg vorsichtig die Treppe hinab und tastete nach dem Lichtschalter.

»Scheiße!«, fluchte er, als er die Bescherung sah. Neben dem Verandafenster auf dem Parkettboden lagen überall verteilt Scherben, dazwischen irgendetwas Größeres, Weißes. Kogler konnte nicht genau erkennen, um was es sich handelte.

Plötzlich ertönte ein Geräusch hinter ihm. Wie von der Tarantel gestochen, fuhr Kogler herum und riss seine Arme in die Höhe. Doch da war niemand – nur der Blacky, der sich wohl doch dafür entschieden hatte, ihm zu folgen. Kogler atmete tief durch. »Gott, ich hab fast einen Herzinfarkt bekommen«, ließ er seinen Kater wissen, der sich nervös die Pfote leckte.

Kogler drehte sich wieder um und ließ seinen Blick umherwandern. Außer ihm und dem Blacky schien niemand im Haus zu sein. Er kontrollierte die Eingangstür – sie war abgesperrt, nichts Auffälliges zu entdecken –, zog sich feste Schuhe an und ging wieder in den Wohnbereich. Die Scherben knirschten unter seinen Schuhsohlen. Kogler hockte sich hin und hob den weißen Gegenstand auf. Er wog ihn prüfend in der Hand: ein großer Stein, umhüllt von einem Stück Papier. Kogler löste es ab. »Bitte nicht! Lass es nicht das sein, was ich denk!«, flüsterte er. Dann drehte er es um.

• • •

Das Glas mit dem hektisch eingeschenkten Whiskey wanderte unruhig in Koglers Händen hin und her. Er zitterte am ganzen Körper. Immer wieder las er den computergedruckten Text, der unter dem Wolfslogo stand.

HALTEN SIE SICH AUS DER SACHE RAUS, WENN IHNEN DAS WOHLERGEHEN IHRER TOCHTER UND IHRES ENKELKINDS AM HERZEN LIEGT!

Der blaue Wolf

Kogler kippte den letzten Schluck Whiskey hinunter und stellte das Glas auf den Tisch. Er nahm den massiven Stein ein weiteres Mal in die Hand. Der konnte von so gut wie überall herstammen, vom See oder einfach auch aus einem der Nachbarsgärten. Er legte den Brocken weg und suchte seine Taschenlampe.

Es regnete inzwischen wieder stärker – schlechte Voraussetzungen, um eventuelle Spuren zu finden. Er musste sich beeilen. Kogler verließ das Haus durch die Verandatür und ließ den Lichtkegel seiner Taschenlampe über den Garten wandern. Ungefähr vier Meter vom Haus entfernt war das Gras platt getreten. Kogler inspizierte die Stelle – genau, wie er befürchtet hatte: Die Fußabdrücke waren nur schemenhaft zu erkennen, in wenigen Minuten würden sie ganz verschwunden sein. Kogler versuchte, die Schuhgröße zu schätzen. 43? 44? Schwer zu sagen. Ein Profil konnte er auch nicht erkennen. So viel zur gerühmten Aussagekraft der Spurensicherung. War im realen Leben halt anders als in den beliebten Fernsehserien, in denen topgestylte Forensiker auch Stunden oder Tage nach einer Tat aus jedem noch so kleinen Grashalm und Erdkrümel Hunderte Rückschlüsse gewannen.

Kogler fluchte und richtete sich auf. Der Regen prasselte auf seinen Körper, sein Pyjama war komplett durchnässt. Er folgte der immer schwieriger zu erkennenden Schneise durch das niedergetretene Gras, die sich an einer Stelle teilte. Dann war Kogler sich sicher: Der Täter musste vom Tor zuerst am Zaun entlang zum hinteren Eck seines Gartens gegangen sein, dann war er zur Terrasse gelaufen und hatte seine Botschaft durch das Fenster geschleudert. Im Anschluss war er quer über den Rasen auf direktem Weg geflohen. Kogler schaltete die Taschenlampe aus. Er blickte in den Himmel. Es begann zu blitzen. In der Ferne ertönte ein Donnerschlag. Auch das noch! Er musste das Fenster irgendwie abdichten. Notdürftig zumindest. Und zwar rasch.

• • •

Die Scherben waren zusammengekehrt und das eingeschlagene Fenster mit einer Decke geschützt. Kogler hatte sich eilig angezogen und den Blacky beruhigt. Nun stand er in der Küche und starrte grimmig auf den Drohbrief in seiner Hand, bevor er ihn zusammengefaltet in die Innentasche seiner Lederjacke steckte. »Nun gut«, murmelte er, »zu viel ist zu viel! Du hast es nicht anders gewollt!« Er ging schnaubend in die Küche, riss den Mülleimer auf und fischte die Patronenhülse heraus.

Jeder Mensch hatte eine Grenze, und seine war gerade überschritten worden. Denn wenn seine Familie bedroht wurde, hörte der Spaß für ihn auf. Ohne Wenn und Aber. Er musste dem Ganzen ein Ende setzen und für klare Verhältnisse sorgen. Und zwar jetzt. Auf der Stelle.

• • •

»Passt so.« Kogler drückte dem Fahrer das Geld in die Hand und stieg aus dem Taxi. Das Gewitter war inzwischen weitergezogen, erste Sonnenstrahlen brachen durch die Wolkendecke. Er warf einen Blick auf die Uhr: kurz nach sechs – mit etwas Glück war sein alter Bekannter noch zu Hause. Kogler zündete sich eine Zigarette an. In ihm machte sich Nervosität breit. Während der Fahrt nach Klagenfurt war er kurz davor gewesen, sein Vorhaben abzubrechen. Was, wenn er sich irrte? Er würde sich zum Narren machen. So richtig. Ein für alle Mal. Kogler nahm einen tiefen Zug und blies den Rauch langsam aus. Auf der anderen Seite: Wenn sein Verdacht stimmte, dann war dies der einzig richtige Weg: ein Gespräch von Mann zu Mann und sein Versprechen, sich aus der ganzen Sache rauszuhalten. Dann würde man sie in Ruhe lassen: die Yvonne, die Beate und ihn.

Kogler schnippte seine Zigarette auf die Straße und betrachtete den quadratischen, villenartigen Bau. Er war zum ersten Mal hier. Der Harald hatte ihm von der neuen Wohnung vom Uwe Fruchtinger erzählt. Das Appartement in diesem neu errichteten Luxusbau musste den Leiter der Einsatzgruppe Leib/Leben am LKA Klagenfurt ein kleines Vermögen gekostet haben. Der Bezirk St. Martin galt als die wohl beliebteste Wohngegend Klagenfurts. Am Fuß des Kreuzbergls, direkt zwischen Wörthersee und Stadt gelegen, befand man sich in absoluter Toplage: Hier lagen die elegantesten und exklusivsten Villen.

Kogler nahm einen tiefen Atemzug und drückte auf die Klingeltaste der Gegensprechanlage. Er wartete eine gute halbe Minute. Nichts. Sollte er es noch einmal versuchen? In diesem Moment knackste es in der Leitung, und eine verschlafene Männerstimme meldete sich: »Ja bitte?«

Kogler räusperte sich. Jetzt gab es keinen Weg zurück.

»Hallo, Uwe! Ich bin's, der Karl.«

»Wer? Welcher Karl?«

»Kogler, Karl Kogler.«

Eine kurze Pause. Dann meldete sich die Stimme wieder. Sie klang überrascht. »Karl? Du? Sag mal, weißt eigentlich, wie spät es ist?«

»Ja, meine Nacht war auch nicht grad erholsam. Können wir kurz reden?«

»Reden?« Wieder eine Pause. Der Chefinspektor auf der anderen Seite der Anlage schien zu überlegen. Ein weiteres Knacksen. Dann meldete er sich wieder zu Wort: »Ja, von mir aus. Wenn's wichtig ist.«

»Ja, ist's.«

»O. k., ich mach dir auf. Nimm den Lift ins Obergeschoss. Das Penthouse, Top 8.«

Der Türöffner sprang an. Penthouse, dachte Kogler, na bravo. Musste echt im Lotto gewonnen haben, der ehemalige Kollege. Als der noch bei der Polizeidienststelle Pörtschach gewesen war, hatte er in einer kleinen Zweizimmerwohnung zur Miete gewohnt. Kein schlechter Aufstieg in so kurzer Zeit, beruflich wie finanziell. Vom Dienststellenleiter zum Chef der Ermittlungsgruppe Leib/Leben und vom Schmuddelappartement zur Luxusbleibe.

Die Lifttür öffnete sich. Kogler betrat die Kabine und betätigte den Knopf. Wenig später stand er auch schon vor der Tür der angegebenen Wohnung und klingelte. Wieder musste er warten. Erst nach rund einer Minute öffnete ihm der Uwe Fruchtinger in einem weißen Bademantel die Tür. In seiner Hand hielt er ein Glas mit lila Inhalt.

»Komm rein, Karl!«, sagte er und schlurfte in den offenen Wohnbereich. »Willkommen in meinem bescheidenen Heim.« An seinen Füßen trug der Chefinspektor überdimensional große Fellschlappen. Irgendwie fehlte nur noch eine Zipfelmütze, um das seltsame Bild, das er abgab, zu vervollständigen.

»Magst auch einen Pflaumensaft?«, fragte er, während er ihn zur großen Wohnlandschaft aus Leder bugsierte.

Pflaumensaft? Im Ernst jetzt? Was war nur mit dem Uwe passiert? Fruchtsaft hatte der vorher nur vom Hörensagen gekannt. Kaffee im Dienst, Bier und Schnaps in der Freizeit – das war sein Lebensmotto gewesen. Kogler winkte ab. »Danke nein, ich bleib nicht lang.«

»Also«, sagte der Uwe Fruchtinger, als er sich auf die ausladende Couch geworfen hatte. »Was gibt's denn jetzt so Dringendes, Karl? Und wie geht's eigentlich deinem Arm?«

Kogler nahm auf einem der beiden Ledersessel Platz und beugte sich in Richtung des LKA-Chefinspektors. »Dem Arm geht's so weit ganz gut, aber das ist jetzt nicht wichtig. Schau, Uwe, kommen wir doch gleich zum Punkt. Ich bin nur hergekommen, um dir zu sagen, dass ich mich ab sofort aus der ganzen Sache raushalten werde. Ich bin da sowieso nur hineingerutscht. Von mir erfährt also niemand was.«

»Von was redest denn da? Ich versteh kein Wort.« Der Uwe Fruchtinger nahm noch einen Schluck aus seinem Saftglas und richtete sich seinen Bademantel.

Kogler spürte, wie erneut Nervosität in ihm aufkam. Wäre auch zu schön gewesen, wenn das einfach von der Hand gegangen wäre. Jetzt stellte sich der Leiter der Ermittlungsgruppe Leib/Leben auch noch dumm. Kogler rutschte kurz auf dem Sessel hin und her, bevor er erneut zu sprechen begann: »Uwe, bitte! Schau, wir wissen doch beide, was Sache ist. Lass meine Familie da raus. Vor mir brauchst keine Angst zu haben. Ich sag nix, versprochen! Ich hab auch keine Ahnung, um was es überhaupt geht, ehrlich! Und es ist mir auch komplett egal! Ich will nur meine Ruh haben!«

Die Miene vom Uwe Fruchtinger wechselte von verschlafenem Desinteresse zu alarmierter Aufmerksamkeit. Er stellte sein Glas ab. »Noch mal, von was zum Teufel redest da? Geht's dir gut? Stehst vielleicht noch unter Schock?« Er fixierte Kogler mit einem durchdringenden Blick. »Und Karl … zum Thema Verwirrtheit … Du hast keine Waffe dabei, oder?«

»Waffe? Ich? Nein, hab ich alle abgegeben nach dem Skandal. Und du?« Kogler deutete auf die Couchpolster, die neben dem Chefinspektor lagen. Er hatte nicht vergessen, dass sein Gastgeber lange gebraucht hatte, um ihm die Wohnungstüre zu öffnen. Sehr lange. Der Uwe Fruchtinger schaute kurz auf die Kissen. Dann drehte er sich wieder zu Kogler.

»Ich? Ob ich eine Waffe hab? In Griffweite, meinst wohl, unter den Polstern, oder was? Sag, geht's noch? Warum fragst mich das? Oder sollt ich deiner Meinung nach eine in der Näh haben?«

»Na gut«, erwiderte Kogler. »Bitte, dann leg ich halt meine Karten auf den Tisch, wenn du dich blöd stellst.« Er griff in seine Jackentasche. Der Uwe Fruchtinger zuckte zusammen.

»Entspann dich! Ich zeig dir nur was.«

Kogler zog den Drohbrief heraus und warf ihn dem Chefinspektor hin.

»Wenn's um meine Familie geht, hört der Spaß auf, Uwe. Und darum reden wir beide jetzt: du und ich. Damit wir das Ganze beenden: hier und jetzt.«

Der Uwe Fruchtinger nahm den Zettel und öffnete ihn. Er runzelte die Stirn. »Wo hast den her?«

Kogler schluckte seinen immer stärker werdenden Ärger so gut es ging hinunter. Jetzt nur die Ruhe bewahren, sagte er zu sich, einfach sein Spiel mitspielen. Früher oder später würde der Chefinspektor keine andere Wahl mehr haben, als sich zu offenbaren. Nicht bei all den Trümpfen, die Kogler in der Hand hielt.

»Bitte, dann machen wir es halt auf deine Art. Also, den hat jemand heut in der Früh samt einem Steinbrocken durch mein Verandafenster geschmissen. Das geschlossene, wohlgemerkt.«

Der Uwe Fruchtinger hob seine Augenbrauen. Er gab Kogler den Brief zurück. »Karl, ich hab noch immer nicht die geringste Ahnung, wovon du redest, und auch keinen Schimmer, warum du den nicht der Polizei gegeben hast, sondern damit bei mir auftauchst. Hast das überhaupt gemeldet?«

Kogler schüttelte den Kopf.

»Und eins sag ich dir gleich, Karl, wenn du schon mal da bist. Wer auch immer das war, das war nicht der blaue Wolf.«

»Ach so? Und woher willst das wissen?«

Der Uwe Fruchtinger deutete auf den Drohbrief. »Erstens ist der Abstand vom Seitenanfang zum Logo anders. Zweitens ist es die falsche Schrift, das seh sogar ich. Und drittens ist das ein anderes Papier, ein stärkeres als bei denen von der Wörthersee Post, beim Pörtschach-Anschlag und am Auto vom Pechhofer.«

Kogler runzelte die Stirn. Nun gut, das konnte jetzt so sein oder auch nicht. Aber selbst wenn, es änderte nichts an den anderen Tatsachen.

»Du weißt ja, dass der Pechhofer in meinen Armen gestorben ist.«

»Ja natürlich, ich war ja direkt vor Ort und hab mir dort vom Aschenwald die Aussage vorlesen lassen, die du bei ihm gemacht hast.«

»Ja, stimmt, hast ja extra dein Essen abbrechen müssen. Wo warst denn überhaupt? Hab gehört, irgendwo in Villach?«

Kogler fixierte den Uwe Fruchtinger. Gleich würde er wissen, ob der hochrangige LKA-Beamte wirklich zufällig in der Nähe des Tatorts gewesen war oder nicht.

»Ja, beim Andreas-Hofer-Wirt. Private Sache.«

Da! Der Uwe Fruchtinger zupfte nervös an seinem kleinen Schnauzbart. Eine alte Angewohnheit von ihm, wenn er sich unwohl oder in die Enge getrieben fühlte. Wenn Kogler noch ein Indiz benötigt hatte, um sich in seinem Verdacht bestätigt zu fühlen, so hatte er dieses soeben erhalten.

»Also, zurück zum Pechhofer. Weißt, was nicht im Protokoll steht, weil ich es nicht erwähnt hab, ist, dass der Gute mir noch was ins Ohr geflüstert hat, bevor er gestorben ist. Seine letzten Worte sozusagen. Und die fand ich durchaus interessant. Ja doch, wirklich spannend, fast schon erhellend.«

»Und die hast uns verschwiegen? Wissentlich? Sag mal, was ist denn los mit dir?«

»Ja, hab ich. Hatte da so meine Gründe, das kannst mir glauben. Aber jetzt nenn ich sie dir gern.«

»Na super, danke auch vielmals! Da bin ich ja gespannt. Und ich kann's kaum erwarten, eine Erklärung für dein langes Schweigen zu bekommen.«

Kogler lehnte sich noch ein Stück weiter nach vorne, sodass sich sein Kopf über der Mitte des Tisches befand. Er leckte sich kurz über die Lippen. Sein Mund fühlte sich plötzlich trocken und rau an.

»Panther«, zischte er schließlich. »Panther hat er gesagt.«

»Panther?« Der Uwe Fruchtinger schaute verständnislos.

»Ja, Panther, so wie der schwarze Panther, der Steirische Panther, Paulchen Panther. Klingelt's jetzt bei dir, Uwe?«

»Nein, keine Ahnung. Bist dir sicher, dass du dich nicht verhört hast? Ich mein ... Panther ... Was soll das heißen?«

Kogler schlug mit der flachen Hand wuchtig auf den Glastisch. Dann legte er nach: »Jetzt stell dich nicht dumm! Panther! Wie das Sondereinsatzkommando.«

»Wie was? Ach so, die alte Sache. Was soll die denn bitte mit dem Klaus Pechhofer zu tun gehabt haben? Das macht doch überhaupt keinen Sinn.«

Ja, das hätte er wohl gerne, der feine Herr Fruchtinger. Kogler lehnte sich ein Stück weit zurück. Eines musste man ihm ja lassen: Der Uwe ließ sich nicht das Geringste anmerken, an dem war ein ausgezeichneter Schauspieler verloren gegangen.

Das Sondereinsatzkommando Panther war vor einigen Jahren gegründet worden. War Teil einer groß angelegten Razzia gewesen, geleitet von Staatsanwaltschaften aus Italien, Slowenien und Österreich. Sogar die Justizbehörde der EU, spezialisiert auf grenzübergreifenden Waffen-, Menschen- und Drogenhandel, hatte sich eingeschaltet.

Alles hatte damit begonnen, dass die kalabrische Staatsanwaltschaft vor rund vier Jahren einen europaweiten Schlag gegen die Mafia gelandet hatte: Sprengung eines 40-köpfigen Syndikats, das bis zu diesem Zeitpunkt mit illegalem Glücksspiel ein kleines Vermögen – an die drei Milliarden Euro, weiß gewaschen in ganz Europa – gescheffelt hatte. Man vermutete in Kärnten einen Ring von Kriminellen, der in diese Geschäfte involviert war. Und nicht nur das, im Dreiländereck Österreich-Slowenien-Italien wurde auch rege mit Waffen gehandelt: vorzugsweise mit Handfeuerwaffen, tschechischen Skorpion-Maschinenpistolen und AK-47-Sturmgewehren. Immer wieder fand man bei Grenzkontrollen Waffen, die mit jenen identisch waren, die italienische Kollegen bei Aushebung des Mafiaclans in der Nähe von Neapel sichergestellt hatten. Camorra-Spielzeug sozusagen: verwendet bei verschiedensten Anschlägen und Morden, durch entfernte Seriennummern nicht rückverfolgbar, ursprünglich offensichtlich aus Balkanländern über Transitkanäle aus Unterkärnten und Slowenien eingeführt. Die Schmuggler waren einfach mit ihren Autos angereist und hatten in ihnen die Waffen nach Neapel gebracht, inklusive Riesenmengen an Munition. Intern sprach man vom größten Fall organisierten Waffenschmuggels seit Bestehen der EU, und so dauerte es auch nicht lange, bis in Kärnten eine Sonderermittlungsgruppe gegründet wurde. Deckname: Panther, unterstützt durch eine große Anzahl von Polizisten und eine Handvoll verdeckter Ermittler.

Der Uwe Fruchtinger schüttelte nach wie vor vehement seinen Kopf. »Karl, ich bitt dich, der Pechhofer hat ganz sicher was anderes gemeint. Ich mein, das Sondereinsatzkommando Panther war doch sowieso ein einziger Reinfall, das weißt du genauso gut wie ich. Wochenlang sind wir dubiosen Hinweisen nachgegangen, haben schwindlige Lagerhallen und Container irgendwo im

Nirgendwo durchsucht und Waffenhändler observiert, die ihr Leben lang noch keine Maschinenpistole in der Hand gehalten hatten. Und zu guter Letzt sind wir wie die Idioten tagein, tagaus in Zivilkleidung auf sämtliche Kärntner Schießplätze gegangen, haben dämlich herumgeballert und darauf gehofft, ganz zufällig auf irgendeinen Halbmafioso zu treffen. Also echt, was soll das alles denn deiner Meinung mit dem Pechhofer zu tun gehabt haben?«

Kogler erinnerte sich nur zu gut an die damaligen Ermittlungen. Die waren wirklich alles andere als koordiniert gewesen, von Erfolg gekrönt sowieso nicht. Sie hatten eine Handvoll illegale Waffen sichergestellt, das war es dann aber auch schon gewesen. Ihre slowenischen Kollegen waren im Gegensatz sehr viel produktiver gewesen, denn die hatten letztlich unweit der italienischen Grenze drei Waffenhändler verhaftet. Insgesamt wurden rund hundert Gewehre und Pistolen sowie eine Riesenmenge an Munition sichergestellt. Die drei Verdächtigen stritten bis zu ihrer Verurteilung alles ab und meinten, dass sie hereingelegt worden wären. Doch die Beweise waren erdrückend. Schlussendlich wurden sie verurteilt, auch aufgrund von Aussagen einzelner in den Fall verwickelter Mafiamitglieder. Bis heute ging man bei der Staatsanwaltschaft davon aus, dass über sie bis zu diesem Zeitpunkt rund achthundert Waffen an die italienische Camorra gelangt waren.

»Der Pechhofer hatte sehr wohl eine Verbindung zu Waffen«, sagte Kogler. Er beobachtete sein Gegenüber genau. Wenn er davon gewusst hatte, und davon ging Kogler aus, ließ er sich nicht das Geringste anmerken. »Denn der Hubner war ein langjähriger, enger Geschäftspartner von ihm.«

»Der Hubner? Der Waffenhändler aus Villach? Das glaubst ja wohl selbst nicht. Erzfeinde waren die, haben sich ja auch die ganze Zeit beschimpft, die beiden Provinz-Eishockeymäzene.«

»War alles Tarnung, in Wahrheit waren sie beste Freunde, der Hubner war sogar stiller Teilhaber bei dem Baufirmen- und Immobilienkonstrukt vom Pechhofer. Hat er mir in der Schlossbar selbst erzählt, bevor wir gegessen haben.«

»Und warum hast das nicht dem Aschenwald gesagt?!« Die Stimme vom Uwe Fruchtinger begann, sich leicht zu überschlagen. »Davon steht nix in seinen Aufzeichnungen!«

Kogler überlegte kurz. Ja, warum hatte er das eigentlich nicht? »Es ist mir nicht wichtig erschienen«, antwortete er dann wahrheitsgemäß. Den Zusammenhang mit anderen Dingen hatte er erst später erkannt.

»Nicht wichtig erschienen? Na, sehr schön. Aber bitte, von mir aus. Und warum erzählst es jetzt mir? Und was soll das alles mit der Panther-Sache zu tun haben?«

»Nun, sagen wir so, du hast dich mit dem Hubner ja ganz gut verstanden. Warst doch auch oft in Villach, das eine oder andere Bier mit ihm heben.«

»Na und? Wo ist das Problem dabei?«

»Weißt, Uwe, mir ist da gestern wieder etwas eingefallen, das ich eigentlich schon komplett vergessen hatte. Kannst dich noch erinnern, dass der Harald, also der Pinter, damals eines Tages einen ominösen Hinweis bekommen hat ... bei mir auf der Polizeidienststelle in Velden?«

»Wir alle haben ominöse Hinweise wegen dieser Waffengeschichte bekommen, alle: ihr in Velden, wir in Pörtschach ... Da war nur Schwachsinn dabei.«

»Schon, aber dieser spezielle Hinweis hat den Hubner betroffen. Es ging darum, dass der im Lager von seinem Geschäft drei Kisten mit illegalen Waffen hätt, Kalaschnikows und Ähnliches.«

»Ja, jetzt, wo du's sagst, irgendwas war da. Und?«

»Ich helf dir gern weiter, Uwe. Du warst an genau diesem

Abend wieder mal in Villach, da hat dich nämlich der Sepp gesehn, der Sepp Kogelnig, das hat er mir gegenüber mal so nebenbei erwähnt. Und in ebenjener Nacht, in der wir in Villach das Lager vom Hubner kontrolliert haben, waren da keine verdächtigen Kisten zu finden. Aber soll ich dir was sagen, Schleifspuren waren sehr wohl dort, ganz so, als ob jemand vor Kurzem etwas Schweres weggeschoben hätte, so schwer wie zum Beispiel ein paar Kisten voller Kalaschnikows. Haben wir damals aber natürlich nicht beweisen können. Logisch, wie auch?«

Der Uwe Fruchtinger lief rot an. »Willst mir jetzt allen Ernstes unterstellen, dass ich den Hubner gewarnt hätt?«

»Ja, das will ich, Uwe. Wahrscheinlich hast ihm sogar geholfen, die Kisten verschwinden zu lassen.«

»Sag, hast den Verstand verloren!? Was glaubst eigentlich, mit wem du da sprichst? Ich bin der verschissene Leiter vom Morddezernat!«

»Ermittlungsgruppe Leib/Leben heißt das noch immer.«

»Das ist doch komplett egal!«, jaulte der Uwe Fruchtinger auf. Dann begann er zu brüllen: »Du kommst zu mir in aller Herrgottsfrüh, klingelst mich aus dem Bett und faselst wirres Zeug. Dann zeigst mir irgendeinen Wisch, den du angeblich vom blauen Wolf durch dein Fenster geschmissen bekommen hast, quasselst was vom Sondereinsatzkommando Panther und folgerst als Höhepunkt daraus, dass ich bei illegalen Waffengeschäften mitgemacht hab. Sag Karl, geht's eigentlich noch? Hast vergessen, deine Medikamente zu nehmen, oder was?«

»Ich nehm schon lang keine Medikamente mehr«, antwortete Kogler mit ruhiger Stimme. »Und so nebenbei, das hab ich vorhin fast vergessen zu erwähnen, der Pechhofer hat nicht nur ›Panther‹ gesagt, bevor er in die ewigen Jagdgründe gegangen ist. Das war genau genommen sein vorvorletztes Wort.«

Der Uwe Fruchtinger schnaufte ein mühsames »Ach, ja?« hervor.

»Seine letzten beiden Worte waren im Grunde nur eines, also zweimal dasselbe. Und zwar: ›Fru‹. Beziehungsweise: ›Fru-Fru‹.«

»Bitte was? Fru-Fru?«

»Ganz genau, Fru wie Fruchtinger.« Kogler griff ein weiteres Mal in seine Jackentasche und legte die Patronenhülse auf den Tisch. »Also, Uwe, wie du jetzt vielleicht erkennst, bin ich komplett klar im Kopf. Keine Medikamente. Und es geht nicht nur um Waffengeschäfte, es geht auch um Mord. Und versuchten Mord an mir.«

Der LKA-Chefinspektor saß mit weit geöffneten Augen da und rang nach Luft. Er schien kurz davor zu sein zu explodieren. An seiner Schläfe pochte eine Ader in verschiedenen Rot- und Blautönen.

»Mord? Mordversuch?«, presste er hervor.

»Schau dir die Hülse an! Kommt die dir bekannt vor?«

Der Uwe Fruchtinger nahm das kleine Stück Metall in die Hand.

»0.5 AE, 12,6 Millimeter, sehr seltenes Kaliber«, merkte Kogler an. »Riesig! Magnum-Geschosse sind dagegen geradezu niedlich. Kenn eigentlich niemanden, der so eine Munition benutzt. Oder, wart kurz, doch! Da gab's einen, so ein Exzentriker, der eine Desert-Storm-Pistole sein Eigen nennt. Ein wirklich ausgezeichneter Schütze, so nebenbei. Und der hat auch immer nur eine ganz bestimmte Munition benutzt, nämlich die von der Firma Hornady – die gleiche Marke übrigens, die auf der Hülse steht, die du gerade in der Hand hältst. Tja, wenn ich mich jetzt nur noch erinnern könnt, wer das gewesen ist ... ärgerlich! Ah, Moment! Jetzt fällt's mir wieder ein ... Überraschung ... das warst ja du!«

»Du, du, du ...«, presste der Uwe Fruchtinger hervor. Dann

sagte er nichts mehr. Stattdessen atmete er mehrere Male tief ein und aus.

»Und dass du gestern Abend beim Andreas-Hofer-Wirt warst, kannst deiner Großmutter erzählen. Das war nämlich auch eine Lüge von dir.«

Der Chefinspektor sagte noch immer nichts. Er blickte Kogler nur starr in die Augen.

»Aber wie gesagt, Uwe, mir ist das alles komplett egal. Keine Ahnung, wie und warum du in dieser ganzen Sache mit dem Hubner, dem Pechhofer und dem blauen Wolf drinnen steckst, aber von mir erfährt niemand was, darauf hast mein Ehrenwort. Das wollt ich dir nur sagen, persönlich. Ich bin seit dem Einbruch aus der ganzen Ermittlungssache raus, bin jetzt im Ruhestand und hauptberuflich Großvater. Also, behalt den Zettel und die Hülse, und mach damit, was du willst. Und keine Sorge, ich war offiziell nie hier. All das ist nie passiert.«

Kogler stand auf. Fast hätte er sich am Ledersessel abstützen müssen. Sein Kreislauf spielte verrückt. Die ganze Aufregung hatte ihn mitgenommen. Kogler atmete einige Male durch, dann ging er Richtung Vorraum. »Ich geh dann jetzt«, sagte er, ohne sich umzusehen. Das gehörte sich bei einem starken Abgang so, fand er.

»Bleib da, Karl! Setz dich!«

Einen Teufel werd ich, dachte Kogler.

»Karl! Bleib stehn, und hör mir zu!« Die Stimme des Chefinspektors klang plötzlich deutlich schärfer und bestimmender. Kogler wusste nicht genau, warum, aber irgendetwas in ihr veranlasste ihn dazu, nun doch stehen zu bleiben und sich langsam umzudrehen. Der Uwe Fruchtinger war aufgestanden, seine Arme formten eine offene, einladende Geste. »Setz dich, Karl!«, wiederholte er. »Ich glaub, ich sollte dir das ein oder andere erklären.«

Er ging an Kogler vorbei Richtung Küchenblock, der sich in der Mitte des Wohnbereichs befand. Der Uwe Fruchtinger öffnete den Kühlschrank und holte eine Saftpackung heraus. Dann nahm er ein Glas und kehrte zurück. Er stellte alles auf den Tisch und setzte sich wieder. Der Chefinspektor deutete auf den Pflaumensaft. »Komm, jetzt setz dich endlich, und schenk dir auch was ein. Schmeckt gar nicht so schlecht, und was anderes hab ich leider nicht.«

• • •

Kogler nippte an seinem Glas. Der Pflaumensaft schmeckte tatsächlich besser als erwartet.

»Also, Karl. Wir machen das so, ich erzähl dir jetzt ein paar Sachen. Unter uns, privat, und du unterbrichst mich nicht, in Ordnung?«

»Von mir aus, wenn du meinst, dass das was bringt. Darf ich dabei wenigstens eine rauchen?«

Der Uwe Fruchtinger nickte und schob ihm die leere Saftpackung hin. »Klar, da rein. Ich hab keine Aschenbecher.« Kogler fischte seine Zigaretten und das Feuerzeug aus der Jackentasche. Als er die ersten Züge inhalierte, begann der Chefinspektor zu sprechen: »Also, eines nach dem anderen. Zuerst: Ich hab das vorhin ehrlich gemeint, das Drohschreiben an dich kann nicht von diesem blauen Wolf sein. Ich kenn die anderen, und das hier ist nicht authentisch. Und zur Vollständigkeit: Ich hab keine Ahnung, wer das angefertigt hat, und schon gar nicht, wer dein Verandafenster eingeschmissen haben könnte.«

Kogler lachte kurz auf. Na sicher, genau. Den konnte er sonst wem aufbinden. Diesen Bären. Den ausgewachsenen.

»Und nun zum Thema Panther: Das war nicht einfach ein Sondereinsatzkommando, das war ein doppeltes trojanisches Pferd.«

»Ein was? Ein doppeltes trojanisches Pferd?«

»Ja, eine verdeckte Ermittlung in einer verdeckten Ermittlung, wenn du so willst.«

Kogler verstand kein Wort. Wovon redete der Uwe da?

»Schau, es gab damals einige Hinweise, dass jemand von uns in den Waffenschmuggel verwickelt war.«

»Von uns? Du meinst ein Polizist?«

»Ja, einer oder auch mehrere. Das hat zumindest die Staatsanwaltschaft vermutet, darum haben die diese Panther-Gruppe auch so groß aufgesetzt: um alle, die eventuell damit hätten zu tun haben können, im Auge zu haben. Und zusätzlich haben sie das eine oder andere trojanische Pferd eingesetzt: so wie mich. Und ich war nebenbei auch der Leiter der internen Ermittlung.«

»Ja genau, du! Der Herr Uwe Fruchtinger von der Polizeidienststelle Pörtschach, ich glaub auch.« Kogler zeigte ihm den Vogel.

»Denk, was du willst, aber überleg mal … Glaubst, es war Zufall, dass ich grad mal zwei Wochen zuvor vom Burgenland an den Wörthersee versetzt worden bin?«

Kogler dachte nach. Ja, das stimmte natürlich. Musste aber überhaupt nichts heißen.

»Und mit den Kisten beim Hubner hast recht. Die waren da, und zwar von der Staatsanwaltschaft platziert. Denn der gute Hubner war ein Maulwurf und von Anfang an informiert. Hat helfen und vorspielen sollen, dass er mitmischen wollte bei der Schmuggelsache, um so Interessenten hervorzulocken.«

»Schmarrn!«

»Kein Schmarrn, Tatsache. Aber irgendein Depp hat dann deiner Dienststelle diesen Kistenhinweis gegeben. Da haben wir die paar Lockwaffen natürlich verschwinden lassen müssen – alles von oben angeordnet, und zwar von ganz oben.«

»Ich glaub dir kein Wort! Das denkst dir doch gerade alles aus. Willst mir als Nächstes erzählen, dass du gar keine Desert-Storm-Pistole hast? Dass ich mir das die ganze Zeit eingebildet hab?«

»Nein, das stimmt schon. Natürlich hat die mir gehört – mehr oder weniger. Extrem auffällig, wie du schon richtig gesagt hast. Was für Waffennarren, also ideal, um ins Gespräch zu kommen. Aber soll ich dir was sagen? Die hat nie wirklich mir gehört, sondern ist mir für die Operation zur Verfügung gestellt worden. Und die hab ich dann, als ich später nach Klagenfurt versetzt worden bin, auch brav wieder abgegeben. Liegt jetzt wohl in irgendeiner Asservatenkammer.«

»Aus jetzt!« Kogler schüttelte den Kopf. »Ich glaub dir das alles nicht. Und die letzten Worte vom Pechhofer? Die kannst nicht erklären, oder willst mir jetzt sagen, dass ich mich verhört hab?«

»Panther? Fru-Fru? Himmel, Karl, natürlich glaub ich dir das. Aber ich hab keinen blassen Schimmer, was der damit gemeint haben könnte. Noch mal: Das macht überhaupt keinen Sinn. Ich war und bin einer von den Guten, hab in meiner Dienstzeit am See nur eine Rolle gespielt. Das war so ausgemacht, Part oft the Deal, verstehst? Noch ein letzter interner verdeckter Einsatz und dann, damit's nicht so auffällt, erst nach ein paar Monaten die Beförderung zum Leiter der Ermittlungsgruppe Leib/Leben am LKA Klagenfurt.«

»Du kannst mir jetzt weiß Gott was erzählen.«

»Ja, das stimmt natürlich. Aber weißt was? Es gibt da jemanden, der wird dir genau das Gleiche sagen, und zwar jemand, den du gut kennst. Hast oft genug beruflich mit ihr zu tun gehabt, und ihr Ex-Mann war sogar dein Trauzeuge, wenn ich mich recht erinner. Der wirst ja wohl hoffentlich glauben.«

Hatte Kogler richtig gehört? Er meinte doch nicht … Der Uwe schien seine Gedanken lesen zu können. »Ja genau, die Pokorny mein ich, die Leiterin der Staatsanwaltschaft Klagenfurt. Die rufen wir jetzt gemeinsam an, denn die weiß von meiner Rolle in diesem Fall. Also, hast ihre Privatnummer?«

Kogler nickte. Ja, die hatte er. Natürlich.

»In Ordnung, ruf sie an und gib sie mir kurz. Ich erklär ihr, worum's geht. Dann wirst ja sehn, dass ich die Wahrheit sag.«

Kogler zog sein Handy aus der Hosentasche, entsperrte es und wählte die Nummer von der Gisela Pokorny.

• • •

Kogler war übel. Die Gisela Pokorny hatte alles bestätigt, was der Uwe Fruchtinger ihm erzählt hatte, bis ins kleinste Detail. Und als ob das nicht schlimm genug gewesen wäre, war sie dabei richtig wütend geworden: fuchsteufelswild besser gesagt. Angeschrien hatte sie ihn. Ob er den Verstand verloren habe, den Fruchtinger zu beschuldigen? Kogler nahm den letzten Schluck Pflaumensaft aus seinem Glas. Er konnte sie gut verstehen. Nicht nur, weil sie Interna ausplaudern musste, nein, da ging es noch um eine größere Sache, eine viel größere … die Sache zwischen der Gisela Pokorny und ihm: die furchtbaren Begebenheiten in Göriach, die ganze Wahrheit über seinen Einbruch in Krumpendorf und den Grund, warum die Staatsanwältin und er von ihrem Bruder erpresst wurden – dem feinen Benjamin, Besitzer des Café Benny in Krumpendorf. Kogler schluckte. Die Staatsanwältin hatte Kogler maßgeblich dabei unterstützt, aus der ganzen Einbruchsache ohne Vorstrafe herauszukommen, indem sie Beziehungen bis hin zu höchsten Stellen hatte spielen lassen. Und jetzt bekam sie wegen ihm und seinem dummen Verdacht einen Anruf vom Leiter der Einsatzgruppe Leib/Leben. Kogler schnaufte. Er schaute auf die Patronenhülse, die nach wie vor auf dem Tisch lag. Lupenreine Beweismittelunterschlagung. Na bravo, dachte er, auch das noch. Wo hatte er sich nur schon wieder hineingeritten?

»Na, alle Klarheiten beseitigt?« Der Uwe Fruchtinger trat an Kogler heran und legte ihm seine Hand auf die Schulter.

Kogler lächelte gequält. »Ich komm mir vor wie ein Vollidiot. Es tut mir leid, aber es hat alles irgendwie Sinn ergeben.«

»Schon gut, Karl. Der Anschlag, der Mord, dann bist auch noch angeschossen worden ... war halt alles ein bisschen viel für dich. Und diese ganzen sogenannten Indizien, na ja, dein Verdacht war ja nicht komplett von der Hand zu weisen, auch wenn's mich ein wenig trifft, dass du mir so was zugetraut hast.« Er schmiss ihm ein kleines Abzeichen hin. Kogler hob es vom Tisch hoch und betrachtete es.

»Was ist das?«

»AA, neunte Stufe.«

»AA?«

»Anonyme Alkoholiker. Da war ich gestern, als der Anruf gekommen ist. Beim Treffen in Villach. Kannst gern überprüfen.«

»Du bist bei den Anonymen Alkoholikern? Echt jetzt?«

»Ja, warum nicht? Die haben mir geholfen. Ein bisschen religiös angehaucht das Ganze, aber es funktioniert. Ich sauf nix mehr, keinen Schluck. Hab genug verlorn deswegen, und irgendwann ging's dann nicht mehr weiter so.« Er nickte Kogler zu: »Ja, so ist das, Karl, aber behalt das bitte für dich. Nicht, dass ich mich dafür genieren würde, aber es müssen ja auch nicht gleich Gott und die Welt wissen.«

»Natürlich, klar.« Kogler dachte an seinen eigenen Alkoholkonsum. Der war ja auch alles andere als kleinlich. Mehrere Gläser Wein, dazu der eine oder andere Schnaps – und das so gut wie jeden Tag. Gesund war etwas anderes. Kogler beschloss im Stillen, sich sein Gegenüber als Vorbild zu nehmen. Er musste ja nicht wie dieser komplett mit dem Trinken aufhören. Aber zumindest fürs Erste würde es nur noch Spritzer – halb Wein, halb Soda – geben, das würde ihm und sicherlich auch seiner Figur nicht schaden.

»Und falls du dich fragst, wo das Geld für die Wohnung herkommt ...«

Kogler machte eine abwehrende Geste. »Nein, Uwe. Wirklich nicht.«

»Ich hab dafür vor rund zwei Jahren das Haus von meinem Vater verkauft. Nach dessen Tod.«

»Mein herzliches Beileid!«, sagte Kogler. Dann nahm er noch einmal seinen ganzen Mut zusammen. Ein kleiner Hoffnungsschimmer war in ihm aufgekeimt. Gut, mit der Panther-Sache hatte er falschgelegen. Und der Uwe konnte auch nicht der Schütze gewesen sein. Aber vielleicht war es ja bei dem Mord auch gar nicht darum gegangen, sondern um den vom Pechhofer erwähnten Immobilien-Streit, und der Chefinspektor war doch irgendwie in die ganze Geschichte verwickelt ... »Sag, darf man fragen, an wen du das Haus von deinem Vater verkauft hast?«, presste er hervor.

»An wen ich's verkauft hab? Direkt an seinen Nachbarn.«

»Ohne Makler?«

»Ja klar, wozu auch. Warum?«

»Ach, nur so. Weißt, ich denk drüber nach, meines eventuell auch zu veräußern und eine Wohnung zu nehmen«, log Kogler kleinlaut. Er fühlte sich miserabel. Was war er nur für ein Idiot gewesen, den Uwe zu verdächtigen? Einen der wenigen, die immer anständig zu ihm gewesen waren. Sogar einen Kranz hatte er schicken lassen. Für die Hanna. Damals. Bei ihrem Begräbnis.

»Also, Karl, ich schlag Folgendes vor. Um diesen Drohbrief kümmern wir uns.« Er faltete ihn zusammen und steckte ihn ein. Dann nahm er die Patronenhülse in die Hand. »Und, na ja, ich würd sagen, die haben wir am Tatort übersehn. Hat sich in die Erde gebohrt, da muss wohl wer von uns versehentlich bei der Suche draufgetreten sein. War ja auch dunkel.« Er schaute Kogler an.

Kogler blickte den Chefinspektor dankbar an. »Ich weiß gar nicht, was ich sagen soll. Danke, Uwe!«

»Ach, lass gut sein, passt schon. So, und jetzt nehm ich dich mit zur Landespolizeidirektion, da kannst dann gleich beim Aschenwald das Protokoll von deiner gestrigen Aussage unterschreiben. Und vorher trinken wir noch einen Kaffee in der Konditorei Fahrnberger. Ich weiß ja nicht, wie's dir geht, aber ich könnt jetzt wirklich dringend einen gebrauchen. Und ein Stück vom selbst gemachten Apfelkuchen, der ist nämlich nirgends so gut wie dort, das kannst mir glauben.«

18.

»Köstlich!«, stellte der Uwe Fruchtinger fest, nachdem er die ersten Bissen seines Kuchens verzehrt hatte. Er deutete auf das goldbraune Stück auf seinem Teller. »Dabei ist das eigentlich kein großes Kunststück: zwei Schichten Mürbteig und dazwischen der Belag.«

»Du bäckst?«

»Ja, hin und wieder, entspannt mich.«

Kogler nickte. Ja, das konnte er sich vorstellen. Können musste man es halt, er hatte ja schon genug damit zu tun, die Grundlagen des Kochens zu erlernen. Einen Kuchen zu backen lag weit außerhalb seines Könnens. Er wusste ja nicht einmal, wie man einen Mürbteig zubereitete.

»Kann man so einen Teig eigentlich auch fertig kaufen?«

Der Uwe Fruchtinger zog eine Augenbraue hoch. Er legte seine Kuchengabel auf den Teller und faltete die Hände. Kogler senkte seinen Kopf. Er ahnte schon, wie die Antwort lauten würde. Die Frage hätte er sich wohl sparen können.

»Fertigteig? Na sicher kann man so was kaufen. Aber das tust bitte nicht, Karl. Ich bitt dich, Fertigteig.« Der Uwe Fruchtinger schüttelte den Kopf. »Nein, nein, den machst frisch. Ist ganz einfach. Schau, für so einen dunklen Teig verrührst Mehl, Butter, Eigelb, Zucker, geschmolzene Schokolade und geriebene Haselnüsse. Wenn du fertig bist, lässt ihn eine halbe Stunde ruhen. Dann halbieren und ausrollen, fertig.«

Der Uwe Fruchtinger nahm einen Schluck von seinem Kaffee. »Und? Wie schmeckt dein Zuckerreinkale?«, fragte er Kogler dann.

»Danke, ausgezeichnet.«

Das Zuckerreinkale war sozusagen die kleine Schwester vom Reindling, dem mit Sicherheit bekanntesten Kärntner Kuchen. Der wurde traditionell in einem Reindl zubereitet, nur Dilettanten nahmen dafür eine Gugelhupfform. Kogler schob sich einen weiteren Bissen von seinem Zuckerreinkale in den Mund und kaute bedächtig. Die kleinere Version des Reindlings schmeckte genauso gut wie die große – saftig und flaumig, dank seiner köstlichen Zucker-Zimt-Honig-Füllung. Nur die Rosinen fehlten – zum Glück, denn Rosinen hasste Kogler wie die Pest. Er mochte überhaupt kein Dörrobst, seiner Meinung nach schmeckte das genau so, wie es aussah: vertrocknet. Er hob seine Tasse und nahm einen großen Schluck von seinem Kakao. Der gehörte nämlich stilgerecht zu einem Reindling oder Zuckerreinkale dazu. Schon als kleiner Bub hatte seine Oma ihn mit dieser Kombination verwöhnt, ganz nach dem Motto: Unsere tägliche Portion Zucker gib uns heute.

Der Uwe Fruchtinger bestellte sich noch einen Kaffee.

»Du, was ganz anderes«, sagte Kogler. »Habt ihr eigentlich schon irgendwas über den Anschlag im Gogginger Hof herausgefunden?«

»Die Pörtschach-Sache?« Der Chefinspektor seufzte. »Nein, wir treten auf der Stelle. Niemand hat was gesehn, wir haben keine verwertbaren Spuren oder Fingerabdrücke gefunden, und kein registriertes Waffengeschäft scheint Türstürmer-Flaschen an Privatpersonen verkauft zu haben. Die Online-Shops kannst auch vergessen, das ist so, als würdest eine Nadel im Heuhaufen suchen, es gibt gefühlt Zehntausende, die so was anbieten. Viel Spaß, sag ich nur, das kannst vergessen.«

Der Chefinspektor machte eine abfällige Handbewegung und sah auf die große Uhr, die über der Tür hing. »8:00 Uhr«, stellte er fest. Er seufzte ein weiteres Mal. »Zeit, das Telefon einzuschalten.« Er blickte Kogler an. »Die meisten denken, dass ich 24 Stunden am Tag erreichbar zu sein hab.« Er lächelte grimmig. »Aber nicht mit mir, das sag ich dir. Sicher nicht, da kann die Welt untergehn, ein paar Stunden Ruhe hat sich jeder Mensch verdient.«

Kaum dass das Mobiltelefon hochgefahren war, begann es auch schon zu summen und zu piepen, mindestens eine halbe Minute lang. Der Uwe Fruchtinger rieb sich mit seinen Händen die Schläfen. Dann wischte und tippte er auf dem Display herum. Seine Miene verfinsterte sich. Er nahm das Handy in die Hand und stand auf. »Na bravo, bei uns geht's drunter und drüber. Du, Karl, ich geh mal kurz zum Telefonieren vor die Tür. Kann etwas dauern.« Er schlüpfte in seinen Trenchcoat und verließ das Lokal.

• • •

Kogler hatte sich noch ein großes Mineral Zitron bestellt. Durch das große Fenster beobachtete er den Uwe Fruchtinger, der vor der Konditorei auf und ab ging. Wie ein Tiger in einem Käfig drehte er seine Runden. Aus seiner Gestik und Mimik schloss Kogler, dass der Leiter der Ermittlungsgruppe Leib/Leben keine guten Nachrichten erhalten hatte. Kogler streckte sich. Er beneidete seinen Bekannten nicht, sicherlich bekam dieser langsam schon ordentlichen Druck wegen der unseligen Blauer-Wolf-Sache. Kogler stand auf und ging zur Theke. Er warf einen Blick auf die heutige Ausgabe vom Kärntner Blatt. Der Mord am

Pechhofer hatte es auf die Titelseite geschafft, zwar nicht als Hauptartikel, aber immerhin. Kogler nahm die Zeitung in die Hand. Als er sie öffnen wollte, meldete sich sein Telefon. Eine SMS war eingegangen. Kogler legte das Kärntner Blatt zurück und entsperrte das Handy mit gerunzelter Stirn. Eine Nachricht von der Maria. Was wollte denn die Tochter vom Sepp von ihm? Kogler tippte auf die Nachricht und las den Text.

> Hab mit der Eva telefoniert. Sie kommt heute aus ihrem Wochenendhaus zurück. Du sollst um 18:00 Uhr bei ihr im Laden wegen deiner Salbe vorbeischauen. Ich hab ihr auch deine Nummer gegeben. Bussi! Maria

Genau, die Salbe von der Madritsch. Das hatte er schon komplett vergessen. Kogler dachte kurz nach. 18:00 Uhr? Ja, das sollte sich problemlos einrichten lassen. Er ging zurück zum Tisch und schaute aus dem Fenster. Die Sonne schien, keine einzige Wolke am Himmel. Wenn das Wetter so blieb, konnte er das Ganze mit einer entspannten Radfahrt nach Maria Wörth verbinden und dabei gleich die Kalorien vom Zuckerreinkale verbrennen. Gewissensberuhigung, sozusagen.

Die Eingangstür schwang auf, und der Uwe Fruchtinger betrat die Konditorei. Er hängte seinen Mantel an die Garderobe, ging zu ihrem Tisch und ließ sich auf den Sessel fallen. Kogler tat es ihm gleich und setzte sich. Der Chefinspektor nahm einen Schluck Kaffee und stöhnte.

»Alles in Ordnung, Uwe?«

»Die Welt steht nicht mehr lang«, bekam Kogler zur Antwort. »Du kannst dir nicht vorstellen, was in der Nacht alles passiert ist.

Wenn ich's nicht besser wüsst, würd ich sagen, dass das alles bloß ein schlechter Witz ist.«

»So schlimm?«

Der Uwe Fruchtinger starrte eine Zeit lang am Kogler vorbei. Er schien mit seinen Gedanken weit weg zu sein. Dann drehte er sich ihm wieder zu und pochte mit einem Finger auf den Tisch.

»Also, Zusammenfassung: Der Greidl und der stumme Plautz liegen im Krankenhaus. Sind in der Früh beim Bootssteg vom Seeschlössl von einer Person mit einem Holzprügel überfallen worden. Sie schwören Stein und Bein, dass der Angreifer sich als blauer Wolf zu erkennen gegeben hat. Na ja, die Folge: Der Plautz hat eine Gehirnerschütterung und eine Riesenplatzwunde am Kopf. War bewusstlos, als die Hotelangestellten bei den beiden angekommen sind.«

»Und der Greidl?«

»Hat Prellungen am Oberkörper und angeknackste Rippen. Er hat dem Täter schlussendlich irgendwie den Prügel entrissen und ihn in die Flucht geschlagen.«

Kogler runzelte die Stirn. Ein Holzprügel? Angriff aus nächster Nähe? Passte überhaupt nicht zu den anderen Attentaten. »Und? Hat er den Angreifer beschreiben können?«

»Nein, nicht wirklich. Ist anscheinend alles sehr schnell gegangen. Der Täter hat offenbar wieder einen schwarzen Mantel getragen. Und unter seiner Haube eine Art Skimaske, auch schwarz. Größe und Statur decken sich auch mit deinen Schätzungen von gestern. Die Stimme hat einem Mann gehört, meinen die beiden. Glauben sie zumindest, waren aber auch stockbesoffen, sagen die Kollegen.«

»Der Täter hat mit ihnen gesprochen?«

»Ja, hat angeblich ›Mit schönen Grüßen vom blauen Wolf!‹

oder so was Ähnliches gesagt, als er den stummen Plautz ausgeknockt hat.«

»Bekennerschreiben?«

»Nein, keins. Ist weggerannt, als der Greidl ihm den Holzprügel entrissen hat und damit auf ihn losgegangen ist.«

Kogler trank einige Schlucke von seiner Zitronenlimonade.

»Wann war denn das?«

»Irgendwann gegen fünf in der Früh.«

»Was um alles in der Welt haben die beiden denn bitte um diese Zeit am Bootssteg vom Seeschlössl gemacht?«

Der Uwe Fruchtinger lachte kurz auf. Weniger amüsiert als verzweifelt. »Ja, pass auf, jetzt kommt erst der beste Teil.« Er schüttelte den Kopf. »Also, die beiden haben wohl noch bis in die frühen Morgenstunden gebechert. Und dann sind sie auf die glorreiche Idee gekommen, dass sie noch frühstücken wollen – und zwar nicht irgendwo, sondern im Seeschlössl.«

»Um fünf in der Früh? Die machen doch erst viel später auf.«

»Ja, aber das war dem Greidl offenbar egal. Der hat einfach den Chef vom Seeschlössl auf dem Handy angerufen. Das musst dir mal vorstellen: Weckt in aller Herrgottsfrüh – so gegen 4:30 Uhr muss das gewesen sein – seinen Bekannten und besteht darauf, dass der für sie bei Sturm und Regen auf der Terrasse Frühstück machen lässt. Ein, zwei Sonnenschirme sollen sie halt aufstellen, hat der Greidl ihm erklärt. Na ja, der Besitzer hat ihm natürlich wenig überraschend klargemacht, dass sie gefälligst bleiben sollen, wo der Pfeffer wächst, und anschließend sein Handy ausgeschaltet. Na gut, so weit bloß eine besoffene Geschichte, würd man meinen. Kann passieren. Aber was machen der Greidl und der stumme Plautz? Spazieren im prasselnden Regen komplett betrunken zum Seeschlössl und wollen als Rache für das abgelehnte Spezialfrühstück eines der hauseigenen Ruderboote entführen und damit nach Pörtschach fahren, um beim stummen Plautz weiterzutrinken: im Dauerregen, bei Blitz und Donner. Wie betrunken muss man bitte sein, um auf so eine Schnapsidee zu kommen?«

»Möcht's gar nicht wissen«, antwortete Kogler.

»Die Presse weiß es natürlich auch schon. Die hat der Greidl wahrscheinlich sogar selbst informiert.«

Kogler schmunzelte. Na klar, der Greidl und die Medien. Warum wunderte ihn das nicht.

»Na gut, so viel zu den beiden. Als ob das nicht schon genug Aufregung wäre, haben sich auch noch rund zehn Gäste verschiedener Nobelhotels massive Hautausschläge, teilweise sogar Verätzungen, zugezogen. Unter anderem auch der Pastewka.«

»Der Bastian Pastewka? Der deutsche Schauspieler?«

»Ja, genau der. Die ersten Ausschläge sind gestern Abend aufgetreten. Zuerst hat man da natürlich keinen Zusammenhang gesehn, aber nachdem's immer mehr wurden, war schnell klar, dass alle Betroffenen eines gemeinsam hatten: Jeder von ihnen hatte so einen kostenlosen Geschenkkorb vom Tourismusverband Wörthersee bekommen.«

Kogler erinnerte sich. Die neue Werbemaßnahme, die der Pechhofer erwähnt hatte.

»In den Körben waren auch kleine Probeflaschen einer Feuchtigkeitscreme. Zum Testen halt, als Werbung für die neue Beauty-Linie ›Carinthia Blue‹, die sie seit ein paar Monaten bei uns produzieren und mit dieser ehemaligen Miss Austria bewerben. Na gut, wie auch immer, jedenfalls haben die Toxikologen den Inhalt der Flaschen untersucht. Und weißt, was die rausgefunden haben?«

»Keine Ahnung.«

»Der Creme war Wolfsmilch beigemischt, und zwar in rauen Mengen.«

»Was bitte ist Wolfsmilch?«

»Sehr gute Frage, Karl, sehr gute Frage. Ich hatte auch keinen blassen Schimmer. Der Aschenwald hat es mir erklären müssen. Also, Wolfsmilch, das ist eine gelbe Pflanze, die auch Krötengras genannt wird. Eigentlich ein Unkraut, eine Zypressenart. Giftig, gehört zur gleichen Gattung wie dieser rote Weihnachtsstern, kennst den?«

Kogler nickte. Ja, den kannte er.

»Gut. Also, diese Pflanze hat in ihrem Stängel so eine Milch. Wenn die mit deiner Haut in Berührung kommt, bilden sich Rötungen und Schwellungen, bei größeren Mengen sogar Ekzeme und Verbrennungen. Das Ganze juckt angeblich wie die Hölle. Wirklich gefährlich wird's aber, wenn du diese Milch in die Augen bekommst. Kleinste Mengen genügen, und die Binde- und Hornhaut entzündet sich. Genau das ist dem guten Herrn Pastewka passiert. Den mussten sie ins Krankenhaus bringen, hat sich mit dem Zeug die Augen verätzt und zwei Stunden lang nichts mehr gesehn.«

»Na bravo!« Kogler schüttelte den Kopf. Das wurde ja immer verrückter: Wolfsmilch, Hautausschläge, Verbrennungen und Verätzungen. Das mit dem Pastewka musste er später dem Sepp erzählen. Der würde Augen machen. Kogler lachte trocken auf. Augen machen. Was für ein Wortwitz. Den hätte der Pastewka sicher nicht besonders lustig gefunden.

Der Leiter der Ermittlungsgruppe Leib/Leben erzählte indes weiter: »Insgesamt sind gestern rund hundert solcher Körbe verschenkt worden. Haben wir natürlich alle beschlagnahmt. Die anderen Geschenkkörbe, die für den freien Verkauf vorgesehn waren, werden natürlich auch alle eingesammelt. Der Tourismusverband ist über die neusten Entwicklungen nicht gerade erfreut, kannst dir vorstellen.«

»Die Hersteller von dieser Carinthia-Blue-Linie sicher auch nicht«, ergänzte Kogler.

»Ja, davon kannst ausgehn.« Der Uwe Fruchtinger nickte. »Das Kärntner Blatt hat die Story natürlich auch schon online gestellt, inklusive eines verwackelten Fotos vom Pastewka, wie er mit einer großen Sonnenbrille auf der Nase das Krankenhaus verlässt. Die Neuigkeiten verbreiten sich wie ein Lauffeuer, sagt der Aschenwald. Er meint, es ist sicher nur noch eine Frage von Stunden, bis die ersten Gäste abreisen.«

Das Handy vom Uwe Fruchtinger vibrierte. Er warf einen Blick auf das Display. »Ah ja«, sagte er, »wegen deines eingeschlagenen Fensters hab ich mir was überlegt. Hast schon mal von automatisierten Kennzeichenerkennungssystemen gehört?«

»Sind die nicht Teil dieses neuen Sicherheitspakets vom Justizministerium?«

»Ja genau, damit können bald auf allen österreichischen Straßen Fahrer, Kennzeichen, Autofarbe, -marke und -typ erfasst werden. Das Videomaterial darf grundsätzlich bis zu zwei Wochen gespeichert werden. Obwohl das alles offiziell erst nächstes Jahr losgeht, werden diese Anlagen jetzt schon an einigen wenigen Stellen getestet, auch in Kärnten. Und zwar nicht nur auf Autobahnen und Schnellstraßen, sondern auch in Wohngebieten. Und jetzt kommt's. Rat mal, wo ein solches Testsystem seit zwei Wochen steht?«

»Keine Ahnung.«

»In der Rosentaler Straße«

»Echt? Das ist ja quasi gleich um die Ecke bei mir.«

»Ganz genau.« Der Uwe Fruchtinger grinste breit. »Und falls der Randalierer mit dem Auto gekommen ist, dann hat er die besagte Rosentaler Straße nehmen müssen. Und dann …«

»… haben wir ihn auf Video«, ergänzte Kogler. Er lächelte. Das wäre wirklich genial, wenn das funktionieren würde.

»Und weißt, was ich grad von den Kollegen bekommen hab? Drei Standbilder von den Aufnahmen der Anlage heut Nacht, zwischen drei und halb fünf Uhr früh: Das heißt im Klartext drei Autos, drei Kennzeichen, drei Fahrer.« Er schob Kogler das Handy hin. »Bitte sehr, vielleicht haben wir ja Glück. Erkennst da wen?«

Kogler nahm das Handy und scrollte sich durch die Standbilder. Beim letzten riss er die Augen auf. Konnte das wirklich sein? Nein! Unmöglich! Er musste sich irren. Kogler vergrößerte das Bild mit seinem Daumen und Mittelfinger. Die Aufnahme war gestochen scharf. Doch, das Kennzeichen kannte er nur zu gut. Kogler verschob das Bild und betrachtete die Person hinter dem Lenkrad. Kogler schnaufte. Er erinnerte sich an die Fußspuren in seinem Garten, die den seltsamen Weg, den der Täter genommen hatte, verraten hatten: am Zaun entlang, bis in die hinterste Ecke, dann erst in Richtung Veranda. Kogler schluckte. Na klar, jetzt ergab alles Sinn. Er wusste nun, wem er Steinwurf, Glasbruch und Drohbrief zu verdanken hatte. Die Sache war eindeutig. Irrtum ausgeschlossen. Leider.

»Und?« Der Uwe Fruchtinger blickte Kogler gespannt an.

»Uwe, es tut mir leid, das ist mir jetzt wirklich furchtbar peinlich, aber ich muss dich um einen allerletzten Gefallen bitten – trotz allem, was ich dir heute schon zugemutet hab. Aber es hilft nix, ich brauch den Drohbrief zurück und einen Ausdruck von diesem Foto.« Kogler deutete auf das Display vom Telefon. »Bitte, Uwe! Und die ganze Sache ist nie passiert. Wir vergessen das Ganze einfach, in Ordnung?«

»Was meinst? Wir vergessen das Ganze? Karl, das kann ich nicht einfach unter den Tisch fallen lassen, selbst wenn das Bekennerschreiben nicht authentisch ist. Das muss gemeldet und untersucht werden, könnte ja trotzdem irgendwie mit diesem blauen Wolf in Verbindung stehn.«

»Nein, Uwe, das hat gar nix damit zu tun. Null. Das ist was Privates. Da geht's ausschließlich um mich.«

»Karl, das mag ja sein, aber ...«

»Hör zu, Uwe, bitte! Weißt was? Ich verrat dir, wer der Täter ist, o. k.? Und ich erklär dir auch, warum das alles passiert ist – streng vertraulich, ganz unter uns. Dann wirst verstehn, warum wir das Ganze vergessen müssen. In Ordnung? Bitte!«

Der Chefinspektor sah Kogler zweifelnd an. Dann faltete er seine Hände und beugte sich nach vorne. »Na schön«, sagte er schließlich, »dann erzähl mal. Bin gespannt.« Er sah Kogler erwartungsvoll an. »Und Karl«, ergänzte er, »ich kann nur hoffen, dass mich deine Geschichte überzeugt. Aber so richtig, wenn du verstehst, was ich mein.«

19.

Der Besuch auf der Landespolizeidirektion hatte Kogler einiges abverlangt. Es war ein Spießrutenlauf gewesen. Einige Beamte hatten ihn ihre Ablehnung deutlich spüren lassen – auch wenn der Bernd Aschenwald sich sehr bemüht hatte, dafür zu sorgen, dass die Anfeindungen nicht eskalierten. Er hatte ihn sogar, nachdem sie mit dem Aussageprotokoll fertig geworden waren, persönlich nach draußen begleitet. Überhaupt war die rechte Hand vom Uwe Fruchtinger ein interessanter Typ: ein Bär von einem Mann, aber stets ruhig und bedacht. Er kannte den Uwe Fruchtinger von früher, hatte der Aschenwald ihm erzählt, und wurde dann von ihm nach Klagenfurt in sein neues Team geholt.

Nach dem Termin in der Landespolizeidirektion war Kogler ins Zentrum der Innenstadt spaziert. Er hatte beschlossen, dem Benediktinermarkt einen Besuch abzustatten. Die Gerüche der verschiedenen Kräuter umspielten Koglers Nase. Er ließ seinen Blick über die zahlreichen Stände wandern. Auf dem Klagenfurter Wochenmarkt bekam man alles, was das kulinarische Herz begehrte. Hier, mitten in der Landeshauptstadt, herrschte stets reges Treiben. Die einen plauderten in einem der Cafés oder kamen auf ein Mittagessen vorbei, andere erledigten ihre Einkäufe: frischer Fisch, Fleisch- und Selchwaren, Nudelspezialitäten, Obstkörbe, Gemüse aus der Region, selbst gebackenes Brot oder süßes

Allerlei – hier war wirklich für jeden etwas dabei. Donnerstags und samstags gesellten sich zu den Fixständen in den Hallen auch noch Bauern, die köstliche Spezialitäten aus Kärnten, dem Friaul und Slowenien anboten.

»Weiß der Herr schon, was er will?«

»Ja, weiß er«, antwortete Kogler. »Ich hätt bitte gern Kärntner Minze.«

»Nudelminze also?«, fragte ihn die kleine quirlige Verkäuferin.

»Ähm, ja genau.«

»Als Stock? Oder nur die Blätter?«

»Ich möcht mir einen Tee draus machen.«

»O. k., also Blätter. Frisch oder getrocknet?«

»Was würden Sie denn empfehlen?«

»Das ist Geschmackssache. Die getrockneten Blätter halten auf jeden Fall länger als die feuchten.«

»Ja, halten sollen sie schon. Dann nehm ich die getrockneten.«

»In Ordnung.« Die Marktfrau nahm eine kleine Papiertüte und füllte sie mit Minzblättern, die in einem Karton hinter ihr standen. Sie verschloss sie und überreichte sie Kogler. Der bezahlte und bedankte sich. Dann steckte er die Minzblätter ein und begab sich Richtung Neuer Markt, der sich zwei Straßen weiter befand.

• • •

Kogler betrachtete den Lindwurmbrunnen, das Wahrzeichen von Klagenfurt. Gut sah er aus, der wasserspeiende Drache, dachte er. Kein Wunder, hatte ja kürzlich auch ein Facelifting bekommen. Die extra aus Wien angereisten Restauratoren hatten wirklich ganze Arbeit geleistet: Von den kleinen Rissen, die den Argwohn des Denkmalamts geweckt hatten, war nichts mehr zu sehen. Der

Drache hatte schon einiges durchmachen müssen. Erst vor rund zwanzig Jahren musste er zur Generalsanierung ins Exil nach Wien, drei ganze Jahre lang. Und dann hatten einige Jugendliche auch noch seinen Schwanz malträtiert, der daraufhin abzubrechen drohte. Ja, es waren wirklich keine leichten Zeiten gewesen für das schuppige Wappentier der Kärntner Landeshauptstadt.

Kogler überquerte den Platz und bog in eine Seitengasse ein. Sein Schwiegersohn, der Gerhard, hatte vor einigen Jahren seine alte Niederlassung im Norden von Klagenfurt geschlossen, um hier im Zentrum eine neue Arztpraxis zu eröffnen, einen Stock unter der Wohnung, in der er mit seiner Familie lebte.

Kogler ging ins Haus. Er betrat die Praxis durch einen Hintereingang und klopfte wie ausgemacht an der Tür, die in den Behandlungsraum führte. Kogler lehnte sich gegen den Türrahmen. Jetzt musste er nur noch warten, bis sein Schwiegersohn mit seinem aktuellen Patienten fertig war.

…

»Aua!«

»Jetzt reiß dich zusammen, Karl! Ich muss die Wunde gescheit reinigen.«

»Wenn du mit deinem Tupferhalter, oder wie auch immer man das nennt, weiter so fest draufdrückst, dann bohrst gleich ein neues Loch in meinen Arm.«

»Jetzt stell dich nicht so an!« Der Gerhard dachte gar nicht daran, sanfter vorzugehen. Kogler biss die Zähne zusammen. Das machte er mit voller Absicht, sein feiner Herr Schwiegersohn, da war er sich sicher. Dann, nach einer gefühlten Ewigkeit, schien der Herr Doktor endlich mit seiner Arbeit zufrieden zu sein. »In Ordnung, fertig. Jetzt verbind ich's noch.«

»Jetzt spuck endlich aus, wo dein Problem liegt, bevor du weiter kindisch auf meiner Wunde herumdrückst.«

»Blödsinn! Was du dir immer einbildest. Bist halt wehleidig. Aber wenn du mich schon fragst, Karl, ich wollt mit dir über die Yvonne sprechen. Die macht sich nämlich ziemliche Sorgen um dich, hat wegen dir auch immer wieder geweint. Kann man ja auch verstehn, ich mein, wenn der geliebte Vater und Großvater unseres Kindes es auf seine alten Tage mal wieder so richtig krachen lässt: ein bisschen Tränengas hier, eine kleine Verfolgungsjagd da und dann noch diese herzige Schussverletzung. Und als ob das nicht schon schlimm genug wär, hast dich nicht einmal bei ihr gemeldet.«

Bei seinen letzten Worten zog der Gerhard den Verband fest an.

»Au! Verdammt! Jetzt hör auf mit dem Blödsinn! Ich hab dich ja verstanden.«

Der Gerhard lockerte die Bandage etwas. Dann fuhr er fort: »Weißt, Karl, ich misch mich bei dir ja so gut wie nie ein.«

»Ja genau«, knurrte Kogler. »Du doch nicht.«

»Außer, wenn's wichtig ist oder wenn's um meine Familie geht und damit auch um mich. Weißt, Karl, irgendwie kommt's mir so vor, als red ich seit über einem Jahr gegen eine Wand, wenn ich mit dir sprech. Ich sag dir, geh zur Psychotherapie: Du machst es nicht. Ich sag dir, nimm ab: Du nimmst zu. Ich sag dir, trink weniger: Interessiert dich nicht. Ich sag dir, mach mehr Sport: Fehlanzeige.«

»Ich hab immerhin mein altes Auto verkauft und mir ein Rad besorgt«, protestierte Kogler.

»Na super! Die paar kleinen Wege, die du damit in Velden und Umgebung zurücklegst, reißen dich auch nicht raus. Karl, du spielst mit deiner Gesundheit, mental und körperlich! Pass verdammt noch mal ein bisschen auf dich auf! Das kann doch nicht so schwer sein! Ich mein, wie viele Warnungen brauchst eigentlich noch von deinem Körper?« Der Gerhard deutete auf Koglers Brust. »Da, schau: Brust, Bauch und hinten am Rücken auch: Nesselausschlag. Alles voll davon.«

»Was kann ich dafür, dass ich keine Cortisoncremes vertrag?«

»Es geht nicht nur ums Cortison, ich hab dir ja auch verschiedene pflanzliche Mittel verschrieben.«

»Die haben aber nix geholfen. Vielleicht beruhigt es dich ja aber zu hören, dass ich mir jetzt bei der Madritsch in Maria Wörth eine neue bestellt hab.«

»Bei der Kräuterhexe? Na fein. Aber egal, vielleicht schafft sie's ja, dir was Vernünftiges zusammenzumischen. Aber, Karl – Salbe hin, Salbe her –, damit behandelst nur die Symptome, nicht die Ursache, verstehst das nicht? Der Stress ist dran schuld, und den sollst eben vermeiden. Der löst das aus, genau wie deinen schlechten Schlaf. Und nur als kleines Beispiel: Mördern hinterherzulaufen und sich anschießen zu lassen – das ist Stress.«

Der Gerhard fixierte den Verband mit Klebeband und setzte sich auf den Stuhl hinter seinem Schreibtisch. Kogler zog sich sein T-Shirt an.

»Also, ich schreib dir jetzt noch stärkere Schmerztabletten auf. Bitte trink nicht zu viel Alkohol, solang du die einnimmst. Den Ausschlag behandelst von mir aus mit dieser neuen Salbe von der Madritsch, aber täglich, auch wenn grad mal kein Ausschlag zu sehn ist. Dazu nimmst weiterhin Antihistaminika ein, und zwar die doppelte Menge wie zuvor, also vier am Tag. Damit können wir deine Nesselsucht niederknüppeln, wenn wir Glück haben.« Der Gerhard stützte sich auf seinen Händen ab und beugte sich nach vorne. »So, und jetzt wieder zum privaten Teil. Wegen der Yvonne ...«

»Gerhard, jetzt sei bitte mal kurz still und lass mich reden«, unterbrach Kogler seinen Schwiegersohn. Er griff in die Innentasche seiner Tasche und warf ihm den Drohbrief, den er in der Nacht durch das Fenster geschleudert bekommen hatte, zu.

»Was ist das?«

»Das ist ein Brief, in dem unsere Familie bedroht wird. Ich soll mich aus der Blauen-Wolf-Sache heraushalten.«

»Was?! Wer wird bedroht? Wir?« Der Gerhard riss das Papier an sich und faltete es auf. Er las den Text und schlug mit seiner Faust auf den Tisch. Dann begann er zu schreien: »Jetzt hast du's endgültig geschafft, gratuliere! Weil du dich einfach nicht raushalten kannst! Wie oft hab ich dir gesagt, dass du Ruhe geben sollst. Angefleht hab ich dich nach dem Tod von der Hanna, dass du dir eine Auszeit nimmst und auf Kur gehst. Aber nein, du musst ja weiter Polizist spielen! Und was haben wir jetzt davon? Um Gottes willen! Ist dir überhaupt klar, was da steht? Der Wahnsinnige bedroht die Yvonne und die Beate!«

»Reg dich ab, Gerhard. Das ist nicht echt.«

»Was ist nicht echt? Was faselst da?«

»Das Drohschreiben, das ist nicht authentisch. Hat jemand gefälscht: falsches Papier, falsche Seitenabstände und sogar eine falsche Schrift.« Kogler beugte sich nun ebenfalls nach vorne. »Muss wohl jemand gewesen sein, der nicht allzu viel Ahnung hat von Textprogrammen.«

»Es ist doch ganz egal, auf welchem Papier das geschrieben wurde und von wem. Da bedroht jemand das Leben von der Yvonne und der Kleinen!«

»Blödsinn!«, sagte Kogler.

»Blödsinn?«, schrie der Gerhard. »Sag, geht's dir noch gut?«

Plötzlich ging die Tür auf, und die Sprechstundenhilfe stürmte herein: Mitte dreißig, braune Haare, sicherlich auch auf den Zähnen, so unfreundlich, wie die immer war.

»Herr Doktor, was soll das denn? Man hört Ihr Brüllen bis ins Wartezimmer. Die Patienten wundern sich schon.«

»Fräulein Tatjana, mischen Sie sich gefälligst nicht in Familienangelegenheiten ein!« Der Gerhard sprang auf und fuchtelte wild mit den Armen.

»Aber …«

»Nix aber! Sie sagen jetzt den Patienten, dass es Ihnen leidtut, aber die Praxis ist für heut geschlossen.«

»Aber …«

»Wie oft noch? Nix aber! Und wenn alle weg sind, können Sie auch gehn. Sie haben heut frei. Außertourlicher Urlaub, voll bezahlt.«

Die Tatjana schüttelte den Kopf und tat, wie ihr geheißen. Schau einer an, dachte Kogler. So energisch hatte er seinen Schwiegersohn ja noch nie erlebt. Kein einziges Mal. In all den Jahren.

Der Gerhard drehte sich zu ihm um: »Also, was gedenkst jetzt zu tun wegen dieser Drohung? Am besten fährst gleich in den Urlaub – weit weg, bis diese Blaue-Wolf-Sache hier geklärt ist. Himmel! Ich glaub das alles nicht! Hab seit 36 Stunden nicht geschlafen: Ärztebereitschaftsdienst. Und dann kommst du und …«

»Ich dachte, den hast immer nur am ersten Sonntag im Monat und nicht am letzten.«

»Ja und? Hab kurzfristig einspringen müssen. Kannst dir ja vorstellen, wie begeistert die Yvonne war.«

»Das ist aber komisch, Gerhard. Ich hab nämlich beim Ärztenotdienst angerufen und gefragt, wer letzte Nacht Bereitschaftsdienst gehabt hat.«

»Du hast was? Warum …«

»Und die haben mir den Namen von einem gewissen Dr. Johannes Auer gegeben, nicht deinen.«

»Was redest du da? Ich hab dir doch grad gesagt, dass ich kurzfristig eingesprungen bin.«

»Nein, bist nicht. Eine Ausrede hast gebraucht für die Yvonne, warum du die Nacht nicht zu Haus verbringst.« Kogler zog den Computerausdruck, den ihm der Uwe Fruchtinger freundlicherweise gegeben hatte, aus seiner Jackentasche und legte ihn seinem Schwiegersohn vor die Nase.

»Gestern. 4:15 Uhr. Da hast mich besucht.«

Der Gerhard starrte auf das Foto. »Besucht? Ich war auf dem Weg zu einem Patienten.«

»Nein, warst nicht. Du bist nämlich gar nicht zuständig für die Gemeinde Velden, das solltest eigentlich wissen. Zu mir bist gekommen und hast mir das Fenster eingeschlagen.«

»Nein, Karl, warum sollt ich denn bitte …«

»Und als du bei mir vorm Haus gestanden bist, hast trotz Dauerregen zuerst dem Grab vom Paco einen Besuch abgestattet. Hast wohl vorher noch ein paar Worte mit ihm gewechselt und ihm gesagt, wie sehr du ihn vermisst. Erst dann bist zur Tat geschritten.«

Der Paco war der Familienhund gewesen, ein wunderschöner Golden-Retriever-Mischling. Von allen geliebt: der Yvonne, der Beate und dem Gerhard. Es hatte ihnen das Herz gebrochen, als sie ihn vor zwei Monaten einschläfern lassen mussten. Aber ein anständiges Begräbnis wollten sie ihm ermöglichen, dem Paco, und da sich das im Stadtzentrum von Klagenfurt als schwierig bis unmöglich erwiesen hätte, hatten sie ihn gefragt, ob er bei ihm im Garten seine letzte Ruhestätte finden dürfte. Denn in privaten Gärten war es erlaubt, Haustiere zu begraben, so war es Gesetz in Österreich. Und Kogler hatte zugestimmt. Selbstverständlich. Denn auch er hatte den Paco gemocht. Sehr sogar.

Der Gerhard hatte sich hingesetzt. Er schaute aus dem Fenster.

»Ja«, sagte er dann. »Du hast recht. Bringt eh nix, es weiter abzustreiten. Ich hab den Paco vorher besucht. Ich vermiss ihn sehr. Und dann hab ich deine Scheibe eingeschmissen und bin weggerannt.« Er schwieg für einen Moment. »Woher hast die Aufnahme?«, fragte er dann.

»LKA Klagenfurt.«

»LKA? Na bravo!« Sein Schwiegersohn sank in sich zusammen. »Und was passiert jetzt? Krieg ich große Probleme? Die müssen das doch weiterverfolgen, oder?«

»Na ja, welche Konsequenzen dein nächtlicher Anschlag nach sich zieht, klären wir beide unter uns, würd ich sagen. Die Polizei verfolgt das Ganze auf alle Fälle nicht weiter, dafür hab ich gesorgt.«

»Danke!«, flüsterte der Gerhard mit heiserer Stimme. »Die Yvonne wird kein Wort mehr mit mir reden, nie mehr. Das wird sie mir nicht verzeihn. Das war's dann. Dabei hab ich doch nur ...« Er vergrub sein Gesicht in den Händen.

»Jetzt hör auf! Die Yvonne erfährt davon gar nix, zumindest nicht von mir.« Kogler beugte sich über den Schreibtisch und klopfte seinem Schwiegersohn auf die Schulter. »Und was uns beide angeht, wir reden jetzt endlich mal miteinander. Hätten wir wahrscheinlich schon viel früher machen sollen. Von Vater zu Schwiegersohn oder Ehemann zu Schwiegervater. Ganz egal, Hauptsache reden.«

»Da hast sicherlich recht, Karl, ist wirklich allerhöchste Zeit.« Der Gerhard stand auf und ging zu einem Eckschrank. Er öffnete die Tür und nahm eine originalverpackte Flasche Cognac heraus. »Du weißt ja, ich trink eigentlich nicht, nur zu Weihnachten oder an Geburtstagen und so«, erklärte der Gerhard, als er die Flasche öffnete.

»Ich weiß.« Sein Schwiegersohn war schon immer sehr gesundheitsbewusst gewesen: wenig bis kein Alkohol, Tabak war sowieso Teufelszeug, wenig Zucker, kein zu fettes Essen, Gemüse und Obst im Überfluss. Kogler überlegte, ob er dem Gerhard vielleicht verraten sollte, dass seine Frau hin und wieder einen Joint rauchte, wenn er arbeitete und die Kinder in der Schule waren. Da würde er schauen. Der alte Asket.

»Dafür hast aber eine ansehnliche Spirituosensammlung«, merkte Kogler an und zeigte auf die Unzahl von Alkoholika, die sich im geöffneten Schrank aneinanderdrängten.

»Ja, Patientengeschenke halt. Weiß auch nicht, warum die einem immer nur Alkohol schenken. Als wär's eine offizielle Vorschrift der Ärztekammer.« Der Gerhard seufzte und holte zwei Gläser aus einer Schreibtischschublade.

»Für mich nicht, danke«, sagte Kogler.

»Ach komm, was soll das, Karl? Wenn nicht jetzt, wann dann?« Er schenkte beide Gläser randvoll ein. Na bravo, dachte sich Kogler. Großartig. Das war es dann also gewesen mit seinem »Ich trinke nur noch Spritzer«-Vorsatz.

• • •

Kogler kniff die Augen zusammen. Er stand vor der Praxis seines Schwiegersohns. Die Sonne stach ihm in die Augen. Fast drei Stunden hatten die beiden sich unterhalten und einiges getrunken, wobei er sich noch zurückgehalten hatte, ganz im Gegensatz zum Gerhard. Der hatte sicherlich alleine mehr als die halbe Cognacflasche getrunken.

Kogler marschierte los. Alkohol hin, Alkohol her, es war ein gutes Gespräch gewesen. Sie hatten vieles geklärt, und sein Schwiegersohn hatte ihm einiges erzählt, von dem Kogler keine Ahnung gehabt hatte: über seine Kindheit, seine Ansichten, Träume und Ängste. Und dass es seit einiger Zeit nicht mehr ganz rundlief mit der Yvonne. Die beiden hatten immer öfter Streit und waren sich über viele Dinge uneinig. Der Gerhard hatte ihm auch ganz ehrlich gesagt, wie sehr die Yvonne noch immer unter dem Tod ihrer Mutter litt und dass sie das anderen gegenüber überspielte, auch ihm gegenüber – ihrem eigenen Vater. Und dass sie die ganze Sache mit dem Einbruch, den psychologischen Gutachten und dem Gerede über ihn viel stärker mitgenommen hatte, als sie es sich anmerken ließ. Kogler rauchte sich eine an. Er hatte das wohl alles unterschätzt. Und irgendwo verstand er die gestrige Nummer vom Gerhard jetzt sogar, teilweise zumindest. War wohl alles einfach zu viel für ihn gewesen. Dann war ihm diese Schnapsidee mit dem Drohbrief gekommen. Klassische Kurzschlussaktion. Dass Kogler die Polizei einschalten könnte, so weit hatte sein Schwiegersohn gar nicht gedacht. Nachvollziehbar. So war das eben. Bei einem Kurzschluss.

Koglers Handy klingelte. Die Mahringer. Sollte er abheben? Warum eigentlich nicht? Er hatte gute Laune. Mit dem Uwe war alles geklärt. Mit dem Gerhard auch. Was sollte also noch Schlimmes passieren.

»Frau Mahringer! Wie geht's Ihnen?«

»Hallo, Herr Kogler! Danke, gut. Haben Sie's schon gehört?«

»Gehört? Was meinen Sie? Das mit dem Greidl und dem stummen Plautz oder das mit den Geschenkkörben?«

»Ja, davon hab ich auch gehört, aber das mein ich nicht. Die haben ein neues Mordopfer gefunden samt Bekennerschreiben vom blauen Wolf.«

»Mordopfer?«

»Ja, ein gewisser Matthias Madritsch. Der ist erstochen worden. Dem gehört so ein Wellnesshotel in Maria Wörth.«

Der Madritsch? Der Mann von der Eva Madritsch, bei der er heute Abend vorbeischauen wollte?

»Ich ruf Sie gleich zurück, Frau Mahringer. Mein Akku ist fast leer.« Kogler legte auf und schaltete sein Handy aus. Er betrat den Gastgarten des Cafés, an dem er gerade vorbeigegangen war. Das mit dem Akku war natürlich gelogen gewesen, aber es half nichts, er musste sich dringend setzen und seine Gedanken sortieren. Kogler hatte den Matthias Madritsch nie leiden können, wobei das noch ziemlich harmlos ausgedrückt war. In Wahrheit hatte er den Hoteldirektor seit langer Zeit gehasst. Denn dem Madritsch hatte er die wohl dunkelste Zeit seiner Ehe zu verdanken, die erste und einzig richtige Beziehungskrise, die er mit der Hanna hatte meistern müssen. Wer daran Schuld gehabt hatte, war im Nachhinein schwer zu sagen. Die Hanna und er waren beide noch jung gewesen, da konnte es schon mal passieren, dass man das wirklich Wichtige aus den Augen verlor. Auf alle Fälle hatte der Madritsch die Situation damals schamlos ausgenutzt. Der reiche Hotelerbe war immer schon ein Hosentaschen-Casanova gewesen: Er hatte rund um die Uhr Frauen angebaggert, ihnen falsche Versprechungen gemacht und dabei seinen zweifelhaften Charme spielen lassen. Dabei hatte es ihn nicht weiter gestört, dass manche Damen seiner Begierde verheiratet gewesen waren, ganz im Gegenteil, es schien sein Interesse nur noch verstärkt zu haben. Auf alle Fälle erlag eines Tages auch die Hanna seinem unnachgiebigen Bemühen. Zwar nur für eine Nacht, aber diese hatte gereicht, um ihre Ehe auf eine harte Probe zu stellen. Fast zwei Jahre hatte es gedauert, bis die Hanna und er einander wieder vertrauen konnten. Kogler zwang sich, bei den Erinnerungen an damals nicht in Schwermut zu verfallen. War er froh über den Tod vom Madritsch? Schwer zu sagen. Trauer fühlte sich auf alle Fälle anders an. So viel war sicher.

Kogler verdrängte die Gedanken und schaltete sein Telefon wieder ein. Dann rief er die Susanne Mahringer zurück. So viel Höflichkeit musste sein. Tod des verhassten Wörthersee-Casanovas hin oder her.

»Hallo, Frau Mahringer! So, ich hab's jetzt angehängt. Wo waren wir?«

»Beim Leichenfund. Die Frau vom Madritsch ist heut früh aus ihrem Wochenendhaus zurückgekommen und hat ihn in ihrem Haus im Ehebett gefunden. Die Polizei geht davon aus, dass der Madritsch schon mindestens zwei Tage tot ist. Der war also wahrscheinlich das erste Opfer vom blauen Wolf, noch vor dem Pechhofer.«

Kogler wurde das Gefühl nicht los, dass ihn dieser verfluchte blaue Wolf auf eine bizarre Art verfolgte: die Pressekonferenz der Velden Vipers, der Mord im Schlosshotel. Und jetzt der Tod vom Matthias Madritsch, von dessen Ehefrau er sich diesen Abend eine Spezialsalbe gegen seinen Hautausschlag hatte holen wollen.

»Aber deswegen ruf ich eigentlich gar nicht an, Herr Kogler. Oder irgendwie schon, na ja, eigentlich geht's um den Greidl. Der gibt morgen eine Pressekonferenz, auf der er über die Motive des blauen Wolfs reden und eine politische Bombe platzen lassen will.«

»Was will er, der Greidl? Motive? Politische Bombe?« Kogler winkte die Kellnerin zu sich. »Einen Moment, Frau Mahringer.« Er bestellte sich ein Cola Zero. »So, da bin ich wieder. Ja, schön für den Greidl, da wünsch ich Ihnen viel Spaß. Wird sicher spannend.«

»Na ja, schaun Sie, Herr Kogler. Das ist noch nicht alles. Wie soll ich sagen …« Die Susanne Mahringer druckste herum. »Also, eigentlich …«

»Jetzt sagen Sie schon, worum's geht.«

»Also der Greidl hat mich angerufen. Er bietet mir einen exklusiven Vorabbericht, in dem wir die Sache online anteasern. Und dann ein großes Interview nach der Pressekonferenz, auch exklusiv, für die Printausgabe übermorgen. Und das ist noch nicht alles. Er würde auch mit unserem Chefredakteur reden und mich pushen. Der kennt ihn nämlich gut.«

»Aha, ja fein, Frau Mahringer. Was soll ich sagen? Freut mich, wenn's Sie freut.«

»Ja danke, aber da wär noch was. Eine Kleinigkeit. Der Greidl hat nämlich eine Bedingung gestellt. Wie gesagt, nichts Großes. Eine Formalität, nichts weiter.«

»Formalität? Verstehe. Und die wäre?«

»Ganz einfach, er will sich heut mit mir treffen. In zwei Stunden, persönlich.«

»Ja, dann tun Sie das halt.«

»Ja, klar mach ich das. Aber da gibt's noch einen winzigen Haken. Ein Häkchen sozusagen.«

»Und das wäre?«

»Sie müssen mitkommen.«

20.

Hatte er das gerade richtig verstanden? Hatte ihn die Mahringer gerade ernsthaft darum gebeten, dass er sie zu ihrem Treffen mit dem Greidl begleitete? Kogler nahm einen Schluck Cola und verdrehte die Augen. Er war ja selbst schuld. Warum hatte er auch abgehoben?

»Frau Mahringer, warum soll ich denn mitkommen? Was hat das denn bitte alles mit mir zu tun?«

»Keine Ahnung, das hat er nicht gesagt.«

»Frau Mahringer, bei aller Liebe, ich hab letzte Nacht kaum geschlafen und anstrengende Gespräche hinter mir. Selbst wenn ich wollt, das schaff ich nicht. Außerdem bin ich in Klagenfurt und nicht in Velden.«

»Na, das ist doch perfekt. Der Greidl will sich ja auch gar nicht in Velden treffen.«

»Will er nicht?«

»Nein, auf dieser Halbinsel in der Klagenfurter Ostbucht. Maria irgendwas.«

»Maria Loretto?«

»Ja genau. Im Restaurant. Da will er uns zum Essen einladen.«

»Soso, will er das?« Kogler begann abzuwägen. Das Nobelrestaurant auf der in den Wörthersee reichenden Landspitze war natürlich immer einen Besuch wert, keine Frage, da brauchte man gar nicht lange zu diskutieren. Direkt neben dem Schloss Maria Loretto, im ersten Stock des ehemaligen Stallgebäudes, konnte man sich nicht nur mediterrane und heimische Küche der Spitzenklasse schmecken lassen, sondern auch einen herrlichen Blick auf den Wörthersee genießen, einzigartige Sonnenuntergänge inbegriffen. Gleich neben dem zum Restaurant gehörenden Seegarten, in dem geheimnisvolle Steinfiguren von längst vergangenen Zeiten berichteten, gab es sogar eine eigene kleine Marina für Gäste, die direkt mit Motor-, Elektro- oder Segelbooten anreisten. Ein riesiges hauseigenes Aquarium garantierte absolut frischen Fischgenuss. Der eigens angelegte Gemüse- und Kräutergarten sowie eine exzellente Weinkollektion taten ihr Übriges, um verwöhnte Gaumen aus aller Herren Länder zu begeistern.

»Und der Greidl hat mir aufgetragen, Ihnen zu sagen, dass er eine große Vorspeisenvariation für uns bestellt hat, von allem etwas.«

»Vorspeisenvariation? Groß? Na ja, hört sich nicht schlecht an.« Kogler leckte sich über die Lippen. Er spürte, wie sein Magen zu knurren anfing.

»Also, was ist jetzt, Herr Kogler? Viele leckere Vorspeisen? Bezahlt vom Greidl?«

Koglers Magen knurrte ein weiteres Mal. »Na gut, überredet«, sagte Kogler. Sein Widerstand war gebrochen.

»Sehr gut! Soll ich Sie abholen? Wo sind Sie denn?«

»Innenstadt, im Café am Platz.«

»Na wunderbar, das ist ja keine fünf Minuten von meiner Redaktion entfernt. Sehr gut! Wissen Sie was? Ich komm auf einen Kaffee vorbei, und dann gehn wir zu meinem Auto. Das steht in der Tiefgarage bei uns. Und dann fahren wir zu diesem Maria irgendwas.«

»Maria Loretto.«

»Ja genau, wie auch immer. Also dann, bis in einer Viertelstunde, oder so.«

»Alles klar, bis dann.«

• • •

Die Susanne Mahringer goss sich reichlich Zucker in ihren zweiten Milchkaffee. Sie hatte Kogler alles erzählt, was sie über den neuen Mordfall erfahren hatte, und das war nicht besonders viel. Der Täter war offensichtlich durch die offene Verandatür ins Haus gelangt. Die Mordwaffe: ein großes Küchenmesser. Ein wuchtiger Hieb mitten ins Herz, dazu das obligate Bekennerschreiben. Geschätzte Tatzeit: Samstag, irgendwann am frühen Morgen.

»Schlimme Sache«, sagte Kogler. Er zündete sich eine Zigarette an. »Wollen Sie auch eine?«

»Nein danke, mir ist grad nicht danach.« Die Susanne Mahringer nippte an ihrem Kaffee und verzog den Mund.

»Zu wenig Zucker?«

»Sie sind ja ein wahrer Meisterdetektiv«, gab die Journalistin zur Antwort, während sie zum Zuckerstreuer griff.

Kogler lächelte. Wirklich eine alte Naschkatze, diese Mahringer. Er blies eine Rauchwolke in die Luft und beugte sich nach vorne.

»Zum Thema Meisterdetektiv: Also, Frau Mahringer, ich komm heut noch mit zu diesem Greidl-Ding. Ihnen zuliebe. Aber das war's dann, ein für alle Mal. Für mich ist diese Blaue-Wolf-Geschichte abgeschlossen. Ich brauch jetzt meine Ruh, verstehn Sie? Zeit für mich und meine Familie.«

»Hört, hört! Ist das der gleiche Herr Kogler, der gestern noch unbedingt in Kochjacke und verdreckten Jeans ins Casino wollte, um einen Verdachtsmoment zu überprüfen?«

»Ja, ist er. Nur dass der Herr Kogler nachgedacht hat. Wie gesagt, ich halt mich da jetzt in Zukunft raus. Komplett.«

»Verstehe. Aber sagen Sie, finden Sie das nicht auch komisch mit diesem Blau?«

»Was für ein Blau?« Kogler unterdrückte ein Gähnen.

»Na ja, der Anschlag im Blauen Brahms-Saal, die Vergiftung mit Blausäure und dann das blaue Messer ...«

»Welches blaue Messer?«

»Das, mit dem der Madritsch erstochen worden ist. Das hatte einen blauen Griff. Und war von einem beliebten Ikea-Messerset. Holmbräg heißt das oder so ähnlich. Hab ich das nicht erwähnt?«

»Nein, haben Sie nicht.« Kogler runzelte die Stirn. »Sagen Sie, woher wissen Sie das eigentlich? Ich mein, das mit der Grifffarbe? Und dass es ein Ikea-Messer war?«

Die Susanne Mahringer räusperte sich. »Nun ja, ich hab da wen kennengelernt von der Spurensicherung. Bei einem Salsa-Kurs. Tanzen Sie eigentlich gern, Herr Kogler?«

»Lenken Sie jetzt nicht ab, Frau Mahringer!«, antwortete Kogler. »Scheint ja gern über polizeiinterne Dinge zu plaudern, der Herr Kollege.«

»Na, jetzt seien Sie nicht päpstlicher als der Papst.«

Kogler seufzte. »Nun gut, wie auch immer. Das mit dem Blau ist sicherlich bloß ein Zufall. Und diese Ikea-Messersets finden Sie bei uns am See gefühlt in jedem zehnten Haushalt. Sind ja auch spottbillig und ständig im Angebot. Ich hab zum Beispiel auch so eins, der Sepp hat eins, die Yvonne ... also wie gesagt, Frau Mahringer, mich interessiert das alles nicht mehr, auch keine ...« »Gedankenspiele«, wollte Kogler den Satz beenden, kam aber nicht mehr dazu, denn er hatte eine Eingebung: »War da irgendwas mit einem Wolf bei dem Mord am Madritsch?«

»Wie meinen Sie das? Ja sicher, das Bekennerschreiben, hab ich Ihnen doch erzählt.«

»Nein, nicht das. Was anderes. Ein Gegenstand oder eine Bezeichnung, so was.«

Die Susanne Mahringer runzelte die Stirn. »Was anderes? Nein, nicht, dass ich wüsste. Wobei ... Warten Sie einen Moment ...« Die Journalistin öffnete ihre Handtasche und zog einen Notizblock heraus. Sie blätterte ihn hastig durch. Dann sprach sie weiter: »O. k., hab ich mich doch richtig erinnert. Da war schon was, wenn man so will.«

»Was war da? Jetzt sagen Sie's schon.«

»Die Adresse vom Madritsch-Haus.«

»Ja? Was ist mit der?«

»Wolfsgasse 9, 9082 Maria Wörth.«

»Na bravo!« Kogler zündete sich noch eine Zigarette an. »Überlegen Sie mal, Frau Mahringer. Die Tränengassache: der Blaue Brahms-Saal und die Türstürmermarke Wolf 1000. Der Pechhofer-Mord: Blausäure in einem Wolfsbarsch. Die Schönheitslinie »Carinthia Blue«, die mit Wolfsmilch versetzt worden ist. Und jetzt beim Madritsch, der blaue Messergriff und der Tatort in der Wolfsgasse. Fällt Ihnen was auf?«

Die Mahringer sah Kogler mit weit aufgerissenen Augen an. »Na klar!«, sagte sie. »Da haben wir's! Ein echtes Muster! Blau und Wolf – wie der blaue Wolf. Wahnsinn! Jetzt müssen wir nur noch einen Zusammenhang zum Angriff auf den Greidl und den tauben Plautz herstellen.«

»Stummer Plautz, nicht taub.«

»Wie bitte?«

»Er ist stumm, sagen wir. Nicht taub.«

»Ach so. Ja, auch recht. Dann halt stumm.«

»Das können Sie den Greidl ja heut noch fragen, vielleicht

kann der Ihnen weiterhelfen. Denn wie gesagt, für mich ist die Sache gestorben. Da sind Sie von jetzt an auf sich allein gestellt.«

Die Susanne Mahringer schüttelte vehement ihren Kopf. »Aber was reden Sie denn da? Jetzt? Warum denn? Sie sehn doch, dass wir ein gutes Team sind. Wir haben grad immerhin dieses Muster entdeckt.«

»Wenn's denn überhaupt eins ist, kann ja auch reiner Zufall sein. Und selbst wenn, Frau Mahringer, wie gesagt: Ich bin raus, ein für alle Mal.« Kogler stand auf. »So, und jetzt muss ich mal dringend austreten.«

• • •

Kogler war mit sich zufrieden. So machte man das: Man traf eine Entscheidung und stand zu ihr, ohne Wenn und Aber. Sollte dieser blaue Wolf doch machen, was er wollte – mit oder ohne Muster, Kogler war das herzlich egal. Er hatte mit der ganzen Sache seit fünf Minuten nichts mehr zu tun. Gar nichts mehr. Niente. Nada.

Er streckte sich. Sein Blick blieb am Rathaus hängen, dem Sitz der Stadtverwaltung. Sein Tor strahlte in dem auf ihm hin- und hertanzenden Sonnenlicht. Es war aus dem gleichen Gestein gefertigt wie der Lindwurmbrunnen: grüner Chloritschiefer vom Kreuzbergl, dem Klagenfurter Hausberg.

Kogler wandte sich wieder der Susanne Mahringer zu, die sich inzwischen eine riesige Sonnenbrille aufgesetzt hatte. »Ich brauch Ihnen doch hoffentlich nicht zu sagen, dass wir unsere kleine Theorie für uns behalten beziehungsweise nur mit dem LKA teilen? Sie dürfen darüber nix schreiben, ist ja reine Spekulation. Und außerdem könnte es die Ermittlungen gefährden.«

Die Susanne Mahringer schaute auf den Boden und zupfte an ihren Haaren.

»Nein, sagen Sie jetzt bitte nicht …«

»Jetzt machen Sie keinen Staatsakt draus! Natürlich hab ich's der Redaktion gesagt. Schließlich haben die Leser das Recht darauf, so was zu erfahren.«

Kogler schüttelte den Kopf. »Ich glaub's nicht. Super! Na dann, erfährt's die Polizei halt aus dem Kärntner Blatt. Was mach ich mir da auch überhaupt Gedanken drüber? Selber schuld. Das Ganze geht mich ja eigentlich eh nix mehr an.« Er verdrehte die Augen und ließ seinen Blick wieder über den Neuen Platz schweifen. Es dauerte nicht lang, und er war in Gedanken weit weg von Journalismus und Ermittlungsarbeit. Kogler lächelte. In rund eineinhalb Monaten würde hier der Christkindlmarkt eröffnen, der schönste im Alpen-Adria-Raum. So sagte man zumindest, und das nicht nur in Klagenfurt. Spaliere von Fichten und ein riesiger Weihnachtsbaum, behangen mit zahlreichen bunten Lichterketten, dazu die Rauchschwaden der Glühweinstände verliehen dem Platz ein ganz besonderes Flair. Hier konnte man sich der Hektik der Innenstadt entziehen und seine Seele baumeln lassen. Über fünfzig verschiedene Aussteller boten zu dieser Zeit ihre weihnachtlichen Waren an: von heißen Getränken und Süßwaren über Schnitzereien und Kunsthandwerk bis hin zu modischen Accessoires und wärmenden Strickereien – hier war für jeden etwas Passendes dabei. Kogler hatte den Klagenfurter Christkindlmarkt immer schon gemocht, noch mehr, seit er Großvater war. Das Leuchten in den Augen der Beate, wenn er mit ihr über den Platz flanierte, war für ihn seit Jahren das mit Abstand schönste vorweihnachtliche Geschenk, das er sich vorstellen konnte. Und zum Abschluss, wenn sich seine Enkeltochter in der Advent-Kinderwerkstatt vergnügte, machte Kogler immer einen Abstecher zu seinem Lieblingsstand. Der gehörte einem Buschenschank aus der Nähe des Faaker Sees. Kogler leckte sich unauffällig die Lippen. Dort gab es Wein, Sturm, Traubenmost und Edelbrände – natürlich alles selbst gemacht, denn nur die Besitzer von Obst- oder Weingärten durften in Österreich einen Buschenschank betreiben, so wollte es das Gesetz, 1784 von Kaiser Josef dem Zweiten persönlich erlassen. Sämtliche Getränke, kalten Speisen und Mehlspeisen mussten aus der eigenen Produktion des Landwirts stammen. Und daran hielt sich natürlich auch der Stand am Christkindlmarkt. Zu den hervorragenden alkoholischen Getränken wurden Brettljausen in verschiedenen Größen serviert. Kogler sah eine davon in Gedanken vor sich: Schweinsbraten, Schinken, Speck, Geselchtes, Lendbratl, Würstel, dazu feine Aufstriche wie Leberstreichwurst, Verhackert, Brat- und Grammelfett. Als Beilagen gab es Schwarzbrot und frisch geriebenen Kren, alles auf einem urigen Holzbrett angerichtet. Kogler schnalzte mit der Zunge. Ob Hochsommer oder tiefster Winter. Ganz egal. Was für eine wunderbare Sache. Ein Gedicht.

»Denken Sie grad ans Essen?«

Kogler schaute die Susanne Mahringer irritiert an. Sein Magen hatte doch gar nicht geknurrt. »Ob ich ans Essen denk? Warum sollt ich? Wie kommen Sie denn auf so was?«

»Na ja, ganz einfach, immer wenn Sie übers Essen reden, machen Sie so eine komische Bewegung mit Ihrer Zunge. Das fällt Ihnen wohl nicht mal auf.« Sie kicherte.

»Ähm, nein, da irren Sie sich. Ich hab nur an den Christkindlmarkt gedacht«, schwindelte Kogler. »Haben Sie den schon mal besucht?«

»Nein, hat sich leider noch nie ergeben. Wir können ja mal hingehn, falls ich im Dezember doch hier bin.«

»Wir beide, meinen Sie?«

»Ja natürlich. Nur weil Sie nicht mehr mit mir über den blauen Wolf reden wollen, heißt das ja nicht, dass wir nix mehr gemeinsam unternehmen können.«

»Ah ja, sicher.« Kogler spürte eine wohlige Wärme in sich aufsteigen. Ein eindeutiges Signal. Es half nichts. Er mochte die Mahringer.

»Na, dann ist ja gut. Hätt ich nämlich sehr schade gefunden, wenn wir uns gar nicht mehr treffen würden.« Die Journalistin rückte sich ihre XXL-Sonnenbrille zurecht. »Und wissen Sie, Herr Kogler, ich hab noch mal über Sie und den Einbruch nachgedacht. Ganz egal, ob ich in Kärnten bleib oder nicht, die Story lassen wir unter den Tisch fallen. Manchmal ist's vielleicht wirklich besser, gewisse Dinge ruhn zu lassen. Ein für alle Mal.«

Kogler atmete tief ein und aus. »Danke«, sagte er, »das weiß ich sehr zu schätzen.« Er nahm einen Schluck Cola. »Warum haben Sie Ihre Meinung geändert?«

»Kann ich Ihnen gar nicht so genau sagen.« Die Susanne Mahringer nahm ihre Sonnenbrille ab und drehte sie in ihren Händen hin und her. Dann schaute sie Kogler direkt in die Augen. »Es ist einfach so ein Gefühl.«

21.

»Lassen Sie sich bitte nicht beim Essen stören, aber ich lass es jetzt gut sein. Kann's eh nicht richtig genießen.« Der Wolfgang Greidl legte sein Besteck beiseite und wandte sich dem Kellner zu. »Mein Gott, wie lang brauchen Sie denn noch? Kann doch nicht so schwer sein, ein paar Eiswürfel aus dem Sektkübel in diese bescheuerte Stoffserviette einzuwickeln.«

Der Kellner murmelte irgendetwas und nestelte an der Serviette herum. Dann reichte er dem Wolfgang Greidl den improvisierten Eisbeutel.

»Na, wird schon reichen«, kommentierte der dessen Leistung und hielt ihn seitlich unter sein Hemd.

»Tut's sehr weh?«, fragte Kogler, nachdem er seinen Bissen Thunfischcarpaccio hinuntergeschluckt hatte. Er griff nach dem Teller mit den Toaststücken und der Butter.

»Angenehm ist's nicht, das kann ich Ihnen sagen, Kogler. Aber wenigstens sind sie nicht gebrochen, die Rippen, nur angeknackst und geprellt.« Der Wolfgang Greidl hustete und stöhnte auf. »Und das sollte man ganz sein lassen. Husten mein ich. Tut höllisch weh.«

»Und wie behandelt man das am besten?« Kogler platzierte einen kleinen Turm Forellenkaviar auf seinem gebutterten Toast.

»Die ersten zwei Tage soll ich's kühlen, hat der Arzt gesagt.

Dann feuchte Wärme, also mit einem Waschlappen oder Tuch. Schmerztabletten nach Bedarf. Und schonen soll ich mich.« Der Wolfgang Greidl lachte vorsichtig. Tat wohl auch weh, wenn er das machte. Er wandte sich zur Susanne Mahringer. »Aber dafür haben wir beide keine Zeit, jetzt vor den großen Enthüllungen und Neuigkeiten, oder?«

Die Journalistin nickte. Sie hatte den Mund gerade voller Cocktailshrimps. Kogler schnappte sich den Teller mit dem norwegischen Pfefferlachs und den Tiegel mit Oberskren. Der Wolfgang Greidl hatte der Mahringer nun schon geschlagene dreißig Minuten lang in aller Ausführlichkeit und mit vielen Worten erzählt, wie großartig seine morgige Pressekonferenz werden würde. Das, was er verkünden würde: eine Sensation. Ein politisches Erdbeben sowieso. Und mit tollen Exklusivstorys und -berichten könnte er sie versorgen. Hätte auch noch ganz andere brisante Informationen in der Hinterhand. Und bei ihrem Chefredakteur würde er noch heute anrufen. Versprochen. Der sei sowieso einer seiner besten Freunde, immer schon gewesen.

Kogler nahm sich ein hausgemachtes Spinatkrapferl, übergoss es mit brauner Butter und streute etwas von dem frisch geriebenen Parmesan darüber. Der Greidl hatte sicher seine Gründe, die Mahringer so zu umgarnen, wollte wohl eine neue Pipeline zum Kärntner Blatt legen. Auf alle Fälle hatte er der Journalistin gerade eine nach Aufmerksamkeit heischende Ankündigung diktiert, die er so bis heute Abend auf der Website des Kärntner Blatts veröffentlicht sehen wollte. Inhaltlich war sein Text wertlos: eine Kombination aus schwammigen Andeutungen und Versprechungen.

»Müssen Sie gar kein Korsett tragen? Ich mein, immerhin sind ja Ihre Rippen angeknackst«, wechselte Kogler das Thema.

»Nein, das macht man heut nicht mehr, wegen der Atmung und der Gefahr einer Lungenentzündung.«

Kogler hob seine Gabel: »Herr Greidl, also noch mal danke für die Einladung. Das Essen ist ausgezeichnet. Aber würden Sie mir jetzt bitte verraten, warum ich hier unbedingt dabei sein muss?«

Der Wolfgang Greidl wandte sich Kogler zu und lächelte. »Aber klar, gern, das hätt ich jetzt beinah vergessen. Also, Kogler, schaun Sie, ich brauch Sie nur für eine klitzekleine Sache, und zwar morgen auf der Pressekonferenz. Wissen Sie, da werden nicht nur sämtliche Vertreter der Medienlandschaft auftauchen, sondern auch viele Parteimitglieder – dafür hab ich gesorgt. Die sind sowieso schon nervös, was ich da morgen raushaun werde. Und Sie können Gift drauf nehmen, Kogler, dass die von den Sozialdemokraten das eine oder andere abstreiten werden. Zum Beispiel, dass sie den Jägde als Bürgermeister absägen wollten und der Pechhofer zur nächsten Wahl aufgestellt werden sollt.« Er machte eine kurze Pause. Es sah so aus, als wolle er sich zu Kogler nach vorne beugen, ließ es dann aber doch sein. Der Greidl fuhr fort: »Und darum bitt ich Sie, diesen Fakt, den Sie ja vom Pechhofer höchstpersönlich aus erster Hand erhalten haben, morgen zu bestätigen. Mir würd man vorwerfen, dass ich das erfunden hätt, aber Sie ... Sie sind ja ein unbefangener und angesehener Außenstehender.«

Kogler legte die Gabel aus der Hand und verschränkte seine Arme vor der Brust. »Angesehen? Das ist jetzt ein Scherz, oder? Unabhängig davon will ich mich nicht in politische Angelegenheiten einmischen. So hab ich's immer gehalten, und so werd ich's immer halten.«

»Jetzt entspannen Sie sich, Kogler! Sie sollen sich ja nicht einmischen, sondern einfach die Wahrheit sagen. Außerdem steht das eh auch im Polizeiprotokoll der Aussage, die Sie heut im LKA gemacht haben, aber das kann ich ja schlecht vorlesen lassen, oder?«

Kogler antwortete nicht. Er wusste ja, dass der Greidl da eine Buschtrommel sitzen hatte. Im LKA.

»Ach bitte, Herr Kogler!«, mischte sich die Susanne Mahringer ein. »Das ist doch echt nicht zu viel verlangt. Sie sagen ja nur, wie's war. Ein kurzes Tatsachen-Statement, nicht mehr.« Sie sah ihn mit großen Augen hoffnungsvoll an. Ein Hundewelpe hätte es nicht besser machen können.

»Na gut«, sagte Kogler schließlich. »Von mir aus. Dann mach ich's eben, wenn's so furchtbar wichtig ist. Aber das war's dann.«

»Sehr gut, Kogler! Fein. Und machen Sie sich keine Gedanken. Um alles andere kümmern wir uns dann schon.« Der Wolfgang Greidl nickte der Susanne Mahringer aufmunternd zu. »Und Sie werden's auch nicht bereun, das sag ich Ihnen. Sie ahnen ja nicht, was ich in den nächsten Monaten noch alles für Kracher liefern werd.«

•••

Kogler hatte sich kurz entschuldigt, um in Ruhe den Uwe Fruchtinger anrufen zu können. Er ging die Treppe hinunter ins Parterre, verließ das Restaurant und wählte die Nummer vom Chefinspektor. Kogler ging um die Ecke des Restaurants, sodass ihn die anderen nicht vom Balkon aus sehen konnten. Als der Uwe Fruchtinger abgehoben hatte, erklärte Kogler ihm kurz die Muster-Theorie von der Mahringer und ihm. Der Uwe Fruchtinger bedankte sich. Als Kogler jedoch der Vollständigkeit halber ergänzte, dass die Susanne Mahringer die Theorie bereits ans Kärntner Blatt weitergegeben hatte, fiel seine Reaktion deutlich unfreundlicher aus.

»Sag, ist die behämmert?«

»Na ja, die ist schon in Ordnung. Journalistin halt.«

Der Uwe Fruchtinger fluchte.

»Gibt's sonst was Neues?«, beeilte Kogler sich, das Thema zu wechseln.

»Nicht wirklich, bei uns geht's drunter und drüber. Nur ein Beispiel: Hast gewusst, dass der Madritsch in einem Fachausschuss der Kärntner Jägerschaft war?«

»Ach so? Der war Jäger?«

»Keine Ahnung, anscheinend. War im Fachausschuss für Raufußhühner.«

»Für was? Raufußhühner?«

»Ja, sagt mir auch nix. Der Pechhofer war dort auf jeden Fall auch gern gesehn. Hat Freunde gehabt bis in den Vorstand. Und jetzt rufen ständig ehemalige Jagdkumpane von ihm bei uns an. Auf einem Jahrestreffen von der Jägerschaft haben wohl ein paar Aktivisten vor deren Schloss randaliert, von diesem Verein ›Rettet die österreichischen Wölfe‹. Weißt noch?«

Kogler erinnerte sich dunkel. Irgendetwas hatte er darüber vor einiger Zeit gelesen.

»Na, wie auch immer, auf alle Fälle haben die Anrufer uns erzählt, dass der Anführer von diesem Verein auf dem Treffen eine Riesenauseinandersetzung mit dem Pechhofer gehabt hat, in der er ihn bedroht hat.«

»Muss ich den kennen?«

»Glaub schon, dass du ihn kennst. Wir reden hier vom Fabian Ogris.«

»Der Fabian? Der Sohn vom Juwelier?«

»Genau der. Wird grad von deinen Kollegen in Velden verhört.«

»Aber der ist doch harmlos. Den kenn ich. Das ist doch kein Mörder, nie im Leben!«

»Wahrscheinlich nicht, aber was sollen wir machen? Müssen halt jedem Hinweis nachgehn, kennst das ja. Egal, ich wollt dir ja nur ein Beispiel geben. Von solchen Hinweisen kriegen wir Dutzende seit Mittag. Die Leute kommen auf die irrsten Ideen, das sag ich dir. Aber gut, wie auch immer, danke für deinen Anruf und eure Theorie.«

»Gern geschehn. Und ich muss mich bei dir bedanken. Für alles!«

»Passt schon. Hast das geklärt mit deinem Schwiegersohn?«

»Ja, hab ich.«

»Na, dann ist ja alles gut. Also, pass schön auf dich auf!«

»Ja, mach ich. Du auch!«

Kogler beendete den Anruf und ging zurück ins Restaurant. Der Fabian Ogris, ein kaltblütiger Mörder? Was für ein ausgemachter Schwachsinn. Der Fabian hatte noch vor drei Jahren dabei geholfen, den Garten vor Koglers Haus anzulegen. Hatte sich etwas dazuverdient in den Ferien: Steine geschleppt, Erde aufgeschüttet und Bäume gesetzt. Der war ein guter Junge und noch dazu der Sohn von alten Freunden: der Jennifer und dem Rudi. Hätte das Geld sicher auch einfacher haben können, der Fabian, denn seine Eltern hatten ein kleines, aber feines Juweliergeschäft im Zentrum von Velden. Hatten sich aber auch schon lange nicht mehr bei Kogler gemeldet. Genauer gesagt herrschte zwischen ihnen seit der Sache mit dem Einbruch Funkstille. Zufälle gab's, dachte Kogler. Unglaublich.

22.

Als Kogler mit seinen Medikamenten die Veldener Apotheke verließ, klingelte das Handy. Ein kurzer Blick verriet ihm, dass es sein Schwiegersohn war.

»Hallo, Gerhard!«

»Hallo, Karl! Du, wie schaut's denn morgen bei dir aus, so am frühen Nachmittag? Hab mir gedacht, wir schaun mal wieder auf einen Sprung bei dir vorbei, die ganze Rasselbande. Die Beate wäre so gegen 13:00 Uhr mit der Schule fertig, da könnten wir losfahren.«

»Hast nicht Ordination?«

»Hab die Praxis für diese Woche geschlossen und mach erst nächste Woche wieder auf. Hab eh viel zu viel gearbeitet in der letzten Zeit.«

Hatte Kogler gerade eben richtig gehört? Was war denn plötzlich in den Gerhard gefahren? »Ähm, ja klar, früher Nachmittag passt mir.«

»Wunderbar! Und ich bestell dann gleich einen Glaser, der sich deine Scheibe anschaut. Ich mein, das ist das Mindeste, was ich tun kann nach dem Mist, den ich gebaut hab. Und nur dass du's weißt, der Yvonne hab ich gesagt, dass du beim Staubsaugen aus Versehen das Fenster eingeschlagen hast.«

»Beim Staubsaugen?«

»Ja, beim Ausholen halt irgendwie. Mit dem Ellbogen.«

Kogler seufzte leise. Na bravo, was für eine brillante Idee. Die Yvonne dachte jetzt sicher endgültig, dass ihr Vater die Unfähigkeit in Person war.

»O. k., na gut, verstanden. Was haltet ihr davon, wenn ich euch ein Kärntner Gulasch mach?«

»Du kochst?«

»Traust mir das etwa nicht zu?«

»Nein, nein, ich war nur ein bisschen überrascht im ersten Moment. Machst es aber nicht mit allzu zähem Fleisch, oder?«

»Nein, natürlich nicht. Vom Bug, das ist ein Teilstück aus der hinteren Rindsschulter.«

»Ah, sehr gut.« Der Gerhard klang aufrichtig erleichtert. »Ja dann, sehr gern.«

»In Ordnung, dann sehn wir uns also morgen!«

Kogler beendete das Gespräch und machte sich auf den Weg. Kurze Zeit später meldete sich sein Telefon ein weiteres Mal. Zwei SMS.

> S.g. Herr Kogler. Leider muss ich unseren heutigen Termin wegen eines Todesfalls in der engsten Familie verschieben. Ich melde mich bei Ihnen. Eva Madritsch

Alles klar, dachte Kogler. Er schloss die SMS und öffnete die zweite Nachricht. Oh nein! Auch das noch. Den Absender kannte er leider nur zu gut.

> Heute um 19:00 Uhr

Kogler spürte, wie sein Blutdruck anstieg. Was glaubte dieser

Mistkerl eigentlich? Dass er stets mit Taschen voller Bargeld herumlief? Kogler ballte seine Faust. Beruhig dich, mahnte er sich selbst, denk an deine Gesundheit. Es half ja sowieso nichts, er musste das Geld wohl oder übel abheben. Kogler überlegte kurz. Ein wenig Bewegung würde ihm guttun. Er beschloss, einen kleinen Spaziergang zu seiner ehemaligen Polizeiinspektion zu machen, dort gab es auch gleich um die Ecke einen Bankomaten. Kogler steckte sein Handy ein und marschierte los. »Eines Tages bring ich ihn noch um!«, flüsterte er und verfluchte zum gefühlt zehntausendundersten Mal den Tag, an dem er sich von der Staatsanwältin Pokorny zum schwersten Fehler seines Lebens hatte überreden lassen.

• • •

Als Kogler das Geld abgehoben hatte, sah er aus dem Augenwinkel, wie der Harald Pinter aus der Polizeistation kam und zur Hinterseite des Gebäudes ging. Kogler konnte sich denken, was sein ehemaliger Stellvertreter dort trieb. Er beschloss, sich kurz zu ihm zu gesellen und sich bei ihm nach dem Fabian Ogris zu erkundigen.

»Hallo, Harald, bist endgültig wieder auf die Raucherseite gewechselt?«, begrüßte er den Chefinspektor, als er bei ihm angekommen war.

Der Harald Pinter nahm einen tiefen Zug von seiner Zigarette und seufzte. »Ja, leider.«

Kogler stellte sich zu ihm an den großen metallenen Aschenbecher und zündete sich ebenfalls eine Zigarette an.

»Hab gehört, ihr habt heut den jungen Ogris verhört?«

»Was du schon wieder alles weißt. Aber ja, haben wir.«

»Und?«

Der Harald Pinter machte eine Wegwerfbewegung mit seiner Hand. »Das willst gar nicht wissen, glaub mir. Komplett verrückt das Ganze.«

»Na komm, jetzt erzähl halt.«

Der Leiter der Dienststelle Velden zündete sich eine neue Zigarette an und fuhr sich durch die Haare.

»Na gut, von mir aus. Kurzfassung: Er hat mit dem Mord am Pechhofer nix zu tun. Hat auch ein wasserdichtes Alibi. Aber die Hintergrundgeschichte ist ... na ja, sagen wir ... abenteuerlich. Also, wie du ja weißt, hat die Kärntner Jägerschaft einmal im Jahr auf ihrem Schloss so ein Generaltreffen, und da ist auch der Ogris hingegangen, gemeinsam mit zwei anderen Tierschützern. Die drei sind extra aus Wien angereist, wo er seit einem Jahr Kunstgeschichte studiert. Und tja, Jäger und Tierschützer ... brauch ich dir ja eigentlich nicht zu sagen ... keine so gute Kombination. Also, auf alle Fälle sind die drei Burschen dort mit so einem Transparent von seinem Verein aufgetaucht: RDÖW – Rettet die österreichischen Wölfe.«

»Versteh ich nicht. Was hat die Jägerschaft mit Wölfen zu tun? Es gibt doch sowieso ein strenges Abschussverbot.« Kogler schnippte die ausgerauchte Zigarette in den Aschenbecher. In letzter Zeit gab es in Kärnten immer wieder Diskussionen, wie man mit der Rückkehr der Wölfe umgehen sollte. Während die einen sich darüber freuten, warnten die anderen davor, dieses Thema zu unterschätzen. Angefeuert wurde die ganze Sache durch ein getötetes Pony, das in Koglers ursprünglicher Heimat, dem Lavanttal, von einem Wolf gerissen worden war. Und obwohl es in Kärnten zurzeit wohl gerade einmal zwei bis drei Wölfe gab, wurde die Debatte hitzig geführt. Was wurde da nicht alles ins Feld gebracht: Umzäunungen für Herden, Vergrämungsmaßnahmen, Gummigeschosse, Warnschilder, aber auch die Etablierung eines Wolftourismus nach deutschem Vorbild, wie auch immer dies in der Praxis dann funktionieren sollte.

»Gut, auf alle Fälle war der Pechhofer vor zwei Monaten mit Kameraden jagen, irgendwo in der Nähe von der Koralpe. Da haben sie eine Drückjagd gemacht, und nachdem er dabei ein Reh erlegt hat, ist ein Wolf aufgetaucht und hat es angefressen.«

»Im Ernst?«

»Ja, im Ernst. Auf alle Fälle hat der Pechhofer dem Wolf, damit er verschwindet, dann vor die Füße geschossen und am Abend ein ewig langes Facebook-Posting losgelassen, privat und über einen Verteiler von der Jägerschaft, in dem er ...« Der Harald Pinter zog sein Handy aus der Tasche und tippte etwas ein. Dann gab er es Kogler. »Da, schau bitte selbst.« Kogler las die Nachricht:

> Liebe Kameraden! Gestern habe ich bei einer Drückjagd zum ersten Mal einen Wolf gesehen. Als er sich an ein geschossenes Reh heranmachte, habe ich ihm vor die Beine geschossen. Es ist an der Zeit zu handeln! Der Heiligenstatus des Wolfs ist zu beenden! Wölfe sind nicht scheu! Wie die Krähen haben sie gelernt, dass Schüsse mit Futter gleichzusetzen sind. Dadurch sind unsere Hunde, aber auch wir als Jäger bei Drückjagden massiv gefährdet! Leider ist es uns noch immer verboten, Wölfe zu erschießen, aber wir dürfen sie mit Warnschüssen verjagen. Tut es mir darum gleich, wenn ihr auf einen trefft, und macht euch zusätzlich stark dafür, dass der Wolf in Kärnten keinen Platz bekommt. Zu unserer eigenen Sicherheit und für einen funktionierenden, gefahrlosen Kärntner Tourismus!

Kogler zuckte mit den Schultern, als er seinem Bekannten das Telefon zurückgab. »Na und?«, sagte er. »Hat ihm halt vor die Füße geschossen und ihn vertrieben. Ist halt wie viele andere gegen eine Wolfsvermehrung hier bei uns gewesen.«

»Ja, der Ogris sieht das aber anders. Hat verschiedene Paragrafen aus dem Naturschutzgesetz zitiert – irgendwas mit streng geschützter Art, die man laut Gesetz nicht erschrecken oder stören darf. Außerdem bestünde die Gefahr, den Wolf durch einen Warnschuss zu verletzen. Und er meinte, ein Reh zu fressen sei ein natürliches Verhalten, das keine Gefahr für andere – Jäger oder Hunde – darstelle. Und dann hat er noch gemeint, dass der Pechhofer sich durch sein Posting der Anstiftung schuldig gemacht hätt.«

Der Harald Pinter seufzte, bevor er fortfuhr: »Auf alle Fälle standen die Tierschützer dann mit ihrem Transparent dort vorm Schloss und haben durch ein Megafon Parolen gebrüllt wie ›Nieder mit den Jägern!‹ und ›Nieder mit Pechhofer, Freiheit für die Wölfe!‹. Na ja, kannst dir vorstellen, wie schnell zwanzig, dreißig Jäger vor denen gestanden sind, allen voran der Pechhofer.«

»Und dann ist das Ganze eskaliert.«

»Nicht ganz. Der Ogris hat mir erzählt, dass der Pechhofer plötzlich einen Anruf bekommen und sich entfernt hat. Hat ihn einfach stehn lassen. Der Pechhofer hat ein, zwei Minuten telefoniert und dabei noch lauter ins Telefon gebrüllt als zuvor. Um was es ging, weiß der Ogris nicht, dafür war er zu weit weg. Dann ist der Pechhofer zurückgekommen, mit hochrotem Gesicht und einem Blick wie ein Wahnsinniger. Er ist zum Ogris gegangen und hat ihm eine schallende Ohrfeige gegeben. Der war vollkommen überrascht und ist zu Boden gegangen. Dann hat ihm der Pechhofer die Hose runtergezogen, während seine Jagdfreunde eine Art Kreis um die beiden gebildet haben.«

»Was? Er hat ihm seine Hose runtergezogen? Nicht im Ernst?«

»Doch, und danach hat der Pechhofer den Ogris übers Knie gelegt und ihm mit seiner Hand den nackten Hintern versohlt, wie einem kleinen ungezogenen Kind. Und der Ogris hat zwar wild gezappelt, geschrien und um sich geschlagen, konnte aber nix dagegen machen, kennst ihn ja, so ein dünner, kleiner Speil, wie der ist.«

»Er hat ihn übers Knie gelegt?« Du meine Güte. Kogler schüttelte den Kopf. Er war sprachlos.

»Und dann, als der Pechhofer genug hatte, ist er aufgestanden und hat dem Ogris noch ein paar Tritte in seinen nackten Hintern gegeben. Der Ogris hat vor lauter Wut und Demütigung zu heulen angefangen und gejault, dass er den Pechhofer umbringen wird.«

»Wahnsinnsgeschichte«, befand Kogler, »aber doch kein Mordmotiv.«

»Ganz und gar nicht, im Gegenteil sogar. Also, einer der beiden Bekannten vom Ogris hat das Ganze auf seinem Handy gefilmt. Und der wollt das dann gleich nachher auf diversen sozialen Medien veröffentlichen, um die Gewalttätigkeit der Jäger zu dokumentieren. Der Ogris hat ihm das aber verboten. Irgendwie logisch, war ihm halt extrem peinlich. Na ja, und während die im Auto noch gestritten haben, ruft plötzlich der Pechhofer beim Ogris an.«

»Er hat ihn angerufen? Wieso?«

»Du wirst's nicht glauben. Er hat sich beim Ogris entschuldigt und ihm 10.000 Euro für seinen Verein geboten, wenn er das Video löscht. Und das Geschäft haben die beiden dann etwas später auf einer Autobahnraststätte auch gemacht. Der Pechhofer hat den Ogris sogar auf irgendeiner Serviette unterschreiben lassen, dass er dieses Video überall gelöscht hat.«

Kogler lachte. »Ja, unglaublich, wirklich eine verrückte Geschichte.« Das machte natürlich Sinn, dachte er. Der etwaige zukünftige Bürgermeister auf einem Video, in dem er einen Studenten niederschlägt und ihm den Hintern versohlt – kein Wunder, dass der Pechhofer das aus der Welt haben wollte. Was Kogler brennend interessierte, war der Inhalt dieses ominösen Telefonats. Keine Frage, das musste es in sich gehabt haben, wenn der Pechhofer dermaßen ausgerastet war.

»Nun gut, Karl«, sagte der Harald Pinter, »ich muss dann wieder an die Arbeit.« Er tippte sich an die Schläfe. »Und du? Fährst nach Haus?«

Kogler klopfte dem Chefinspektor auf die Schulter. »Nein«, sagte er, »ich fahr noch kurz nach Krumpendorf. Hab noch was zu erledigen.«

•••

Aus dem Café Benny schallte Musik. Kogler hoffte, das Treffen in aller Kürze abwickeln zu können. In der S-Bahn auf dem Weg nach Krumpendorf war er sogar kurz eingenickt. Kein Wunder, er hatte in der vergangenen Nacht ja auch kaum geschlafen. An der Eingangstür hing das »Heute geschlossen«-Schild. Kogler drückte die Türklinke hinunter. Nichts tat sich. Abgesperrt. Ärgerlich pochte er gegen die Tür. Das war wieder einmal typisch: ihn erst herbestellen, um ihn dann vor dem verschlossenen Lokal warten zu lassen.

Nach einiger Zeit hörte Kogler schlurfende Schritte. Der Benjamin Hartner öffnete die Tür. Mit blutunterlaufenen roten Augen sah er Kogler an, dann drehte er sich um und marschierte in Richtung Theke. »Mach hinter dir zu und sperr wieder ab!«, befahl er ihm. Kogler warf die Tür ins Schloss und drehte den Schlüssel zweimal um. Dann ging er an die Bar, holte seine Geldtasche hervor, zog fünf Hunderteuroscheine heraus und warf sie dem Benjamin Hartner hin.

»Schreib mir das nächste Mal gefälligst einen Tag früher. Ich bin grad aus Klagenfurt zurückgekommen. Jetzt hab ich den ganzen Weg von Velden nach Krumpendorf noch einmal fahren müssen.« Die kleinste Gemeinde Kärntens grenzte nämlich direkt an die Landeshauptstadt, am Nordufer des Wörthersees.

Der Lokalbesitzer goss sich sein Wodkaglas auf. Er trug ein schwarzes Shirt, das wohl seine zahlreichen Tattoos betonen sollte, die seine kompletten Arme und den Großteil seiner schmächtigen Hühnerbrust bedeckten. »Jetzt beruhig dich. Willst auch was trinken?«, fragte er.

»Behalt deinen billigen Fusel! Bin sowieso schon wieder weg.« Kogler ging Richtung Tür.

»Schlimm das mit dem Sebastian, oder?«

Kogler drehte sich um. »Welcher Sebastian? Unserer?«

»Welcher sonst?«

Kogler ging zur Bar zurück. Er meinte also tatsächlich den Sebastian Pokorny, Koglers Trauzeuge sowie der geschiedene Mann von Benjamins Schwester, der Staatsanwältin Pokorny. Erfolgreicher Geschäftsmann. Lebte seit einigen Jahren in Südamerika.

»Was ist mit dem Sebastian?«

»Tot ist er, mausetot. Hingerichtet haben sie ihn. Zwei Kugeln in den Kopf, in irgendeiner schmutzigen Seitenstraße in Bogotá.«

Sein alter Freund war tot? In Südamerika erschossen? Kogler musste sich setzen.

»Hat dir die Gisela gar nix gesagt?«

Kogler schüttelte den Kopf. Nein, hatte sie nicht. Kein einziges Wort.

»Ja, das ist wieder mal typisch für sie. Dabei sind schon fast zwei Wochen vergangen, seitdem wir via Brief die Nachricht von der Valentina bekommen haben.«

»Welcher Valentina?«

»Das war die neue Frau vom Sebastian. Haben auch ein kleines Kind gehabt, den Juan. Der muss jetzt etwa ein Jahr alt sein.«

Neue Frau? Kind? Davon hatte Kogler keine Ahnung gehabt. Niemand hatte ihm etwas gesagt. Weder die Staatsanwältin noch der Sebastian. Nun gut, der hatte sich ja auch nicht mehr bei ihm gemeldet. Seit der schiefgegangenen Geldübergabe vor rund drei Jahren.

»Was ist denn da passiert, um Gottes willen? Ein Überfall? Raub?«

Der Benjamin Hartner fuhr sich über seinen Kinnbart. »Ich hab dann Kontakt mit dieser Valentina aufgenommen. War gar nicht so leicht, die spricht nämlich kaum Englisch, noch viel schlechter als ich, und das will was heißen. Die hat mir erzählt, dass es dem Sebastian finanziell sehr schlecht gegangen ist. Hat sich wohl übernommen mit den zwei Millionen damals.«

Kogler erschrak. »Er hat ihr davon erzählt?«

»Nur, dass ein Geschäft in Europa schiefgelaufen wär. Von der Sache mit der Romana hat sie nix gewusst. Auf alle Fälle hat er danach wohl kein Kapital mehr gehabt. Hat sich dann Geld von einem Drogenkartell ausgeborgt, falsch investiert, sich nach und nach immer tiefer reingeritten und das Darlehen am Ende nicht mehr zurückzahlen können. Dafür haben sie ihn dann umgebracht, und die Valentina lebt jetzt mit dem Juan im Armenviertel.«

Kogler ging Richtung Ausgang. Er musste an die frische Luft. »Danke für die Information«, sagte er im Gehen.

»Du bleibst, Karl!«

Kogler ballte die Fäuste. Hatte er gerade richtig gehört? Er fuhr herum. »Sag mal, geht's noch? Du kannst mich vielleicht erpressen, aber wann ich wohin geh, das bestimm immer noch ich!«, fuhr er den ehemaligen Schwager seines Trauzeugen an.

Der Benjamin Hartner nahm einen Schluck aus seinem Glas. Er griff sich einen der fünf Geldscheine und steckte ihn ein. »Den Rest kannst wieder mitnehmen, wenn du ein bisschen hierbleibst.«

Kogler runzelte die Stirn. »Ja genau, und das nächste Mal verlangst dann das Doppelte. Ich bin doch kein Depp!«

»Ich mein's ernst. Ich hab dir in erster Linie geschrieben, weil ich mit jemandem über die ganze Sache reden wollt. Du weißt schon ...« Er leerte sein Glas in einem Zug. »Und sag mir jetzt bitte nicht, dass dich das nicht auch von Zeit zu Zeit einholt.«

Kogler antwortete nicht, stattdessen dachte er an die vierhundert Euro. Sein Kontostand konnte diese Geldrückfuhr sicherlich gut gebrauchen, keine Frage. Aber konnte er dem Benjamin trauen? Er überlegte kurz. Gut, bis jetzt hatte der die Zahlungsraten nie geändert. Fünfhundert Euro. Einmal im Monat. Außerdem hatte Kogler großen Durst. Er spürte, wie seine Kehle immer stärker austrocknete.

»Na gut, von mir aus. Aber nur dieses eine Mal, wegen dem Sebastian.« Kogler bekreuzigte sich, obwohl er eigentlich gar nicht gläubig war.

»Und gib mir einen Kaffee mit Süßstoff und ein Cola Zero.« Kogler nahm das Geld und steckte es ein. Dann setzte er sich auf einen der Barhocker.

»Die Kaffeemaschine ist kaputt.«

»Dann halt nur ein Cola Zero«

»So was hab ich nicht.«

»Dann halt ein Cola Light.«

»Eine normale Schankcola kannst haben.«

»Von mir aus, aber dann gleich eine große.«

Der Benjamin Hartner erhob sich mühsam von seinem Hocker und ging zum Schankomat. Er schwankte. Hatte offensichtlich den ganzen Tag getrunken.

Als er mit dem Getränk zurückkam, zündete Kogler sich eine Zigarette an. Ein munteres Bargespräch mit seinem Erpresser. Worauf hatte er sich da nur eingelassen?

Der Benjamin Hartner holte einen halb ausgerauchten Joint unter der Theke hervor und griff nach seinem Feuerzeug.

»Findest nicht, dass du schon genug hast? Ich mein, mir kann's ja egal sein, aber du schaust aus wie der Tod.«

»Den Wodka und das Gras brauch ich zum Runterkommen«, ließ der Benjamin Hartner ihn wissen. Er zündete sich den Joint an und wedelte damit vor Koglers Gesicht herum. »Wirst mich doch nicht bei der Polizei verraten, oder?«

Kogler zuckte mit den Schultern. »Hab sicher nix Besseres zu tun.« Er nahm die neue Packung Schmerztabletten, die er in der Apotheke geholt hatte, aus seiner Tasche. Sein Arm begann wieder, stärker wehzutun.

»Auch nicht grad für kleine Kinder«, kommentierte der Benjamin Hartner.

»Nicht, dass es dich was angeht, aber ich bin angeschossen worden.«

»Hast aber auch kein Glück in letzter Zeit.«

Kogler schluckte eine Tablette mit reichlich Cola hinunter. »Also, worüber genau willst jetzt mit mir reden?«, fragte er.

»Auch einen Zug?«

»Ich rauch kein Gras.«

»Verstehe. Hab nur gedacht, weil die Yvonne früher öfter bei mir gekauft hat. Und du bist ja jetzt auch in Pension.«

»Lass meine Tochter da raus! Abgesehn davon ist die erwachsen, die kann rauchen, was sie will.«

»Hört, hört, ein liberaler Ex-Polizist.« Der Benjamin Hartner nahm einen weiteren kräftigen Zug von seinem Wodka. Er hustete und fuhr fort: »Aber lassen wir das. Also, verfolgt dich der Mord am Strasser etwa nicht?«

»Nein, der war ein mieser Entführer und Vergewaltiger. Und wenn wir nicht rechtzeitig gekommen wären, hätt er deine Nichte damals auch noch um die Ecke gebracht.« Kogler dämpfte seine Zigarette aus und bemühte sich, ruhig zu bleiben. Denn das war eine Lüge gewesen. Seit fast drei Jahren verfolgte ihn der Anblick des toten Gregor Strasser. Tag für Tag und Nacht für Nacht. Wie er dalag in der riesigen Blutlache, vollgepumpt mit Pistolenkugeln, die Augen weit aufgerissen.

»Ja, der war ein dreckiges Schwein, aber hat er diesen Tod verdient? Ich weiß es nicht. Ich mein, was sagen denn die Gesetze dazu? Da kennst dich ja aus, und soweit ich weiß, steht da nix über Selbstjustiz.«

»Ich hab ihn ja auch nicht umgebracht. Also, was willst jetzt von mir?«

»Über die damalige Nacht reden. Und wenn du ehrlich bist, möchtest du das auch, das seh ich doch. Und mit meiner Schwester hast das sicher nicht machen können. Die ist eiskalt. Die hat kein Gewissen und schon gar keine Gefühle. Der Tod vom Sebastian ist ihr sicherlich am Allerwertesten vorbeigegangen.« Der Benjamin Hartner schaute ihn mit glasigen Augen an. »Das Ganze hätt damals so nicht passieren dürfen. Niemals! Und das weißt ganz genau, Karl.«

Kogler bevorzugte es, dazu nichts zu sagen. Aber der Benjamin hatte schon recht: Die ganze Sache war komplett aus dem Ruder gelaufen. Das Wort »Eskalation« hatte eine gänzlich neue Bedeutung gewonnen.

Alles hatte damit angefangen, dass ihn der Sebastian Pokorny, sein alter Freund und Trauzeuge, vor drei Jahren aus Südamerika angerufen hatte. Dort hatte er seit seiner Scheidung von der leitenden Staatsanwältin gelebt. Es war später Abend gewesen, Kogler hatte dienstfrei gehabt und gerade ferngesehen. Der Sebastian war außer sich gewesen. Seine Ex-Frau hatte ihn vor zwei Tagen angerufen und ihm erzählt, dass ihre gemeinsame Tochter entführt worden war: die Romana, damals gerade mal 18 Jahre alt. Der Verbrecher hatte sich mit verzerrter Stimme auf dem Privathandy der Staatsanwältin gemeldet. Zwei Millionen Euro wollte er haben. In bar. Ansonsten würde er sie töten. Der Sebastian wäre ja sofort ins nächste Flugzeug gesprungen und gekommen, hatte er Kogler mit weinerlicher Stimme versichert, aber er lag nach einer Hüftoperation komplett eingegipst in einem Privatkrankenhaus in Bogotá. Vom Krankenbett aus hatte er Himmel und Hölle in Bewegung gesetzt, um das Bargeld aufzutreiben, und das war unglaublich schwierig gewesen, sogar für einen äußerst wohlhabenden Mann wie ihn. Auf alle Fälle sollte Kogler Romanas Mutter und ihren Onkel treffen und mit den beiden die Lösegeldübergabe durchführen. Der Sebastian wollte nicht, dass sich seine Ex-Frau in Gefahr begab, und dem Benjamin traute er nicht, dem hätte er nicht einmal 10.000 Euro in die Hand gegeben, meinte er. Und bei der Übergabe musste alles glatt über die Bühne laufen. Kogler versuchte daraufhin, seinen Freund dazu zu überreden, die Polizei zu informieren, doch das war ein sinnloses Unterfangen. Der Sebastian wurde komplett hysterisch, schrie ihn zuerst an, um ihn danach anzuflehen, ihnen zu helfen. Er erinnerte Kogler daran, wie er ihm und der Hanna nach der Geburt ihrer Tochter geholfen hatte, einen Spezialisten aufzutreiben, der die Yvonne als Baby am offenen Herzen operiert hatte. Und so hatte Kogler schließlich widerwillig zugestimmt, das Lösegeld zu überbringen, und versprach seinem Trauzeugen hoch und heilig, keine Polizei einzuschalten, egal, was auch passieren würde.

»Warum hast nicht die Polizei kontaktiert, als der Sebastian dich angerufen hat? Ich versteh das noch immer nicht.« Der Benjamin Hartner schüttelte müde seinen Kopf.

»Ich hab doch versucht, ihn dazu zu überreden. Was willst von mir? Dein Ex-Schwager wollte das halt partout nicht, es ging ja auch immerhin um das Leben seiner Tochter.«

»Du warst Polizist. Du hättest wissen müssen, wie das ausgehn kann.«

»Einen Dreck hab ich gewusst! Es war eine ganz klare Aufgabe. Wir übergeben das Lösegeld. Fertig. Nicht mehr und nicht weniger.«

»Nicht mehr und nicht weniger. Du hast vielleicht Nerven.« Der Benjamin Hartner lachte gequält auf. »Nicht mehr und nicht weniger. Ja klar, hat ja auch wirklich super funktioniert.«

Kogler griff nach der Wodkaflasche und deutete seinem Gegenüber, ihm ein Glas zu geben. Die Erinnerungen begannen, ihm zuzusetzen. Wie kurze Ausschnitte eines Films ploppten sie in seinem Kopf auf. Kogler schenkte sein Glas voll und nahm einen Schluck. Der Wodka bahnte sich brennend seinen Weg durch Koglers Kehle.

Er war mit seinem Auto nach Krumpendorf gefahren und hatte sich im geschlossenen Café Benny mit der Gisela Pokorny und dem Benjamin getroffen. Eine gute Stunde lang hatten sie angespannt auf den angekündigten Anruf des Entführers gewartet. Dann läutete das private Handy der Staatsanwältin. Unterdrückte Nummer. Sie stellte das Gespräch auf laut.

»Haben Sie das Geld?«, meldete sich die metallene flüsternde

Stimme des Entführers. Er benutzte eindeutig einen elektronischen Sprachverzerrer.

»Ja, alles in Hundertern, wie Sie's wollten.«

Der Benjamin musste husten.

»Wer ist da bei Ihnen?«

»Neben mir sitzen mein Bruder und ein alter Freund meines Mannes. Die beiden werden Ihnen das Lösegeld überbringen.«

»Warum machen Sie das nicht?«

»Mein Mann will es so.«

»Und warum macht er die Übergabe nicht selbst?«

»Er liegt in Südamerika im Krankenhaus.«

»Südamerika? Im Krankenhaus? Aha, nun gut, ist ja auch komplett egal. Dann geben Sie mir die Telefonnummer von Ihrem Bruder.«

Die Staatsanwältin sagte die Nummer vom Benjamin durch.

»Sagen Sie den beiden, sie sollen in genau einer Stunde an der Hohen Gloriette sein, dann meld ich mich. Und sagen Sie ihnen auch, dass wir sie ganz genau beobachten. Falls sie wer begleitet oder uns auch nur irgendwas Verdächtiges auffällt, die kleinste Kleinigkeit, ist Ihre Tochter tot.«

»Lassen Sie mich noch mal mit der Romana reden«, sagte die Gisela Pokorny mit heiserer Stimme. »Ich will wissen, dass es ihr gut geht.«

Es knackste und knisterte in der Leitung. Eine Minute Stille. Dann meldete sich eine verweinte Frauenstimme: »Mama! Bitte, hol mich hier raus. Er ist ein Monster!«

»Keine Sorge, Schatz! Es ist alles bald vorbei!«

Wieder knackste es, anscheinend schaltete der Entführer wieder den Stimmverzerrer an.

»Wenn Sie meiner Tochter was antun, bring ich Sie um!«, schrie die Staatsanwältin in das Handy. »Das schwör ich Ihnen!«

»Halten Sie sich an meine Anweisungen. Noch lebt Ihre Tochter.«

Ein weiterer kurzer Knackser. Die Verbindung war beendet. Die Gisela Pokorny vergrub ihr Gesicht in den Händen und begann zu schluchzen. »Dieses elendige Schwein!«, flüsterte sie mit bebender Stimme.

Der Benjamin Hartner knallte sein leeres Wodkaglas auf den Tresen und riss Kogler damit aus seinen Gedanken. »Dass ich dich erpress, Karl, ist übrigens nichts Persönliches. Das Ganze geht in erster Linie gegen meine Schwester, aber du weißt ja, wie es so schön heißt: mitgehangen, mitgefangen. Hinzu kommt noch, dass es genauso deine Schuld war, dass alles so ausgegangen ist, und damit bist indirekt auch für den Tod vom Sebastian verantwortlich.«

»Meine Schuld?«, japste Kogler. »Willst mich verarschen?«

»Ja, deine! Du hast viele falsche Entscheidungen getroffen, Karl, von Anfang an. Dein erster Fehler war's, nicht sofort die Polizei einzuschalten, als der Sebastian dich angerufen hat. Und dein zweiter, deine Kollegen dann nicht wenigstens vor der Lösegeldübergabe an Bord zu holen. Wie oft hab ich euch nach dem Anruf gesagt, dass wir das tun müssen? Wie oft? Angefleht hab ich euch. Und was war? Ignoriert habt ihr mich und gesagt, ich soll den Mund halten.«

»Weil du hysterisch warst. Deswegen.«

»Hysterisch? Ja sicher! Der einzige Vernünftige war ich, der einzige. Wenn ihr auf mich gehört hättet, hätt die Polizei den Entführer bei der Übergabe geschnappt. Die Romana wär befreit worden, und fertig.«

»Wir haben aber gedacht, dass er Komplizen gehabt hat. Erinnerst dich nicht? Er hat gesagt: ›Und sagen Sie ihnen, dass wir sie ganz genau beobachten.‹ Wir! Mehrzahl also!«

»Doch, ich erinner mich genau. Und das war erstunken und erlogen, wie wir ja inzwischen nur allzu gut wissen.«

»Nachher ist man immer schlauer.«

»Was heißt nachher? Ich hab euch schon damals hier im Café versucht klarzumachen, dass der allein sein muss. Die Romana hat ja gesagt: ›Er ist ein Monster!‹ und nicht ›Sie sind Monster!‹«

»Das hätt gar nix bedeuten müssen.« Kogler zündete sich eine neue Zigarette an. Seine Finger zitterten leicht. Er kämpfte mit sich. Natürlich. Denn insgeheim musste Kogler zugeben, dass der Benjamin auch in diesem Punkt recht hatte. Man hätte die Worte der Romana als Indiz für einen Einzeltäter werten können. Ganz sicher hatten sie aber nicht sein können. Nicht im Geringsten. Außerdem hatten sie sich nun mal dazu entschieden, die Übergabe durchzuziehen. Punkt. Und er hatte seinem Trauzeugen versprochen, niemand anderen einzubeziehen. Und überhaupt: Was glaubte der Benjamin eigentlich? Ihm Vorwürfe machen zu können? Er, der kleine Gelegenheitsganove und Erpresser!

Kogler war also zusammen mit dem Benjamin in seinem Auto nach Pörtschach gefahren. Zuvor hatte er noch den Koffer mit dem Lösegeld kontrolliert. Die Summe hatte gestimmt, bis auf den letzten Cent. Der Sebastian hatte wirklich ganze Arbeit geleistet. Als sie in Pörtschach angekommen waren, hatten sie das Auto nördlich der Bundesstraße abgestellt und waren über den Schotterweg die Stiegen zur Hohen Gloriette hinaufgegangen. Der kleine weiße Pavillon war einer der beliebtesten Aussichtspunkte in der Umgebung, kein Wunder, offenbarte sich der Wörthersee hier doch zu jeder Jahres- und Tageszeit stets in seiner gesamten atemberaubenden Schönheit.

Als die beiden oben angekommen waren, ließ sich der Benjamin schnaufend auf einen großen hölzernen Liegestuhl fallen, der es Besuchern erlaubte, die Aussicht entspannt zu genießen.

Kogler leuchtete den Bruder der Staatsanwältin mit seiner Taschenlampe an.

»Kaum zu glauben, hast ja noch weniger Kondition als ich.«

»Bin halt auch nicht mehr der Jüngste.«

Der Benjamin hantierte mit seinem Feuerzeug herum. Plötzlich ertönte das bekannte Wiegenlied von Johannes Brahms, eines von drei Liedern, das man mit der eingebauten Musikanlage des Pavillons abspielen konnte.

»Sag, hast den Verstand verloren?«, fuhr ihn Kogler an.

»Ist ja nicht laut. Ich wollt nur was zur Entspannung.«

»Schalt das sofort aus, du Spinner!«

Der Benjamin drückte hektisch auf verschiedenen Knöpfen herum, um dann schulterzuckend zu melden: »Muss wohl erst fertigspielen.« Kogler schüttelte den Kopf. Wie konnte man sich nur so dämlich anstellen?

Als die Brahms-Klänge endlich ein Ende fanden, stand der Benjamin auf und stellte sich neben Kogler. Er beugte sich zu ihm und raunte ihm ins Ohr: »Du hast aber schon deine Dienstwaffe dabei, oder? Ich mein, nur zur Sicherheit, weißt schon.«

Kogler flüsterte: »Ja, hab ich. Aber sei jetzt um Gottes willen still. Was, wenn uns jemand ganz aus der Nähe beobachtet?«

»Hab's ja ganz leise gesagt«, rechtfertigte sich der Benjamin.

In dem Moment piepste dessen Handy. »Ein SMS«, sagte er. Er öffnete sie und las vor: »Gehen Sie zur Burgruine Leonstein.«

»Na bravo«, fluchte Kogler. Er hob den Koffer mit dem Lösegeld hoch. Was sollte das werden? Eine gottverdammte Schnitzeljagd?

• • •

»Deine Kollegen hätten den Gregor Strasser ganz locker hopsnehmen können, als er sich den Koffer und unsere beiden Handys geschnappt hatte, die wir nach der zweiten SMS an der gewünschten Stelle bei der Burg deponiert hatten. Nach der ersten Benachrichtigung, die wir bei der Hohen Gloriette von ihm erhalten hatten, hätten wir der Polizei ja mitteilen können, wo wir hin sind.«

»Und wenn der Strasser uns beobachtet hätt? Und gesehn hätt, dass wir wen anrufen oder eine Mitteilung tippen?«

»Wie denn?«

»Keine Ahnung. Nachtsichtgerät? Fernglas? Außerdem noch mal: Wir haben nicht gewusst, dass der allein war.«

Der Benjamin Hartner rieb sich seine Schläfen. »In Ordnung«, sagte er dann mit schwerer Stimme. »Von mir aus. Vergessen wir diese dämliche Übergabe. Nehmen wir mal an, dass wir unserem damaligen Wissensstand gemäß gehandelt haben. Aber dann, mein Lieber, dann habt ihr's so richtig verschissen, du und die Gisela.«

Kogler leerte den Rest seines Wodkas und goss sich nach. Hatten sie das? Ja, so konnte man das durchaus sehen. Im Nachhinein betrachtet, hatten sie das wohl, die Gisela Pokorny und er. Sie hatten es verschissen. Und zwar so richtig. Doppelt und dreifach.

23.

Als sie zurück im Café Benny waren, hatte der Entführer sie elendslange zwei Stunden warten lassen. Dann, gegen 3:00 Uhr in der Früh: der erlösende Anruf. Die Gisela Pokorny nahm das Gespräch entgegen.

»Sie haben Ihr Geld. Jetzt lassen Sie meine Tochter frei! Sofort!«

»Ja, mal sehn«, flüsterte die metallene Stimme. »Ich bin im Moment recht milde gestimmt, aber ein bisschen Spaß werden wir beide noch haben, Ihre Tochter und ich. Ein wenig intim werden, Sie verstehn sicherlich, was ich mein. Ich meld mich dann später wieder. Und vergessen Sie nicht: *Denkt an die Gefangenen, als wärt ihr Mitgefangene. Hebräer 13,3.*«

Die Verbindung wurde beendet. Die Staatsanwältin schmiss ihr Handy brüllend gegen die Wand.

»Nicht, Gisela!«, rief ihr Bruder. Er hob das Telefon auf. »Gott sei Dank! Funktioniert noch. Himmel, reiß dich zusammen! Das ist das Einzige, das wir noch haben.«

Die Staatsanwältin nahm ihr Handy und steckte es ein. »Dieser elendige, perverse Mistkerl! Er wird sie vergewaltigen«, winselte sie.

»*Denkt an die Gefangenen, als wärt ihr Mitgefangene. Hebräer 13,3*«, sagte Kogler. »Ich kenn das Zitat.«

»Ja, aus der Bibel halt«, sagte der Benjamin.

»Das mein ich nicht. Ich hab das schon mal gehört. Vor rund zwei Jahren. Mehrmals. Bei einem Verhör auf der Dienststelle, als ich so einem kleinen Gelegenheitseinbrecher mit Gefängnis gedroht hab. Der hat genau dieses Zitat benutzt.«

»Bist dir da sicher?«

»Wer? Wer war das?«, zischte die Gisela Pokorny.

»Strass ... oder Strasser ... So irgendwie. Wir haben damals auch sein Haus durchsucht. Das liegt komplett abgelegen, bei Göriach, ungefähr einen halben Kilometer hinter der Kapelle.«

»Los! Ruf die Polizei an!«, sagte der Benjamin zu seiner Schwester.«

Die war inzwischen aufgesprungen. »Haben Sie Ihre Dienstwaffe dabei, Herr Kogler?«, fragte sie.

»Ja, warum?«

»Sehr gut, ich hab meine private Pistole auch dabei. Kommen Sie! Du auch, Benjamin! Wir machen das allein. Keine Polizei! Nichts, was die Romana gefährden könnte.«

»Aber, Frau Pokorny, Ihr Bruder hat recht. Wir müssen jetzt ...«

»Es zählt jetzt jede Sekunde! Was glauben Sie denn? Dass der sie am Leben lässt, nachdem er sie vergewaltigt hat? Die sieht dabei doch sicher sein Gesicht oder zumindest körperliche Merkmale. Los jetzt!«

»Aber, Frau Staatsanwältin, das geht so nicht.«

»Herr Kogler, Sie kommen jetzt mit! Ich sag Ihnen das als ranghöchste Staatsanwältin von Kärnten!«

»Sie können mir aber nicht ...«

Die Gisela Pokorny rannte Richtung Tür. »Wir nehmen mein Auto«, rief sie.

Kogler war komplett überrumpelt. Er blickte den Benjamin

an. Der zuckte mit den Schultern. »Ich hab kein Festnetz hier«, sagte er, »und unsere Handys hat der Entführer.«

»Rasch jetzt! Sonst fahr ich allein!«, schrie die Gisela Pokorny von draußen. Sie hatte den Motor gestartet.

»Scheiße!«, fluchte Kogler. Er schubste den Benjamin Richtung Tür. »Schnell! Ins Auto!«, sagte er. »Wir müssen ihr das ausreden!«

• • •

Der Benjamin Hartner beugte sich über die Theke zu Kogler hinüber. »Du hast gesagt, dass du's ihr ausreden wirst. Hast aber nicht.«

»Wie denn? Sie hat ja nicht auf mich gehört. Die war wie von Sinnen. Hat mich sogar gebissen, als ich ihr im Auto das Handy aus der Tasche ziehn wollte. Bei der Aktion wären wir auch noch fast im Straßengraben gelandet. Die ist ja auch mit einem Höllentempo gefahren, lebensgefährlich war das. Himmel, ich hab doch wirklich alles getan! Hab auf sie eingeredet, sie angeschrien, sogar ins Lenkrad hab ich ihr gegriffen. Aber die ist einfach wie eine Verrückte weitergefahren.«

»Wir hätten sie einfach allein nach Göriach fahren lassen, irgendwo ein Telefon suchen und die Polizei informieren sollen. Die wären von Velden aus sicher vor ihr da gewesen. Alles deine Schuld! Ein weiterer verhängnisvoller Fehler!«

»Schon möglich!« Kogler schluckte. Es war einfach alles zu schnell gegangen. Er war sich sicher gewesen, mit der Gisela Pokorny im Auto normal reden zu können.

»Und dann? Als sie hundert Meter vorm Haus stehn geblieben ist? Warum haben wir sie da nicht überwältigt?«

»Vielleicht weil sie mit ihrer gottverdammten Pistole herumgefuchtelt hat?«

»Hättest sie halt entwaffnen müssen! Sag, was lernt ihr eigentlich in eurer Ausbildung?«

»Sicher nicht, wie man bewaffnete Staatsanwältinnen anspringt, die komplett neben sich stehn.«

»Du hast eine Waffe gehabt.«

»Ja und? Was hätt ich damit denn bitte machen sollen? Sie bedrohn? Sie erschießen? Während wir vorm Haus vom Strasser gestanden sind und aus dem Keller die Schreie von der Romana gehört haben?«

Wie in Zeitlupe lief die Aktion noch einmal vor Koglers innerem Auge ab. Es war alles sehr schnell gegangen. Die Schreie waren plötzlich verstummt. Sie waren zum Haus gerannt. Er hatte die Tür eingetreten und sich mit seinem gesamten Gewicht gegen das alte morsche Holz geworfen. Dann stürmten die Gisela Pokorny und er mit gezogenen Pistolen in das Haus. Aus dem Keller kam der Strasser herauf, nackt, nur mit einem Bademantel bekleidet. Auf dem großen Esstisch lagen die Handys vom Benjamin und ihm, daneben ein Bündel Geld. Der Strasser griff unter seinen Mantel. Kogler stürzte sich auf ihn, schlug den Entführer mit dem Knauf seiner Waffe nieder und riss ihm den Bademantel auf. Doch da war nichts: keine Waffe. Kogler stand auf und richtete seine Pistole auf ihn. »Keine Bewegung! Hinlegen!«, schrie er. In diesem Moment erschien die Staatsanwältin neben ihm. Auch sie hielt ihre Waffe auf den Strasser gerichtet. »Du elendiges Dreckschwein! Niemand vergeht sich an meiner Tochter!«, schrie sie ihn an. Dann drückte sie ab. Die Kugel traf ihn in den Bauch. Er starrte die beiden ungläubig an.

»Hören Sie auf! Wir haben ihn ja!«, schrie Kogler die Staatsanwältin an. Er ließ seine Waffe fallen, sprang auf sie zu und versuchte, ihr die Pistole aus der Hand zu reißen.

Doch die dachte gar nicht daran, ihre Waffe abzugeben. Stattdessen wich sie Kogler geschickt aus, sodass er mit voller Wucht auf den Boden knallte. Dann schoss die Gisela Pokorny vor den entsetzten Augen Koglers ihr ganzes Magazin leer. Der Entführer sackte in sich zusammen. Blut quoll aus seinem Körper. Die Staatsanwältin ließ die Pistole fallen.

»Nein!«, stöhnte Kogler.

»Um Gottes willen! Gisela! Was hast du getan?«, schrie der Benjamin hinter ihm.

»Das Schwein hat bekommen, was es verdient hat«, bekam er zur Antwort.

»Wir müssen die Polizei rufen!«

»Halt's Maul, Benjamin! Schau lieber, dass du nicht ins Blut trittst!«

Kogler rappelte sich mühsam auf und betrachtete fassungslos die Bescherung. Die Gisela Pokorny hatte recht. Die Blutlache breitete sich rasant am Boden aus. Kogler bückte sich und hob die beiden Waffen auf. Er taumelte ein paar Schritte zurück und legte sie auf die Bauernkommode, die neben dem Kelleraufgang stand. Alles um ihn drehte sich. Die ganze Sache war komplett eskaliert. Was sollte er jetzt nur tun? Doch es blieb ihm keine Zeit für Überlegungen. Die Gisela Pokorny kam zu ihm und stieß ihm in die Seite. »Und Sie! Stehn Sie nicht so dumm in der Gegend herum! Wir müssen zur Romana in den Keller! Los!«

• • •

Der Benjamin Hartner klopfte mit seinen Fingerknöcheln auf die Theke. »Ja, das habt ihr wirklich großartig gemacht, die Befreiungsaktion, wirklich ganz toll. Der hat nicht mal eine Waffe gehabt, dieser Strasser. Das ganze beschissene Haus haben wir nach einer abgesucht. Wozu eigentlich? Wir hätten das Ganze ja schlecht wie Selbstmord ausschaun lassen können, mit sechs Kugeln im Körper.«

Kogler schlug mit der Faust auf die Theke. »Sag, was ist eigentlich los mit dir? Was hast die ganze Zeit mit diesem gottverdammten Strasser? Denk lieber mal an deine Nichte. Was der ihr angetan hat: Er hat sie entführt, im Keller angekettet und geschlagen. Eine Platzwunde hat sie am Schädel gehabt und diverse Prellungen.« Koglers Stimme versagte mehr und mehr. Denn natürlich hatte der Benjamin auch hiermit recht. Die leitende Staatsanwältin und deren übel zugerichtete Tochter hatten ihn damals für kurze Zeit alles vergessen lassen, wofür er sich als Mensch und als Polizist sein Leben lang eingesetzt hatte.

»Karl, die Gisela hat einen Unbewaffneten erschossen!«

»Der Strasser hat seine Waffe halt irgendwo versteckt, genau wie den Lösegeldkoffer«, versuchte Kogler mit kaum hörbarer Stimme zu entgegnen. Den hatten sie nämlich auch nicht gefunden, obwohl sie überall danach gesucht hatten. Auch nicht, als Kogler am nächsten Tag mit seinen Leuten beim Strasser im Haus war. Die Gisela Pokorny hatte vorab seiner Dienststelle in einem anonymen Anruf den Mord gemeldet. Das hatten sie so ausgemacht. So konnte Kogler am Tatort die Ermittlungen beeinflussen. Das wäre im Grunde aber gar nicht notwendig gewesen, denn sie waren in der Nacht mehr als nur gründlich gewesen: hatten die Mordwaffe entsorgt wie auch das Handy vom Strasser und den Stimmverzerrer. Dann den Garten, das Haus und den Keller von allen Spuren befreit, die auf die Entführung und ihr eigenes Erscheinen hätten hinweisen können. Etwaige Spuren, Finger- und Schuhabdrücke hatten sie akribisch entfernt, genau wie die 100.000 Euro vom Lösungsgeld, die der Strasser auf dem Tisch liegen hatte. Die eingetretene Haustür ließen sie einfach offen. Die Gisela Pokorny und er hatten wirklich an alles gedacht. An alles, nur an eines nicht …

»Und was soll das ganze Gerede überhaupt? Wenn du dreckiger Verräter uns nicht hereingelegt hättest, wär das alles ganz anders ausgegangen!«, fuhr Kogler den Benjamin Hartner an. Der lächelte. Seine Lider schnellten auf und ab. Er schien langsam Probleme zu haben, seine Augen offen zu halten.

»Ja!«, sagte er. »Da habt ihr schön geschaut, oder? Das hättet ihr mir nicht zugetraut. Mir, dem dummen Benjamin. Ein wahrer Geniestreich war das, meisterlich.«

Kogler biss sich auf die Lippe. Ja, er hatte die beiden perfekt ausgetrickst. Sie hatten keine Ahnung gehabt. Nicht den geringsten Verdacht. Wie hätten die Pokorny und Kogler auch wissen können, dass der Benjamin ebenfalls eine Pistole eingesteckt hatte, noch dazu das exakt gleiche Modell wie das von der Staatsanwältin, mit dem sie den Strasser erschossen hatte. Während Kogler und sie im Keller gewesen waren, hatte der Benjamin in aller Ruhe seine Waffe entleert und mit der seiner Schwester auf der Kommode vertauscht. Und so hatten sie später die falsche Mordwaffe am Grunde des Jeserzer Sees versenkt, die richtige war die ganze Zeit in einem Plastiksackerl in der Jackentasche vom Benjamin gewesen. Erst Wochen später hatte er ihnen dann ein Foto von der Mordwaffe gezeigt. Samt Seriennummer. Und seitdem erpresste er seine Schwester und ihn. Das war auch nicht schwierig, befanden sich doch auf der Pistole ihre Fingerabdrücke, und die Pistole würde man jederzeit ohne Probleme den vom LKA am Tatort sichergestellten Geschossen ballistisch zuordnen können.

»Ja, kannst stolz auf dich sein«, sagte Kogler. »Eines würd mich aber noch interessieren, wenn ich schon mit dir reden muss:

Warum hast mich eigentlich auf der Hohen Gloriette gefragt, ob ich meine Dienstwaffe dabeihab? Hast ja anscheinend eine eigene mitgehabt.«

Der Benjamin Hartner lachte. »Na freilich, hätt ich dir sagen sollen, dass ich eine nicht registrierte Pistole mithab, deren Seriennummer rausgefeilt wurde? Dir? Einem Chefinspektor? Außerdem hab ich die ja nur wegen der Gisela gehabt. Kannst dich also bei ihr bedanken, dass du heut bei mir zahlen musst.«

»Ich versteh nicht, was du meinst. Was hat deine Schwester mit deiner Waffe zu tun gehabt?«

»Woher glaubst denn, dass sie ihre Pistole hergehabt hat?«

Kogler hob seine Schultern. »Keine Ahnung, hat sie wohl in irgendeinem Waffengeschäft gekauft.«

»Ja genau, in einem Geschäft, dass ich nicht lach. Die Waffe war vom Schwarzmarkt, nicht registriert. Ich hab sie ihr besorgen müssen vor rund dreißig Jahren.«

»Vom Schwarzmarkt? Mit Seriennummer?«

Der Benjamin Hartner fuhr sich durch seine langen, fettigen Haare. »Ja, das war ihre Schuld, sie hat's damals furchtbar eilig gehabt.« Er ging zum Kühlschrank und holte sich eine Flasche Bier. Er öffnete sie mit einem Flaschenöffner und wandte sich wieder an Kogler: »Die Gisela hat mich damals aus Wien angerufen. Dort hat sie ihr Gerichtsjahr gemacht, oder wie das heißt. Hat irgendwas dahergefaselt, dass sie schnell eine Waffe braucht.«

»Warum hat sie keinen Waffenschein beantragt?«

»Woher soll ich das wissen? Hat's wohl eilig gehabt. Hat irgendwas von einem Stalker erzählt, Abschreckung, und dass sie die Waffe sofort braucht. Und, na ja, ich hab ja damals noch an der Bar im Venustempel gearbeitet. Im Puff. Und da hat der Joe, der Chef, auch ein paar illegale Dinge gedreht. Auf alle Fälle hat sie mir 30.000 Schilling geboten, für eine Pistole und Munition. War viel Geld damals.«

»Hab gar nicht gewusst, dass im Venustempel mit Waffen gehandelt worden ist.«

»Na ja, eher nebenbei. Damals hat sich so ein Jäger, ich glaub, der war sogar Innungsmeister, bei uns komplett aufgeführt: ein Mädchen geschlagen, das Zimmer zerlegt, Rechnung nicht bezahlt – das volle Programm halt. Und als der wieder nüchtern war und die ganze Sache unterm Tisch bereinigen wollte, hat der Joe ihn gezwungen, zehn Pistolen für ihn zu besorgen. Die sind dann an einen Waffenschmied in Wien gegangen, der die Seriennummern professionell rausgefeilt hat. Und dann hat der Joe sie weiterverkauft.«

»Daher waren also die beiden Waffen.«

»Genau. Hab dem Joe zwei abnehmen müssen, eine allein hätt er nicht abgegeben. Hab für beide zusammen mit Munition 20.000 Schilling bezahlt. Bei meiner hat er die Nummer eine Woche später rausfeilen lassen. Aber da die Gisela ja nicht warten wollt, hab ich ihr ihre so gegeben, zusammen mit der Adresse von dem Waffenschmied in Wien, der das für sie gemacht hätt.«

»Hat sie wohl nicht getan.«

»Nein, offensichtlich nicht. Aber das passt schon, so konnte ich euch wenigstens beweisen, dass ich die echte Mordwaffe hab: Seriennummer 666 irgendwas. Die hat sie sich gemerkt, die Gisela. Dreimal die Sechs, die Zahl des Teufels, hab ich damals schon gescherzt, als ich sie ihr gegeben hab.« Der Benjamin Hartner streckte seinen Zeige- und Ringfinger aus und hielt sie sich über den Kopf.

»Und die hast noch immer bei dir im Tresor gelagert?« Kogler deutete in den Hinterraum, wo sich das riesige Monstrum von einem Sicherheitsschrank nach wie vor befand.

»Im Tresor?« Der Benjamin Hartner grinste breit. Er legte Kogler eine Hand auf die Schulter. »Ich verrat dir jetzt was, Karl. Die war dort nie, nicht eine Sekunde lang.«

»Nicht?«

»Nein, natürlich nicht. Glaubst, dass ich ein kompletter Idiot bin? Aber lass mich raten: Meine liebe Schwester hat dir gesteckt, dass sie dort wär, und dich dann angestiftet, bei mir einzubrechen und sie da rauszuholen, nicht wahr? So war sie schon immer, die Gisela. Die hat sich nie selbst die Finger schmutzig gemacht, sondern immer andere benutzt und manipuliert. Ein echter Teufel halt.« Er wiederholte die Handbewegung von vorher.

Kogler hatte es kurzfristig die Sprache verschlagen. Die Pistole war nie hier gewesen? Aber die Staatsanwältin hatte ihm doch versichert, dass es so gewesen wär.

»Wie gesagt, ich bin nicht so dumm, wie sie glaubt. Ich hab sofort gecheckt, dass sie so einen schwindligen Typen geschickt hat, der versucht hat, was herauszufinden. War wahrscheinlich ein Privatdetektiv oder so was in der Art. Der war von einem Tag auf den anderen plötzlich ständig hier, bis eine Woche, bevor du eingebrochen bist. Tja, auf alle Fälle hab ich damals einfach eine Schreckschusswaffe gekauft: ein Glock-Imitat, sieht aus der Ferne absolut echt aus. Das hab ich vor den Augen von diesem Clown auffällig im Safe deponiert.«

Kogler knirschte mit den Zähnen. Diese elendige Ratte!

Der Benjamin Hartner griff in eine Schublade und holte eine Waffe heraus, besser gesagt ein Imitat. Sah man sofort, wenn man sich damit auskannte, zumindest aus dieser Distanz.

»Und wegen diesem Stück Schrott hast dir dein Leben versaut, Karl, mehr noch als damals mit der Strasser-Sache.« Der Benjamin Hartner legte den Glock-Nachbau zurück und schloss die Lade. »Die echte ist übrigens gut aufgehoben, keine Angst. Und das bleibt sie auch.« Er klopfte Kogler auf die Schulter. »Kannst dich bei der Gisela bedanken, dass sie dich für nichts und wieder nichts in die Scheiße geritten hat.«

»Immerhin hat sie auch alles getan, damit ich nicht komplett darin versink.«

»Was meinst? Bei den Untersuchungen über deinen Einbruch? Die Gutachten? Die Beziehungen, die sie hat spielen lassen? Ich bitt dich! Das hat sie ausschließlich für sich gemacht, nicht für dich. Andere interessieren die nicht. Die ist eine Soziopathin, der Teufel in Person.«

»Jetzt red doch nicht so einen Blödsinn! Soziopathin? Teufel in Person? Ich bitt dich.«

Die Mimik vom Benjamin Hartner veränderte sich plötzlich. In seinen Augen funkelte es bedrohlich. Seine Gesichtszüge verhärteten sich.

»Du kennst sie nicht, Karl, niemand kennt sie. Nicht mal unser Vater hat sie richtig gekannt.«

»Aha, aber du schon.«

»Ja, leider. Ich wünscht, es wär anders, das kannst mir glauben.« Der Benjamin Hartner blickte starr an Kogler vorbei.

»Blödsinn.«

»Nein, das ist kein Blödsinn. Schau mich an, Karl. Was siehst?«

»Einen kleinen betrunkenen und bekifften Erpresser?«

»Ja, ›klein‹ geht schon mal in die richtige Richtung. Ich war eine Frühgeburt, kam fast drei Monate eher als geplant, klein und schmächtig also. Und schwach, so wie heut auch noch. Ich mein, schau mich an.«

Kogler schüttelte den Kopf. Was sollte das jetzt werden? Er trank sein Cola aus. Es war an der Zeit zu gehen. Eindeutig.

»Aber das allein war's nicht. Ich hatte als Kind große Schwierigkeiten. Bettnässer war ich. Eingekotet hab ich mich ...«

»Benjamin, bitte ...«

»Nein, du hörst mir jetzt zu! Legastheniker war ich auch. Schreiben und Lesen fallen mir noch heut unglaublich schwer. Und dann hab ich ADS, das Aufmerksamkeitsdefizitsyndrom, das war damals noch keinem ein Begriff: null Konzentration, ständiges Wegträumen, Verhaltensauffälligkeiten und damit natürlich ständig Ärger in der Schule. Der Papa hat seit dem Tod der Mama getrunken, und wenn er sich über etwas geärgert hat, dann ist er gewalttätig geworden. Dreimal darfst raten, über wen er sich am meisten geärgert hat – immer und immer wieder.«

»Benjamin, das tut mir sehr leid, aber ...«

»Und meine liebe Schwester? Die hat mich gequält. Geschlagen hat sie mich mit nassen Handtüchern, damit man's nicht sieht. Hat Dinge erfunden, damit der Vater mich verprügelt. Meine eigene Scheiße hat sie mich essen lassen.«

Kogler wusste nicht, was er sagen sollte. Meinte der Benjamin das alles ernst?

»Der einzige Freund, den ich damals gehabt hab, war der Hannibal, unser Kater. Den hab ich über alles geliebt, aber die Gisela hat ihn gehasst. Die hasst sowieso alle Tiere. Hat den Hannibal ständig getreten und ihm sein Futter weggenommen.«

Kogler schluckte. Nein, er konnte das alles nicht glauben. Er wollte es auch nicht.

»Einmal hat sie so fest zugetreten, dass er sich die Pfote gebrochen hat. Und als ich sie dabei erwischt hab, wie sie dem Vater Geld aus der Brieftasche gestohlen hat, hat sie mir gedroht, dass sie ihn umbringt, den Hannibal.« Der Benjamin Hartner schaute zu Boden. »Aber als der Vater das fehlende Geld bemerkt hat, hab ich mich nicht getraut, die Schuld auf mich zu nehmen. Hab

Angst gehabt, dass er mich totschlagen würde. Und so hab ich die Wahrheit gesagt, nur hat das auch nichts geholfen. Die Gisela hat ihn davon überzeugt, dass ich's war.«

Kogler saß da wie gelähmt. Nein, befahl er sich. Ich hab kein Mitleid mit ihm. Er lügt. Er ist ein mieser kleiner Lügner und Erpresser.

»Eine Woche später war der Hannibal tot. Vergiftet, genau wie die Nachbarskatzen. Und die Gisela hat mir zugeflüstert, dass ich ihr keine andere Wahl gelassen hätt.«

»Ich kann das nicht glauben! Ich kenn sie doch!«

Der Benjamin Hartner hielt Kogler seine Hand vors Gesicht. Er hob seine Stimme. »Fällt dir was an meinem kleinen Finger auf? Fällt dir was auf, Karl?«

Kogler nickte. Natürlich. Da fehlte das letzte Glied. Er hatte sich immer schon gefragt, wie das passiert war.

»Da war ich drei, die Gisela neun. Sie hat's witzig gefunden, mir ein Stück von meinem Finger abzuschneiden. Dann hat sie behauptet, ich hätt mit der Gartenschere im Schuppen gespielt. So nebenbei hat sie mich wissen lassen, dass sie mir noch ganz andere Dinge abschneidet, wenn ich was verrat. Na ja, und rat mal, was ich getan hab? Drei Jahre alt, voller Angst vor meiner großen bösartigen Schwester.«

Kogler antwortete nicht. Ob wahr oder erfunden, er wollte einfach nur noch gehen. »Ich muss dann nach Haus, der Blacky wartet schon«, sagte er, stand auf und ging zum Ausgang.

»Sie ist eine Soziopathin!«, rief ihm der Benjamin Hartner hinterher. »Die hat keine menschlichen Gefühle. Das ist alles Schauspielerei. Acht mal drauf, wenn du das nächste Mal mit ihr redest.«

Kogler drehte sich noch einmal um. »Warum hast uns dann damals bei der Lösegeldsache überhaupt geholfen?«

»Warum wohl? Glaubst, dass ich ein herzloses Monster bin, nur weil ich mich an meiner Schwester räch und dich für deine ganzen Fehler damals ein bisschen zahlen lass? Immerhin ging es um meine Nichte. Und ich konnte den Sebastian gut leiden, der hat mich darum gebeten.« Der Benjamin Hartner deutete Kogler zu gehen. »So, danke fürs Zuhören. Geh jetzt zu deinem Blacky! Tiere sind ja sowieso die besseren Menschen.«

24.

Das Gulasch, das Kogler gestern spätabends noch zubereitet hatte, schmeckte überraschend gut. Wenn er es mittags für seine Familie aufwärmen würde, sicherlich noch einmal um eine Klasse besser. Kogler klopfte sich in Gedanken auf die Schulter. Gut gemacht, lobte er sich selbst, wird vielleicht doch noch ein halbwegs brauchbarer Koch aus dir, Karl. Er legte den Deckel auf den Kochtopf und gähnte. Er hatte wieder einmal furchtbar schlecht geschlafen. Die ganze Nacht hatten ihn verschiedenste Gedanken gequält. Gestern war ja auch einiges los gewesen, viel zu viel Aufregung für einen Tag. Zuerst der Steinwurf, dann die Sache mit dem Uwe und das Männergespräch mit seinem Schwiegersohn, dagegen war das Essen mit dem Greidl schon fast Entspannung pur gewesen. Aber was Kogler den meisten Schlaf geraubt hatte, waren der Tod von seinem Trauzeugen, die Strasser-Tragödie und die Kindheitserzählungen vom Benjamin. Stundenlang hatte er hin und her überlegt, ob an Letzteren etwas dran sein konnte. Ohne Ergebnis, denn wenn er sich selbst gegenüber ehrlich war, kannte er die Staatsanwältin Pokorny kaum. Und sie hatte durchaus eine distanzierte, fast düstere Seite. Das hatte auch der Sebastian vor langer Zeit, als er noch in Kärnten gelebt hatte und mit der Gisela Pokorny verheiratet gewesen war, immer wieder durchblicken lassen.

Es läutete an der Tür. Das musste die Mahringer sein. Kogler ging zur Tür und öffnete sie. Da stand sie auch und strahlte ihn an. Die Journalistin schien bestens gelaunt zu sein. »Schön haben Sie's hier«, sagte sie. »Wirklich, ein traumhaft schönes Haus. Und der Garten erst, beneidenswert.«

»Danke!«, erwiderte Kogler und bat die Susanne Mahringer hinein. Kaum, dass sie den großen Wohnraum betreten hatten, schoss der Blacky herbei und tänzelte aufgeregt um den Besuch herum.

»Normalerweise ist er bei Fremden zurückhaltender«, kommentierte Kogler den wilden Empfang. Die Susanne Mahringer ging in die Knie und streichelte den Blacky am Kopf. Der dankte es mit einem deutlich hörbaren Schnurren. Kogler wunderte sich. »Und streicheln lässt er sich schon gar nicht so schnell. Er scheint Sie zu mögen«, fügte er hinzu.

»Ich mag Katzen sehr«, erklärte ihm die Susanne Mahringer, als sie sich wieder erhoben hatte. »Vielleicht spürt er das.«

»Schon möglich. Wollen Sie ihm ein Leckerli geben?«

»Ja gern.«

Kogler ging in die Küche und holte eine Handvoll Knuspertaschen. Ente und Huhn. Die hatte der Blacky gerne.

Während die Journalistin den Kater aus ihrer Hand fütterte, zog Kogler seine Jacke und Schuhe an.

»Was ist denn mit Ihrem Verandafenster passiert?«, fragte ihn die Susanne Mahringer, als sie zu ihm in den Vorraum kam.

»Ähm, ja, das hab ich aus Versehen beim Staubsaugen zerschlagen.«

»Beim Staubsaugen? Im Ernst?«

»Ja, mit dem Ellbogen. Dumme Geschichte.« Kogler verfluchte insgeheim seinen Schwiegersohn. Hätte sich der Gerhard keine bessere Ausrede für ihn einfallen lassen können? Na ja, ein Arzt halt, die waren nicht gerade bekannt für ihre grenzenlose Fantasie und Kreativität.

Die Susanne Mahringer blickte auf ihre silberne Armbanduhr. »Wir brauchen uns nicht zu beeilen. Wir liegen gut in der Zeit.«

Kogler nickte. »In Ordnung«, sagte er. Er griff sich seinen Schlüsselbund, »dann schaun wir mal, was der Greidl auf der Pressekonferenz für einen Schwachsinn vom Stapel lässt.«

• • •

Die Susanne Mahringer und Kogler betraten das Casineum, einen der beiden Veranstaltungsräume im Veldener Casino. Kreisrund angelegt, bot der Saal bei einer Kinobestuhlung rund 300 Gästen Platz. Genau diese Sesselanordnung hatte der Wolfgang Greidl auch gewählt, und zu Koglers Überraschung hatte er damit gar nicht so falschgelegen. Der Saal war brechend voll. »Unglaublich, so viele Leute«, raunte er der Susanne Mahringer zu.

»Na ja, er hat's ja auch kräftig beworben.«

»Jaja, blauer Wolf, Enthüllung, politische Bombe. Ich weiß, ich weiß. Alles eine einzige große Seifenblase, wenn Sie mich fragen. Der Greidl will sicher nur für irgendwas in eigener Sache Werbung machen.«

»Ja, durchaus möglich, aber er hat sich da schon recht weit aus dem Fenster gelehnt. Schaun Sie! Da drüben sitzt alles, was in der Presseszene Rang und Namen hat. Und gleich mehrere Kamerateams, sogar RTL und SAT 1. Wahnsinn! Wahrscheinlich wegen dem Pastewka.«

Kogler nickte. Ja, da war wirklich einiges los. Er schaute auf die andere Seite des Saals. Das Who is Who der Kärntner Politik war auch anwesend, der Greidl schien mit seiner Ankündigung tatsächlich für Nervosität gesorgt zu haben. Und die Herrschaften, die sich ganz hinten in der Ecke zusammengefunden hatten, kannte Kogler auch: Mitarbeiter von Pressestellen der Polizei.

»Der Greidl hat gesagt, dass er uns zwei Plätze in der ersten Reihe reserviert hat«, sagte die Susanne Mahringer und steuerte auf besagte zu. Schon nach kurzer Zeit war sie fündig geworden. Direkt gegenüber dem lang gezogenen Rednerpult, auf dem drei Tischmikrofone standen, waren die Namen »Mahringer« und »Kogler« mittels zweier Zettel auf den Stuhllehnen angebracht worden. »Traumplätze!«, frohlockte die Journalistin. »So gehört sich das.«

Ein Tuscheln ging durch den Saal. Die beiden drehten sich um. Der Grund für die Unruhe war schnell gefunden: Der Wolfgang Greidl und der stumme Plautz bahnten sich ihren Weg durch die Menschenmenge. Beide trugen ein türkisblaues Sakko, dazu eine Krawatte in derselben eigentümlich schillernden Farbe. Der stumme Plautz optimierte sein Erscheinungsbild zusätzlich durch einen mächtigen Verband, der an einen Turban erinnerte. Als die beiden auf der Bühne angekommen waren, setzten sie sich nebeneinander an zwei der Mikrofone. Der Wolfgang Greidl thronte natürlich in der Mitte des Pults. Hinter ihnen war ein langer Vorhang gespannt, an dem auf beiden Seiten eine ausladende Kordel hing. Die Gäste nahmen unter lautem Sesselrücken Platz. Ein Mitarbeiter des Casinos schloss die Saaltür. Der Wolfgang Greidl pustete zweimal in das Mikrofon, bevor er zu sprechen begann.

»Ich freu mich über Ihr zahlreiches Erscheinen. Sie werden es nicht bereun, das versicher ich Ihnen, denn das, was der Herr Diplomingenieur Plautz und ich Ihnen zu sagen haben, wird eine neue Ära am Wörthersee einläuten.«

»Ja genau, als ob der stumme Plautz viel sagen wird«, ätzte Kogler leise in Richtung der Susanne Mahringer.

»Im Anschluss an die Pressekonferenz werden wir Ihre Fragen

beantworten. Ein großes Exklusiv-Interview von mir können Sie morgen im Kärntner Blatt lesen.« Der Wolfgang Greidl nickte der Susanne Mahringer zu und zeigte auf sie. »Geführt von der bezaubernden Frau Mahringer, die ich als hochkompetente und engagierte Journalistin kennenlernen durfte.«

Alle Augen im Saal richteten sich auf die Susanne Mahringer. Sie lächelte leicht gequält. »Jaja, wer sich mit dem Teufel verbündet ...«, flüsterte Kogler ihr zu. Die Journalistin warf ihm einen verärgerten Blick zu.

»Wie Sie ja sicher schon aus verschiedensten Medien erfahren haben, werte Damen und Herren, wurden der Herr Plautz und ich kürzlich Opfer eines hinterhältigen Angriffs des blauen Wolfs, der zurzeit unsere wunderschöne Region in Atem hält. Ein kaltblütiger Mörder, der vor nichts zurückschreckt.«

Aus dem Publikum schossen einige Arme hoch.

»Wie gesagt, ich versteh Ihre Neugier an diesem Überfall, bitte Sie aber, sich Ihre Fragen bis zum Ende der Pressekonferenz aufzuheben.«

Ein Murren ging durch den Saal.

»Wir haben Ihnen für heute Enthüllungen zum Thema ›blauer Wolf‹ und zu dessen möglichen Motiven versprochen. Der Herr Plautz und ich haben lang überlegt, ob wir sie mit Ihnen teilen sollen. Es war keine einfache Entscheidung, das können Sie mir glauben.«

»Wahrscheinlich«, murmelte Kogler.

»Aber schlussendlich überwog die Überzeugung, dass wir es nicht nur Ihnen und den Bürgern der Region schuldig sind, unser Wissen und unsere Vermutungen zu teilen, sondern auch dem Wörthersee-Tourismus, dem Motor unserer Wirtschaft und unseres Wohlstands, der durch diese entsetzlichen und unmenschlichen Attacken leidet.«

»Zur Sache, Herr Greidl, zur Sache!«, rief jemand aus dem Hintergrund. »Wir sind nicht für leeres Gerede gekommen.« Gelächter im Saal.

Der Wolfgang Greidl ließ sich nicht beirren. Er lächelte und wartete, bis es wieder ruhig war. Der stumme Plautz nahm einen großen Schluck aus seiner Mineralwasserflasche.

»Keine Angst, Sie kommen schon noch auf Ihre Kosten. Wir haben nicht die Intention, uns hier in irgendeiner Form in den Mittelpunkt zu stellen. Überhaupt nicht, im Gegenteil, wir sind hier, um eine neue politische Ära einzuläuten.«

»Was redet der da? Was hat das alles mit dem blauen Wolf zu tun?«, fragte die Susanne Mahringer. Kogler zuckte mit den Schultern. Er hatte keine Ahnung.

»Und deswegen starten der Herr Plautz, verdienter Gemeinderat der ÖVP in Pörtschach, und meine Wenigkeit, langjähriger Politiker sowie Gemeinderat für die FPÖ in Velden, mit einer Bekanntmachung.« Er blickte den stummen Plautz an. Der nahm noch einen Schluck von seinem Mineralwasser und nickte ihm zu. Der Wolfgang Greidl nickte zurück. Dann beugte er sich zum Mikrofon. »Hiermit treten wir beide mit sofortiger Wirkung von all unseren politischen Ämtern und Funktionen zurück. Zusätzlich legen wir unsere Parteimitgliedschaften nieder, das heißt, ab sofort sind wir parteilos.«

Das hatte gesessen. Ungläubiges Gemurmel breitete sich im gesamten Casineum aus. Besonders die Vertreter der blauen und schwarzen Partei schnatterten aufgeregt miteinander.

Die Susanne Mahringer schaute Kogler fragend an. Er zuckte ein weiteres Mal mit den Schultern. Langsam wurde das Ganze interessant.

»Schön, dass wir nun Ihre ungeteilte Aufmerksamkeit haben«, fuhr der Wolfgang Greidl fort. Er lächelte breit. »Bevor wir mit einer weiteren Kundgebung fortfahren, bitte ich jemanden zu uns an den Rednertisch, der in den letzten Tagen mehr als alle anderen – inklusive des Herrn Plautz und meiner Person – mit dem blauen Wolf zu tun bekommen hat. Meine Damen und Herren: der Held des Tränengasangriffs in Pörtschach, der Mann, der den Klaus Pechhofer durch Erste-Hilfe-Maßnahmen zu retten versucht und sich bei seiner mutigen und selbstlosen Verfolgung des Mörders eine Kugel eingefangen hat … meine Damen und Herren: der ehemalige Chefinspektor und Leiter der Polizeidienststelle Velden … unser allseits geschätzter Herr Karl Kogler!«

Ein noch lauteres Raunen als zuvor ging durch die Reihen. Kogler erhob sich auf wackeligen Beinen. Erst jetzt wurde ihm klar, worauf er sich da eingelassen hatte. Zum Idioten würde er sich machen, dem Greidl sei Dank. Während er hinter das Pult ging, rief jemand aus dem Publikum: »Einbrecherkönig!« Ein anderer grölte: »Der Schlüsseldienst ist da! Der Schlüsseldienst ist da!« Kogler atmete tief durch und setzte sich neben den Wolfgang Greidl. Er bemerkte, wie er zu schwitzen begann.

»Also, Herr Kogler, Sie haben mit Herrn Pechhofer, dem ehemaligen Chef des Tourismusverbands und allseits geschätzten Bau- und Immobilienunternehmer, gesprochen, bevor er heimtückisch vergiftet wurde. Stimmt das?«

»Ja, hab ich«, sagte Kogler. Das Publikum sah ihn fragend an.

»Das Mikro!«, zischte ihm der Wolfgang Greidl zu.

Kogler beugte sich weiter nach vorne. »Ja, hab ich«, wiederholte er.

»Einschalten sollen Sie's! Unten am Knopf!«

Kogler betätigte den Schalter und führte seinen Mund direkt vor den Kopf des Mikrofons. »Ja, hab ich!«, rief er hinein, lauter als gewollt. Eine schmerzhafte Rückkoppelung hallte durch das Casineum. Einige Leute hielten sich die Ohren zu.

»Nicht so nah, Kogler!«

Der Wolfgang Greidl zog ihn etwas zurück und bat das Publikum um Verständnis: »Tja, die Technik ist manchmal schon ein Hund.« Er grinste dämlich und fuhr fort: »Also, Herr Kogler, ich frag Sie das jetzt, damit's nicht heißt, dass ich, als ehemaliger FPÖler, was Falsches behaupt'. Was hat der geschätzte Herr Pechhofer Ihnen denn bezüglich seiner künftigen politischen Ambitionen gesagt?«

»Geschätzt? Ja genau! Sie ganz besonders!«, rief irgendjemand aus dem Lager der Sozialdemokraten.

Kogler räusperte sich. »Er hat gesagt, dass er sich bei der nächsten Gemeinderatswahl als Bürgermeisterkandidat zur Wahl stellen würde.«

Schlagartige Ruhe im Saal.

»Was noch?«

»Wie, was noch?«

»Hat er Ihnen nicht auch gesagt, dass das von seiner Partei geheim gehalten wird?«

»Ähm ja, er hat so was erwähnt.«

»Lüge!«, rief irgendein Sozialdemokrat aus dem Publikum. Allerdings nicht besonders überzeugend, es klang eher halbherzig.

»Danke, Herr Kogler, bleiben Sie doch bitte noch kurz sitzen.«

»Aber ...«, protestierte Kogler.

»Bleiben Sie noch kurz sitzen«, wiederholte der Wolfgang Greidl. Dann fuhr er mit lauter Stimme fort: »Ja, meine Damen und Herren, Sie haben richtig gehört. Dieser Coup war von den Sozialdemokraten seit Monaten geplant: Pechhofer statt Jägde, eine Rochade, wenn Sie so wollen. Und wissen Sie, warum? Ich sag's Ihnen: weil der Robert Jägde nicht mehr will. Genug hat er von den Intrigen innerhalb seiner eigenen Partei. Darum will er nicht mehr antreten. Apropos ... Wo ist er denn gerade, unser geschätzter Herr Bürgermeister? Ich seh ihn nirgends. Ist wohl wirklich schon amtsmüde.«

Verschiedenste Stimmen erhoben sich.

»Weil er was Besseres zu tun hat!«

»Frechheit!«

»Was erlauben Sie sich?!«

»Lüge! Unverschämtheit!«

»Alles erfunden!«

»Typisch FPÖ!«

»Blauer Hetzer!«

Der Wolfgang Greidl machte eine beschwichtigende Handbewegung und wartete, bis sich die Gemüter beruhigt hatten. Dann wandte er sich unter den Blitzen verschiedener Kameras wieder ans Publikum: »Sie sollten sich schämen, liebe Genossen, den Herrn Kogler und mich der Lüge zu bezichtigen. Denn das, was wir hier mit Ihnen teilen, sind Fakten, die ich aus erster Hand vom Herrn Pechhofer bekommen habe. Gott hab ihn selig!« Er bekreuzigte sich und blickte an die Decke, ganz so, als würde er den Verstorbenen dort suchen.

»Gehasst hat er Sie!«

»Aufs Blut! Der hätt Ihnen nicht mal die Uhrzeit verraten!«

Der Wolfgang Greidl ignorierte die Kommentare und fuhr einfach fort: »Übrigens hat der Herr Pechhofer auch dem Herrn Plautz davon erzählt. Oder, Herr Plautz?«

Der stumme Plautz holte aus, etwas zu sagen. Doch dann überlegte er es sich anders und nickte stattdessen mehrmals.

Das Publikum wurde immer unruhiger.

»So«, fuhr der Wolfgang Greidl fort, »jetzt noch mal zu Ihnen, Herr Kogler. Haben Sie mit dem Herrn Pechhofer an diesem Abend auch über den Franz Hubner gesprochen, den Obmann der

Villach Wolves und wenn man so will sportlichen Erzfeind des Verstorbenen?«

Kogler blickte den Wolfgang Greidl überrascht an. Was sollte das? Das war so nicht abgemacht gewesen. Und woher wusste er das? Er musste auch die Ergänzungen seines Polizeiprotokolls kennen, die er beim LKA Klagenfurt gemacht hatte.

»Also, haben Sie?«

Kogler spürte, wie das Publikum ihn mit Blicken fixierte. »Ja, hab ich. Warum? Ist das etwa von Bedeutung?«

»Ja, das ist es, Herr Kogler, fürwahr, das ist es. Hat der Pechhofer Ihnen vielleicht auch erzählt, dass die Rivalität zwischen ihm und dem Hubner all die Jahre nur gespielt war, eine medientaugliche Marketingstrategie für die Eishockeyfans? Hat er Ihnen nicht auch gestanden, dass die beiden in Wahrheit beste Freunde waren?«

Kogler blickte sich im Saal um. Es herrschte gespenstische Stille. Die Leute hingen an seinen Lippen. Er stieß einen Seufzer aus. »Ja, hat er«, sagte er dann. Wieder ging ein Raunen durch das Publikum.

»Gut, vielen Dank, Herr Kogler. Sie können sich jetzt wieder ins Publikum setzen. Oder wollen Sie hier bei uns bleiben?«

Kogler stand auf. Nein, das wollte er natürlich nicht. Während er die Bühne verließ, redete der Wolfgang Greidl munter weiter: »Ja, da schaun Sie, meine Damen und Herren. Wer hätte das gedacht? Niemand. Das haben die beiden perfekt geheim gehalten. Und soll ich Ihnen sagen, warum dies auch für uns von Bedeutung ist – heut, hier und jetzt? Ich verrat es Ihnen: Auch wir – der Klaus Pechhofer und der Wolfgang Greidl – waren in Wirklichkeit gute Freunde. Gute Freunde mit einer gemeinsamen Vision und einem mutigen Ziel! Stimmt doch, Herr Plautz, oder?«

Der stumme Plautz schaltete sein Mikrofon an. »Stimmt!«,

sagte er. Eine Sensation, dachte Kogler. Er hatte tatsächlich gesprochen.

»Ich versteh noch immer nicht, was das alles mit dem blauen Wolf zu tun hat«, sagte die Susanne Mahringer zu Kogler.

»Ich auch nicht. Ich weiß nur, dass ich dem Greidl nachher eine reinhau, wenn ich ihn erwisch.«

Der Wolfgang Greidl war inzwischen aufgestanden. Das Tischmikrofon hatte er einfach hochgehoben. »Wir beide hatten eine Vision. Wir wollten Veränderung, wir wollten weg von der starren regionalen Politik. Hin zu einer Politik für all die hart arbeitenden Leute hier bei uns am Wörthersee! Eine Politik, die auf ihre Leut und den Tourismus schaut, denn das ist wie gesagt der Motor, meine Damen und Herren, der Motor unserer Wirtschaft und unseres Wohlstands. Wir wollten gemeinsam in eine neue Zeit gehn! Klaus Pechhofer, SPÖ, und Wolfgang Greidl, FPÖ! Wir waren dabei, unseren Traum zu leben und neue Vorreiter einzubinden: Leute, die über den Tellerrand blicken. Wie den Dieter Plautz! Ehemals ÖVP! Dieter, komm steh auf!

Der stumme Plautz tat wie ihm geheißen.

»Der Herr Pechhofer wollte die Bombe kurz nach seiner offiziellen Ernennung zum Bürgermeisterkandidaten platzen lassen, um größtmögliche Aufmerksamkeit zu erhalten. Aber gut, es ist, wie's ist. Also dann, Klaus! Für dich, der du uns sicher vom Himmel aus zusiehst …« Der Wolfgang Greidl blickte wieder verklärt zur Saaldecke. »Sehr geehrte Damen und Herren! Wir sind stolz, Ihnen die neue politische Bewegung am Wörthersee vorstellen zu dürfen!«

Der stumme Plautz ging an die eine Seite des Vorhangs, der Wolfgang Greidl an die andere. Gleichzeitig zogen sie an den Kordeln. Der Vorhang fiel.

»Meine sehr geehrten Damen und Herren! Die neue politische

Kraft am Wörthersee! Von den Leuten für die Leute! Meine Damen und Herren, ich präsentiere: ULTW – die Unabhängige Liste Tourismus Wörthersee! Von jetzt an wählt die Region Türkisblau! Türkisblau wie unser wunderschöner Wörthersee!«

25.

»ULTW – Unabhängige Liste Tourismus Wörthersee? Im Ernst jetzt? Was ist denn das bitte für ein Name?« Der Sepp schüttelte den Kopf.

»Und das Logo auf dem Plakat hättest erst mal sehn sollen, als hätt's ein Kind entworfen. Ein See mit Hotels, Menschen, Booten, Vögeln und was weiß ich was ... das alles in so einem grellen Türkisblau. Furchtbar! Und dann auch noch die einfältigen Slogans: ›Wir für uns!‹ oder ›Geht's dem Tourismus gut, geht's uns allen gut!‹«

Kogler rauchte sich eine neue Zigarette an. Er musste die ganze Show vom Greidl erst einmal verarbeiten. Noch vor der Fragerunde hatte er sich von der Mahringer verabschiedet, das Casineum verlassen und war direkt zum Sepp gegangen.

»Und das Beste kommt erst noch. Dann hat der Greidl allen Ernstes die These in den Raum gestellt, dass die Anschläge vom blauen Wolf politisch motiviert seien. Dass da jemand diese neue Liste, die er gemeinsam mit dem Pechhofer und dem stummen Plautz angeblich bereits seit über einem Jahr plant, verhindern will. Hat die anderen Parteien sogar indirekt in die Nähe der Attentate gerückt. Ich mein, das musst dir mal vorstellen! Der Anschlag auf die Konferenz der Velden Vipers hätt seiner Meinung nach auch dem Pechhofer gegolten und natürlich dem gesamten

Tourismus. Logisch sei das, hat der Greidl gesagt: Gegen den Tourismus bedeutet auch gegen die neue Liste. Und umgekehrt. Unfassbar, was der da für Verbindungen konstruiert hat.«

»Und wie passt der Mord am Madritsch da rein?«

»Ja, pass auf, jetzt kommt's. Der war ja Hotelier, hat sich also auch für den Tourismus stark gemacht. Eine ziemlich hanebüchene Erklärung, wenn du mich fragst.«

»Na ja, vielleicht ist ja doch was dran.«

»An was? An dieser schwindligen Liste? Oder daran, dass jemand wegen ihr tötet?«

»An beidem.«

Kogler schnaufte. »Ich bitt dich! Das ist doch alles ein ausgemachter Blödsinn. Der Greidl hat sich mit dem stummen Plautz was ausgedacht. Und überhaupt: Der Pechhofer hat den Greidl gehasst. Der hat ihn doch sogar verdächtigt, hinter dem Reizgasanschlag zu stehen, du kannst mir nicht erzählen, dass das gespielt gewesen war. Warum hätt der Pechhofer das auch tun sollen?«

Der Sepp ging zur Eingangstür und sperrte sie auf. »Keine Ahnung«, sagte er, als er zurückkam, »heut ist sowieso ein komischer Tag. Ich hab die Maria seit gestern nicht mehr erreichen können, und als ich in der Früh bei ihr vorbeigeschaut hab, ist sie komplett verheult gewesen und hat am ganzen Körper gezittert. Die Hormone, hat sie gemeint. Ich hab mir den Mund fusselig geredet, dass sie zum Arzt gehen soll. Nein, brauche sie nicht, hat sie gesagt. Ich hätt keine Ahnung von Schwangerschaften. Tja, und dann hat sie mich mehr oder weniger vor die Tür gesetzt. Weißt, Karl, langsam mach ich mir echt Sorgen um sie.« Der Sepp seufzte.

»Vielleicht ist die Aufregung, die hier momentan herrscht, zu viel für sie? Sag, hat sie den Matthias Madritsch nicht sogar gekannt? Sie hat im Sommer während der Hochsaison doch mal ein paar Wochen bei dem im Hotel ausgeholfen. Wenn du magst, red ich mal mit ihr.«

»Nein, lass nur. Warten wir mal bis morgen ab.«

• • •

»Respekt, Papa! Das war wirklich ein ausgezeichnetes Gulasch.«

»Danke, mein Schatz! Der Sepp hat mir das Rezept gegeben.« Kogler lehnte an dem Kühlschrank in seiner Küche. »Aber du musst den Abwasch wirklich nicht machen, hab ja einen Geschirrspüler.«

Die Yvonne stellte den eben gereinigten Teller neben die Spüle. »Und ich hab dir gesagt, dass ich das jetzt schnell selbst mach. Haushalt war wirklich noch nie deins.« Sie deutete durch die Tür auf die beiden Handwerker, die in der Veranda gerade ein neues Fensterglas einsetzten. »Hättest dich beim Staubsaugen richtig verletzen können.«

Kogler verdrehte seine Augen. War ja klar, dass das früher oder später hatte kommen müssen.

»Sag mal, was anderes. Was hast eigentlich mit meinem Ehemann gemacht? Hast den Gerhard von Außerirdischen entführen und durch ein Alien ersetzen lassen?«

»Warum? Wie kommst drauf?«

»Na ja, wo fang ich an? Vielleicht damit, dass er gestern sternhagelvoll nach Haus gekommen ist. Der Gerhard, der Alkohol normalerweise nicht mal von Weitem anschaut.«

»Ja, der wollt halt was trinken. Wir haben noch ein bisschen geplaudert, nachdem er mich verarztet hatte.«

»Soso. Würd mich interessieren, worüber. Der Gerhard will ja nicht darüber reden. Männergespräch, sagt er. Was für ein Blödsinn! Also, Papa, spuck's aus!«

»Ähm, das war echt nix Besonderes. Ein wenig übers Leben und die Familie, solche Sachen halt.«

»Aha, und da seid ihr nach all den Jahren draufgekommen, nachdem ihr die ganze Zeit kaum miteinander gesprochen habt? Wie Hund und Katz wart ihr.«

Kogler hustete etwas verlegen. »Na ja, hat sich halt so ergeben. War ja auch mal an der Zeit, und so richtig schlecht haben wir uns eigentlich nie verstanden.«

»Wie bitte?« Die Yvonne ließ die Gabel, die sie gerade in der Hand hatte, in die Spüle fallen. »Du hast auf unserer Hochzeit in deiner Rede gemeint, dass sich Frauen ihren Ehemann aussuchen können, Schwiegerväter ihren Schwiegersohn aber leider nicht. Und dann hast noch so einen idiotischen Ärztewitz gemacht, obwohl du immer gesagt hast, dass dich die ständigen Witze vom Sepp nerven. Deiner war aber noch viel schlechter. Wie ging der noch mal? Geht ein Tauber zum Arzt und ...«

»Ein Stummer, Yvonne, ein Stummer geht zum Arzt. Sonst funktioniert doch der ganze Witz nicht.«

Koglers Tochter seufzte. »Na gut, von mir aus. Also, kommt ein Stummer zu einem Arzt und schreibt irgendwas auf eine Tafel.«

»Nicht irgendwas, er schreibt: ›Ich kann nicht sprechen.‹«

»Na schön, auch gut. Also, und dann nimmt dieser Arzt die Hand von dem Stummen und schlägt mit einem Hammer drauf. Woher hat der überhaupt einen Hammer in seiner Ordination?«

»Das ist doch nicht wichtig. Vielleicht hat er grad einen Nagel für ein Bild in die Wand geschlagen.«

»Ja sicher. Na gut, wie auch immer. Der Patient schreit wie am Spieß: ›Aaaaaaaaaaaaaah!‹ Und dann sagt der Arzt: ›Sehr gut!‹«

»Nicht ganz. Er sagt: ›Sehr gut! Und morgen lernen wir dann den Buchstaben B!‹, verbesserte Kogler seine Tochter. Er riss sich zusammen, um nicht zu schmunzeln. Er fand den Witz noch immer unterhaltsam.

»Nicht nur, dass dieser Witz dämlich ist und sich über Sprachbehinderte lustig macht, er war komplett deplatziert, und du hast ihn nur erzählt, um den Gerhard dumm dastehn zu lassen.«

»Stimmt doch gar nicht, ich wollt die Stimmung halt ein bisschen auflockern. Aber gut, war im Nachhinein vielleicht nicht die beste Idee.«

»Nein, war's nicht. Aber egal, ich komm schon noch drauf, was da seit gestern zwischen euch beiden läuft. Der ist ja plötzlich wie ausgewechselt, der Gerhard. Hat einfach für ein paar Tage seine Praxis geschlossen und der Beate sogar Schokolade mitgebracht. Sonst schimpft er immer mit mir, wenn sie was Süßes isst. Und als wenn das nicht schon genug wäre, hat er auch noch beschlossen, dass wir morgen in ein Wellnesshotel fahren. Hat sogar extra mit der Schwiegermutter telefoniert, die reist jetzt aus der Steiermark an, um so lang auf die Kleine aufzupassen.«

»Ja und? Ich versteh das Problem nicht. Hört sich doch alles gut an.«

Die Yvonne nahm die Gabel wieder aus der Spüle und polierte sie mit dem Geschirrtuch. »Papa, ich kenn ihn so schon lang nicht mehr. So ... wie soll ich sagen ... entspannt.« Die Yvonne ließ das Wasser aus dem Becken. »Und fürsorglich«, murmelte sie.

Kogler ging zu seiner Tochter und umarmte sie. »Freu dich doch!«, sagte er. »Und ich hab gar nix gemacht mit ihm. Vielleicht hat er nur mal mit jemandem reden müssen, auch wenn's nur dein sturer alter Vater war.« Er streichelte ihr über den Kopf. »Und es tut mir leid, was da die letzten Tage passiert ist.«

Die Yvonne erwiderte seine Umarmung und drückte ihn. Dann ließ sie ihn wieder los und fuhr sich durch die Haare.

»Versprich mir, dass du dich nicht mehr leichtsinnig in Gefahr bringst. Weißt, ich mach mir einfach Sorgen um dich: der Einbruch, der Tod von der Mama, du bist ja jetzt ganz auf dich allein gestellt.«

»Ich pass schon auf mich auf, mein Schatz, versprochen! Und ich meld mich, wenn auch nur die kleinste Kleinigkeit ist.«

»Ja, das machst wohl besser. Ich mein, Papa, ehemaliger Chefinspektor hin oder her … Seien wir mal ehrlich: Du schaffst es ja nicht mal, unfallfrei staubzusaugen.«

»Ja, du hast ja recht, Yvonne!« Kogler lächelte seine Tochter an, aber in seinem Inneren brodelte es. Er würde den Gerhard für diese schwachsinnige Staubsauger-Ausrede bluten lassen. Der schuldete ihm jetzt dafür eine Kiste vom edelsten Wein. Mindestens. Wenn Kogler es sich recht überlegte, sogar zwei.

Die Beate kam in die Küche hineingelaufen. »Der Papa sagt, dass wir dann langsam aufbrechen«, quäkte sie, während sie sich an Koglers Hüfte schmiegte.

Kogler gab seiner Enkeltochter einen Schmatz auf die Stirn. »Hast dich schon vom Blacky verabschiedet?«, fragte er sie.

»Nein, mach ich gleich! Weißt übrigens schon, Opa? Wir bekommen doch einen neuen Hund, obwohl der Papa ja immer gesagt hat, dass er nach dem Paco keinen mehr haben will. Und ich darf ihn mit ihm aussuchen! Im Tierheim. Noch diese Woche, wenn die Eltern aus ihrem Urlaub zurück sind.«

»Das ist aber schön, mein Liebling! Den musst du mir dann gleich zeigen, euren neuen Hund«, sagte Kogler. Er fuhr der Beate liebevoll durch die Haare. Dann schaute er seine Tochter an. Die lächelte und zuckte mit den Schultern. »Ich hab's dir ja gesagt. Eindeutig ein Alien.«

• • •

Kogler saß entspannt auf der Terrasse und beobachtete den Blacky, der gerade hinter einer Amsel herschlich. Immer wenn er sich ihr auf knapp zwei Meter genähert hatte, flog diese einfach ein Stück weiter weg. Dem Kater schien dies nichts auszumachen. Hatte wohl keine Lust auf eine echte Jagd. War ja auch nicht mehr der Jüngste. Da ging man die Dinge gemächlicher an.

Koglers Handy klingelte. Die Nummer kannte er nicht.

»Hallo?«

»Grüß Gott, Herr Kogler. Heimo Lurcher hier. Der Rudi Moshammer von der Rezeption hat mir Ihre Nummer gegeben.«

Kogler dachte kurz nach. Heimo Lurcher? War das nicht der Koch vom Seeblick?

»Entschulden Sie bitte, dass ich Sie stör, aber ich würd gern kurz mit Ihnen sprechen. Es geht um den Goran.«

»Den Goran?«

»Ja, den Goran Biljan. Könnten wir uns kurz persönlich treffen? Es ist wichtig.«

Kogler war überrascht. Was hatte der Lurcher mit dem Goran zu schaffen?«

»Ähm, ich weiß nicht, Herr Lurcher. Ich bin vielleicht nicht der Richtige, wenn's um den Goran geht. Wir haben schon seit einiger Zeit nicht mehr den besten Draht zueinander.«

»Bitte, Herr Kogler, ich weiß nicht, mit wem ich sonst darüber reden soll. Es dauert auch nicht lang.«

»Na gut, wenn Sie meinen. Wollen Sie zu mir kommen?«

»Ich muss noch bis zur Sperrstunde arbeiten. Könnten Sie vielleicht herkommen? Dann mach ich eine kurze Pause.«

»Von mir aus. Wie wär's um 17:00 Uhr? Soll ich ins Restaurant kommen?«

»17:00 Uhr ist wunderbar. Nein, nicht im Seeblick. Treffen wir uns im Kurpark beim Spielplatz. Und vielen Dank noch mal, Herr Kogler.«

»Ja, schon in Ordnung. Bis später.« Kogler beendete das Gespräch. Er hatte ein ungutes Gefühl. Er war kein Freund von unerwarteten Überraschungen, und hier lag eine in der Luft, das spürte er. Er konnte sie förmlich greifen.

...

Der Heimo Lurcher reichte Kogler die Hand. Ein gut aussehender Mann Ende dreißig. Lange blonde Haare, gepflegter Dreitagebart, die eng anliegende schwarze Kochjacke ließ auf einen durchtrainierten Körper schließen.

»Danke, dass Sie sich so kurzfristig Zeit genommen haben!«, begrüßte er ihn. »Tut mir leid, dass ich nicht zu Ihnen gekommen bin, aber wir sind gerade ziemlich im Stress. Wissen Sie – das bleibt aber bitte unter uns –, wir haben nämlich erfahren, dass diese Woche ein wirklich wichtiger Restaurantkritiker kommen wird. Aber gut, ich hab mich darum gekümmert.« Der Heimo Lurcher zwinkerte Kogler zu. »Wollen wir ein Stück gehn?«

»In Ordnung«, antwortete Kogler. Die beiden setzten sich in Bewegung.

»Es geht um Folgendes, Herr Kogler, ich mach mir wirklich große Sorgen um den Goran, und Sie kennen ihn ja schon eine Ewigkeit. Also, vielleicht zum Verständnis ... Das ist jetzt etwas heikel. Ich kann mich doch auf Sie verlassen, oder? Ich mein, dass das alles unter uns bleibt. Streng vertraulich, auch dem Goran gegenüber.«

Kogler nickte. »Natürlich.«

»Wissen Sie von ... wie soll ich sagen? Wissen Sie, dass der Goran nicht im Frauenteich fischt?«

»Nicht im Frauenteich fischt? Ich versteh Sie nicht ganz. Sie meinen, dass er …«

»Ja, dass er homosexuell ist.«

Kogler blieb stehen und schaute den Heimo Lurcher überrascht an. Der Goran? Schwul? Konnte das sein? Er hatte keine Ahnung gehabt.

»Ja, und wir beide haben seit einigen Monaten eine Beziehung. Streng geheim natürlich, darf bei ihm keiner wissen. Er ist da sehr um Diskretion bemüht. Hat einfach Angst vor den Reaktionen. Sie wissen ja: schwul sein, als Polizist …«

Kogler nickte. Das konnte er gut nachvollziehen. Homosexualität war unter Polizeibediensteten leider noch immer ein schwieriges Thema. Natürlich hatte sich auch hier in den letzten Jahren einiges geändert, trotzdem war man aber noch weit davon entfernt, eine offene Kommunikation darüber zu führen.

»Verstehe, Herr Lurcher. Mir ist allerdings nicht ganz klar, warum Sie mir das erzählen. Das ist doch Privatsache von Ihnen beiden. Was hab ich damit zu tun?«

»Ja, wo fang ich an? Sie wissen doch: der Wolfsbarsch, aus dem ich für den Pechhofer das Carpaccio zubereitet hab … Den Fisch hab ich am Samstag auf dem Benediktinermarkt besorgt, zusammen mit ein paar privaten Einkäufen. Wenn es um sein Carpaccio ging, war der Pechhofer heikel. Der wollt immer den Wolfsbarsch von diesem einen slowenischen Bauern, der den Fisch frisch auf dem Markt verkauft: donnerstags und samstags. Nicht, dass der Pechhofer den Unterschied hätt schmecken können, meiner Meinung nach, aber Sie wissen ja: Beim Chef vom Tourismusverband ist man halt vorsichtig. Wie auch immer, ich hab also der Polizei, die mich natürlich auch befragt hat, gesagt, dass ich nach Haus bin, den Fisch im Kühlschrank gelagert und ihn dann am Nachmittag in einem Gefriersack ins Restaurant gebracht hab.«

»Und was hat das jetzt alles mit dem Goran und Ihrer Beziehung zu tun?«

»Das ist ja der springende Punkt. Ich bin nach dem Markt nicht nach Haus gefahren, sondern zum Goran. Dort hab ich dann für uns ein frisches Kabeljau-Sushi zubereitet. Den Wolfsbarsch hab ich so lang in den Kühlschrank gelegt. Und dann, nachdem wir gegessen haben, sind wir ins Schlafzimmer, um ...« Der Heimo Lurcher räusperte sich. »Sie wissen schon.«

»Ja, schön. Und?«

»Als wir fertig waren, ist der Goran ins Bad. Ich bin in der Zwischenzeit im Schlafzimmer geblieben.«

»Sie wollen jetzt aber nicht sagen, dass der Goran den Fisch vergiftet haben könnt? Herr Lurcher, ich bitt Sie!«

»Nein, nein, das nicht. Eigentlich, zumindest. Ich mein, das war für mich unvorstellbar. Anfangs zumindest, darum hab ich der Polizei auch nix gesagt, damit der Goran keine Probleme bekommt und keine Fragen beantworten muss wie: Woher kennt ihr euch? Warum war der Heimo Lucher bei dir? Was habt ihr dort gemacht?«

»Ja gut, haben Sie halt unglücklich gelöst.«

»Ich hab jetzt aber mehr und mehr Angst, dass mich an dem Tag jemand bei ihm in der Wohnanlage gesehn haben könnte. Und immerhin hab ich ja eine Falschaussage gemacht.«

»Ja, dann regeln Sie das halt. Sprechen Sie sich mit dem Goran ab und sagen Sie der Polizei, dass Sie in der ganzen Aufregung komplett vergessen haben zu erwähnen, dass Sie noch bei dem Goran waren. Ich mein, immerhin ist der ja Polizist, deshalb haben Sie es halt gar nicht in Betracht gezogen, dass der Fisch bei ihm auch nur irgendwie gefährdet hätte sein können.«

»Ja, ich hab den Goran heut schon angerufen und ihm gesagt, dass ich nachher eine Aussage machen werd. Aber der ist dann regelrecht explodiert und hat sich furchtbar darüber aufgeregt. Angebrüllt hat er mich, was das für ein Blödsinn sei und dass ich das gefälligst bleiben lassen soll.«

Kogler runzelte die Stirn. »Vielleicht macht er sich Sorgen, dass da was über Ihre Beziehung rauskommen könnt? Ein Verdacht zumindest. Sie dürften ja mit Ihrer Einstellung offener umgehn können, nehm ich mal an.«

»Ja sicher. Ich mein, ich häng das jetzt auch nicht an die große Glocke, verheimlich's aber auch nicht.« Der Heimo Lurcher drehte sich zu Kogler. »Ich mach die Aussage auch heut noch, egal, was der Goran davon hält. Aber, Herr Kogler, das ist jetzt nicht der einzige Grund, warum ich Sie vorher treffen wollt. Wissen Sie, der Goran ist seit einigen Tagen irgendwie seltsam. Hebt oft nicht ab, wenn ich ihn anruf. Und er ist regelrecht aggressiv, wenn wir dann doch mal miteinander reden. Steht richtig unter Strom.«

»Das kommt schon vor in Beziehungen.«

»Ja freilich, aber ich hab über alles nachgedacht, immer und immer wieder. Und ...« Der Heimo Lurcher starrte auf den Wörthersee.

»Ja, jetzt sagen Sie's schon, Herr Lurcher!«

»Er hat den Pechhofer gehasst, Herr Kogler. Er hat ihn abgrundtief gehasst wegen der Sache mit seinem Vater.«

»Was hat der Pechhofer mit dem Neven zu tun gehabt?«

»Haben Sie das nicht gewusst? Der Goran macht ihn für dessen Selbstmord verantwortlich. Zumindest indirekt.«

Kogler verstand gar nichts mehr. Der Pechhofer? Schuld am Selbstmord vom Neven Biljan? Wo war da der Zusammenhang? Der Vater vom Goran hatte in den letzten Jahren seines Lebens schwere Probleme gehabt: Depressionen, Alkoholismus und die

Spielsucht natürlich. Hatte all sein Geld an den Automaten verloren, bis er im Casino gesperrt wurde. Dann wich er nach Slowenien aus. Verkaufte sogar sein Gasthaus, um seine Sucht finanzieren zu können. Dann seine Wohnung, aber auch dieses Geld war schnell aufgebraucht. Zum Schluss war der Neven komplett verwahrlost durch Velden gewandert. Er hatte sich aber von niemandem helfen lassen, bis er sich letzten Winter schließlich in einer Scheune in der Nähe von Kranzlhofen mit seinem eigenen Gürtel erhängt hatte. Eine furchtbare Geschichte.

»Die Immobilienfirma, die seinem Vater das Gasthaus und die Wohnung abgekauft hat, hat dem Pechhofer gehört. Und die hat ihn so richtig übers Ohr gehaun und gerade mal ein Drittel vom Wert bezahlt, bevor sie dort alles abgerissen und einen neuen Wohnkomplex hingebaut hat. Und der Goran ist überzeugt davon, dass der Pechhofer dabei nachgeholfen und dessen Spielsucht ausgenutzt hat.«

Kogler erschrak. War etwa der Goran der Polizist gewesen, der dem Pechhofer gedroht hatte, ihn umzubringen? Er schluckte kurz. Dann schüttelte er vehement den Kopf. »Und wenn schon. Nein, der Goran würd im Leben niemanden ermorden, niemals! Und warum der ganze Aufwand? All die Anschläge? Abgesehen davon, hätt er das gar nicht alles allein machen können.«

»Das ist's ja, Herr Kogler, ich bin das alles durchgegangen. Der Goran hat seit Samstag frei. Da war er den ganzen Tag nicht erreichbar. Zu Haus war er auch nicht, als ich dort spontan vorbeigeschaut hab – weder in der Früh noch vor der Reizgassache im Gogginger Hof. Als wir dann am Abend telefoniert haben, hat er gemeint, dass er Ruhe gebraucht hat und laufen gegangen ist. Ich mein, mag ja sein, aber den ganzen Tag? Und ...«

Kogler winkte ab. »Sie brauchen nicht weiterzureden. Ich hab genug gehört, Herr Lurcher. Ich weiß, worauf Sie hinauswollen, aber das ist kompletter Humbug. Der Goran ist ein durch und durch ehrenwerter Mensch, der könnt keiner Fliege was zuleide tun. Punkt. Gehn Sie zur Polizei, sagen Sie, dass Sie beide gute Bekannte sind, machen Sie Ihre Aussage wegen der Fischlagerung, und geben Sie dem Goran eine Auszeit. Es macht keinen Sinn, ihn zum Reden zu zwingen. Glauben Sie mir, ich weiß, wovon ich sprech – leider nur allzu gut.«

• • •

Auf dem Veldener Corso war einiges los. Das schöne Wetter hatte reichlich Leute hierhergelockt, und die Terrassen der Lokale waren für diese Jahreszeit gut gefüllt. Kogler passierte gerade den Casinokomplex, als sich sein Handy meldete. Wer konnte das schon wieder sein? Er blickte auf das Display und drückte den Anruf weg. Die Mahringer. Mit der wollte er jetzt gerade nicht sprechen. Er musste erst einmal seine Gedanken ordnen.

»Herr Kogler! Huhu! Hier drüben!«

Kogler blickte auf die andere Straßenseite. Da saß sie, die Mahringer, an einem Tisch im Le Café. Sie winkte ihm freudig zu. Kogler seufzte. Na gut, ihm blieb keine andere Wahl. Er würde ihr kurz Hallo sagen müssen. Er winkte, ging zu der Journalistin hinüber und reichte ihr die Hand.

»Na, Herr Kogler, warum ziehn Sie denn so ein Gesicht?«

Kogler lächelte gezwungen.

»Mögen Sie mich etwa nicht mehr? Drücken meinen Anruf einfach weg?«

Kogler wiegelte ab: »Nein, nein, Frau Mahringer, das hat nix mit Ihnen zu tun gehabt, ich wollt nur in Ruhe über was nachdenken, wissen Sie.«

»Aha, verstehe. Trinken Sie trotzdem einen Kaffee mit mir?«

Kogler überlegte. Warum eigentlich nicht? Der Espresso im Le Café schmeckte ausgezeichnet, und die hauseigene Konditorei des im Stil eines Wiener Kaffeehauses gehaltenen Lokals bot ausgezeichnete herzhafte Spezialitäten. Von der riesigen Terrasse aus hatte man den perfekten Überblick über das Treiben auf Veldens Flaniermeile Nummer eins, und auch an kühlen Herbst- und Wintertagen sorgte eine speziell angebrachte Heizung für das notwendige Wohlgefühl.

»Ja, doch, gern.« Kogler setzte sich zu ihr und deutete auf den Tisch. »Sie haben ja sogar Ihren PC mitgenommen.«

»PC? Ach so, das Netbook meinen Sie.«

»Ist das nicht das Gleiche?«

»Nein, eigentlich nicht, aber ganz egal. Ja, ich hab mir nach der Pressekonferenz und dem Interview mit dem Greidl gedacht, ich bleib noch bis zum Abend am See und arbeite mobil.«

Kogler nickte. Er sprach ihr Interview mit dem Greidl bewusst nicht an, denn er wollte gar nicht wissen, was der da wieder von sich gegeben hatte. Er winkte die Kellnerin zu sich und bestellte sich einen Espresso und eine Portion Zimtstangerl. Wenn schon, denn schon, dachte er.

»Den Rindfleisch- und Teufelssalat müssen Sie hier unbedingt mal probieren, Frau Mahringer. Gibt keinen besseren in Velden«, ließ er sie wissen.

Kogler musste daran denken, wie er vor drei Jahren im Le Café gesessen hatte. Er war mit seiner Familie und dem Goran hierhergekommen, um mit reichlich Sekt und leckeren Häppchen auf dessen erfolgreich abgeschlossenen Polizei-Aufnahmetest anzustoßen. Der Goran hatte ihn mit Bravour gemeistert. Kogler war stolz auf ihn gewesen.

»Herr Kogler? Alles klar?«

Kogler schaute die Susanne Mahringer an und antwortete: »Ja, alles bestens, war nur in Gedanken.«

»Sind Sie sicher? Sie wollten sich gerade Ihre Zigarette mit dem Süßstoffspender anzünden.«

Kogler blickte auf seine Hand. Tatsächlich. Er stellte ihn wieder hin und griff zu seinem Feuerzeug.

»Frau Mahringer, ich würd Ihnen gern was erzählen und Ihre persönliche Meinung hören. Aber das wär streng vertraulich, ohne Wenn und Aber, verstehn Sie? Also auch nix für die Zeitung ...«

»Selbstverständlich, ich versprech's Ihnen.«

Und da brach es aus Kogler heraus. Er erzählte der Susanne Mahringer alles über den Goran und seine enge Beziehung zu ihm, dessen Kindheit und Jugend, wie er ihm geholfen hatte, zur Polizei zu kommen, und wie sehr der Goran unter der Sache mit seinem Vater, dem Neven Biljan, gelitten hatte. Dann erzählte Kogler, wie sein Einbruch im Café Benny zum Zerwürfnis mit dem Goran geführt hatte, der ihn seitdem keines Blickes mehr würdigte. Nicht einmal die Andeutungen vom Klaus Pechhofer, den Streit im Schlosshotel und das eben geführte Gespräch mit dem Heimo Lurcher ließ er aus. Das Einzige, was er der Journalistin verschwieg, war Gorans sexuelle Neigung. Denn das war Privatsache, fand Kogler. Stattdessen erklärte er der Susanne Mahringer, dass der Goran mit dem Koch befreundet sei. Als er seine ausführlichen Ausführungen nach gut zehn Minuten beendet hatte, schloss er seine Erzählung ab: »Also, ich find diese Anspielungen und Andeutungen vom Lurcher komplett an den Haaren herbeigezogen. Oder was meinen Sie?«

Die Susanne Mahringer wiegte ihren Kopf hin und her. »Na ja, Ihr Freund hatte offensichtlich ein starkes Motiv, und er hat anscheinend auch keine Alibis für die verschiedenen Tatzeiten, zumindest hat Ihnen das der Lurcher wohl mitteilen wollen, bevor Sie ihn abgewürgt haben.«

»Aber was soll der Goran mit dem Madritsch am Hut haben?«

»Keine Ahnung, aber das mit dem Pechhofer haben Sie ja auch nicht gewusst.«

»Und warum die anderen Anschläge? Und diesen Angriff auf den Tourismus?«

»Ablenkung?«

»Nein, nein, jetzt fangen Sie auch schon so an. Das ist doch komplett abwegig.«

»Darum hab ich ja gesagt: zur Ablenkung.«

»Aber er war am Tatort im Schlosshotel. Im Dienst!«

»Ja schon, aber erst, nachdem Ihr Nachfolger, dieser Pinter, ihn angerufen und darum gebeten hatte. Und Sie haben gerade selbst erzählt, dass der Goran erst rund zwanzig Minuten, nachdem Sie angeschossen wurden, angekommen ist.«

Kogler setzte gerade zu einem Widerspruch an, als plötzlich der Branko an ihren Tisch trat.

»Hallo!« Er hielt eine Tragetasche vom Supermarkt hoch. In ihr klapperten Flaschen. »Gin. Hamma kaufen müssen. Viele Gäste trinken Gin. Sind sie blau, sagt Chef.« Er führte seine geschlossene Faust mit abgespreiztem Daumen und gehobenem kleinen Finger an den Mund und imitierte das Trinken. »Blau gut für Geschäft. Gin bald aus. Muss ich mehr kaufen, hat Chef gesagt. Damit bleiben Gäste.«

Kogler hatte den Faden verloren. »Ähm, ja. Verstehe, Branko.« Er wandte sich der Susanne Mahringer zu. »Sie erinnern sich? Der Branko. Arbeitet beim Sepp.«

Die Journalistin nickte und lächelte den Kroaten freundlich an. »Hallo, Branko! Trinkst einen Kaffee mit uns? Ich lad dich ein.«

Der Branko fuhr sich durch seine langen schwarzen Haare, die er, anders als während der Arbeit, offen trug. Er überlegte kurz, dann setzte er sich und antwortete: »Gern. Ja, tu ich trinken. Aber nur Espresso schnell. Chef schon warten.«

Die Kellnerin nahm die Bestellung auf und brachte kurze Zeit später Brankos Kaffee. Kogler hatte die Diskussion inzwischen wieder aufgenommen.

»Ich kenn den Goran schon, seit er ein Baby ist. Seit sein Vater das Gasthaus in Kranzlhofen eröffnet hat – das Pijan Volk ...«

Der Branko begann zu lachen. »Das gut.« Er wiederholte mit seiner Hand mehrmals die Trinkbewegung von vorhin. »Blauer Wolf. Ist er blau. Zu viel trinken. Wolf blau.«

Die Mahringer und Kogler starrten den Branko an. Der grinste noch immer.

»Kannst du Slowenisch, Branko? Als Kroate, mein ich.«

»Ja, kann ganz gut. Ähnlich.«

»Was heißt blau auf Slowenisch, Branko? Doch nicht pijan? Das heißt doch irgendwie anders?«, fragte Kogler verwirrt.

»Blau Farbe: moder. Blau trinken: pijan. Wolf: volk«, antwortete der Branko. Er stellte seine Tasse ab und stand auf. »So. Jetzt gehen muss. Danke!« Er griff sich seine Ginflaschen, winkte ihnen zu und ging.

Kogler hatte es für einen Moment die Sprache verschlagen.

»Der blaue Wolf!«, entfuhr es der Mahringer. »Der Name vom Gasthaus: betrunkener Wolf, also blauer Wolf. Herr Kogler ...«

»Der Goran war's nicht!« Kogler schlug mit der Faust auf den Tisch. Die Zimtstangerln fielen samt Teller auf den Boden. »Nicht der Goran!«, schrie er. »Niemals! Das ist unmöglich! Vollkommener Blödsinn! Reiner Zufall! Der Goran als blauer Wolf? Schwachsinn! Der hat niemandem was getan! Nicht dem Madritsch und auch nicht dem Pechhofer! Und auf mich hätt er schon gar nicht geschossen! Und alles andere war er auch nicht, verdammt noch mal!«

Die Susanne Mahringer griff Koglers Hand und drückte fest zu. »Herr Kogler, beruhigen Sie sich! Leise! Sie brüllen. Die ganzen Leut schaun schon her.«

Kogler blickte sich um. Sämtliche Gäste und Kellner starrten ihn an. Er atmete mehrmals tief durch. Dann hob er den Teller und die Zimtstangerl auf.

»Entschuldigung, Frau Mahringer, es tut mir leid! Hab mich einfach nicht beherrschen können«, murmelte er dann.

»Sie mögen diesen Goran wirklich sehr, oder?«

Kogler nahm einen großen Schluck Wasser. Dann antwortete er: »Ja, Frau Mahringer, das tu ich. Er ist für mich trotz allem fast wie ein Sohn.«

• • •

Kogler stocherte missmutig in seinem Schwammerlsterz herum.

»Im Prinzip eine ganz einfache Sache«, erklärte der Sepp. »Herbsttrompeten, Grieß, Butter, Rindssuppe, Kräuter, Salz und Pfeffer. Der Trick ist, dass du den Sterz bei kleiner Hitze dünstest und immer wieder auflockerst. Immer wieder. Sag, Karl, hörst mir überhaupt zu?«

»Ja schon.«

»Du bist doch ganz woanders in deinen Gedanken. Und essen tust auch nicht richtig. Schmeckt's dir etwa nicht?«

Kogler legte sein Besteck beiseite und seufzte. »Nein, der Sterz ist ausgezeichnet. Es ist wegen dem Goran.«

Der Sepp nickte. »Ja, ich versteh dich, aber das heißt doch alles noch lang nix, was du mir da vorhin erzählt hast. Ich kenn den Goran ja auch schon ewig, der war das nicht, nie im Leben.«

»Na, wenigstens du hast deinen Verstand noch nicht ganz ausgeschaltet.«

»Warum rufst ihn morgen nicht einfach an und triffst dich kurz mit ihm?«

Kogler lachte verbittert auf. »Ja genau, als würd der abheben, wenn ich anruf. Der hasst mich inzwischen. Hättest hören sollen, was der mir alles an den Kopf geworfen hat im Seeblick.«

»Na, dann hör zumindest auf, dir den Kopf drüber zu zerbrechen.« Der Sepp klopfte Kogler auf die Schulter. »Und jetzt iss deinen Herbsttrompeten-Sterz auf! Der wird ja noch kalt, wenn du in diesem Schneckentempo weitermachst.« Dann begann er zu lachen. Kogler seufzte leiste. Er ahnte schon, was jetzt kommen würde.

»Zum Thema Schneckentempo. Pass auf, Karl! Kennst den schon? Kommt ein Beamter total aufgeregt in eine Polizeistation und stottert: ›Bitte! Es ist dringend! Ich will Anzeige erstatten. Ich bin von einer Horde Schnecken überfallen worden.‹ Der Sepp lachte ein weiteres Mal auf. Als er sich beruhigt hatte, fuhr er fort: »Daraufhin sagt der Polizist: ›Jetzt beruhigen Sie sich erst mal. Und dann bitte ganz langsam, von Anfang an. Was ist denn da genau passiert?‹ Der Beamte atmet ein paarmal tief durch. Dann antwortet er: ›Was da genau passiert ist? Keine Ahnung, ist ja alles so schnell gegangen.‹« Der Sepp schlug Kogler auf die Schulter. »Ist ja alles so schnell gegangen! Hast verstanden, Karl?«

Kogler nickte stumm. Ja, hatte er. Nur war ihm nicht nach Lachen zumute. Leider.

26.

Das laute Miauen vom Blacky drang bis ins Haus. Kogler stellte seinen Kaffee auf den Couchtisch und ging zur Veranda. Durch das neu eingesetzte Fenster sah er den Grund für die frühmorgendliche Aufregung. Der Kater scharwenzelte begeistert um die Susanne Mahringer herum und rieb sich an ihren Beinen. Kogler schüttelte den Kopf. Der Blacky hatte wirklich einen Narren an der Journalistin gefressen, aber gut, Kogler konnte seinen kleinen Freund verstehen, denn es war ja nicht so, dass er keinen Gefallen an ihr gefunden hatte. Grundsätzlich gesprochen natürlich. So ehrlich musste man schon sein. Kogler ging zur Eingangstür, öffnete sie und bat die Susanne Mahringer herein. Der Blacky wich noch immer keinen Schritt von ihrer Seite.

»Hab gedacht, ich komm kurz bei Ihnen vorbei und schau, wie's Ihnen geht. Hab auch extra vom Le Café ein Frühstück für uns mitgebracht: Teufelssalat, Rindfleischsalat und frische Semmeln.« Sie drückte Kogler eine Papiertüte in die Hand.

Kogler bedankte sich. Er musste sich zusammenreißen, der Susanne Mahringer kein Küsschen auf die Wange zu geben.

»Also, wie geht's Ihnen? Kommen Sie damit einigermaßen zurecht?«

»Womit?«

Die Susanne Mahringer hob ihre Augenbrauen. Dann ging sie

zur Sitzecke und deutete Kogler, sich neben sie zu setzen. Als er Platz genommen hatte, begann sie: »Sie haben heut den Goran verhaftet, ganz frühmorgens. Haben Sie das etwa noch gar nicht gewusst?«

»Was haben die?« Kogler fiel aus allen Wolken.

»Laut meinen Quellen ist er verhaftet worden und gilt als Hauptverdächtiger im Blauen-Wolf-Fall. Mehr weiß ich nicht.«

»Verhaftet? Aber weswegen denn? Nur weil der Lurcher den Fisch bei ihm gekühlt hat? Das gibt's doch nicht.«

»Wie gesagt, keine Ahnung. Ich hab die Information bekommen, als ich begonnen hab, wegen der Sache in der Cocktailbar zu recherchieren.«

»Was für eine Cocktailbar-Sache?« Kogler verstand überhaupt nichts mehr.

»Ach, das wissen Sie auch noch nicht? Es hat einen Vorfall in der Azzurro Bar am Germonaplatz gegeben, gleich neben dem Kurpark. Die haben so eine Cocktail-Aktion: jeden Wochentag ein anderer Cocktail zum halben Preis. Und tja, gestern Abend gab's den Bar Drake Manhattan.«

»Bar Drake Manhattan?«

»Ein Cocktail mit Bourbon, Portwein, Ahornsirup und einem Bitterlikör. Und dazu gab's jeweils so ein Cocktailspießchen mit zwei eingelegten Dekokirschen.«

»Jetzt sagen Sie bitte nicht ...«

»Doch, leider. Das waren keine normalen Kirschen, sondern Tollkirschen. Die Leute sind orientierungslos herumgewankt und haben halluziniert, ganz so, als ob sie LSD genommen hätten. Sie können sich bestimmt vorstellen, wie die Sache ausgegangen ist ... Großeinsatz: Polizei, Rettung, Feuerwehr. Das Bekennerschreiben wurde dieses Mal auf der Toilette hinterlegt. Rund zwanzig Gäste mussten mit einer Atropin-Vergiftung ins Krankenhaus gebracht werden. Und wissen Sie, wen's am schlimmsten erwischt hat, weil er einen Cocktail nach dem anderen hinuntergeschüttet und dazu gleich einige Tollkirschen gegessen hat?«

»Keine Ahnung. Wen?«

»Den Greidl! Der war dort gestern feiern. Am Ende war er komplett fertig und hatte schwere Wahnvorstellungen. Der hat mich übrigens erst vor einer Stunde angerufen. Hab ihn noch mit irgendwem schrein gehört, wahrscheinlich einem Arzt. Er hat gemeint, dass es ihm beschissen geht, aber dass er sich entlassen lässt. Und er will sich mit mir am Nachmittag für ein weiteres Interview treffen.«

Kogler schüttelte den Kopf. Langsam gerieten die Dinge endgültig außer Kontrolle.

»Ich frag mich nur, wo der Wolf-Hinweis steckt. Ich mein, Azzurro bedeutet Blau, logisch. Aber wo ist der andere? Ich find da einfach nix, außer dass Tollkirsche auch Belladonna heißt, also schöne Frau auf Italienisch, weil die sich das früher für verführerische große Pupillen in die Augen getropft haben. Aber das war's dann auch schon.«

»Wolfskirsche«, murmelte Kogler.

»Was?«

»Wolfskirsche«, wiederholte er etwas lauter. »Tollkirschen werden bei uns auch Wolfskirschen genannt, Frau Mahringer. Da haben Sie Ihren zweiten Hinweis.« Kogler stand auf. Er nahm sein Handy vom Tisch und ging auf die Veranda. »Entschuldigung, ich muss mich jetzt um den Goran kümmern«, sagte er in Richtung der Journalistin.

»Selbstverständlich, Herr Kogler!«, sagte sie. »Tun Sie das.«

• • •

»Ah, hallo, Karl! Hab mir schon gedacht, dass du dich bei mir melden wirst. Wart, ich geh kurz mal eben raus vor die Dienststelle. Dann können wir in Ruhe reden.«

Kogler wartete, bis der Veldener Chefinspektor sich wieder meldete.

»Harald, was soll das?«, sprudelte es aus ihm heraus. »Das kann doch nur ein Witz sein, dass ihr den Goran verhaftet habt. Wegen so eines dummen Fischs im Kühlschrank kann es doch keinen Haftbefehl von der Staatsanwaltschaft geben, oder?«

»Fisch? Kühlschrank? Ach so, du meinst die Aussage von diesem Koch. Nein, darum geht's gar nicht.«

»Geht's nicht?«

»Nein, Karl, wir haben spät in der Nacht einen anonymen Hinweis bekommen und daraufhin die Wohnung vom Goran durchsucht. Dort haben wir die Waffe gefunden, mit der auf dich geschossen wurde.«

»Wie bitte?«

»Ja, eine Desert Eagle, Großkaliber, nicht registriert. Die ballistischen Untersuchungen sind bereits abgeschlossen. Die sichergestellte Patronenhülse stimmt mit der Waffe überein. Aber das ist noch nicht alles: In seiner Wohnung waren auch noch der von dir beschriebene schwarze Mantel samt einer Mütze und eine Spritze mit Rückständen von einer flüssigen Zyankalilösung. Und dann haben wir noch eine Handvoll Tollkirschen sichergestellt, die in einer Zeitungsseite eingewickelt waren, sowie ein Buch über Giftpflanzen.«

Kogler wurde schlecht. Er musste sich setzen. Er ging zur Terrasse und setzte sich auf einen der Stühle. »Fingerabdrücke?«, krächzte er.

»Noch schlimmer. Als wir geläutet haben, hat der Goran uns im Trainingsanzug die Tür aufgemacht, die Spritze in der Hand, und irgendwas dahergestammelt, dass er gerade all diese Sachen in seinem Kleiderschrank gefunden habe. Er habe die Sachen untersucht und dadurch auch alles angefasst. Und er habe gerade bei uns anrufen wollen, genau in dem Moment, in dem wir geläutet haben.«

»Der ist hereingelegt worden. Harald, bitte! Du kennst doch den Goran. Das hat ihm wer untergeschoben!«

»Karl, er hat die Spritze in der Hand gehabt, und auf dem Tisch lag die Pistole zusammen mit dem Rest – alles voll mit seinen Fingerabdrücken, und zwar nur mit seinen. Dazu hat er für keines der Attentate ein vernünftiges Alibi, dafür aber ein starkes Motiv. Der Goran hat den Pechhofer von ganzem Herzen gehasst, weil er seinen Vater über den Tisch gezogen und ins Elend gestürzt hat. Hat er alles zugegeben. Was hätt die Staatsanwaltschaft denn tun sollen? Da gibt's nix anderes als Untersuchungshaft.«

Kogler schluckte. Das sah wirklich übel aus. Er startete einen letzten verzweifelten Versuch. »Irgendjemand muss einen Schlüssel für seine Wohnung gehabt haben.« Er dachte da zum Beispiel an den Lurcher, der war ja immerhin sein Partner gewesen. Vielleicht hatte der ja ...

»Der Goran hat drei Wohnungsschlüssel. Er hat niemandem einen gegeben, und die beiden Reserveschlüssel waren noch genau dort, wo sie sein sollten. Nichts deutet darauf hin, dass jemand mit Gewalt in die Wohnung eingedrungen ist.«

»Schloss geknackt, ist doch keine große Sache«, flüsterte Kogler. Er spürte, wie ihm langsam, aber sicher die Strohhalme ausgingen, an die er sich klammerte.

»Karl, es tut mir leid, da ist nix zu machen. Wir müssen abwarten, das liegt jetzt beim LKA und bei der Staatsanwaltschaft.«

Kogler vergrub sein Gesicht in seinem Ellbogen. Dann presste er noch einmal das Telefon ans Ohr. »Ich weiß, Harald, du hast ja recht. Aber der Goran kann's nicht gewesen sein, ganz sicher nicht.«

»Ich versteh, dass dir das alles nahgeht, Karl. Aber wie gesagt, es liegt jetzt nicht mehr an uns.« Der Harald Pinter verabschiedete sich und legte auf.

Kogler steckte sein Handy ein und starrte in die Ferne. Der Goran? Nein, das wollte er nicht glauben. Das konnte er auch nicht glauben. Nicht der kleine Junge, dessen größter Traum es immer gewesen war, eines Tages Polizist zu werden, um anderen Menschen zu helfen. Und auch nicht der erwachsene Goran, der seit geraumer Zeit nicht mehr mit ihm sprach, da ihn sein Einbruch so bitter enttäuscht hatte. Kogler erhob sich schwerfällig und ging ins Haus. Er setzte sich neben die Susanne Mahringer und schaute sie an.

»Haben Sie noch immer Lust, mit mir gemeinsam zu ermitteln?«, fragte er sie.

Die Journalistin lächelte ihn an. »Natürlich hab ich das, Herr Kogler. Was denken Sie denn?«

»Nun gut, Frau Mahringer. Dann heiß ich Sie hiermit herzlich willkommen in unserer kleinen, privaten SOKO Wörthersee.«

• • •

Der Hase sah gar nicht mal so schlecht aus. Kogler betrachtete ihn zufrieden von allen Seiten. Es war sein erster Versuch gewesen, einen solchen zu falten. Er stellte ihn auf den Verandatisch und überlegte, welche Figur er als Nächstes angehen sollte. Die Arbeit an dem Papierhasen hatte ihn zwar etwas entspannt, aber er war noch immer aufgewühlt. Kogler hatte mit der Susanne Mahringer ausgemacht, dass sie sich am Abend im neuen Restaurant von Starkoch Diego Forlan treffen würden. Sie hatte von ihrer Redaktion eine Einladung für zwei Personen bekommen – anscheinend trug ihre neue Verbindung zum Greidl erste Früchte. Bis dahin wollte sie eigenständig recherchieren. Kogler hatte ihr dafür beim Frühstück alle Informationen gegeben, die er hatte. Er selbst wollte, nachdem er wieder etwas zur Ruhe gekommen war, seine Gedanken ordnen und ebenfalls nach neuen Hinweisen suchen.

Das Telefon läutete.

»Kogler.«

»Greidl hier«, meldete sich eine deutlich mitgenommene Stimme.

»Ah, Herr Greidl, wie geht's Ihnen? Hab von Ihrer Vergiftung gehört.«

»Nicht gut, Kogler, gar nicht gut. Nur ein paar Kirschen mehr, und es wär eng geworden, haben die Ärzte gesagt.«

»Sind Sie noch im Krankenhaus?«

»Nein, bin draußen. Mir ist aber noch sauschlecht, und ich bin extrem wackelig auf den Beinen. Ganz klar im Kopf bin ich auch noch nicht. Es schmerzt alles: die Rippen, der Kopf, die Haut ... aber egal, ich hab jetzt ein paar wichtige Dinge zu tun, unter anderem muss ich Sie treffen, und zwar sofort.«

»Mich?«

»Ja, Sie. Wir müssen über diese ganze Attentatssache reden. Ich hab da einen Verdacht.«

»Schon wieder?«

»Himmel Herr, Kogler, ich mein's ernst. Und Sie wollen ja auch Ihrem jungen Polizistenfreund helfen, oder etwa nicht?«

Kogler verdrehte seine Augen. Warum nur überraschte es ihn nicht, dass der Greidl von der Verhaftung vom Goran wusste? »Von mir aus«, sagte er.

»Also, dann. Am Forstsee im FKK-Bereich in genau einer Stunde.«

»Am Forstsee? Jetzt? Ist das Ihr Ernst?«

»Ja sicher, da gehn Sie doch gern zum Fischen hin, oder?«

»Woher …«

»Ich weiß vieles über Sie, Kogler.«

Kogler seufzte. »Ja gut, also dann, wenn Sie unbedingt wollen, dann treffen wir uns dort. Und ich hoff, diesmal kommt was Bahnbrechenderes als Ihre Pressekonferenz-Charade.«

»Keine Sorge, Kogler, Sie werden nicht enttäuscht sein. Versprochen!«

• • •

Kogler lehnte sein Mountainbike an den Baum und wischte sich den Schweiß von der Stirn. Rund dreißig Meter entfernt saß der Wolfgang Greidl auf einer ausgebreiteten Decke und blickte auf den Forstsee. Neben ihm stand ein Sektkübel. Es sah fast so aus, als würde er picknicken. Nur das Wetter passte nicht zu der eigenartigen Szenerie. Am Himmel hingen dunkle Wolken, und der böige Wind ließ das Wasser des Sees kleine Wellen schlagen. Kogler hoffte, dass es nicht zu regnen beginnen würde.

Als er beim Wolfgang Greidl angekommen war, stand dieser auf und nickte ihm zu.

»Die Dinge laufen langsam, aber sicher aus dem Ruder, Kogler.«

»Ach, wirklich? Was Sie nicht sagen.«

»Und jetzt ziehn Sie sich bitte aus!«

»Wie bitte?«

»Ausziehn sollen Sie sich: Pullover, Shirt, Hose.«

»Herr Greidl, ich glaub, Sie sollten schnell wieder ins Krankenhaus. Sie sind anscheinend geistig noch etwas weggetreten.«

»Kogler, jetzt machen Sie schon! Wir sind hier im FKK-Gebiet. Also alles im grünen Bereich.«

Kogler verschränkte seine Arme. Meinte der Greidl das etwa ernst? »Einen Teufel werd ich!«, ließ er ihn wissen.

»Jetzt stellen Sie sich nicht so an. Ich muss nur sichergehen, dass Sie kein Mikro tragen. Das dauert ein paar Sekunden. Wollen Sie jetzt Ihrem Goran helfen, oder nicht?«

Kogler fluchte. Er machte seinen Oberkörper frei, öffnete seinen Gürtel und zog seine Hose bis zu den Schuhen hinunter.

»Herr Greidl, ich sag's Ihnen! Wehe, Sie liefern jetzt keine relevanten Informationen!«

Der Wolfgang Greidl ging einmal um Kogler herum und musterte ihn gründlich.

»Wollen Sie vielleicht auch noch in meinen Hintern schaun, ob ich dort ein Mikro versteckt hab?«

»Nein danke, man muss es nicht übertreiben. Sie können sich jetzt wieder anziehn. Und holen Sie Ihr Handy raus, und schalten Sie's aus.« Der Wolfgang Greidl nahm wieder auf der Decke Platz. Kogler zog sich an und setzte sich zu ihm. Er nahm sein Telefon, fuhr es hinunter und warf es ihm hin.

»Also, was soll dieser ganze Blödsinn? Um was geht's?« Kogler warf einen Blick in den mit Seewasser gefüllten Sektkübel. Er zog eine Dose Cola Zero heraus. »Sie gestatten sicherlich?«

»Freilich, das trinken Sie doch gern, oder? Zuckerfreie Cola.«

»Unglaublich, was Sie alles über mich wissen, Herr Greidl. Wirklich beeindruckend.«

»Sehr lustig, Kogler. Ich hab im Moment keine Lust auf flache Späßchen, dafür geht's mir zu dreckig.« Der Wolfgang Greidl hustete und hielt sich seine Hand an die Rippen.

»Mein Mitleid hält sich in Grenzen.«

»Sehr nett, wirklich sehr nett. Ich wurde ja nur niedergeschlagen und vergiftet.«

»Vergiftet, ja. Aber die Geschichte von Ihrem blauen Wolf, der Sie und den stummen Plautz angegriffen hat, die können Sie Ihrer Großmutter erzählen.«

Der Wolfgang Greidl hob seine Augenbrauen und runzelte die Stirn. »Was wollen Sie mir damit bitte sagen?«

Kogler zündete sich eine Zigarette an. »Was ich Ihnen damit sagen will? Ganz einfach, lieber Herr Greidl, ich will Ihnen damit Folgendes sagen: Es gab keinen Angreifer, wahrscheinlich haben Sie und der stumme Plautz sich mit diesem Holzprügel gegenseitig niedergeknüppelt. Zuerst er Sie, dann Sie ihn. Nur dass Sie etwas zu fest auf seinen Kopf gehaun haben.«

Der Wolfgang Greidl grinste. »Interessante Theorie, Kogler, wirklich. Aber warum in aller Welt hätten wir denn so was Verrücktes tun sollen?«

»Publicity? Medienaufmerksamkeit? Für Ihren politischen Tourismusschwachsinn? Diese UUWW.«

»ULTW, Kogler. ULTW – die Unabhängige Liste Tourismus Wörthersee.«

»Ja, was auch immer.«

»Was Sie mir nicht alles zutraun«, spottete der Wolfgang Greidl. »Auf komische Ideen kommen Sie da, wirklich höchst amüsant.«

»Ja, Herr Greidl, ich hab da sogar noch ein paar andere verrückte Ideen. Ich glaub nämlich, dass Sie schon länger geplant haben, aus der FPÖ auszusteigen. Lief wohl nicht mehr so gut, die Wählervorlieben haben sich in den letzten Jahren ja auch geändert. Wahrscheinlich hatten Sie nicht mal eine konkrete Idee, wohin die Reise künftig gehen soll, doch dann wurde der Pechhofer ermordet, und Sie haben über mich erfahren, dass der Pechhofer der nächste Bürgermeisterkandidat der SPÖ werden sollte. Daraufhin haben Sie dann diese komplett wahnsinnige Geschichte erfunden: von Ihrer angeblichen Freundschaft mit dem Pechhofer, Ihrer gemeinsam geplanten Liste, der Liebe zum Tourismus und einem blauen Wolf, der wegen Ihrer Pipifax-Partei den ganzen See in Atem hält.« Kogler nahm einen großen Schluck aus der Coladose. »Na, was sagen Sie zu meinen lustigen Ideen?«

Dem Wolfgang Greidl war das Grinsen vergangen. Er klatschte betont langsam und gelangweilt in die Hände. »Bravo, Kogler, bravo! Was für eine blühende Fantasie!«

»Nur die Sache mit den Tollkirschen, die war so nicht geplant, das haben Sie nicht kommen sehn. Jetzt sind Sie unsicher, ob der blaue Wolf nicht vielleicht doch etwas gegen Sie haben könnte, oder? Geben Sie's doch zu! Sie denken zumindest drüber nach, darum sitzen wir hier. Weil Sie Angst haben, Herr Greidl, aus keinem anderen Grund.«

Der Wolfgang Greidl fuhr sich über seine Halbglatze und kniff seine Augen zusammen. Er seufzte und griff nach einem der gekühlten Erfrischungsgetränke. Er öffnete die Dose und trank einen Schluck. Dann begann er wieder zu lächeln, mit der gleichen Süffisanz, die auch der Klaus Pechhofer immer wieder gerne zur Schau gestellt hatte.

»Schaun Sie, Kogler, reden wir Klartext. Ich verrat Ihnen jetzt was: Als Geschäftsmann muss man gut vernetzt sein, das hat übrigens auch der Pechhofer, diese Ratte, nur allzu gut gewusst. Darin war er ein wahrer Meister, das muss man ihm lassen. Glauben Sie, dass der sich wirklich auch nur eine Spur für Parteiarbeit oder den Tourismus interessiert hat? Natürlich nicht. Aber eins hat er ganz genau gewusst: Wenn du bei uns hier unten das große Geld machen willst, dann musst du genau dort verankert sein: in der Politik und im Tourismus, die sind das A und das O, wenn du bei den ganz Großen mitspielen willst. Dann kannst im Hintergrund die wahren Geschäfte drehn: Immobilien, Bauträgerprojekte, Großaufträge – denn da liegt das Geld.«

»Wie praktisch, dass Sie, wie man so hört, auch seit einiger Zeit genau in dieser Branche Ihre Fühler ausstrecken.«

»Ja, da liegt die Zukunft: im Immobiliengeschäft und allem, was dazugehört. Und ja, ich hab mir da eine kleine Struktur aufgebaut, Kogler. Klein, aber fein. Schon bald, das sag ich Ihnen ... Schon bald werde ich der Immobilien- und Baumogul Nummer eins hier bei uns in Mittelkärnten sein.«

»Ach, werden Sie das?«

»Ja, werde ich, aber zerbrechen Sie sich darüber nicht Ihren Kopf. Lassen Sie das nur meine Sorge sein, bald steig ich richtig in die Bau- und Immobilienbranche ein: von null auf hundert. Ich bau mir aber nix auf, oh nein! Ich übernehm einfach fertige Infrastrukturen, so einfach ist das. Alles eine Frage des Kapitals, mein Lieber.«

»Ich verstehe, dann kommt es Ihnen bestimmt gelegen, dass der Pechhofer weg ist.«

Der Wolfgang Greidl zerdrückte mit der Hand die leere Dose und warf sie in den Sektkübel. »Ja, Kogler, eine glückliche Fügung des Schicksals, durchaus, das kann man so sagen. Aber ich hab mit seinem Tod, sosehr mich dieser auch freut, nix zu tun.« Er setzte eine kurze Pause. Dann fuhr er fort: »Aber ich hab da eine Vermutung. Und wenn ich damit richtigliege, dann hat – das wird Sie sicherlich freun zu hören – Ihr junger Polizistenfreund mit den Anschlägen nullkommagarnix zu tun.«

»Na, Herr Greidl, da sind wir uns ja endlich mal in was einig.«

»Ja, sind wir. Also, machen wir's kurz. Ich bin natürlich über den Ermittlungsstand in dieser Causa voll informiert.«

»Lassen Sie mich raten: Ihre Buschtrommel bei der Polizei.«

»Buschtrommeln, Kogler, Buschtrommeln. Mehrzahl. Aber ja, so ist's. Und nun zu Ihrem Goran Biljan: Der hat natürlich allen Grund gehabt, den Pechhofer zu hassen. Wer auch nicht? Aber deswegen hat der ihn nicht umgebracht, da bin ich mir sicher. Denn der gute Pechhofer war in eine viel größere Sache verstrickt.«

Endlich wurde es interessant. »Und zwar?«, fragte Kogler.

»›Panther‹ und ›Fru‹ beziehungsweise ›Fru-Fru‹ – das waren die letzten Worte von unserem so unglücklich verstorbenen Freund, oder?«

»Schon möglich«, antwortete Kogler, obwohl er genau wusste, dass der Wolfgang Greidl seine zu Protokoll gegebene Aussage genau kannte.

»Panther, der Name des verdeckten Einsatzkommandos, und Fru wie Fruchtinger, das damalige trojanische Pferd. Was meinen Sie? Daran haben Sie doch sicher auch schon gedacht, oder?«

Kogler antwortete nicht.

»Aber der liebe Leiter der Einsatzgruppe Leib/Leben hat damit nix zu tun, so weit sind wir beide uns doch einig, oder?« Der Wolfgang Greidl schaute ihn auffordernd an.

Kogler zog es vor, weiterhin zu schweigen.

»Also, bleibt nur noch diese Panther-Ermittlung. Und da, Kogler, erzähl ich Ihnen jetzt was. Der Polizei kann ich mich, wie Sie gleich verstehn werden, leider nicht anvertrauen. Aber Ihnen schon, denn in Wahrheit unterhalten wir beide uns hier ja nur ganz unverfänglich über das Fischen. Oder? Stimmt doch?«

Kogler nickte. »Aber natürlich«, sagte er.

Der Wolfgang Greidl deutete auf den Forstsee. »Apropos Fischen«, sagte er. »Das wollt ich Sie schon immer fragen: Wie ist das eigentlich, wenn man unter Aquaphobie leidet?«

»Bitte?«

»Angst vor tiefen Gewässern oder großer Respekt davor, wenn Ihnen die Formulierung lieber ist.«

Kogler riss die Augen auf. Das war unmöglich! Woher wusste der Greidl das? Niemand wusste das. Nur die Hanna, die hatte er eingeweiht.

Der Wolfgang Greidl lächelte breit. »Ja, jetzt haben Sie zur Abwechslung mal keinen flotten Spruch auf den Lippen. Das hab ich mir gedacht. Ich sag's Ihnen also noch mal: Ich hab exzellente Kontakte, Kogler, unterschätzen Sie mich also nicht. Und ich lieb es, Informationen aller Art zu sammeln. Denn Informationen, mein lieber Kogler, Informationen sind die beste Lebensversicherung.«

Kogler schluckte. Langsam wurde ihm dieser Greidl ein wenig unheimlich. Vielleicht reichten dessen Beziehungen und Quellen ja wirklich weiter, als alle dachten.

»Also, der Pechhofer hatte gute Kontakte zur Mafia, und zwar zur italienischen.«

»Zur Mafia?«

»Ja, zur kalabrischen, um genau zu sein. Und der Pechhofer war damals auch einer der Hauptakteure bei dem groß angelegten Waffenschmuggel.«

»Der Pechhofer? Was soll das jetzt schon wieder werden, Herr Greidl?«

»Nein, Kogler, das ist bitterer Ernst. Und jetzt hören Sie mir gefälligst zu! Ich hab keine Lust, noch Ewigkeiten hier zu sitzen, mein Körper ist nach wie vor massiv geschwächt. Also, der Pechhofer hat im großen Stil Waffen nach Italien verschoben, und zwar mit ein wenig Unterstützung von seinem Freund, dem Hubner – auch wenn der da eher ein Handlanger war. Jetzt fragen Sie sich sicher, woher ich das wissen will. Sagen wir's so: Ich war in gewisser Weise selbst involviert.«

Hatte Kogler richtig gehört? »In den Waffenschmuggel? Sie?«, fragte er ungläubig.

»Ja, man könnte es so ausdrücken. Der Pechhofer hat mich eines Tages gefragt, ob ich an einer schnellen Investition im höheren sechsstelligen Bereich interessiert wär, die den doppelten Gewinn einbringen würd. Alles natürlich schwarz. Illegal, aber idiotensicher. Er hätt im Moment sein ganzes Geld in Projekten angelegt, hat er mir erklärt, und darum bräucht er mich. Ich müsst nur das Kapital zur Verfügung stellen, und um den Rest würd er sich kümmern. Dann haben wir uns bei ihm auf der Jagdhütte getroffen: der Pechhofer, der Hubner und ich. Da haben sie mir alles erklärt: Waffen, Mafia, Gewinn. Hätten sie alles schon wiederholt ohne Schwierigkeiten durchgezogen.«

»Und Sie sind eingestiegen?«

»Ja freilich, war ja auch eine sagenhafte Dividende.«

»Dividende?« Kogler konnte nicht fassen, was der Greidl da von sich gab. »Sie reden so, als hätten Sie mit Aktien spekuliert. Wir sprechen hier aber von Waffenhandel!«

Der Wolfgang Greidl sah Kogler an, als ob er ein kleines Kind wäre, das keine Ahnung vom Leben hat. »Was glauben Sie denn? Dass Leute sonst nicht an Waffen kommen? Hätten sie die nicht bei uns in Kärnten gekauft, hätten sie halt woanders zugeschlagen.«

»Herr Greidl, ich fass es nicht! Mit diesen Waffen wurden wer weiß wie viele Menschen getötet!«

»Waffen töten nicht, Kogler, Menschen töten. Aber bitte lassen wir jetzt Ihre Ethik aus dem Spiel, und konzentrieren wir uns auf das Wesentliche. Also, ich hab dem Pechhofer dann das Geld gegeben, und für mich war das dann so weit abgeschlossen. Das hab ich zumindest gedacht. Doch dann, zwei Wochen später, ruft mich der Pechhofer mitten in der Nacht an. Der war komplett durch den Wind. Ich soll sofort in irgendein Lager in der Einöde kommen, wir müssten die Waffen verschwinden lassen. Sofort. Er hätte über den Hubner Wind davon bekommen, dass diese Panther-Einheit kurz davor sei, alles auffliegen zu lassen, und ein Zugriff unmittelbar bevorstünde. Er wüsst das alles, weil sie den Hubner in dieser verdeckten Ermittlung irgendwie eingeschleust hätten.«

Kogler schaute auf den Forstsee und nickte. »Ja, damals hat uns ein anonymer Anrufer auf den Hubner aufmerksam gemacht. Aber das war eine Fehlinformation, denn der war involviert, der Hubner, das stimmt schon. Es gab also nie eine brauchbare Spur in Kärnten.«

Der Wolfgang Greidl lachte laut auf. »Natürlich war uns niemand auf der Spur. Danke, das weiß ich heut auch. Aber damals sah die Sache ganz anders aus. Der Pechhofer war kurz vorm Herzinfarkt. Und so hab ich mich dann zu dieser Lagerhalle im Nirgendwo aufgemacht, um mit den beiden die Waffen in einen Kleinlaster zu verladen. Dann sind wir an einen See gefahren und haben diese sauschweren Holzkisten auf ein kleines wackeliges Boot geladen, das der Pechhofer organisiert hatte, und sind in absoluter Finsternis raus in die Mitte des Sees gefahren.« Der Wolfgang Greidl zwinkerte Kogler zu. »Das wär was für Sie gewesen, Kogler! Tiefes Wasser, so weit das Auge reicht. Tja, und dann haben wir im Schweiße unseres Angesichts alles versenkt. Tage später hab ich noch Rückenschmerzen davon gehabt.«

»In welchem See?«, hakte Kogler nach.

»Es gibt über tausend Seen in Kärnten. Suchen Sie sich einen aus.«

»Sehr lustig, Herr Greidl. Wirklich, sehr lustig. Dann erklären Sie mir bitte wenigstens, was das alles mit dem blauen Wolf zu tun hat. Meinen Sie, dass die Mafia auf den Pechhofer sauer war? Tut mir leid, aber ich seh den Zusammenhang nicht.«

»Ich bin ja auch noch nicht fertig. Als wir die Waffen allesamt versenkt hatten, hat der Pechhofer gesagt, dass mit der Waffenschmuggelei nun Schluss sei und ich mein Geld abschreiben könne. Ich hab gedacht, ich hör nicht recht, und hab ihm klargemacht, dass ich jeden einzelnen Euro von ihm zurückhaben will. Da hat er mich angeschaut und ausgelacht. Und dann hat er mir am Handy seine Absicherung gezeigt, wie er das Video genannt hat.«

»Welches Video?«

Kogler bekam keine sofortige Antwort. Der Wolfgang Greidl war aufgestanden. Kogler tat es ihm nach.

»Dieses Drecksschwein hat unser Gespräch in der Jagdhütte mit versteckten Kameras gefilmt. Das hat er mir dann gezeigt. Mitgehangen, mitgefangen, hat er gesagt und dabei dämlich gegrinst. Wenn ich untergeh, gehst auch unter. Eine Pattsituation also. So was kennen Sie ja sicher selbst, oder?«

Kogler erschrak. Hatte der Greidl etwa gerade auf die Sache zwischen der Gisela Pokorny, dem Benjamin und ihm angespielt? Nein, das musste Zufall gewesen sein. Du wirst ja wirklich schon paranoid, tadelte Kogler sich selbst.

»Gut, jetzt zu Ihrer Frage, wer ein Motiv haben könnte, den Pechhofer umzubringen. Halten Sie sich fest, denn jetzt kommt der mit Abstand beste Teil der Geschichte. Zwei Monate, nachdem wir die Kisten haben verschwinden lassen, hebt die Polizei, wie Sie ja wissen, einen angeblichen Schmugglerring in Slowenien aus: drei Waffenhändler mit guten Verbindungen zur Balkanmafia.«

»Angeblicher Schmugglerring?«

»Ja, angeblicher. Weil, wissen Sie was? Interessanterweise haben die Waffengattungen und -typen, die sie dort gefunden haben, ganz genau denjenigen entsprochen, die wir entsorgt hatten. Nur der Umfang hat nicht gepasst. Wir hatten rund das Doppelte versenkt.«

Kogler runzelte die Stirn. »Sie meinen, dass jemand die Waffen wieder geborgen hat?«

Der Wolfgang Greidl warf einen Stein ins Wasser. »Nein, Kogler. Was einmal am Grund eines Kärntner Sees versenkt ist, bleibt auch dort. Alle Kisten sind bis heute genau da, wo wir sie entsorgt haben, samt Inhalt. Ich hab das damals überprüfen lassen. Hab privat einen Taucher engagiert – vertraulich, auf eigene Kosten.«

»Die Waffen sind also noch da?«

»Nein, das sind sie eben nicht. Aber der Inhalt der Kisten.«

»Ich versteh nicht …«

»Wertloser Schrott, Kogler, wertloser Schrott. Wir haben damals kistenweise Altmetall versenkt.«

Kogler schaute den Wolfgang Greidl ungläubig an. »Sie meinen, der Pechhofer hat das alles inszeniert? Hat Ihnen weisgemacht, dass Ihnen die Behörden auf der Spur sind, und dann Kisten voller Schrott versenkt?«

»Ganz genau. Der Pechhofer und der Hubner haben mich aufs Kreuz gelegt. Die haben mit meinem Geld die Waffen gekauft, die Hälfte davon haben sie nach Italien verschoben und die andere den Slowenen untergejubelt. Ein letzter großer Coup, bevor sie der Schmuggelei den Rücken gekehrt haben. Ist ihnen wohl zu heiß geworden, die ganze Sache. Der Hubner war ja, wie Sie wissen, in die Ermittlungen eingebunden und immer auf dem neuesten Stand. Und so hat der Pechhofer beschlossen, sich aus dem Geschäft zurückzuziehen und die Fährte nach Slowenien zu legen. Hat ja auch bestens geklappt: Die Slowenen waren die perfekten Sündenböcke, während der Pechhofer und der Hubner in aller

Ruhe ein letztes Mal abkassiert haben.« Der Wolfgang Greidl schüttelte den Kopf und kickte mit seinem Fuß einen Stein, sodass dieser im hohen Bogen wegflog. »Und ich Vollidiot hab die ganze Aktion bezahlen dürfen!«

»Haben Sie dem Pechhofer gesagt, dass Sie dahintergekommen sind?«, fragte Kogler, der seine Gedanken erst einmal ordnen musste.

»Natürlich, was denken Sie denn? Aber mehr hab ich ja nicht machen können. Sie erinnern sich: das Video. Dort hab ich mit dem Hubner den Waffenschmuggel an die Mafia ausgiebig besprochen. Der Pechhofer war darin gar nicht zu sehn, da die Kamera nur auf uns beide gerichtet war, und die wenigen Passagen, in denen er was gesagt hat, wurden entfernt.«

»Hat der Hubner damals gewusst, dass das Gespräch gefilmt wurde?«

»Klar hat er das. Der war ja immer schon ein ergebener Lakai vom Pechhofer und wär mit dem freudig von jeder Klippe gesprungen.«

»Das heißt also, Sie glauben, dass die Balkanmafia hinter dem Mord am Pechhofer steckt? Als Rache? Und die ganze Tourismussache als Tarnung benutzt?«

Der Wolfgang Greidl schien zu überlegen. Er kratzte sich am Kopf und antwortete: »Ich weiß es nicht, Kogler, aber möglich wär's. Und wenn die vom Pechhofer wissen, dann haben die sicherlich auch herausgefunden, dass der Hubner und ich in diese Sache verstrickt waren. Und vielleicht wissen die auch über die anderen Bescheid?«

»Welche anderen? Sagen Sie jetzt bitte nicht, dass der Madritsch da auch noch mitgemacht hat.«

»Der Madritsch? Nein, ich denk nicht, aber ich hab keine Ahnung. Was ich aber weiß, ist, dass da Leute von ganz oben ihre

Finger im Spiel gehabt haben müssen. So hat's zumindest der Pechhofer ausgedrückt: Personen mit großer Macht würden ihn schützen.«

»Personen mit großer Macht?«

Aufgebracht fuchtelte der Wolfgang Greidl mit seinen Händen. Dann griff er sich an seine Rippen und zischte: »Ja, was weiß ich: Politik, Staatsanwaltschaft, Polizei ... Er hat das natürlich nicht erläutert. Nur ein einziges Mal, als er besoffen war und mir wieder mal das mit dem Video unter die Nase gerieben hat, da hat sein Handy geklingelt. Er hat draufgeschaut und mich wissen lassen, dass da jetzt jemand von ganz oben dran wär. Dann hat er wichtigtuerisch abgehoben und nach einer Weile gesagt: »Gut, dann treffen wir uns morgen beim Code-Fresser.« Das war's, mehr war da nicht.

»Beim Code-Fresser?«, wiederholte Kogler. Was zum Teufel sollte das schon wieder bedeuten?

»Ja, Code-Fresser. Ich versuch seit Jahren dahinterzukommen, wer da im Hintergrund die Hand schützend über den Pechhofer gehalten hat. Aber ich hab nix rausgefunden: Kontakte hin, Kontakte her. Alles hab ich versucht: sämtliche IT-Abteilungen und Hacker überprüfen lassen, ob's irgendjemanden gibt, der sich Code-Fresser nennt. War ja mein einziger Anhaltspunkt. Aber das war eine Sackgasse, es gibt niemanden, der sich so nennt.«

Der Wolfgang Greidl leerte das Wasser aus dem Sektkübel und begann, die Decke zusammenzufalten.

»Und was soll ich jetzt machen?«, fragte Kogler. »Wenn Sie in dieser Sache schon nicht weitergekommen sind.«

»Das überlass ich Ihnen, Sie sind der Ermittler. Und sagen Sie Ihrer Freundin, der Mahringer, dass sie es, wenn sie nur ein Wort über unser Treffen veröffentlicht, für den Rest ihres Lebens bereun wird.«

»Wie kommen Sie drauf, dass ich ihr davon erzähl?«

Der Wolfgang Greidl lächelte. »Weil Sie beide doch zusammenarbeiten, oder tun Sie das etwa nicht? Außerdem mögen Sie die Mahringer, Kogler, das sieht doch ein Blinder. Da entwickelt sich was zwischen Ihnen beiden.«

»Blödsinn!«, protestierte Kogler. »Außerdem wär ich an Ihrer Stelle etwas vorsichtiger mit Drohungen. Wer sagt Ihnen eigentlich, dass ich in dieser Waffensache den Mund halt?«

Der Wolfgang Greidl klopfte den Sand von seiner Hose, strich über seine Jacke und streckte seinen Hals erst nach links, dann nach rechts, sodass ein Knacksen zu hören war. »Was wollen Sie denn schon groß tun, Kogler? Der Pechhofer ist tot, und das Video wird schon bald Geschichte sein, das können Sie mir glauben, denn da kümmer ich mich persönlich drum. Und abgesehn davon, warum sollten Sie einen guten Freund wie mich in Schwierigkeiten bringen wollen?«

»Guter Freund?« Kogler lachte kurz auf. »Wie kommen Sie denn auf so einen Schwachsinn?«

Der Wolfgang Greidl holte einen Zettel aus seiner Jackentasche und gab ihn Kogler. »Kärntner Hausbank. Sterneckstraße 34. Klagenfurt. Schließfach 674«, stand da.

»Wissen Sie, Kogler, ich weiß, dass Sie ein heller Kerl sind. Ihre ganze Einbruchssache: geschenkt. Unzurechnungsfähigkeit: dass ich nicht lach. Was haben Sie denn dort in Wirklichkeit gesucht, beim Benjamin Hartner im Lokal?«

Kogler spürte, wie seine Beine weich wurden.

»Tja, was könnte das gewesen sein? Belastendes Material? Dokumente? Fotos? Oder vielleicht eine Waffe?«

»Was reden Sie da?«, presste Kogler hervor.

Der Wolfgang Greidl klopfte ihm auf die Schulter. »Ist schon gut, machen Sie sich keine Gedanken. Wir mögen uns doch, wir beide, und gute Freunde behalten ihre kleinen Geheimnisse für sich, oder nicht? Und dieses Schließfach, Kogler, das gehört so nebenbei dem Benjamin Hartner. Hat er schon lang vor Ihrem Einbruch gemietet. Und da hab ich mir gedacht, vielleicht interessiert's Sie ja.«

27.

»Ich kann nur hoffen, dass es wirklich wichtig ist. Warum sind Sie eigentlich so verschwitzt?«

»Bin mit dem Rad hergefahren.«

Die Gisela Pokorny und Kogler saßen im Hinterzimmer eines kleinen Klagenfurter Cafés. An den vergilbten Wänden hingen verstaubte Schwarz-Weiß-Bilder von verschiedenen ehemaligen Kärntner Landeshauptleuten. Kogler war zum ersten Mal hier. Den Treffpunkt hatte die Staatsanwältin vorgeschlagen, nachdem er sie angerufen hatte.

»Bevor ich's vergess: Was zum Teufel haben Sie sich eigentlich dabei gedacht, mich beim Fruchtinger ins Spiel zu bringen? Sie wissen doch ganz genau, dass wir nach außen hin jeden Kontakt vermeiden müssen.«

»Es war die Idee vom Fruchtinger, Sie anzurufen«, entschuldigte sich Kogler.

Die Staatsanwältin setzte eine eisige Miene auf. »Sie hätten gar nicht erst bei dem auftauchen dürfen.« Die Gisela Pokorny rührte ärgerlich ihren Kaffee um. »Himmelherrgott, Kogler, Sie sollen einfach abtauchen und unauffällig bleiben – nicht mehr und nicht weniger. Mischen Sie sich in Zukunft verdammt noch mal nicht in irgendwelche Ermittlungen ein!« Sie schüttete Zucker nach. »Und was gibt's jetzt so Wichtiges?«

»Erst einmal wollt ich Ihnen mein herzliches Beileid zu Ihrem Verlust bekunden.«

Die leitende Staatsanwältin schaute überrascht. »Welcher Verlust? Wovon reden Sie?«

»Ja, wegen dem Sebastian natürlich!«

Die Gisela Pokorny machte eine abwertende Bewegung mit ihrer Hand. »Ach so, wegen meinem Ex-Mann. Machen Sie sich da keine Gedanken, das ist für mich kein Verlust. Der ist selber schuld. Hätt ja nicht ans Ende der Welt abhaun und sich dort irgendeine Latina-Schlampe aufreißen müssen.«

»Irgendeine Latina-Schlampe? Die waren verheiratet und hatten ein kleines Kind«, protestierte Kogler.

»Ja, und wenn schon. Als ob das was ändern würd. Der hat in der letzten Zeit ja nicht mal mehr seine Alimente gezahlt, das müssen Sie sich mal vorstellen.«

»Er war ja auch praktisch pleite, weil er damals alles für das Lösegeld zusammengekratzt hat.«

Die Gisela Pokorny lachte kurz auf. »Und? Soll ich jetzt weinen? Außerdem hat er uns im Stich lassen, die Romana und mich, so schaut's aus.«

Kogler konnte nicht fassen, was die Gisela Pokorny da sagte. Er nahm einen großen Schluck von seinem Mineralwasser, schob seine Irritation beiseite und wechselte das Thema. »Nun gut, dann zu etwas ganz anderem, Frau Pokorny. Wissen Sie, ich hab ja als Pensionist viel Zeit, und da hab ich mich ein bisschen mit dem Strafgesetzbuch beschäftigt.«

»Sie? Wozu denn?«

»Na ja, ich bin die ganze Strasser-Sache einfach noch mal durchgegangen. Schritt für Schritt. Manches ist mir nach wie vor nicht ganz klar. Vielleicht können Sie mir da ja als Strafrechtsexpertin helfen.«

Die Staatsanwältin nahm einen Schluck von ihrem Kaffee. »Na schön«, sagte sie, »ich höre.«

»Als wir das Haus vom Strasser gestürmt haben und ich ihn niedergeschlagen hab – das wär doch ganz bestimmt noch unter Nothilfe gefallen, oder?«

Die Gisela Pokorny nickte.

»Aber dann haben Sie auf den Strasser geschossen. Einmal hätten wir ja vielleicht noch als Notwehr hindrehn können, nicht wahr? Aber sechsmal ...«

Die Leiterin der Kärntner Staatsanwaltschaft schaute ihn genervt an. »Was wollen Sie mir jetzt genau sagen, Herr Kogler?«

»Gar nix, Frau Pokorny, gar nix. Ich versuch bloß zu verstehn, was damals genau passiert ist. Wissen Sie, ich begreif immer noch nicht, warum wir drei unsere Aussagen nicht einfach aufeinander abgestimmt und dem Toten ein Messer in die Hand gedrückt haben. Dann hätt's selbst so noch nach Notwehr ausgesehn.«

Die Gisela Pokorny nahm noch einen Schluck von ihrem Kaffee und seufzte laut. »Herr Kogler, was reden Sie da? Wir haben die mit Abstand sauberste Lösung gewählt.« Die Staatsanwältin schüttelte lächelnd den Kopf.

»Na gut, aber das Einzige, worin Ihr Bruder und ich mich in dieser Nacht schuldig gemacht haben, war die Unterdrückung von Beweismitteln, seh ich das richtig? Selbst die Tatsache, dass wir Sie anschließend gedeckt haben, hätt man später nicht gegen uns verwenden können, oder?«

»Ach, hätt man nicht?« Die Gisela Pokorny lächelte noch breiter.

»Nein, weil man nicht wegen Begünstigung angeklagt werden kann, wenn man mit jemandem verwandt ist oder wenn man sich dann, so wie ich, selbst belasten würd.«

»Sehr gut recherchiert, Kogler!«, lobte die Gisela Pokorny.

»Paragraf 299 StGB, Absatz drei: Nach Absatz 1 ist ferner nicht zu bestrafen, wer die Tat in der Absicht begeht, einen Angehörigen zu begünstigen oder zu verhindern, selbst wegen Beteiligung an der strafbaren Handlung bestraft zu werden.«

»Interessant, ich kann mich nicht erinnern, dass Sie uns das damals im Haus vom Strasser auch so genau erklärt hätten. Wie dem auch sei, das heißt, ich hab mich eigentlich erst so richtig reingeritten, als ich am nächsten Morgen die Ermittlungen im Haus geleitet hab.«

»Tja, Kogler, so ist das nun mal. Nennt sich Amtsmissbrauch. Strafmaß bis zu fünf Jahre.«

Kogler rückte ein Stück nach vorn und schaute der Staatsanwältin direkt in die Augen. »Sie hätten also eine Anklage wegen Totschlag bekommen, der Benjamin und ich wegen Beweismittelunterdrückung: mögliche Freiheitsstrafen für ihn und mich grad mal bis zu einem Jahr. Da bedank ich mich im Nachhinein also noch mal, dass Sie mich am nächsten Tag unbedingt am Tatort haben wollten.«

»Sie hätten's ja nicht machen müssen, und den lieben Benjamin hat so ganz nebenbei auch niemand gezwungen, uns zu erpressen. Damit ist er übrigens zu Ihnen in den Klub derjenigen aufgestiegen, die mit bis zu fünf Jahren Haft rechnen müssen.«

Kogler nickte. »Ja, alles irgendwie dumm gelaufen für Ihren Bruder und für mich«, sagte er. »Ärgerlich, dass wir nicht damals schon einen genaueren Blick ins Strafgesetzbuch geworfen haben.« Dann griff er in seine Hosentasche und überreichte der Gisela Pokorny den Zettel, den ihm der Wolfgang Greidl am Forstsee gegeben hatte.

»Was soll das sein?«

Kogler erklärte es ihr. Die Staatsanwältin machte große Augen.

»Woher haben Sie das?«

»Vom Wolfgang Greidl.«

»Vom Greidl? Dem Spinner?«

»Sie meinen, der ist ein Spinner? Ich weiß nicht, langsam hab ich das Gefühl, dass an seinen speziellen Verbindungen was dran sein könnte.«

Die Gisela Pokorny steckte den Zettel mit den Bankdaten ein. »Ich werd das sofort überprüfen, und wenn das mit dem Schließfach stimmt, dann haben wir das Schwein am Haken. Ich werd im Hintergrund was arrangieren: einen Vorwand, damit wir eine Verfügung bekommen, einige oder alle Schließfächer zu öffnen. Und dann werden unsere Fingerabdrücke von der Tatwaffe verschwinden. Simsalabim! Zauberei!«

»Wie wollen Sie das anstellen?«

»Herr Kogler, jetzt seien Sie bitte nicht so naiv. Die Kette der Beweissicherung ist lang. Da sind viele Leute beteiligt, und irgendwo hält immer wer die Hand auf.«

Kogler musste schlucken. Konnte das sein? War das wirklich alles so einfach, wie sie es ihn glauben lassen wollte?

»Also, dazu brauch ich ein paar Tage. Es ist nicht ganz einfach, einen vernünftigen Tatverdacht zu konstruieren, damit wir die Fächer öffnen können. Aber dann, Herr Kogler, ja dann sind wir diese elendige Ratte von einem Benjamin ein für alle Mal los. Dann geht er sitzen: lebenslang.«

»Ich versteh nicht.«

»Jetzt denken Sie endlich mal mit. Eine nicht registrierte Mordwaffe ohne Fingerabdrücke, eingelagert im Schließfach meines Bruders. Wir brauchen nur noch eine Verbindung zwischen ihm und dem Strasser erfinden, irgendwelche kleinkriminellen Machenschaften. Tja, und dann ist er halt zornig auf den Strasser geworden, der Benjamin, und hat ihn erschossen. Dann noch der richtige Staatsanwalt – und zack, dann ist er dran!«

»Um Gottes willen, Frau Pokorny, das können wir doch nicht machen. Der erzählt dann doch allen, was damals wirklich im Haus passiert ist.«

Die Augen der Staatsanwältin funkelten wild. »Na und? Soll er doch, das wird ihm keiner glauben. Wir drei werden einfach sagen, dass er lügt. Ich red mit meiner Tochter, die spielt da schon mit. Die weiß nämlich, dass ihr mieser Onkel mich seit der Entführung erpresst. Außerdem war der Benjamin schon als Kind psychisch problematisch. Da gibt's reichlich Unterlagen. Und zum Thema Gutachter: Sie wissen ja am besten, wie das läuft.«

Kogler konnte nicht glauben, was er da hörte. Meinte sie das alles ernst? Das war Wahnsinn.

»Frau Pokorny, ich bitt Sie ...«

»Sie sind da jetzt raus, Herr Kogler, lassen Sie's gut sein. Ab jetzt kümmer ich mich um alles. Allein!«

Soziopathin, so hatte der Benjamin die Gisela Pokorny bezeichnet. Daran musste Kogler denken, als er sie so reden hörte. Er schaute in ihre Augen. Tatsächlich, wenn man genau hinsah, schienen die aus purem Eis zu sein: stahlblau, kalt und ausdruckslos, bis auf dieses gefährliche Funkeln.

Kogler rauchte sich eine an und ignorierte den vorwurfsvollen Blick von der Gisela Pokorny, den er sich deswegen einhandelte. »Was meinen Sie eigentlich mit ›psychisch problematisch‹?«

»Ach, der hatte alles Mögliche. War stark verhaltensauffällig und hat deswegen auch immer wieder Schwierigkeiten gehabt: im Kindergarten, in der Schule und natürlich zu Haus. Hat den Vater oft zur Weißglut gebracht.« Ein seltsames Lächeln umspielte den Mund der Staatsanwältin. »Als er klein war, hat er sich zum Beispiel ständig in die Hose gemacht, war halt ein Bettnässer. Und eingekotet hat er sich, widerlich! Und wissen Sie, was das Abartigste war? Er hat sich sogar seine eigenen Exkremente in den Mund geschoben. Ist das nicht krank? Das müssen Sie sich mal vorstellen. Jaja, der hat den Papa schon zum Jähzorn getrieben, der Benjamin.« Das Lächeln im Gesicht der Gisela Pokorny wurde breiter. »Ein Kotfresser war er halt.«

»Ein was?«

»Ein Kotfresser, Sie wissen schon.«

Kogler stockte der Atem. Wir treffen uns beim Code-Fresser, hatte der Pechhofer laut Greidl gesagt. Code-Fresser wie Kotfresser. Das würde ja bedeuten, dass …

»Er war überhaupt ein Sonderling, ein kleiner schwacher Freak.«

Kogler spürte, wie sein Mund trocken wurde. Er wollte das alles nicht glauben. Eine leitende Staatsanwältin, die ihren kleinen Bruder gequält und misshandelt hatte? Eine leitende Staatsanwältin, die im Waffenschmuggel mitgemischt hatte? Nein, er musste sich täuschen.

»Was ist eigentlich mit seinem Finger passiert?«, fragte Kogler, während er der Gisela Pokorny direkt ins Gesicht schaute.

»Mit seinem Finger? Ach, den hat er sich als Kind abgeschnitten, als er mit einer Gartenschere herumgespielt hat.«

Ein versonnenes Lächeln machte sich auf dem Gesicht der Staatsanwältin breit, und ihre Augen wanderten hinauf zur Decke. Kogler kannte dieses Verhalten aus zahlreichen Verhören nur zu gut. Er war sich sicher, dass die Staatsanwältin log. Der Benjamin hatte ihm wohl die Wahrheit erzählt. Kogler musste sich beherrschen, ruhig zu bleiben.

»Hatten Sie damals eigentlich Haustiere?«

»Haustiere? Warum wollen Sie das denn wissen?«

»Ach, nur so, man hört ja, dass die Wunder wirken können bei einem auffälligen Kind.«

»Wir hatten eine Katze. Der Benjamin war total vernarrt in das dumme Vieh. Aber dann hat irgendjemand sie vergiftet. Tragisch.« Wieder schmunzelte die Staatsanwältin auf diese eigenartige Weise. Kogler wurde schlecht. In ihm arbeitete es. Er hörte eine innere Stimme, die ihm deutlich befahl, etwas Bestimmtes zu tun. Kogler kämpfte dagegen an. Nein, das wollte er nicht machen, das konnte er nicht tun. Doch die Stimme wurde stärker und stärker. Na gut, sagte Kogler schließlich zu sich selbst, ich klär noch eine letzte Sache ab, und dann treff ich meine Entscheidung.

• • •

Ein einziger Gast saß verloren und stockbetrunken an der Bar vom Café Benny. Der Rest des Lokals war leer. Kogler zog ihn hoch. »Wir haben jetzt geschlossen«, sagte er.

»Bist verrückt, Karl? Lass meine Kundschaft in Ruh!«

Kogler drückte dem Betrunkenen einen Zwanzigeuroschein in die Hand und schob ihn zum Ausgang.

»Hey! Der hat noch nicht bezahlt!«, rief ihnen der Benjamin Hartner hinterher.

»Das übernehm ich«, antwortete Kogler. Er schloss die Tür hinter dem Mann und sperrte ab. Dann ging er zurück zur Theke und setzte sich gegenüber vom Benjamin Hartner hin.

»Sag, hast den Verstand verlorn? Was soll das?«

Kogler zündete sich eine Zigarette an und fixierte sein Gegenüber mit den Augen. »Du beantwortest mir jetzt eine Frage, Benjamin.«

»Einen Teufel werd ich!«

»War deine Schwester vor einigen Jahren mit dem Pechhofer hier?«

Der Benjamin Hartner schaute überrascht. »Mit dem, der am Wochenende ermordet worden ist? Warum willst das wissen?«

»War sie oder war sie nicht?« Kogler schlug mit der Faust auf die Theke. Der Benjamin Hartner zuckte zusammen.

»Ja, war sie. Das eine oder andere Mal. Warum ...«

Kogler schnaufte. Verdammt! Das war natürlich noch kein Beweis, aber die Beweislage war erdrückend und ließ seinem Gewissen keine andere Wahl. Sein Blick wanderte langsam über den Benjamin Hartner und blieb an dessen Fingerstummel hängen.

»Also hör zu, Benjamin, ich geb dir jetzt die Chance, deinen kleinen Arsch zu retten. Du hast zwei Möglichkeiten: Entweder wir machen's auf meine Weise oder auf die deiner Schwester. Du hast die Wahl.«

»Von was redest da?«

»Schließfach 674, Kärntner Hausbank, Klagenfurt. Klingelt's?«

Der Benjamin Hartner wurde blass. »Was? Wie?«, stotterte er.

»Da liegt die Waffe drin, richtig?«

»Äh ... nein, tut sie nicht.«

»Red keinen Schmarrn, natürlich tut sie das. Und jetzt hör mir genau zu. Du weißt das, ich weiß das, und deine Schwester weiß das inzwischen auch. Während wir beide hier miteinander reden, besorgt die sich die Befugnis, die Schließfächer dort zu öffnen. Und spätestens in einigen Stunden wird das dann auch geschehn.« Das war selbstverständlich gelogen. Natürlich würde das deutlich länger dauern.

Der Benjamin Hartner griff zur Wodkaflasche. »Das darf sie nicht!«, sagte er trotzig.

»Natürlich darf sie das. Sie ist eine gottverdammte Staatsanwältin. Und zwar nicht irgendeine, sondern die leitende Staatsanwältin in Kärnten, nur der Oberstaatsanwaltschaft in Graz unterstellt, kapierst du das nicht? Und jetzt hör auf zu saufen und hör mir zu! Ich brauch dich bei klarem Verstand.«

Der Benjamin Hartner stellte die Flasche wieder hin.

»Also, mein Vorschlag: Wir fahren jetzt gemeinsam zur Bank, holen die Pistole, und dann gehn wir in irgendein Lokal aufs Klo. Dort wischen wir die Fingerabdrücke ab, und dann lässt die Waffe endgültig verschwinden, ein für alle Mal. Es sei denn, du willst mit einer Mordwaffe erwischt werden, die sich eindeutig dem Mord an Strasser zuordnen lässt.«

»Und wenn ich das nicht will?«

»Dann sorg ich jetzt höchstpersönlich dafür, dass du schön hierbleibst, bis deine Schwester ihren Job gemacht hat, im Notfall auch mit Gewalt. Und weißt, was die tun wird, nachdem sie die Waffe hat? Sie wird die Fingerabdrücke verschwinden lassen und argumentieren, dass du der Mörder vom Strasser warst.«

»Aber …«

»Nix aber! Himmel, du hast ja keine Ahnung, was die für Kontakte hat. Also, was ist jetzt? Wie willst es haben?«

Der Benjamin Hartner gab keine Antwort.

»Deine Schwester wird von mir auch nicht erfahren, dass wir die Pistole geholt und entsorgt haben.«

»Was meinst? Du sagst's ihr nicht?«

»Nein, die wird glauben, dass du die Pistole woanders gelagert hast. Du kannst sie also von mir aus weiter damit erpressen, das ist mir egal. Deine Entscheidung! Aber ich sag dir eins: Ich würd's an deiner Stelle nicht übertreiben. Die ist brandgefährlich.«

»Aber warum tust das? Warum hilfst mir dabei?«

Kogler dämpfte seine Zigarette im übervollen Aschenbecher aus. »Weil ich dir inzwischen glaub, dass deine Schwester dir das

Leben zur Hölle gemacht hat, und ich denk auch, dass sie kein guter Mensch ist.«

»Und da bist von heut auf morgen draufgekommen? Einfach so?«

»Ja, bin ich. Ich hab mir nämlich deinen Rat zu Herzen genommen und ganz genau hingeschaut und zugehört.«

»O. k.!«, murmelte der Benjamin. »In Ordnung, dann machen wir das so.«

»Moment, nicht so schnell!«, sagte Kogler. »Zwei Sachen noch. Erstens: Stimmt es, dass du für den Fall deines unnatürlichen Todes bei einem Notar was hinterlegt hast?«

Der Benjamin nickte.

»Was genau?«

»Nur einen Schlüssel fürs Schließfach und die Anweisung, ihn an die Polizei weiterzuleiten.«

»Sonst nix? Keine Details? Irgendwas Schriftliches, in dem du mich erwähnst?«

»Nein.«

»In Ordnung. So, nun zum zweiten Punkt: Du schuldest mir rund 30.000 Euro, die du mir bis jetzt abgenommen hast. Ich hoff, das ist dir klar! Und wenn du nicht willst, dass ich meine Wut darüber an dir auslass, dann ...«

Kogler packte den Benjamin Hartner an seinem Kragen und zog ihn über die Theke zu sich heran, bis ihrer beider Gesichter nur noch wenige Zentimeter voneinander entfernt waren.

Der Bruder der Staatsanwältin zappelte und nickte heftig. »Ich ... Ich könnt mehr von der Gisela verlangen und dich so auszahlen«, schlug er vor.

Kogler tippte sich mehrmals mit dem Finger seiner freien Hand an die Stirn. »Nein, das wirst nicht. Sag, hörst mir nicht zu? Was hab ich dir grad gesagt? Übertreib's nicht bei der, du bewegst dich da jetzt schon auf verdammt dünnem Eis. Ich sag dir jetzt, wie das laufen wird. Du zahlst mir jeden Monat was zurück, so lang, bis wir pari sind. Wie viel ist da möglich?«

»So 500 Euro?«

»Gut, wir machen 400, und zwar jeden verdammten Monat. Plus: Du schuldest mir jede Menge Spezialgefallen.«

»Spezialgefallen?«

»Ja, du hast schon richtig gehört: Spezialgefallen. Ich geb dir aus aktuellem Anlass ein Beispiel. Wenn ich dir sag, dass du einem Freund von mir für einen gewissen Zeitpunkt ein Alibi geben sollst, dann tust du das, und zwar ohne Wenn und Aber!«

»Was für ein Alibi?«

Kogler dachte an den Goran. Für die Pechhofer-Sache würde das nicht funktionieren. Aber vielleicht für einen anderen Zeitpunkt? Er ließ den Benjamin Hartner los. Gott, was machte er da eigentlich? Falsche Alibis? Andererseits wäre das ja nicht die erste Grenze, die er in den letzten Jahren überschritten hätte.

»Das wirst noch früh genug erfahren, falls es nötig wird«, zischte er. »Und jetzt mach dich fertig, wir haben was zu tun. Hast den Schlüssel fürs Schließfach da?«

Der Benjamin Hartner nickte. »Eingesteckt, immer.«

»In Ordnung. Also dann los!«

»Moment noch!« Der Benjamin wühlte in einer Lade und zog einen Computerausdruck hervor. Er zeigte ihn Kogler. »Was hältst davon, wenn ich das hier statt der Pistole ins Schließfach leg?«

Kogler betrachtete den Scan des alten, abgegriffenen Fotos. Es zeigte einen kleinen Jungen mit einer getigerten Katze auf dem Arm.

»Bist du das mit dem Hannibal?«

Der Benjamin Hartner nickte.

»Ja, warum nicht«, sagte Kogler. Er konnte sich ein Lächeln

nicht verkneifen. »Gute Idee, da wird sich deine Schwester sicher freun.«

28.

»Versteh ich das richtig? Die Balkanmafia hat den Pechhofer umgebracht, weil er slowenischen Waffenhändlern heiße Ware untergeschoben hat? Im Ernst jetzt?«

»Nun, die waren wirklich sehr eng mit der Mafia vernetzt. Der Bruder von einem der Waffenhändler ist so was wie die rechte Hand von einem der gefürchtetsten Clanchefs.«

»Und woher will der Greidl das alles wissen?« Die Susanne Mahringer schüttelte ungläubig den Kopf. »Sie sagen doch selbst immer, dass der nur heiße Luft redet.«

Kogler rutschte unruhig auf seinem Sessel hin und her. Er hatte der Mahringer nur die Eckdaten, die den Pechhofer betrafen, gegeben. Die genaue Rolle vom Greidl hatte er unter den Tisch fallen lassen, genau wie die Beteiligung von Pechhofers Geschäftsfreund, dem Obmann der Villach Wolves.

»Ja, ich weiß, aber ich glaub nicht, dass er in diesem Fall lügt. Und überhaupt scheint der doch bessere Kontakte zu haben, als ich bisher gedacht hab.«

»Hängt der vielleicht mit drin, der Greidl?«

Kogler tat so, als ob er die Frage der Journalistin überhört hätte. Er wollte sie nicht auf dumme Gedanken bringen. Den Greidl zu verärgern war die eine Sache, aber wenn er mit seinem Verdacht, dass die Staatsanwältin Pokorny damals ihre schützende Hand über die Waffendeals gehalten hatte, richtiglag, dann war es vorerst klüger, nicht alle Details mit der Mahringer zu teilen. Kogler nahm einen Schluck von seinem Aperitif. Und überhaupt, was sollte man dem Greidl denn eigentlich zur Last legen? Dass er dem Pechhofer reichlich Geld geliehen hatte, das er nie mehr wiedergesehen hatte? Dass er mit ihm und dem Hubner Kisten voller Schrott in irgendeinem unbekannten Kärntner See versenkt hatte? Das würde keinem Gericht der Welt reichen. Und um das ominöse Video hatte der Greidl sich inzwischen sicherlich schon gekümmert, wenn man seinen heutigen Worten am Forstsee Glauben schenken durfte. Kogler nahm einen weiteren Schluck vom Champagner.

Früher war sein Leben einfacher gewesen, dachte er, und die moralischen Entscheidungen klar vorgezeichnet. Bei der Polizei hatte es immer klare Richtlinien und Regeln gegeben. Wenn etwas nicht weiß war, dann war es schwarz. Graue Zonen hatte es kaum gegeben: ein kleiner Gefallen hier, ein kurzes Wegschauen da – klar … aber nie bei den großen Dingen, da waren die Grenzen streng ausgesteckt. Kogler seufzte innerlich. In den letzten Jahren hatte sich das alles geändert: Er hatte einen Mord gedeckt. Er war in einem Café eingebrochen. Und heute? Zuerst hatte er sich vom Greidl seelenruhig in die Hintergründe eines groß angelegten Waffenschmuggels einweihen lassen, dann hatte er dem Benjamin geholfen, eine Tatwaffe verschwinden zu lassen, und von ihm etwaige Falschaussagen eingefordert. Ja, die Grenzen hatten sich in letzter Zeit tatsächlich gewaltig verschoben. Sie hatten sich geradezu aufgelöst. Es gab kein Schwarz und Weiß mehr. Alles war ein einziges Grau. War es hell? War es dunkel? Kogler hatte keine Ahnung.

»Also, Sie meinen, dass wir dieser eigenartigen Geschichte

nachgehn sollten?« Die Susanne Mahringer schaute ihn skeptisch an.

»Ich weiß nicht. Es ist ...« Kogler machte eine kurze Pause und dachte nach.

»Es ist was?«

»Es ist, wie soll ich sagen, das passt alles irgendwie nicht zusammen, überhaupt nicht. Ich mein, wenn die Mafia den Pechhofer hätte töten wollen, dann hätten die das doch ganz anders gemacht: schnell und effizient. Ein Schuss in den Kopf, so was halt. Das ist doch alles viel zu verspielt und theatralisch. Ich mein, warum sollten die mit dieser abstrusen Blauer-Wolf-Sache kommen? Einen Tränengas-Angriff vorschieben und einen Fisch vergiften? Feuchtigkeitscremes und Cocktails präparieren? Und wie zum Teufel soll der Mord am Madritsch da hineinpassen?«

»Also sind wir genauso schlau wie vorher.«

Kogler seufzte. »Keine Ahnung, ich werd das Gefühl einfach nicht los, dass wir irgendwas übersehn. Uns fehlt die Verbindung zwischen den Taten, wenn Sie so wollen. Wenn wir uns das Ganze chronologisch ansehn, dann war das erste Opfer der Madritsch. Dann dieser Anschlag in Pörtschach, der aber gar nicht töten sollte. Daraufhin die Ermordung vom Pechhofer. Und dann wieder zwei Taten, die nicht tödlich waren.«

»Drei.«

»Drei?«

»Drei Taten.«

»Ach so, Sie meinen den Angriff auf unsere beiden Freunde beim Seeschlössl? Der hat damit nix zu tun, wenn Sie mich fragen.«

»Sie meinen, das war ein Trittbrettfahrer?«

Kogler nickte. Ja, so kann man das sagen, dachte er im Stillen.

Zwei Trittbrettfahrer genauer gesagt: der Greidl und der stumme Plautz. Da war er sich inzwischen sicher.

»Bei diesen Toll- oder Wolfskirschen war aber nicht auszuschließen, dass jemand dabei den Löffel abgibt«, entgegnete die Susanne Mahringer. »Wenn der Greidl ein paar Cocktails mehr getrunken und dabei jedes Mal die Kirschen mitgegessen hätt, dann …«

Kogler knetete seine Stirn. »Ja, schon klar. Aber wissen Sie, es wirkt alles irgendwie so ungezielt, fast schon wahllos. Wie ich schon gesagt hab, es fehlen einfach die Verbindungen.«

»Vielleicht denken Sie ja auch zu kompliziert, und es geht wirklich einfach nur gegen den Tourismus?«

Kogler zuckte mit den Schultern. »Ja, vielleicht.« Er griff nach dem Flyer, der auf ihrem Tisch lag. »Oder man will uns auch nur genau das glauben lassen.«

»Und dass der Goran …«

Kogler schaute die Susanne Mahringer verärgert an.

»Schon gut, schon gut. Der kann's ja Ihrer Meinung nach nie im Leben gewesen sein.« Die Journalistin legte Kogler ihre Hand auf die Schulter. »Tut mir leid. Wissen Sie was? Warum lassen wir beide jetzt die ganze Sache nicht mal für ein, zwei Stunden ruhn und konzentrieren uns stattdessen auf das Essen?«

Kogler setzte ein gezwungenes Lächeln auf. »Ja, Sie haben sicherlich recht. Wir können jetzt im Moment sowieso nix für den Goran tun.« Kogler legte den Flyer, den er vorher kurz überflogen hatte, zurück auf den Tisch. »Was ist das da eigentlich heut für eine Catering-Werbeaktion? Ich hab das, um ehrlich zu sein, noch immer nicht verstanden.«

Die Susanne Mahringer deutete auf den Flyer. »Also, die Einladung verdanken wir diesem neuen See¬traum-Catering. Die starten offiziell Anfang nächsten Jahres. Ist eine groß angelegte Sache und ein ganz neues Konzept.«

»Was ist an einer Essenszustellung neu? Davon haben wir doch eh schon unzählige hier unten.«

»Nein, nein, das hier wird wirklich anders. Der Lieferservice vertritt zehn der exklusivsten und trendigsten Restaurants, die alle kein Catering anbieten. Wirkliche Top-Adressen, wie das Barbacoa eben, wo wir heut sind. Da sind sogar Haubenlokale dabei. Da, schaun Sie nur!«

Die Susanne Mahringer hielt ihm die Rückseite vom Flyer vor die Nase. Kogler las die angegebenen Namen. Ja, es stimmte schon: nur die feinsten und teuersten Adressen vom Wörthersee.

»Ein Angebot für die wirklich Reichen also, und die können dort aus ausgewählten Speisen dieser Lokale wählen, die ihnen dann geliefert werden, egal, ob für zwei oder zweihundert Personen.«

»Na gut, die schalten sich also einfach dazwischen. Und was ist daran jetzt so neu, außer dass es halt verschiedene Edelrestaurants unter einem Lieferservice sind?«

»Überlegen Sie mal, Herr Kogler, all diese Restaurants haben aus gutem Grund kein eigenes Catering. Die sind jeden Tag rappelvoll, da müssen Sie wochenlang vorher reservieren. Die haben für so was weder Zeit noch Ressourcen. Wer soll denn auch für bis zu zweihundert Leute kochen, wenn man sowieso schon komplett ausgebucht ist?« Die Susanne Mahringer machte eine ausholende Bewegung mit ihrer Hand. »Schaun Sie sich doch mal um: kein einziger freier Platz.«

Kogler ließ seinen Blick durch das große Lokal schweifen. Sie hatte recht. Abgesehen von dem kleinen Tisch in der Ecke neben ihnen war das Restaurant bis auf den letzten Platz besetzt, es wirkte fast so, als würden sich zu viele Gäste um die einfach gehaltenen schwarzen Tische zwängen. Einige hatten ihre Handys gezückt und filmten die riesigen Griller in der Mitte des Raumes, über denen gewaltige Abzugshauben hingen. Daneben bereiteten einige junge Küchenhilfen emsig zahlreiche Teller in verschiedenen Farben vor.

»Das ist heute eine Art Gemeinschaftsveranstaltung. Die Hälfte der Gäste ist vom Seetraum-Catering eingeladen, die anderen sind ganz normal da. Sie sehen das auch an den Namenskärtchen auf den Tischen.«

Kogler schaute auf den schlicht gehaltenen Kartenständer. ›Kärntner Blatt, Mahringer +1‹ stand da neben dem Logo des neuen Edellieferanten.

»Warum sind die Teller eigentlich in so grellen Farben gehalten? Da tun einem die Augen ja beim bloßen Hinsehen weh. Und wenn wir schon dabei sind, wofür sind diese seltsamen bunten Fläschchen auf unserem Tisch?«

»Das sind Pipettenfläschchen. Jede Farbe steht für einen Gang. Sie enthalten verschiedene Essenzen, die wir dann in oder auf das frisch servierte Essen geben.«

Kogler schüttelte den Kopf. »Und was soll das bitte bringen?«

»Diego Forlan steht für eine moderne Küche, die alle Sinne miteinbezieht. Die Optik der Gänge und die Zubereitung des Essens direkt vor allen Leuten sollen das Auge ansprechen. Durch die offene Küche verbreitet sich mit jedem Gang ein starkes Aroma im Raum, das für unsere Nasen durch die große Abzugsglocke optimal reguliert wird. Das Schmecken wird zusätzlich mit dem Haptischen, also dem Greifen und Fühlen, kombiniert, indem wir diese Essenzen ganz frisch auf die Gerichte geben. Angeblich kommt es so zu ganz besonderen Genusserlebnissen. Und für die Ohren gibt es zu jedem Gang eine spezielle Hintergrundmusik.«

»Na, Sie haben Ihre Hausaufgaben ja gemacht«, sagte Kogler. »Ich persönlich bin ja eigentlich kein Freund von diesem ganzen übertriebenen Schnickschnack, aber ich lass mich überraschen.«

»Jetzt warten Sie erst mal ab, Herr Kogler, und seien Sie nicht immer gleich so kritisch. Diego Forlan hat schon auf Staatsempfängen in Wien und Berlin gekocht, der weiß schon, was er tut.«

»Na, dann hoffen wir mal das Beste.« Kogler ließ seinen Blick ein weiteres Mal über den Tisch wandern. »Gibt's eigentlich kein Menü?«

»Nein, Forlan erklärt den Gästen jeden Abend persönlich die einzelnen Gänge.« Die Susanne Mahringer schaute auf ihre Uhr. »Sollte jetzt jeden Moment so weit sein.«

Da strömten auch schon die Kellnerinnen aus und brachten die Gedecke für den ersten Gang: einen Unterteller, eine kleine Suppenschüssel und einen Löffel, alles in Knallgelb. Als sie damit fertig waren, wurde das Licht gedimmt. Alle warteten gespannt auf den vielfach ausgezeichneten Chefkoch des Barbacoa.

»Um noch mal auf diese Catering-Sache zurückzukommen. Und dieser Forlan kocht dann also auch persönlich für die?«

Die Susanne Mahringer lachte. »Nein, natürlich nicht. Der kocht ja nicht einmal hier selbst. Der entwirft nur die Gerichte und die Gangabfolgen. Seine Köche bereiten die Gänge zu, aber die haben logischerweise auch keine Zeit, für das Catering zu arbeiten.«

»Und wer macht das dann?«

»Genau das ist ja das Besondere. Die vom Catering haben eigene Top-Köche fix angestellt, und die machen zurzeit in jedem der zehn Spitzenrestaurants eine Art Profilehre. Die lernen dort die Gerichte, um sie dann in der eigenen Großküche vom Seetraum-Catering mit ihren Hilfsköchen zuzubereiten.«

Kogler nahm den letzten Schluck von seinem Champagner.

»Eigene Top-Köche, Hilfsköche, Großküche ... Das klingt alles nach ziemlich hohen Kosten.«

Die Susanne Mahringer nickte eifrig. »Ja, dahinter steht eine Rieseninvestition, und vergessen Sie die ganze Werbung nicht. Die laden in alle zehn Lokale ausgewählte Vertreter von Presse, Rundfunk und Fernsehen ein, dazu die wichtigsten Veranstaltungsunternehmer und einiges an Seeprominenz. Schon jetzt, Monate vor dem eigentlichen Starttermin, schalten die Anzeigen und schicken Informationsmaterialien raus. Ja, die lassen sich das schon was kosten.«

Ein Mann schritt durch die Eingangstür und steuerte auf die Vielzahl der Griller zu. Dort blieb er kurz stehen und betrachtete deren Anordnung und Aufbau.

»Ist das dieser Forlan?«, fragte Kogler.

»Der? Nein, sicher nicht. Keine Ahnung, wer das ist.«

Der Mann drehte sich um und marschierte auf sie zu. Dann setzte er sich an den kleinen Tisch, der rund eineinhalb Meter von ihnen entfernt in der Ecke stand. Die Susanne Mahringer begann zu grinsen. »Da ist jemand ja voll in den Achtzigerjahren hängen geblieben«, raunte sie Kogler zu.

Wirklich, dachte er, der Typ hatte ein seltsames Outfit. Unter den langen blonden Haaren, die Kogler an den jungen Dieter Bohlen erinnerten, stach eine klobige schwarze Brille hervor. Ein mächtiger Schnauzbart thronte über seinem Mund. Dazu ein hellblauer Anzug mit großen schwarzen Lederflecken an den Ellbogen.

Als Kogler der Journalistin gerade leise antworten wollte, ging ein Raunen durch den Saal. Ein groß gewachsener Mann, der ein blütenweißes Hemd trug, ansonsten aber ganz in Schwarz gekleidet war, hatte vor der Küchenzeile in der Mitte Stellung bezogen. Er trug einen Hut und eine Krawatte, dazu eine dunkel getönte

Brille. Breite Koteletten rahmten sein Gesicht. Das musste dann wohl dieser viel gepriesene Küchengott Diego Forlan sein. Entweder der oder der dritte verschollene Blues Brother, schoss es Kogler durch den Kopf. Ob das Absicht war? Die Ähnlichkeit war auf alle Fälle verblüffend.

Nachdem der Restaurantbesitzer die Gäste kurz und prägnant begrüßt hatte, wurde der Abzug heruntergestellt. Ein leicht asiatisch anmutender Duft machte sich im ganzen Speisesaal breit. Zusätzlich stieg Kogler ein kräftiges, leicht süßliches Fischaroma in die Nase. Dann veränderte sich das Licht. Der ganze Raum war in ein leichtes Neongelb getaucht, ähnlich den Farben des Geschirrs. Jetzt hatte wohl auch der Dümmste im Raum verstanden, dass dies die Farbe des ersten Gangs war.

Diego Forlan begann wieder zu sprechen. Er deutete auf den riesigen dampfenden Kessel hinter ihm. »Wir starten mit einer ganz besonderen Vorspeise: der Kärntner Kirchtagssuppe à la Forlan. Statt der klassischen Fleischzutaten von Rind, Kalb, Lamm, Schwein und Huhn verwenden wir Seekrebse, Reinankenleber, Steinbutt- und Bachforellenfilet sowie das zarte Fleisch der Jakobsmuschel – selbstverständlich alles aus lokaler Zucht. In Ihrem gelben Verfeinerungsfläschchen finden Sie passend zur Kirchtagssuppe unsere hausgemachte Veredelungsessenz aus verflüssigtem Zitronengras, Safran, Meerfenchel, Lorbeerblättern, Wacholderbeeren sowie einem kleinen Schuss Apfelessig von der Manufaktur Berghammer. Ich empfehl Ihnen bei diesem Gang, den gesamten Inhalt der Essenz mit der Pipette rasch in die Suppe hineinzugeben. Hierzu noch ein kleiner Tipp: Verrühren Sie diese anschließend nicht, dann kann sich der Geschmack sämig und prickelnd entfalten. Ich wünsche Ihnen einen guten Appetit!«

»Eine Kirchtagssuppe ohne Fleisch? Mit Zitronengras? Soll das ein Witz sein?«

»Herr Kogler, jetzt seien Sie doch nicht so stur. Was wär das Leben denn ohne Erneuerung und Innovation?«

Kogler verdrehte die Augen. Nicht so stur sollte er sein. Als ob er das jemals gewesen wäre. Im Gegenteil. In der Kulinarik war er immer schon für alles Mögliche offen gewesen. Aber eine Kirchtagssuppe ohne Fleisch? Nein, da hörte es auf. Es gab Grenzen. Und die hatte Forlan mit seiner Interpretation des Kärntner Suppenklassikers überschritten.

Diese traditionsreiche Suppe wurde meist zu besonderen Anlässen und großen Festen serviert, wie zum Beispiel dem Villacher Fasching oder dem Villacher Kirchtag, Österreichs größtem Brauchtumsfest, das immer am ersten Samstag im August gefeiert wurde. Die gelbe Kirchtagssuppe wurde je nach Region, Ortschaft und Familie unterschiedlich zubereitet, aber alle Rezepte hatten zwei Dinge gemeinsam: Einerseits wurden für die Suppe nur die allerbesten und einstmals teuersten Zutaten verwendet, denn sie war immer schon ausschließlich für ganz besondere Anlässe vorgesehen gewesen. Andererseits musste sie genau fünf verschiedene Fleischsorten beinhalten. Nicht vier oder sechs: Nein, fünf mussten es sein. Da konnte der Forlan noch so hip und angesagt sein, eine Kärntner Kirchtagssuppe ohne diese fünf verschiedenen Fleischsorten war keine. Und eine fleischlose schon gar nicht. Punkt. Da gab es keine Ausnahme. Da fuhr in Kärnten der Zug drüber.

•••

Aus den Lautsprechern des Barbacoa ertönte sanftes Meeresrauschen, das nur hin und wieder von Walgesang unterbrochen wurde. Kogler begutachtete seine Suppe, die gerade eben von einer Kellnerin aus dem vorbeigeschobenen Kessel in ihre Schüsseln gefüllt worden war: Fisch, Fisch und noch mehr Fisch, der in einer grellgelben Brühe schwamm. Er griff zu seinem Pipettenfläschchen, als er am Tisch neben sich eine Stimme murmeln hörte. Kogler schaute zur Seite und erkannte, dass ihr etwas eigenartig anmutender Nachbar Selbstgespräche führte.

»Eine mutige Herangehensweise, ganz im Sinne der modernen Schule der Elementküche, das sinnmotorische Schmecken wird dabei raffiniert integriert. Forlan zeigt hiermit, dass er ein Vorreiter multilateraler Fusionsgastronomie ist.«

»Der redet mit sich selbst«, flüsterte Kogler der Susanne Mahringer amüsiert zu. Die deutete mit ihrer Hand eine kurze Scheibenwischer-Bewegung vor ihrer Stirn an. Kogler spritzte seine Essenz in die Suppe und rührte sie anschließend mit dem Löffel um.

»Nicht umrühren!«, zischte die Journalistin. Kogler hielt erschrocken inne. Ach ja, das sämige Prickeln. Wie hatte er das nur vergessen können?

Ihr Nachbar fing inzwischen wieder leise zu sprechen an, während er einen Löffel Suppe nach dem anderen in sich hineinschaufelte. »Exzellent, raffiniert, unerwartet. Safrannote spielt mit dem Zironengras«, sagte er in sattem norddeutschen Dialekt.

Kogler schüttelte den Kopf. Er tauchte seinen Löffel in die Suppe und führte ihn zu seinem Mund. Das Ganze roch für ihn wie eine Art chinesische Fischsuppe. Doch dann mischte sich plötzlich noch ein anderer Geruch hinein. Kogler rümpfte die Nase. Was war das? War der Fisch etwa verdorben? Unauffällig lugte er zur Susanne Mahringer hinüber. Nicht, dass sie ihn wieder schelten würde, wenn er dies ansprechen würde. Die Journalistin schien allerdings ähnlich irritiert zu sein wie er. Sie ließ ihren Löffel in die Schüssel fallen und hielt sich ihre Serviette vor die Nase.

»Exquisit. Liebliche Noten, die an den Duft eines Gänseblümchens im Frühling erinnern, steigen einem hier förmlich in die Nase und entfalten dort unvergessliche Aromen.«

Kogler starrte ihren deutschen Nachbarn an. Dem schien der immer stärker werdende Gestank nicht das Geringste auszumachen. Er hatte inzwischen die Suppenschüssel in die Hände genommen und löffelte den letzten Mundvoll aus.

»Ich glaub, mir wird schlecht! Das riecht ja wie faule, verdorbene Eier. Widerlich!«, sagte die Susanne Mahringer. Sie machte eine Würgbewegung und sprang auf. »Entschuldigung! Ich muss hier raus! Sofort!«

Auch Kogler merkte, wie ihm langsam übel wurde. Er blickte sich im Lokal um. Sie schienen nicht alleine zu sein. Immer mehr Gäste würgten und ließen ihre Löffel fallen. Einige standen auf. Die ersten Leute schnappten sich ihre Sachen und hasteten zur Tür. Der Gestank war inzwischen kaum mehr zu ertragen. Kogler steckte sein Handy ein und tat es ihnen gleich. Als er sich hinter dem Tisch herauszwängte, sprach ihn ihr Tischnachbar an.

»Was haben denn die ganzen Leute?«

Kogler verharrte kurz in seiner Position. Hatte der das gerade ernst gemeint? Sein fragender Blick ließ zumindest darauf schließen.

»Der furchtbare Gestank, riechen Sie das etwa nicht?« Er ging an dessen Tisch. Dort war der Geruch sogar noch um ein Vielfaches schlimmer – ganz so, als ob der Geruch sich von hier ausbreiten würde. Kogler sah auf das Namensschild. Dr. Flexwenger, stand da. Kein Catering-Logo. Ein privater Gast also.

»Ach so. Ja, jetzt, wo Sie es sagen, rieche ich es auch«, sagte der dann. Er stand in aller Ruhe auf und trottete den anderen Gästen hinterher in Richtung Ausgang. Kogler musste sich inzwischen zusammenreißen, sich nicht zu übergeben. In der Ecke stank es so widerlich, dass er es mit Worten kaum beschreiben konnte. Auf dem Weg nach draußen sah er den Diego Forlan, der seine Angestellten panisch anbrüllte: »Sie gehn jetzt sofort da rein und öffnen alle Fenster! Sofort!«

Eine Hostess vom Catering huschte an Kogler vorbei und fiel vor ihm auf die Knie. Sie übergab sich. Ihre Augen tränten. Kogler hielt, so gut er konnte, den Atem an, dann zog er sie hoch und brachte sie nach draußen, wo Gäste und Angestellte abwechselnd würgten und schrien. Kogler sog die frische Luft tief in seine Lungen, dann erst begab er sich zur Susanne Mahringer, die im Gesicht kalkweiß war und in ihrer Tasche nach ihrer Wasserflasche kramte. Sie sah ihn an und fragte: »Der blaue Wolf?«

Kogler zuckte mit den Schultern. Was sollte er auch sagen? Er musste das Ganze erst einmal einordnen. Während er sich eine Zigarette anzündete, sah er ihren deutschen Nachbarn zurück ins Lokal eilen, beide Hände fest auf den Bauch gepresst. »Wo ist hier die Toilette?«, stöhnte er einem Angestellten zu, wartete die Antwort jedoch gar nicht ab, sondern rannte schnurstracks ins Restaurant. Schau an, dachte Kogler, jetzt scheint der seltsame Vogel es schlussendlich auch gerochen zu haben.

• • •

Es waren rund fünfzehn Minuten vergangen. Der Harald Pinter war mit drei Kollegen vor Ort. Auch zwei Rettungswägen waren angerückt. Man wollte in diesen Zeiten wohl auf Nummer sicher gehen. Plötzlich ertönte ein schriller Schrei aus dem Inneren des Nobelrestaurants. Kurze Zeit später stürzte ein Angestellter aus der Tür und brüllte: »Schnell! Rettung! Da ist wer auf dem Männerklo zusammengebrochen und zuckt nur noch.« Die Ärzte und Sanitäter stürmten ins Lokal, dicht gefolgt vom Harald Pinter und seinen Männern. Die Susanne Mahringer zupfte Kogler am Ärmel. »Kommen Sie!«, sagte sie. »Das müssen wir uns ansehn.«

Er hielt die Journalistin zurück. »Bleiben wir lieber hier, Frau Mahringer, und lassen das die Einsatzkräfte machen. Da drinnen stören wir nur.«

Etwas später kam der Harald Pinter wieder aus dem Barbacoa. Er ging zu ihnen, schüttelte den Kopf und rauchte sich eine an. Als ob er Koglers fragenden Blick bemerkt hätte, sagte er: »Das wird immer bizarrer. So ein älterer Typ mit Glatze und Brille, hat eine blonde Perücke getragen und einen falschen Schnauzbart.«

Die Susanne Mahringer und Kogler schauten sich mit großen Augen an.

»Der hat neben uns gesessen, Harald. Ein Deutscher. Eigenartiger Typ. Hat während des Essens ständig mit sich selbst gesprochen.«

»Na ja«, antwortete der Veldener Chefinspektor. »Mag sein, dass der eigenartig war, aber jetzt ist er nur noch eins, nämlich tot. Der wurde wohl irgendwie vergiftet, meinen die Ärzte. Mit was, können sie nicht genau sagen, muss erst noch gerichtsmedizinisch untersucht werden.«

»Und dieser furchtbare Gestank?«, warf die Susanne Mahringer ein.

»Der? Ach, da bin ich mir ziemlich sicher, was das war. Den kenn ich noch aus meiner Kindheit. Das wird wohl Buttersäure sein. Die ist frei erhältlich. Früher haben wir damit mal eine Stinkbombe gebaut, die wir durch das Schulfenster geschmissen haben.« Der Harald Pinter nahm einen hastigen Zug von seiner Zigarette. »Nicht, dass ich drauf stolz wär, ein saudummer Lausbubenstreich war das. Das stinkt auf alle Fälle bestialisch, selbst in kleinsten Mengen. Bekommt man auch kaum mehr weg, wenn die Buttersäure erst mal ausgelaufen ist. Ist aber absolut harmlos für

Menschen, wär sogar gesund für die Darmflora, wenn man's trinken würd, hat mir grad ein Arzt erklärt. Aber gut, wer würd denn schon auf so eine abartige Idee kommen?«

Kogler hatte genug gehört. Er hatte da einen Verdacht. Er ging ins Restaurant. Noch immer war der Gestank unangenehm in der Luft. Er hielt sich seinen Arm vor die Nase und eilte direkt zum Tisch des Opfers. Er nahm die Suppenschüssel und steckte seine Nase hinein. Der Geruch, der ihm entgegenschlug, war unbeschreiblich. Kogler schnappte sich schnell das gelbe Fläschchen, das die Suppenessenz des Deutschen beinhaltet hatte, und rannte würgend aus dem Lokal.

• • •

»Und das ist von seinem Platz?«, fragte der Harald Pinter, während er das Fläschchen angewidert begutachtete.

Kogler nickte. »Ja, vom Tisch vom Dr. Flexwenger.«

»Dr. Flexwenger? Wer soll das sein?«

»Na, das Mordopfer.«

»Nein, das ist kein Doktor, und Flexwenger heißt der auch nicht. Ich hab mir seinen Ausweis angeschaut.« Der Harald Pinter nahm sein Notizbuch heraus und blätterte darin. »Liebinger hat der geheißen, Justus Liebinger aus Hamburg.«

»Justus Liebinger?«, mischte sich die Susanne Mahringer ein. »Der bekannte deutsche Fernsehkoch aus den Neunzigern? *Der* Justus Liebinger?«

»Keine Ahnung«, sagte der Harald Pinter, »aber wir werden das gleich überprüfen.«

Ein Fernsehkoch? Aus Deutschland? Kogler wusste nicht, was er mit dieser Information anfangen sollte. Aber gut, diesen Mord konnten sie dem Goran nicht anhängen. Wenigstens etwas.

Der Egon Walser trat auf sie zu und wedelte mit einem Foto, auf dem der Goran zu sehen war. »Er war da, Chef! Einer der Angestellten hat ihn wiedererkannt, als ich das Foto gezeigt hab«, ließ er den Harald Pinter wissen. »Ganz so, wie du vermutet hast.« Kogler schaute die beiden verständnislos an.

»Letzte Nacht, kurz bevor wir ihn festgenommen haben. Ein Abwäscher hat ihn beim Hintereingang herumlungern sehn. Bei den Mülltonnen. Und genau dort war das Bekennerschreiben auch platziert.« Er überreichte seinem Vorgesetzten das besagte Stück Papier.

»In Ordnung«, antwortete der Harald Pinter und seufzte laut. »Also dann. Alle Angestellten vom Lokal aufs Revier zum Verhör. Alle!«

»Wird gemacht!« Der Egon Walser drehte sich um und wies seine Kollegen an, ihm zu folgen.

»Was ... was ...«, stotterte Kogler.

Sein ehemaliger Stellvertreter deutete ihm, sich zu beruhigen. »Schau, Karl. Ich hab dir nicht alles am Telefon gesagt. Wir haben beim Goran in der Wohnung auch eine Dose mit einem Pulver gefunden, das sich als zermahlene Knolle vom Blauen Eisenhut herausgestellt hat.« Er wedelte das Pipettenfläschchen, das Kogler ihm gebracht hatte, hin und her. »Und ich wett, dass genau so eins diesen Justus Liebinger getötet hat.«

»Aber der Goran sitzt doch in Untersuchungshaft«, stöhnte Kogler.

Der Harald Pinter klopfte ihm sanft auf die Schulter. »Ja, Karl, das stimmt schon. Aber der Goran war in der letzten Nacht da, das wurde eben bestätigt. Vielleicht hat er sich an die vorbereiteten Essenzfläschchen herangemacht und Russisches Roulette gespielt. Einfach eines ausgetauscht, ohne zu wissen, wer es dann heut serviert bekommt. Hätt also auch einer von euch beiden sein können, der ins Gras beißt, theoretisch.«

Um Kogler drehte sich alles. Er musste sich setzen. Nachdem er auf den Gehsteig gesunken war, schüttelte er den Kopf. »Aber warum sollt er das um Gottes willen getan haben?«

Der Harald Pinter zuckte mit den Schultern. »Warum? Keine Ahnung, Karl. Um abzulenken? Um's wie eine Vendetta gegen den Tourismus ausschaun zu lassen? Ich hab keine Ahnung. Vielleicht hat er ja auch mit einem Angestellten von hier zusammengearbeitet und dem aufgetragen, es auf dem Tisch von diesem Restaurantkritiker zu platzieren. Wir werden jetzt auf alle Fälle jeden Einzelnen der Belegschaft verhören. Und morgen, nachdem die Kollegen vom LKA dann auch mit dem Goran gesprochen haben, werden wir wohl hoffentlich mehr wissen.« Der Leiter der Bezirksstelle Velden schüttelte den Kopf. »Nicht zu glauben!«, murmelte er. Dann nickte er Kogler und der Susanne Mahringer zu und ging zu seinem Streifenwagen.

In diesem Moment klingelte Koglers Telefon. Er schaute auf die Nummer. War das nicht ...?

»Kogler.«

»Ja, Greidl hier. Kommen Sie sofort zum Pizzeria-Kebab San Marco. Klagenfurter Straße, neben dem Frisör, gegenüber vom Supermarkt.«

»Herr Greidl, grad ist's wirklich ungünstig.«

»Kogler, Sie kommen jetzt auf der Stelle her! Ich glaub, ich hab unseren Mörder. Also rasch!«

»Herr Greidl, es reicht! Endgültig! Ich hab jetzt wirklich andere Probleme!«, fauchte Kogler in sein Handy. »Ich meld mich morgen bei Ihnen. Verstanden?! Und nur dass Sie's wissen, die Mafia steckt definitiv nicht hinter den Anschlägen.«

»Mafia? Wer redet von der dummen Mafia? Vergessen Sie die

Mafia und was ich Ihnen da heut erzählt hab, die waren's nicht. Wir sind die ganze Zeit komplett falsch gelegen. Also, kommen Sie jetzt gefälligst her, wenn Ihnen was an Ihrem Goran Biljan liegt! Auf der Stelle! Wir haben Ihnen was zu erzählen.«

»Wir?«

»Ja, wir. Sie werden schon sehn. Und, Kogler ...«

»Ja?«

»Nur, damit wir uns richtig verstehn, Sie kommen allein!«

29.

Vor dem kleinen Pizza- und Kebablokal standen zwei große Mercedes-Limousinen. Die eine war türkisblau lackiert, in der Farbe der neuen Wörthersee-Liste vom Greidl. Das andere Auto war schwarz und trug ein blaues Probefahrtkennzeichen. Es schien nagelneu zu sein. Vor der Tür des Lokals saß ein stämmiger junger Mann.

»Heute geschlossen«, erklärte er Kogler, als dieser die Eingangstür öffnen wollte.

»Ich bin hier mit dem Herrn Greidl verabredet.«

Der junge Mann musterte ihn. »Wie heißen Sie?«

Der Wolfgang Greidl klopfte aus dem Inneren des Lokals an die Scheibe und machte eine energische Winkbewegung mit der Hand. Der Türsteher erhob sich, zog einen Schlüssel aus der Hosentasche und öffnete. Nachdem Kogler eingetreten war, hörte er, wie hinter ihm wieder abgesperrt wurde.

»Kommen Sie, Kogler, setzen Sie sich!«

Er folgte dem Wolfgang Greidl an den großen Tisch, der in der Ecke des Lokals stand. An ihm saß ein großer wohlgenährter Mann, der auf seinem Sessel unruhig hin- und herrutschte. Nervös richtete er sich das Sakko und fuhr sich durch seine ergrauten Haare.

»Mineralwasser? Wein? Bier?«, fragte der Wolfgang Greidl.

»Wasser reicht völlig.«

Der Greidl ging zum Getränkekühlschrank und kam mit einer Mineralwasserflasche zurück. Er stellte sie Kogler hin und setzte sich. Kogler nahm gegenüber von den beiden Platz und schaute sich um. Ein typisches Imbisslokal: Plastiktische und -sessel, Pizzaofen, Kebabspieß. Genauso roch es auch. Aus den Lautsprechern schallte laute Schlagermusik.

»Können wir die etwas leiser drehn?«, fragte Kogler.

»Mögen Sie die Andrea Berg nicht?«

»Die Andrea Berg ist mir egal, aber ich versteh bei der Lautstärke ja fast kein Wort.«

»Ja, dann müssen wir halt ein bisschen lauter sprechen. Die aufgedrehte Musik hat schon ihren Grund. Sie wissen ja, Vorsicht ist die Mutter der Porzellankiste.«

»Sie glauben doch nicht wirklich, dass uns in dieser Bude irgendwer abhört?«

Der Wolfgang Greidl wiegte seinen Kopf hin und her. »Man kann nie wissen, Kogler, man kann nie wissen.«

Kogler stöhnte. Das ging ja schon wieder gut los. »Also, was ist denn jetzt so unglaublich wichtig, Herr Greidl? Wie lautet denn Ihre großartige neue Theorie?« Kogler nahm einen Schluck Wasser. Er deutete auf den ihm unbekannten Mann, der neben dem Wolfgang Greidl saß. »Und wollen Sie uns nicht vorstellen?«

»Dazu kommen wir gleich«, sagte der ehemalige Veldener Gemeinderat. Kogler musste sich konzentrieren, um ihn überhaupt zu verstehen. Inzwischen sang sich Helene Fischer die Seele aus dem Leib. Keine Spur von Atemlosigkeit in der Nacht.

»Herr Greidl, so geht's nicht! Jetzt drehn Sie gottverdammt noch mal die Musik etwas runter!«

Der Wolfgang Greidl seufzte und ging zum Laptop, der hinter der Theke stand. Er schaltete die Lautstärke leiser. Nicht viel, aber wenigstens ein bisschen. »Sie sollten mal zum Ohrenarzt«, teilte er Kogler mit, als er sich wieder an den Tisch gesetzt hatte.

»Ja, wahrscheinlich. Also, was ist jetzt mit Ihrem bahnbrechenden Verdacht?«

»Kein Verdacht, Kogler, ich präsentier Ihnen jetzt einen der Mörder oder zumindest den Auftraggeber.«

»Einen der Mörder?«

»Ja, drauf läuft's wohl hinaus.«

»Ich hoff nur, dass der neueste Mord auch in Ihr Konstrukt passt.«

»Welcher neue Mord?«, fragte der Greidl irritiert.

Schau, schau, das wusste der Greidl noch gar nicht? Kogler war ernsthaft überrascht.

»Gerade eben. Vergiftung. Ein gewisser Justus Liebinger aus Deutschland.«

»Der alte Fernsehkoch?«

»Ja, anscheinend.«

»Wo ist das passiert?«

»Im Barbacoa.«

Der Wolfgang Greidl hob seine Augenbrauen. Er drehte sich zu seinem Sitznachbarn. »Na bitte, passt doch alles wunderbar zusammen.«

»Was passt wunderbar zusammen?«, fragte Kogler ungeduldig. »Jetzt fangen Sie endlich an zu erzählen. Ich hab nicht die ganze Nacht Zeit.«

Der Wolfgang Greidl faltete seine Hände und lehnte sich nach vorn. »Also, machen wir's kurz. Ich hab den ganzen Tag über die letzten Worte vom Pechhofer nachgedacht. Sie wissen schon: Panther und Fru-Fru. Und dann, als ich heut bei meinem neuen Notar gesessen bin …« Der Wolfgang Greidl deutete auf den Herrn neben ihm, der das Gespräch unruhig verfolgte. »… da ist's mir wie Schuppen von den Augen gefallen. Vergessen Sie die Ermittlungseinheit Panther.«

»Ach ja?«

»Stellen Sie sich vor!«, wies der Wolfgang Greidl seinen Notar an. Der räusperte sich. »Banda. Dr. Kurt Banda.«

»Ich versteh nicht«, sagte Kogler.

»Sie enttäuschen mich, Kogler. Sagen Sie noch mal Ihren Nachnamen, Herr Doktor!«

»Banda.«

»Und noch mal!«

»Banda!«

Banda. Jetzt hatte Kogler verstanden, worauf der Wolfgang Greidl hinauswollte. Banda, so wie Panther. Hörte sich mehr oder weniger beides gleich an. Konnte es wirklich sein, dass der Pechhofer diesen Notar gemeint hatte, als er ihm das Wort im Sterben zugeflüstert hatte?

Der Wolfgang Greidl lächelte. »So, jetzt haben Sie's verstanden, oder? Und jetzt kommt's, Kogler. Der liebe Herr Dr. Banda, seit heut mein neuer Notar, hatte bis vor Kurzem den Pechhofer als Klienten. Die beiden waren gut bekannt. Oder, Herr Notar? Das waren Sie doch?«

»Ja, das kann man ...«

Der Wolfgang Greidl unterbrach den Notar barsch. »Nicken reicht.« Der Kurt Banda senkte seinen Kopf und nickte mehrmals.

»Also, und da hat er mir was Spannendes erzählt, der liebe Herr Dr. Banda. Die Frau vom Pechhofer stammt nämlich aus Ungarn und heißt mit zweitem Namen Fruzsina: Sonja Fruzsina Pechhofer, Kosename Fru-Fru.«

»Er hat seine Frau Fru-Fru genannt?«

»Genau, wie den Joghurt. War halt schon immer etwas eigen, der Pechhofer.«

Kogler musste diese neuen Informationen erst einmal sacken lassen.

»So, und jetzt wird uns der liebe Herr Dr. Banda verlassen. Den Rest erzähl ich Ihnen dann unter vier Augen.«

»Verlassen? Aber da geht's doch auch um mich und, na ja, Sie wissen schon. Herr Greidl, ich bitt Sie ... Sie können mich doch jetzt nicht einfach wegschicken!«

Der Wolfgang Greidl funkelte den Notar ärgerlich an. »Herr Doktor, ich sag Ihnen jetzt was. Sie sind neu im Team Greidl: frisch eingekauft sozusagen. Und darum machen Sie genau das, was ich sag und wie ich's sag, wenn Sie in der Gewinnermannschaft bleiben wollen. Verstanden? Und ich sag Ihnen jetzt, dass Sie auf der Stelle aufstehn und gehn. Wegen Ihrer beruflichen wie sexuellen Eskapaden brauchen Sie sich keine Sorgen zu machen, Herr Dr. Banda, denn der Herr Kogler ist vertrauenswürdig. Der weiß ganz genau, dass wir alle – Sie, ich und auch er – unsere kleinen Schwächen und Geheimnisse haben.« Er blickte Kogler an. »Oder? Ist doch so?«

Kogler nickte stumm. Er hatte nur mit einem Ohr zugehört. Außerdem hatte er im Moment nicht die geringste Lust auf eine Diskussion über irgendein angebliches Team Greidl, Geheimnisse und Berufsethik.

• • •

»Einen schönen neuen Wagen fährt Ihr neuer Notar da, Sie haben ihm doch sicher einen ganz besonders attraktiven Preis gemacht«, sagte Kogler zum Wolfgang Greidl, nachdem der Kurt Banda sie verlassen hatte.

»Schon möglich, man will ja, dass die neuen Kunden und Geschäftspartner glücklich sind.«

»Ich nehm an, es hat nicht allzu lang gedauert, ihn davon zu überzeugen, Ihnen das Waffendeal-Video zu überlassen. Ich hab der Mahringer übrigens nix von Ihrer Beteiligung erzählt.«

»Schlau, Kogler, denn Sie wissen ja: Zu viele Köche verderben den Brei.«

»Ich frag mich nur, ob der Pechhofer das Video auch noch woanders gespeichert haben könnt? Auf seinem Laptop oder im Netz?«

Der Wolfgang Greidl schüttelte den Kopf. »Auf seinem Computer oder in einer Cloud, meinen Sie? Glauben Sie denn echt, dass der so was Heikles, das ihn selbst den Kopf kosten könnte, irgendwo anders als bei einem Notar hinterlegt? Nein, so dumm war der Pechhofer nicht.« Er fuhr sich ein paarmal mit einer Serviette über seine Halbglatze. »Nachwirkungen von der Tollkirschen-Vergiftung. Ich schwitz wie die Sau«, erklärte er, bevor er fortfuhr: »Also, Kogler, dann mal weiter im Text. Ich versuch, mich kurzzufassen, denn Sie haben heute Nacht sicher noch viel zu recherchieren. Der Pechhofer hat vor rund sechs Monaten erfahren, dass ihn seine junge ungarische Ehefrau betrügt, und zwar durch einen Anruf von einem Hotelangestellten aus Villach. Da war er grad bei einem Jahrestreffen der Kärntner Jägerschaft. Und na ja, Sie haben den Pechhofer ja auch gekannt, zumindest ein wenig. Wenn's um seinen Stolz ging, dann ist der schon immer sehr empfindlich gewesen. Mir ist zu Ohren gekommen, dass er komplett ausgerastet ist.«

Kogler erinnerte sich an die Erzählungen vom Harald Pinter, wie der Pechhofer auf den Fabian Ogris losgegangen sei, ihn niedergeschlagen und gedemütigt habe.

»Also, der Pechhofer war außer sich und ist zu seinem Notar, unserem guten Herrn Dr. Banda. Hat sich ganz genau informiert, was es bräucht, um sich von der Fru-Fru reibungslos scheiden zu lassen.«

»Wie lang waren die beiden überhaupt verheiratet?«

»Etwas weniger als zwei Jahre.«

»Er wollt also nix zahlen? Hätte seiner Ehefrau für die zwei Jahre nicht so oder so anteilsmäßig was zugestanden, Betrug hin oder her?«

»Darum ging's ihm dabei gar nicht. Die hatten ja sowieso einen Ehevertrag, seine Frau hätt also gar nix bekommen. Der Pechhofer wollte nur, dass die Scheidung problemlos abläuft und ihre Schuld bewiesen ist. Darum hat er dann eine Woche später irgendeinen Privatdetektiv damit beauftragt, mithilfe des redseligen Hotelangestellten im Villacher Hotelzimmer eine Videokamera zu installieren und seine Frau bei ihrem Seitensprung zu filmen. So was ist zwar nicht legal, aber ein solches Video zählt bei Scheidungen trotzdem als Beweismittel.«

»Aber er war doch noch bis zu seinem Tod verheiratet.«

Der Wolfgang Greidl lächelte süffisant. »Kogler, Sie haben keine Ahnung, wie der Pechhofer getickt hat. Eine einfache Scheidung war dem natürlich nicht genug. Er wollte seine Frau so richtig fertigmachen: ruinieren, ein für alle Mal. Und darum hat er ihr diese komplett irrsinnige Catering-Idee eingeredet.«

»Catering-Idee? Sie meinen aber nicht diese Seetraum-Sache?«

»Oh doch, genau die. Er hat ihr versprochen, dass er all seine Kontakte und Beziehungen spielen lassen wird, um aus ihrer Idee einen Riesenerfolg zu machen. Und sie hat ihm das natürlich geglaubt, denn immerhin war der Pechhofer ja ein angesehener Geschäftsmann, Lobbyist und nicht zuletzt auch ein sie liebender Ehemann. Was sollt da also groß schiefgehn? Und so hat sie für ihren Catering-Traum alles zu Geld gemacht, was sie besessen hat. Sogar ihr geerbtes Zinshaus in Budapest hat sie verkauft. Aber nicht nur das: Sie hat einen großen Kredit aufgenommen, der ihr wahrscheinlich nur bewilligt wurde, weil der Pechhofer seine Finger im Spiel hatte. Der hat ihr indessen weisgemacht, sein ganzes Geld sei gerade fix angelegt, aber im neuen Jahr würde er sich dann an allem beteiligen und diverse Haftungen übernehmen. Seine alte Masche also.«

»Und dann wollt er sich scheiden lassen und sie mit den Schulden allein dastehn lassen.«

»Ganz genau. Er wollt's ihr dann zu ihrem zweiten Hochzeitstag im Januar sagen. Böse, oder? Aber es ging ja nicht nur um die Kredite und Investitionen. Er hätt mit seinen Beziehungen natürlich auch dafür gesorgt, dass dieses Catering in kürzester Zeit den Bach hinuntergegangen wär. Das hätt niemand mehr gebucht, wenn der gute Pechhofer das so angeordnet hätt. Seine Frau wär vor den Trümmern ihrer Existenz gestanden. Tja, mein Lieber, so schaut echte Rache aus: in Ruhe geplant und kalt serviert.«

Kogler zog seine Zigaretten aus der Tasche und zündete sich eine an.

»Nun gut, dieses Video aus dem Hotelzimmer hat der Pechhofer dann beim Banda hinterlegt. Nur dann ist was schiefgegangen. Der liebe Herr Doktor hat nämlich eine junge, willige und noch dazu äußerst gut aussehende Sprechzimmerdame: die Gertrud. Das ist seine Geliebte. Und vor ein paar Monaten haben die beiden nach der Arbeit im Büro noch anständig getrunken. Der Banda ist dann auf die glorreiche Idee gekommen, das Sexvideo von der Sonja Pechhofer und dem Matthias Madritsch auf seinem PC vorzuspielen und sich daran mit der Gertrud aufzugeilen.«

»Der Matthias Madritsch? Der war der Liebhaber von der Pechhofer?«

»Ja, hab ich das vorher gar nicht erwähnt?«

Kogler wurde übel. Der Madritsch. Natürlich. Dieser elendige alte Hurenbock und Ehefrauenverführer. In ihm ploppten Bilder von dem Madritsch und der Hanna auf. Kogler ballte seine Faust.

»Alles in Ordnung?«

Kogler schluckte und atmete tief durch. Er versuchte, die Gedanken, so gut er konnte, zu verdrängen. »Ja, geht schon, ich war nur überrascht.«

»Jaja, der Madritsch, unser alter Frauenheld. Der hat bis zu seinem Tod sicherlich den halben See beglückt. Hab nie verstanden, was die Frauen an seinem aalglatten Charme und der Solariumsbräune gefunden haben.«

Kogler spürte, wie sich seine Fingernägel tief in seinen Handballen gruben.

»Also, wie auch immer. Und was macht diese Gertrud am nächsten Tag? Die erzählt alles ihrer besten Freundin, der Nicole. Nicht nur über das Video, sondern auch, wie sich der Pechhofer an seiner Frau rächen will, denn auch das hat unser betrunkener und verliebter Herr Dr. Banda ihr in seinem Suff erzählt. Dumm nur, dass diese Nicole eine Woche später im Fingernagelstudio im Spabereich vom Schlosshotel zu arbeiten angefangen hat.«

Kogler erinnerte sich an sein Gespräch im Restaurant Seeblick. »Das wiederum der Sonja Pechhofer gehört«, ergänzte er.

»So ist's. Tja, und hier schließt sich der Kreis.«

»Und die Pechhofer hat gewusst, dass ihr Mann an diesem Tag sein Wolfsbarsch-Carpaccio isst. Hat sie ja selbst beim Koch für ihn bestellt.«

»Richtig, aber jetzt wird's problematisch, denn hier kommen Sie ins Spiel oder besser gesagt: Das müssen Sie selbst aufklären. Die liebe Frau Pechhofer alias Fru-Fru war nämlich bis Sonntagnacht in Schanghai auf einer Food-Convention. Ich hab das überprüfen lassen. Sie ist tatsächlich erst nach der Benachrichtigung vom Tod ihres Mannes in das nächstbeste Flugzeug gesprungen und dann am späten Montagabend in Österreich angekommen. Das heißt, die kann den Fisch nicht selbst vergiftet haben.«

»Ein Auftragsmord?«

»Sieht so aus. Aber, wie gesagt, jetzt sind Sie am Zug, Kogler. Ich hab Ihnen die Tür geöffnet, durchgehn müssen Sie allein. Oder mit Ihrer neuen Liebe, der netten Mahringer.«

»Das zwischen uns ist rein freundschaftlich!«

»Soso. Na gut. Was nicht ist, kann ja noch werden. Ich erkenn das schon, wenn's wo knistert.«

»Da knistert gar nix!«

»Wenn Sie meinen, bitte schön. Aber egal, ich geb Ihnen jetzt noch ein paar Tipps. Also, die Sonja Pechhofer hatte über ihren Mann ganz sicher Zugriff auf das Lager vom Tourismusverband, wo die Geschenkkörbe aufbewahrt wurden. Auch das Haus, wo das Azzurro drinnen ist, hat dem Pechhofer gehört. Und die heutige Werbeveranstaltung für das neue Catering der lieben Fru-Fru fand, wie Sie ja wissen, zufälligerweise in ebenjenem Lokal statt, in dem das letzte Opfer ermordet wurde – im Barbacoa. Ich würd also sagen, das sind einige Zufälle zu viel.« Der Wolfgang Greidl stand auf. »So, Kogler, ich muss jetzt weiter. Machen Sie was aus den Informationen. Klären Sie dieses ganze Theater auf und helfen Sie Ihrem Freund, dem Goran.«

Kogler erhob sich ebenfalls und stellte sich dem Wolfgang Greidl in den Weg.

»Keine Angst, das werd ich machen. Aber sagen Sie mir, Herr Greidl, warum engagieren Sie sich eigentlich so in der ganzen Sache, vor allem, da wir ja jetzt wissen, dass das alles wohl nix mit Ihnen, den Waffen oder der Mafia zu tun hat?«

»Sie wissen doch, wie sehr mir der Tourismus und unsere

Leute hier am Herzen liegen. Dieser ganze Unsinn und die Morde müssen endlich ein Ende haben.«

Kogler lachte. »Ja sicher, ich glaub Ihnen kein Wort. Da gibt's doch bestimmt noch einen ganz anderen Grund.«

Der Wolfgang Greidl neigte sich zu Kogler hin. »Nun, sagen wir so, vielleicht gibt's da noch eine winzige Kleinigkeit. Wissen Sie, wenn die Pechhofer wegen Mord oder Auftragsmord an ihrem Mann überführt wird, dann ist sie per Gesetz erbunwürdig. Und tja, da mir heut durch meinen neuen Notar zu Ohren gekommen ist, dass der Pechhofer kein Testament verfasst hat, würden all seine schönen Geschäfts- und Firmenanteile an den einzigen noch lebenden Verwandten gehn: seinen jüngeren Bruder, den Willibald.«

»Hab gar nicht gewusst, dass der Pechhofer einen Bruder hatte.«

»Ja, er hat nie über ihn gesprochen. Ein schwarzes Schaf, wenn Sie so wollen. Ein Spieler, vegetiert mehr schlecht als recht seit Jahren irgendwo in Las Vegas herum und hält sich mit Nebenjobs und kleinkriminellen Aktivitäten über Wasser. Tja, tragisch, aber da ich ein guter Mensch bin, hab ich mir gedacht, ich werd den Willibald, wenn dieser Fall von Ihnen endgültig gelöst wurde, mal besuchen. Dann werden wir ein wenig reden, und ich mach ihm ein verlockendes Angebot. 200.000 Euro in bar hab ich mir gedacht – für ein Vorkaufsrecht über alle Geschäftsanteile von seinem Bruder, zu einem äußerst attraktiven Preis, versteht sich. Und was soll ich sagen, so ist uns dann am Ende allen geholfen. Ich hab meine fertige Immobilien- und Bauträgerstruktur, der gute Willibald kann zocken wie ein Weltmeister, und der liebe Waffenhändler Hubner hat einen fleißigen neuen Mehrheitspartner, der ihn gnädigerweise erst mal weiterhin ein bisschen am Geschäft mitnaschen lässt.« Der Wolfgang Greidl klopfte Kogler auf die Schulter und verließ das Lokal.

30.

Kogler starrte auf den geöffneten Laptop seiner verstorbenen Frau. Er hatte ihn seit ihrem Tod kein einziges Mal benutzt. Warum auch? Computer und Internet waren sowieso nicht sein Metier. Kogler nahm einen weiteren kräftigen Schluck vom Minztee, den er sich gerade zubereitet hatte. Der schmeckte nicht schlecht, war aber bei Weitem nicht so gut wie der, den ihn die Maria vor ein paar Tagen beim Sepp hatte kosten lassen. Hatte ihm die Dame am Markt vielleicht eine falsche Minzsorte verkauft?

»Also, das Firmengeflecht vom Pechhofer ist gewaltig. Der war direkt oder indirekt sicher an dreißig Unternehmen beteiligt«, sagte die Susanne Mahringer.

»Ja, es braucht wohl eine gewisse Struktur«, murmelte Kogler, der sich an die Worte vom Wolfgang Greidl erinnerte.

»Sagen Sie, wo genau wohnt der Goran?«

»Was meinen Sie?«

»Die Adresse brauch ich.«

»Adresse? Irgendwo beim Gedächtnisweg.«

»Ich brauch die genaue Anschrift.«

»Keine Ahnung, das neue Eckhaus beim Schubertpark.«

Die Susanne Mahringer nickte und drehte etwas später ihr Netbook zu Kogler. »Das da?«, fragte sie.

Kogler betrachtete den vergrößerten Ausschnitt des Satellitenbilds. »Woher haben Sie das?«

»Woher? Google Maps. Sie sind nicht oft im Internet unterwegs, kann das sein?«

»Nein, nur wenn's sein muss.« Kogler kontrollierte die Aufnahme. »Ja, das ist es«, sagte er dann. »Dort wohnt er.«

»Also die Nummer sieben. Dann lag ich mit meinem Verdacht also richtig. Wissen Sie, wem das Haus gehört?«

»Keine Ahnung.«

»Der Hausverwaltungsgesellschaft Immo-Connect. Und die ist wiederum ein Teil der Immo-Aventura, die dem Pechhofer gehört hat.«

Kogler schaute die Susanne Mahringer an. »Die Sonja Pechhofer hatte also Zugriff auf die Schlüssel für die Wohnungen. Na klar, sie war's, die dem Goran die Sachen untergeschoben hat, natürlich!«

»Nur woher hat sie gewusst, dass es gegen ihn Verdachtsmomente gegeben hat? Das haben Sie doch nur mit mir besprochen und sonst mit niemandem.«

Kogler dachte nach. Das war natürlich richtig. »Gibt's im Netz ein Foto von der Pechhofer?«, fragte er die Journalistin. Die tippte auf ihrer Tastatur und zeigte ihm dann ein Bild, auf dem eine attraktive junge Frau bei irgendeiner Veranstaltung aufreizend in die Kamera lächelte.

»Das ist sie?«

»Ja, Sonja Fruzsina Pechhofer, wie sie leibt und lebt.«

Kogler betrachtete die blonde Frau mit dem aufreizenden Dekolleté und den großen grünen Katzenaugen. Von irgendwoher kannte er die doch. Dann fiel es ihm ein. Natürlich. Jetzt war alles klar.

Kogler sprang auf. »Die saß nicht weit von uns entfernt, an einem der Nachbartische im Le Café, als wir den Branko getroffen haben. Dort hat sie alles gehört. Sie wissen schon, als ich wegen dem Goran laut geworden bin. Daher wusste sie von den Verdachtsmomenten.« Kogler fing an, vor der Susanne Mahringer auf und ab zu gehen. »Also, fassen wir noch mal zusammen: Die Pechhofer will ihren Mann loswerden, bevor der sich von ihr scheiden lassen kann. Sie selbst ist aber in China, als der Pechhofer ermordet wird, sie muss also jemanden beauftragt haben, denn der Lurcher hat den Wolfsbarsch ja erst am Samstag frisch eingekauft.«

»Aber was ist mit dem Madritsch? Wie passt der da rein? Warum sollt sie ihren Mann und ihren Liebhaber ermorden lassen?«

Kogler erinnerte sich an das, was der Wolfgang Greidl heute angemerkt hatte: Der Madritsch habe den halben See beglückt. »Keine Ahnung«, antwortete er dann. »Wahrscheinlich hat der Madritsch neben seiner ungarischen Gespielin noch andere gehabt, und das hat sie nicht verkraftet. Sie wissen doch, wie Frauen so sind.«

Die Susanne Mahringer sah ihn streng an. Kogler räusperte sich. »Ah Entschuldigung, so war das jetzt natürlich nicht gemeint.«

»Soso.«

Kogler sah betreten zu Boden. »Wirklich nicht.«

»Schon gut. Also trotzdem, ich glaub nicht, dass sie wegen einer Konkurrentin den Madritsch erstechen lässt.«

»Ausschließen können wir's nicht. Aber Sie haben recht, ist eher unwahrscheinlich.«

»Und dass der Pechhofer den Madritsch aus Eifersucht umgebracht hat? Oder um seiner Frau wehzutun? Sie haben doch gesagt, dass der ein grobes Problem mit seinem Ego gehabt hat.«

Kogler überlegte. »Sie meinen, dass der in der Wörthersee Post den Drohbrief gesehn und das als Verschleierung benutzt hat, um den Madritsch zu töten?« Er nahm noch einen Schluck von seinem Tee. »Ich weiß nicht, das kann ich mir nicht vorstellen. Wissen Sie, der Pechhofer hat keine direkte Konfrontation gesucht. Der hat im Hintergrund agiert. Denken Sie doch nur daran, wie viel Mühe er sich gegeben hat, um es seiner Frau heimzuzahlen. Der hat Monate gewartet und alles in Ruhe vorbereitet, um sie so richtig fertigzumachen. Nein, so ein Messermord von Angesicht zu Angesicht passt einfach nicht zu seiner hinterhältigen, berechnenden Art.«

»Na gut, dann vergessen wir doch den Madritsch erst einmal, wie's ausschaut, kommen wir hier gerade sowieso nicht weiter. Montagnacht ist die Sonja Pechhofer also zurückgekommen. Genug Zeit, um mit einem Nachschlüssel die Kirschen in der Azzurro Bar auszutauschen und heut im Barbacoa den Mord am Liebinger zu arrangieren«

»Wie kommen Sie drauf, dass die Pechhofer heut im Barbacoa war?«

»Ich hab sie, bevor Sie gekommen sind, gesehn. Sie ist aus der Küche gekommen, als ich kurz auf die Toilette gegangen bin.«

»Nun gut, aber dieser Mord am Liebinger, einem ehemaligen Fernsehkoch, der ist unser nächstes Problem. Was soll der mit der Pechhofer zu schaffen gehabt haben? Da haben wir keine einzige Verbindung gefunden, nicht die geringste.«

Die Susanne Mahringer nickte. »Ja, da gibt's keine Parallele, zumindest keine augenscheinliche.«

Kogler streckte sich. »Frau Mahringer, ich sag's Ihnen, wir sind ganz dicht dran, ich spür das. Wissen Sie was? Sie packen jetzt Ihren Computer ein …«

»Netbook, Herr Kogler, das ist ein Netbook!«

»Ja, auch recht.« Kogler nahm den letzten Zug von seiner Zigarette und blies einen Ring aus Rauch aus. Er überlegte schnell. Was sollte er tun? Wenn er danach griff und ihn in der Faust umschloss, würde ihm das Geld bringen. Gelang es ihm jedoch, den Ring mit seinem Finger zu durchstechen, so würde ihm das Glück hold sein. Die Entscheidung fiel Kogler leicht – er hob seinen Finger und steckte ihn durch den Ring, bevor dieser sich vor seinen Augen auflöste. Kogler lächelte zufrieden.

»Frau Mahringer«, sagte er dann. »Warum spazieren wir nicht in die Innenstadt und machen draußen weiter? Ein paar Lokale sind jetzt noch offen, und ein bisschen Bewegung und frische Luft werden uns sicherlich guttun. Außerdem ist's noch so richtig mild draußen.«

»Bewegung, frische Luft?« Sie deutete auf die zerknüllte Zigarettenpackung auf dem Tisch. »Geben Sie's doch zu, Herr Kogler, Ihnen sind schlicht und einfach die Zigaretten ausgegangen.«

Kogler zwinkerte der Journalistin zu. »Ja, da haben Sie vollkommen recht, Frau Mahringer. Das auch.«

• • •

Die Frau Herta hatte heute keinen Dienst, darum hatte Kogler die ausgeliehenen Kleidungsstücke bei ihrer Kollegin an der Garderobe abgegeben. Nun saß er mit der Susanne Mahringer an einem Tisch vor einem zum Casino gehörenden Café, das sich rund zwanzig Meter von dessen Haupteingang entfernt befand. Auf der Straße tummelten sich noch einige Einheimische und Touristen, es gab für die beiden also keinen Grund zur Eile. Ein bis zwei Stunden würde man sicher noch offen haben, hatte ihnen der Kellner versichert, als er die Getränke serviert hatte. Die Susanne

Mahringer beendete ihre Recherche im Internet und machte sich einige Notizen. Dann legte sie den Kugelschreiber weg.

»Also, die erfolgreichsten Zeiten vom Liebinger waren die Achtzigerjahre, da lief seine Kochsendung zweimal die Woche zur besten Sendezeit im ZDF. Dann kamen aber die neue Generation an Fernsehköchen und modernere, launigere Konzepte. Da war der Liebinger dann schnell eine Art Dinosaurier, der gegen die anderen alt und starr gewirkt hat. Die Zuseherzahlen sind in den Keller gegangen, und er hat seinen Hut nehmen müssen. Hat sich dann eine lange Zeit nur auf seine beiden Restaurants in Hamburg konzentriert: das Beim Liebinger I und das Beim Liebinger II.«

Kogler nickte. Der Liebinger als Fernsehkoch sagte ihm gar nichts. Er hatte zur damaligen Zeit noch keine Kochsendungen angeschaut. Damit hatte er erst begonnen, als er in Frühpension geschickt worden war.

»Aber dann, vor rund fünf Jahren, hatte der Liebinger die Idee, einen eigenen Gourmetführer herauszugeben: den Goldenen Gastrostar Guide, der schnell dafür bekannt geworden ist, noch härter und gnadenloser zu urteilen als alle anderen auf dem Markt bestehenden Formate.«

»Na, da wird er sich sicherlich nicht nur Freunde gemacht haben«, spekulierte Kogler.

»Nein, natürlich nicht, aber er war plötzlich wieder im Gespräch: TV-Auftritte, Interviews ... das volle Programm. Bald darauf wurde der Lokalführer auch in der Schweiz und in Österreich herausgegeben. Liebinger und seine Kritiken waren bei den Gastronomen gefürchtet, ein Verriss konnte für sie das Ende bedeuten. Der Liebinger selbst hat währenddessen weitere Restaurants eröffnet: in München, Leipzig, Frankfurt und Berlin.« Die Susanne Mahringer drehte ihr Netbook um und zeigte Kogler ein Video. »Er hat dann sogar auch eine eigene Online-Plattform gestartet, auf der er Gänge live getestet und bewertet hat. Da, sehn Sie.«

Kogler betrachtete die Aufnahme. Man sah Liebingers Hände, die mit dem Besteck ein edel aussehendes Gericht in mundgerechte Happen zerkleinerten. Zwischendurch führte er sich die Gabel an den Mund. Man hörte sein Kauen, Schlucken und zwischendurch vereinzelte Kommentare: »Traurig, dass dieses Lokal so hoch bewertet wurde. Hat nichts verstanden.« Oder auch: »Der Abgang des Kichererbsenpürees hat etwas von passiertem Hundefutter.«

»Jetzt wissen wir also auch, warum er sich so eigenartig verkleidet hat«, sagte Kogler.

»Genau, und die klobige Brille hatte auch ihren Grund. Darin waren die Kamera und ein Mikrofon. So hat er seine Videos aufgezeichnet. Darum hat er auch beim Essen mit sich selbst gesprochen.«

»Hat er die Restaurants allein getestet, oder hatte er Mitarbeiter?«

»Angestellte hatte der reichlich, aber die Tests und Bewertungen hat ausschließlich er vergeben. Das war quasi das Gütesiegel seines Gourmetführers.«

Kogler nahm einen Schluck von seinem Wein. Er schüttelte frustriert den Kopf. »Ich versteh das einfach nicht. Ein Gourmetkritiker, der in aller Ruhe eine Suppe auslöffelt, die mit nach faulen Eiern stinkender Buttersäure garniert wurde.« Kogler schenkte sich Wein nach. »Wissen Sie, was mich so irritiert, ist, dass unser Spitzengourmet nicht mal verstanden hat, warum alle panisch den Essenssaal verlassen haben. Er hat mich allen Ernstes gefragt, warum die ganzen Gäste aus dem Raum flüchten.«

»Ja, das ist wirklich komisch.«

»Und dann hat er noch in allerhöchsten Tönen von dieser Suppe geschwärmt ...«

»Vielleicht hat er den Gestank nicht gerochen. Das wär das einzig Logische, so schlimm, wie der war. So wie bei diesem Film ›Brust oder Keule‹ mit dem Louis de Funès. Kennen Sie den?«

Kogler überlegte. »Sie meinen die Komödie, in der er einen Restaurantkritiker spielt, der seinen Geschmack verliert?«

»Genau, und der hat einen Sohn, der lieber Clown als Restaurantkritiker werden will. Der hilft seinem Vater am Ende dann aber doch, indem er bei dieser Fernsehshow seinen Platz einnimmt.«

»Das heißt, der Liebinger hat seinen Geruchssinn verloren? Das würd zumindest seine nicht vorhandene Reaktion auf diesen widerlichen Gestank erklären.«

»Hätt er dann trotzdem noch was schmecken können? Ich mein, wie hat er denn dann seine Testessen gemacht?«, fragte die Mahringer.

»Ich glaub, dass man kaum noch was schmecken kann, wenn man nichts mehr riecht: vielleicht grad mal, ob das Essen salzig, süß oder bitter ist.«

Die Susanne Mahringer nahm ihr Netbook wieder zu sich und tippte etwas ein. »Ich grab beim Liebinger mal noch ein wenig tiefer nach«, ließ sie Kogler wissen.

»Herr Kogler?« Mike, der Türsteher vom Casino, trat zu ihnen an den Tisch. »Ich wollt mich noch mal entschuldigen für mein Verhalten bei Ihrem letzten Besuch.«

»Schon gut«, beschwichtigte Kogler. »Sie haben ja nur Ihren Job getan, und ich war ja auch alles andere als einsichtig.«

Der Türsteher trat von einem Bein auf das andere. Es schien ganz so, als hätte er noch etwas anderes auf dem Herzen. Kogler nickte ihm aufmunternd zu.

»Ähm, Herr Kogler, ich will Sie nicht stören, aber ich hätt da eine Frage. Wissen Sie, ich hab mich erst kürzlich verlobt.«

»Herzlichen Glückwunsch!«

»Ja danke. Und na ja, jetzt hab ich mir gedacht, was Fixes wär halt fein. So als Beamter, als Polizist, um genau zu sein. Meinen Sie, dass ich da eine Chance hätt?«

Kogler musterte den jungen durchtrainierten Mann. »Ja sicher, warum nicht?«

»Ich mein, wegen meiner Tattoos.« Der Mike knöpfte sein Hemd auf und zeigte Kogler seinen Unterarm.

Kogler warf einen kurzen Blick auf die verschiedenen Tätowierungen. Bis vor Kurzem war es Polizisten nicht erlaubt gewesen, solche zu tragen, wenn diese von der kurzärmligen Sommeruniform nicht verdeckt werden konnten. »Das ist seit einer neuen Verordnung kein Problem mehr«, antwortete Kogler. »Sie dürfen mit Ihren Tattoos nur keine Zugehörigkeit zu irgendeiner verfassungsgefährdenden Gruppe zum Ausdruck bringen.«

»Nein, nein, das tu ich ganz sicher nicht!«, beeilte sich der Mike zu sagen.

»Na dann«, antwortete Kogler, »steht Ihrem Weg zur Polizei ja nix im Weg.«

»Vielen Dank, Herr Kogler!« Der Mike nickte ihm zu und reichte ihm die Hand. Dann verabschiedete er sich auf die gleiche Weise von der Susanne Mahringer. Als sein Blick auf den Bildschirm ihres Netbooks fiel, hielt er inne. »Sie kennen den Ulf?«, fragte er sie.

»Den Ulf?«

»Ja, den rechts auf dem Foto.«

»Nein, kenn ich nicht.«

Kogler stand auf und stellte sich neben den Türsteher. Das Foto zeigte den Gastronomen und Restaurantkritiker, der neben einem jüngeren Mann stand. Darunter stand: Justus Liebinger, CEO, und Ulf Liebinger, Junior Manager. Kogler hob die Augenbrauen.

»Sagen Sie, woher kennen Sie denn diesen Ulf, Mike?«

»Den Ulf? Aus der Slowakei, von der T.W.M.A. – der Tactical Weapon Master Academy.«

»Woher?«

»Das ist eine private Akademie, wo man tage- oder wochenweise von ehemaligen US-Forces- und SAS-Mitgliedern ausgebildet wird: im Pistolen- und Gewehrschießen mit allen möglichen Waffen. Dort gibt's sogar eigene Sniper-Kurse.«

»Sniper-Kurse? Soso … Ausbildung zum Scharfschützen also.«

»Ganz genau, und der Ulf ist dort eine Legende. Der nimmt dort seit Jahren immer wieder teil und schießt teilweise besser als die Ausbilder.«

Kogler schlug dem Mike auf die Schulter. »Sie haben uns sehr geholfen«, sagte er. »Ich werd beim Chefinspektor Pinter, dem hiesigen Leiter der Polizeidienststelle, ein gutes Wort für Sie einlegen.«

»Wirklich?«

»Ja, wirklich. Aber jetzt lassen Sie uns bitte wieder allein. Wir haben noch zu arbeiten.«

»Selbstverständlich!« Der Mike bedankte sich noch mehrmals und ging dann wieder zum Casinoeingang. Die Susanne Mahringer schaute Kogler fragend an. Der rieb sich vergnügt die Hände.

»So, Frau Mahringer, wir beide werden jetzt noch ein wenig recherchieren, und dann rufen wir den Lurcher an und bitten ihn, sich mit uns zu treffen.«

»Den Chefkoch vom Seeblick? Jetzt, um diese Uhrzeit?«

»Ja, ganz genau, dem werden wir dann ein bisschen auf den

Zahn fühlen. Und dann, liebe Frau Mahringer, wenn wir von ihm das letzte relevante Puzzleteil erhalten haben, fassen wir alles zu einem Gesamtbild zusammen und warten bis 8:00 Uhr in der Früh.«

»Wir warten dann bis 8:00 Uhr in der Früh? Warum denn? Versteh ich nicht.«

»Um diese Uhrzeit schaltet der Uwe Fruchtinger, Leiter von der Ermittlungsgruppe Leib/Leben vom LKA, jeden Morgen sein Handy ein. Wir erzählen ihm, wer sich hinter dem blauen Wolf verbirgt, und dann, Frau Mahringer, dann ...«

»Ja?«

»... dann lehnen wir uns ganz einfach gemütlich zurück und lassen die Polizei ihre Arbeit tun.«

31.

Sie saßen im Büro vom Uwe Fruchtinger, in das er sie bestellt hatte, um ihnen detailliert von den Festnahmen zu berichten. Er ließ den Korken von der Sektflasche knallen, alkoholfrei natürlich. Als er sich sein Glas vollgeschenkt hatte, stellte er sie auf seinen Schreibtisch. »Probieren?«, fragte er.

Die Susanne Mahringer und Kogler schüttelten den Kopf. »Danke, der Pflaumensaft reicht völlig«, sagte Kogler.

»Also, dann leg ich mal los. Wir haben die beiden fast gleichzeitig auf die Polizeireviere gebracht, die Hamburger Kollegen und wir. Zuerst haben sie natürlich alles abgestritten, aber die Indizien waren erdrückend, und dann sind auch schnell die ersten Beweise eingetrudelt. Ab da ging dann plötzlich alles sehr schnell. Zuerst hat die Sonja Pechhofer gestanden, die ist bei uns im LKA während des Verhörs richtig zusammengebrochen. Und als der liebe Ulf Liebinger, der Sohn unseres letzten Mordopfers, in Hamburg von ihrem Geständnis erfahren hat, war's auch mit seinen Ausflüchten vorbei: hat stolz das ganze Mordkomplott in allen Details beschrieben und die Aussage von der Pechhofer in jedem einzelnen Punkt bestätigt.« Der Uwe Fruchtinger hob sein Glas. »Also dann! Auf eure ausgezeichnete Ermittlungsarbeit!« Er prostete erst Kogler, dann der Mahringer zu.

Sie stießen an. »Na ja«, antwortete Kogler. Er dachte an den

Wolfgang Greidl. »Das war nicht allein unser Verdienst. Wir hatten da ja einen Informanten.«

»Und willst mir noch immer nicht sagen, wer das war?«

Kogler schüttelte den Kopf. Nein, das wollte er nicht.

Der Fruchtinger stellte sein Glas ab und faltete seine Hände. »Na gut, also, die Pechhofer und der junge Liebinger haben sich vor zwei Monaten auf einer Gastro-Messe in Zürich kennengelernt. Sie wollte sich Ideen für ihr Catering holen, und er war dort im Auftrag seines Vaters. Hat deren Messestand betreut. Der Justus Liebinger hat seinem Sohn, der zuletzt Unsummen an Geld verspielt hatte, vor einiger Zeit den Geldhahn abgedreht, ihn als Prokurist gefeuert und ihm gesagt, dass er so lange Junior Manager bleibt, bis er sein Leben und finanzielles Gebaren im Griff hätt. Da hat unser Ulf dann beschlossen, seinen Vater, mit dem er sowieso von jeher ein äußerst schwieriges Verhältnis hatte, um die Ecke zu bringen. Dann hätt er als Alleinerbe dessen komplettes Unternehmen übernommen und wär als gefürchteter Kritiker sowie Eigentümer der florierenden Restaurantkette in dessen Fußstapfen getreten. Der verschmähte Sohn hätt plötzlich Ansehen und Ruhm gehabt und mit dem Erbe sein ausuferndes Spielerleben finanzieren können.«

»Na ja, der hat's als Sohn sicherlich wirklich nicht immer leicht gehabt. Der alte Liebinger hatte immer schon den Ruf, ein extrem unguter Mensch zu sein«, warf die Susanne Mahringer ein.

»Deswegen bringt man aber niemanden um«, erwiderte Kogler.

»Natürlich nicht, ich wollt's ja auch nur kurz erwähnen.«

»Wie auch immer«, nahm der Uwe Fruchtinger wieder das Gespräch auf, »auf alle Fälle sind sich die beiden, also der Liebinger junior und die Pechhofer, auf dieser Messe wohl schnell nähergekommen – sexuell wie auch gedanklich, beim Besprechen ihrer

Mordfantasien. Haben sich in den folgenden Wochen dann noch einmal in Hamburg getroffen und zweimal in Velden.«

»Farley Granger und Robert Walker«, sagte Kogler.

»Wer?«

»Granger und Walker, die haben die beiden Hauptrollen in dem Hitchcock-Film ›Der Fremde im Zug‹ gespielt. Ein Mann träumt davon, das perfekte Verbrechen zu begehn, und bietet einem vollkommen Fremden an, seine Frau umzubringen, wenn dieser dafür seinen Vater tötet. Dadurch gibt es dann für die Ermittler keine logischen, nachvollziehbaren Motive.«

Der Uwe Fruchtinger nickte. »Ja, das war der Plan von den beiden, und um das Ganze noch undurchschaubarer zu machen, hat der Liebinger die Idee mit dem blauen Wolf und der ›Gegen den Tourismus‹-Tarnung gehabt: zwei Morde, eingebettet in verschiedene andere Anschläge und Attentate also. Und um dem Ganzen die Krone aufzusetzen, haben sie dann noch jedes Mal diese versteckten Hinweise auf ›blau‹ und ›Wolf‹ hinterlassen. Darauf war er beim Verhör besonders stolz, der Liebinger, haben die Hamburger Kollegen erzählt. Ein schwerer Egomane und Narzisst, der sich für ganz besonders schlau hält.«

»Weiß man jetzt eigentlich schon, was genau sein Vater mit seiner Nase gehabt hat?«, fragte die Susanne Mahringer.

»Ja, das mit der Gestanksresistenz hat sich auch geklärt. Der alte Liebinger hatte sich vor einem Jahr bei einem Autounfall einen doppelten Schädelbasisbruch zugezogen. Dabei hat er auch seinen Geruchssinn verloren, und zwar komplett. Nennt sich Anosmie. Für ihn hat alles mehr oder weniger nur noch nach Papier geschmeckt, darum hat er einige Tage vor seinen Restauranttests immer seinen Sohn geschickt, der die Gerichte vorab probieren musste. Das hat aber natürlich niemand außer den beiden wissen dürfen, dass der Herr Obergourmet nicht mal mehr den

Unterschied zwischen Fisch und Fleisch schmecken kann. Sonst hätten sie ihren Gastrostar Guide einstampfen können.«

»Und sein Sohn hat das dann gleich ausgenutzt, um sich ein bisschen was dazuzuverdienen«, ergänzte Kogler.

»War ja auch nicht besonders schwer«, warf die Susanne Mahringer ein, während sie sich ihr Glas mit Pflaumensaft auffüllte. »Jeder wollt eine gute Bewertung von diesem Gastrostar Guide haben, der war ja in letzter Zeit schon angesagter als der Guide Michelin.«

»Ja, zehn- bis zwanzigtausend Euro für eine ausgezeichnete Einschätzung des alten Meisters, zahlbar an den Sohn, der dann seinem Vater die gewünschten Ergebnisse übermittelt hat. Der hat von diesen unmoralischen Angeboten natürlich nix gewusst. Hat sich seit seinem Unfall voll und ganz auf die Vortests seines Sohns verlassen, was hätt er auch anders tun sollen mit seiner Behinderung?« Der Uwe Fruchtinger wandte sich an Kogler: »Wie bist da eigentlich draufgekommen?«

»Um ehrlich zu sein, hab ich bloß eins und eins zusammengezählt. Wir sind ja davon ausgegangen, dass der Liebinger nix riechen konnte. Er musste also jemand anderes in die Restaurants geschickt haben, der vorab die Gerichte für ihn testet. Und dann hat der Türsteher vom Casino den Sohn vom Justus Liebinger auf einem Foto erkannt. Der saß wiederum beim Mord am Pechhofer am Nebentisch. Falls der dort für seinen Vater etwas vorgetestet hatte, war's naheliegend, dass er der Kontakt war, der dem Lurcher das mit der Überprüfung seines Restaurants gesteckt hatte. ›Ich hab mich darum gekümmert‹, hat der Lurcher mir im Kurpark gesagt, tja, und so bin ich auf den Gedanken gekommen, dass die beiden sich vorher getroffen haben müssen und dass der Lurcher dem Uwe Liebinger Geld für eine gute Bewertung zugesteckt hat. Das hat der Lurcher ja auch heut Nacht zugegeben, als die Frau Mahringer und ich ihn diesbezüglich in die Mangel genommen haben.«

»Der Forlan hat übrigens auch gestanden, dass er dem jungen Liebinger Geld gegeben hat für die richtigen Informationen an dessen Vater: 15.000 Euro«, merkte der Uwe Fruchtinger an. »Hat das Management vom Schlosshotel eigentlich davon gewusst? Die behaupten, das wär ein Alleingang vom Lurcher gewesen. Hat der was zu euch gesagt deswegen?«

»Nein, das stimmt«, antwortete die Susanne Mahringer. »Die hat er gar nicht erst gefragt. Der Lurcher hat gemeint, die Manager hätten sich niemals auf eine Bestechung eingelassen.«

Kogler nickte. »Unser deutscher Freund hat das ja auch ganz bewusst so eingefädelt. Der hat ganz genau gewusst, dass dem Lurcher die Spitzenbewertung immens wichtig war. Hat sich dann am Sonntagvormittag mit ihm im leeren Restaurant getroffen und ihm ein Angebot gemacht, das der nicht ablehnen konnte: 1000 Euro in bar, sofort. Ein wahres Schnäppchen also. Und schon ist der Lurcher wie von der Tarantel gestochen zu seiner Bank gerannt. Der Liebinger war wie geplant allein, ist gemütlich in die Küche spaziert und hat den Wolfsbarsch in aller Ruhe mit der mitgebrachten Giftspritze präpariert. Wo der Fisch gekühlt wurde, hat seine Komplizin, die Pechhofer, ihm gesagt, die war ja oft genug beim Lurcher gewesen wegen dem Wolfsbarsch-Tick von ihrem Mann.« Kogler setzte eine kurze Pause und schob sein leeres Glas neben das von der Susanne Mahringer, die es für ihn auffüllte. »Und am Abend hat der Liebinger sich dann extra neben uns gesetzt, um zu sehn, wie der Pechhofer an dem vergifteten Fisch stirbt. Hat sogar noch die Chuzpe gehabt, sein Mordopfer mit seinem aufdringlichen Gerede und Verhalten vorher zur Weißglut zu treiben.«

»Die Desert-Storm-Pistole samt Munition hat er sich übrigens über irgend so einen Bekannten von der Tactical Weapon Master Academy besorgt, in Bratislava, unter der Hand«, ergänzte der Uwe Fruchtinger. »Das war sein Plan B, falls das mit dem Wolfsbarsch-Carpaccio aus irgendeinem Grund schiefgegangen wär. Nach dem Mord ist er dann zum Auto vom Pechhofer, um das Bekennerschreiben anzubringen. Nach dem Schuss auf dich hat er sofort seine Komplizin angerufen und sie getroffen, um die Pistole loszuwerden.«

Kogler nickte. »Und da er keinen Waffenschein gehabt hat, war er schnell von der Liste der Verdächtigen gestrichen worden. Hat ja auch keiner daran gedacht, dass der sich seine exzellenten Schusskünste über Jahre in einem ausländischen Waffen-Camp angeeignet haben könnt.«

»Die Türstürmerflaschen für den Reizgasanschlag im Gogginger Hof einen Tag zuvor hat er im Internet bestellt, in einem semilegalen Waffenshop.«

»Hat er das mit den versperrten Fenstern gewusst?«

»Nein, davon hatte er, wie du's dir gedacht hast, keine Ahnung gehabt. Die Aktion hatte nur für Aufregung sorgen und diese ganze Blaue-Wolf-Sache ins Rollen bringen sollen.«

»Also«, sagte Kogler, »fassen wir zusammen. Die Pechhofer schickt Anfang letzter Woche den Drohbrief an die Wörthersee Post. Dann fliegt sie am Mittwoch, dem Tag der Veröffentlichung, nach China. Am Samstag in der Früh wird der Madritsch erstochen. Der Liebinger trifft aber erst am Nachmittag am Wörthersee ein. Das heißt, die beiden können ihn nicht eigenhändig umgebracht haben.«

»Haben sie wohl auch nicht. Sie behaupten, dass sie damit nix zu tun haben, und ich glaub ihnen das auch.«

»Warum bist dir da so sicher? Könnten doch jemanden damit beauftragt haben.«

»Auf der einen Seite gibt's kein Motiv. Die Pechhofer konnte den Madritsch gut leiden. Und andererseits haben wir das Bekennerschreiben von diesem Mord genau untersuchen lassen. Es unterscheidet sich von den anderen. Das Logo aus dem Internet war ein paar Millimeter zu klein. Dazu falscher Papierhersteller, andere Tintenzusammensetzung, und die Abstände bei den Schriftzeilen weichen auch um ein paar Millimeter ab. Wir haben das aber bis jetzt aus ermittlungstechnischen Gründen für uns behalten.«

»Also ein Trittbrettfahrer, der das mit dem Drohschreiben in der Wörthersee Post gesehn und für den Mord benutzt hat.«

»So schaut's aus«, bestätigte der Chefinspektor des LKA.

»Nun gut, der Liebinger kontaktiert also den Lurcher und trifft sich mit ihm Sonntagfrüh im Seeblick. Dort vergiftet er, während der Koch das Geld für ihn holt, den Fisch. Nach dem Tod vom Pechhofer platziert er das Bekennerschreiben an dessen Auto und schießt auf mich, als ich ihn verfolg. Dann bringt er die Waffe der Sonja Pechhofer.«

»Und die hat sie dann schlussendlich gemeinsam mit der Spritze, den Tollkirschen, dem Eisenhutpulver und dem Buch in der Wohnung vom Goran deponiert. Den Schlüssel dafür hatte sie aus dem Büro von ihrem Mann«, spann die Susanne Mahringer den Faden weiter.

»Richtig«, bestätigte der Uwe Fruchtinger. »Aber springen wir noch mal zurück. Der Liebinger ist also am Montag in der Früh zurück nach Hamburg. Sein Teil war ja erledigt, jetzt war seine Komplizin am Zug. Die ist nachts aus Schanghai zurückgekommen. Alles war gut vorbereitet: Die Feuchtigkeitscremes hatte sie schon eine Woche vorher präpariert. Das war ja auch kein Problem, da sie durch die Magnetkarte ihres Gatten Zugang zum Lager hatte. Das Glas mit den eingelegten Tollkirschen tauscht sie in der Nacht nach der Sperrstunde an der Theke vom Azzurro aus. Auch kein Problem, denn auch hier hatte sie den Generalschlüssel. Und den Rest kennen wir ja bereits: Sie hört den Karl im Le Café über den Goran reden ...«

»Brüllen trifft's besser«, merkte die Susanne Mahringer spöttisch an. Kogler warf ihr einen gespielt verärgerten Blick zu.

»... und hat sich gedacht, dass sie dem alles in die Schuhe schiebt. Sie schickt dem Goran eine anonyme SMS und bestellt ihn unter dem Vorwand, dass er Informationen zu dem Verschwinden seiner Mutter erhalten würde, zum Hintereingang vom Barbacoa. So hat sie alle Zeit der Welt, alle fingierten Beweise in seiner Wohnung zu platzieren und die Polizei zu verständigen.«

»Dann, am nächsten Tag, vergiftet sie den alten Liebinger«, sagte der Uwe Fruchtinger. »Und zwar mit Aconitum napellus, dem Blauen Eisenhut.«

»Auch Blaue Wolfswurz genannt«, ergänzte Kogler.

»Genau, hat die Sonja Pechhofer persönlich in den Gurktaler Alpen ausgegraben. Sie ist sogar von einem Wanderer dabei gesehn worden, als sie die Pflanzen in den Kofferraum von ihrem SUV geräumt hat. Der hat sich zum Glück ihr Kennzeichen notiert und Anzeige erstattet. Zwei Wochen später hat sie wegen Verstoßes gegen die Artenschutzverordnung eine Ordnungsstrafe erhalten, aber das haben wir in ihrem Verhör gar nicht mehr gebraucht, genauso wenig wie die Tatsache, dass unsere Experten auf ihrem Laptop das originale Bekennerschreiben gefunden haben. Sie hatte es zwar gelöscht, aber es ließ sich problemlos über diese temporären Dateien wiederherstellen.«

»Und wo haben die beiden das Zyankali hergehabt?«, fragte die Susanne Mahringer.

»Die Blausäure-Lösung hat der Liebinger aus Kaliumzyanid hergestellt, das einer seiner Freunde in einer Hamburger Apotheke für ihn gekauft hat. Er hat ihm erzählt, dass er unter die Schmetterlingssammler gegangen sei. Die brauchen Kaliumzyanid nämlich, um ihre gefangenen Falter damit in einem Tötungsglas zu begasen, dann sterben die so, dass ihre Flügel weich bleiben und in den schönsten Farben leuchten.« Der Uwe Fruchtinger schüttelte den Kopf. »Grausam eigentlich, wenn man drüber nachdenkt.«

»In einer Apotheke? Wie denn das? Hat sein Bekannter einen Giftschein gehabt?«

»Nein, aber als Juwelier darf der zumindest in Deutschland bis zu drei Gramm davon beziehen, ohne Erlaubnis – das war für mich auch neu. Eigentlich muss man ja in so einem Fall Name und Anschrift hinterlegen.«

»Sind drei Gramm eigentlich viel?«, fragte die Susanne Mahringer.

»Damit kann man theoretisch Dutzende Menschen umbringen, hat mir der Aschenwald erklärt.«

»Also, haben die beiden alles gestanden bis auf den Mord am Madritsch.«

»Den Greidl und den stummen Plautz hat er auch nicht niedergeschlagen, meint der Liebinger. Wird wohl stimmen, warum hätt er das auch tun sollen? Und Bekennerschreiben ist dort ja auch keins gefunden worden. War wohl jemand, der die beiden nicht leiden kann.«

Oder einfach die beiden selbst, ergänzte Kogler den Chefinspektor in seinen Gedanken, während er entspannt den letzten Schluck Pflaumensaft seine Kehle hinunterrinnen ließ.

32.

Koglers Blick schweifte über die kleine Halbinsel und blieb schließlich bei der gotischen Wallfahrtskirche hängen. Wenn diese in der Nacht angestrahlt wurde, leuchtete sie von hier über den ganzen Wörthersee – bis hin zu seiner Terrasse.

Kogler mochte Maria Wörth, diesen kleinen idyllischen Ort mitten im See, der von einer malerischen Landschaft umgeben war. Deswegen wurde er von den Einheimischen auch das Herz vom Wörthersee genannt. Bis ins 18. Jahrhundert war die Ortschaft eine richtige Insel gewesen, die vollkommen vom Wasser umgeben gewesen war. Erst durch den Bau eines künstlichen Abflusses war der Wasserspiegel des Wörthersees so stark gesunken, dass ein Zugang zum Festland entstanden war.

Kogler schaute auf sein Handy. Fast 18:00 Uhr und somit Zeit für sein Treffen mit der Eva Madritsch. Ihr kleines Geschäft Zur Kräuterhexe befand sich direkt in der Lobby des Wellnesshotels Madritsch, seit jeher eine der beliebtesten Unterkünfte am Südufer, wenn man über das nötige Kleingeld verfügte. Warum die Ehefrau vom Matthias Madritsch täglich mehrere Stunden persönlich in ihrem kleinen Kräutershop stand, war Kogler ein Rätsel. Als Mitbesitzerin einer der exklusivsten Hotelanlagen am See hatte sie eigentlich ausgesorgt. Das Wellnesshotel Madritsch bot seinen Gästen jeden denkbaren Komfort und ein umfassendes

Sport- und Wellnessangebot mit Golfplatz, Wasserskischule, Sauna und eigenem Fitnesscenter. Für das leibliche Wohl sorgten zwei hoteleigene À-la-carte-Restaurants, die neben einem atemberaubenden Blick über den Wörthersee verschiedenste kulinarische Höhepunkte boten.

• • •

Kogler betrat den Kräuterladen, der irgendwie so gar nicht in das prunkvolle Ambiente der Hotellobby passen wollte. Hinter der Verkaufstheke stand die Eva Madritsch und beugte sich über ein Formular. Ihre Haare waren zu einem Knoten gebunden. Die Zeit hatte in ihrem Gesicht bereits deutliche Spuren hinterlassen, tiefe Falten säumten ihre Stirn- und Mundpartie.

»Ah, Herr Kogler, pünktlich auf die Minute.«

»Guten Abend, Frau Madritsch, danke vielmals, dass ich in dieser für Sie sicherlich sehr schwierigen Zeit vorbeikommen darf.«

Die Eva Madritsch reichte Kogler die Hand. »Keine Ursache, haben Sie meinen Mann gut gekannt?«

»Ein wenig, nicht besonders gut.« Das entsprach in gewisser Weise sogar der Wahrheit. Kogler hatte den Matthias Madritsch wirklich nur sehr oberflächlich gekannt, und auf die Sache mit der Hanna hatte er ihn auch nie angesprochen. Was hätte das denn bitte schön auch gebracht? Was geschehn war, war nun einmal geschehn.

»Die Polizei hat mich informiert, dass sie die Mörder, die sich als blauer Wolf ausgegeben haben, gefasst haben, und zwar dank Ihrer Hilfe.«

»Ich hab die Polizei nur ein wenig unterstützt, aber leider hatten die beiden Täter mit dem Mord an Ihrem Mann nix zu tun, das war wohl ein Trittbrettfahrer.«

Die Eva Madritsch nickte. »Ja, das haben mir Ihre ehemaligen Kollegen auch gesagt: Das Bekennerschreiben war nicht authentisch, und die Pechhofer und der Deutsche haben beide Alibis. Das heißt also, dass dieser Wahnsinnige noch immer frei herumläuft.« Sie blickte Kogler an.

»Schaut leider so aus.«

»Und die beiden typischen Hinweise: der blaue Messergriff und die Wolfsgasse ...«

»... waren wohl reiner Zufall«, beendete Kogler ihren Satz. »Der Mörder hat ja nicht wissen können, dass die Pechhofer und der Liebinger dieses komische Muster verwenden wollten«, fügte er noch erklärend hinzu.

»Nun gut, ich versteh. Aber vielleicht können Sie ja wenigstens noch ein wenig weiterermitteln und der Polizei dabei helfen, ihn zu schnappen?«

»Na ja, Frau Madritsch, das wird schwierig werden. Sie wissen ja, dass ich schon länger in Pension bin. Abgesehn davon bin ich überzeugt, dass unsere Experten hier gründliche Arbeit leisten und den Mörder Ihres Mannes aufspüren werden – jetzt, wo sie sich ganz auf diesen Fall konzentrieren können.«

»Wie sehn Sie diese Sache eigentlich? Ich mein, Sie haben sich doch sicherlich damit beschäftigt.«

»Nun, schwer zu sagen, Frau Madritsch. Dass jemand den Drohbrief für die Zeitung als Vorlage genommen hat, steht ja außer Frage, aber wer und warum, keine Ahnung, da tapp ich im Dunkeln. Vielleicht liegt die Lösung ja in Ihrer Verandatür.«

»Die Verandatür? Was meinen Sie damit? Was ist mit der?«

»Nun, der Mörder ist offensichtlich durch die Veranda ins Haus gekommen. Und ein ehemaliger Kollege hat nebenbei erwähnt, dass an der Tür ein digitales Sicherheitsschloss von der Firma Safedoor Deluxe angebracht ist. So eins hab ich bei mir zu Haus auch, daher weiß ich, dass man einen vierstelligen Code eingeben muss, um das Schloss zu öffnen. Die Frage lautet also: Wer hat den gekannt?«

»Tja, das hab ich der Polizei auch schon gesagt. Ich weiß nicht, ob Sie das wissen, aber mein Mann hat für alles immer dasselbe Passwort benutzt, und zwar irgendeine Variation seines Geburtsdatums. Hundertmal hab ich ihm gesagt, dass er das nicht tun soll, aber er hat sich ja wie immer in nichts reinreden lassen, der alte Sturkopf.« Die Eva Madritsch schüttelte verärgert den Kopf. »Es ist also nicht auszuschließen, dass dem Mörder das aufgefallen ist. Aber gut, wie dem auch sei ...« Die Eva Madritsch lächelte. Dann sagte sie: »Herr Kogler, ziehn Sie sich jetzt aus.«

»Wie bitte?«

»Oberkörper frei machen!«

Was war nur mit den Leuten los? Zuerst der Greidl am Forstsee und jetzt die Madritsch in ihrem Edel-Kräuterladen.

»Ich muss mir doch Ihren Ausschlag ansehn.«

»Ach so!« Jetzt verstand Kogler. Er zog seine Jacke aus, dann Pullover und T-Shirt. Die Eva Madritsch kam zu ihm und betrachtete seinen Oberkörper von allen Seiten.

»Ja, Nesselsucht, eindeutig. Vorne und hinten, ziemlich ausgeprägt. Wird die noch stärker?«

»Ja, manchmal, sie kommt und geht. Manchmal sind diese Striemen auch ganz weg und dann von einer Minute auf die andere wieder dunkelrot.«

»Verstehe. Aber Sie haben das nur am Oberkörper, oder?«

Kogler nickte.

»Gut, Sie können sich jetzt wieder anziehn. Ich werd Ihnen eine Spezialcreme zubereiten. Dafür brauch ich eine gute halbe

Stunde, denn ich muss die ganz frisch ansetzen. Sie können ja derweil rausgehn, in die Seebar. Sie sind eingeladen.«

»Aber das ist doch nicht nötig.«

»Aber ja, kein Problem. Sagen Sie einfach, ich hätt Sie geschickt.«

Kogler bedankte sich und zog sich wieder an. Als er in seine Jacke schlüpfte, fiel ihm wieder ein, dass er die Madritsch ja noch etwas anderes hatte fragen wollen. Er griff in seine Innentasche und zog die Packung mit der Kärntner Minze hervor, die er in Klagenfurt gekauft hatte.

»Ich hab diese Kärntner Minze am Benediktinermarkt besorgt, um damit einen Tee zu machen, so wie die Maria Kogelnig. Sie beide kennen sich ja. Aber der Tee schmeckt ganz anders, nicht so gut wie der, den die Maria mit Ihrer Minze aufsetzt. Hab ich vielleicht doch die falsche Sorte gekauft?«

Die Eva Madritsch nahm die Packung und blickte hinein. Sie gab sie Kogler zurück und antwortete: »Nein, Herr Kogler, das ist schon Kärntner Minze, eindeutig.«

»Aber warum schmeckt die ganz anders als die Ihre?«

»Wahrscheinlich, weil meine Spezialminze eine Höhenminze ist, quasi eine spezielle Form von der klassischen Kärntner Minze. Ich hab die im Guttaringer Bergland handgepflückt, in der Nähe von unserem Wochenendhaus. Die Höhe macht's, Herr Kogler, die Höhe.«

Kogler steckte die Minzpackung wieder ein. »Höhenminze, verstehe. Was es nicht alles gibt. Könnt ich dann bitte was von der kaufen für meinen Tee?«

»Getrocknete? Da muss ich Sie enttäuschen. Die ist leider im Moment aus.«

»Frische vielleicht?«

»Nein, damit kann ich heut leider auch nicht dienen.« Die Eva

Madritsch deutete in eine Ecke, in der verschiedene Kräutersäckchen standen. »Nur die normale hab ich da. Davon hab ich reichlich, frisch und getrocknet.«

Kogler schüttelte den Kopf. »Nein, ist schon gut, ich werd auf dem Nachhauseweg bei der Maria vorbeischauen und sie bitten, mir ein wenig von ihrem Vorrat zu geben.« Er strich sich über seinen Bart. »Und dann schau ich vielleicht auch noch ins Internet auf so eine Pflanzenbestimmungsseite, damit ich in Zukunft weiß, worauf ich achten muss, wenn ich so eine Minze kauf.«

»Ich sag's Ihnen aber gleich, Herr Kogler, das ist für den Laien mit bloßem Auge kaum zu erkennen.«

»Ja, ich werd's trotzdem versuchen. Wissen Sie, ich find das irgendwie spannend, und Pflanzen interessieren mich einfach. Außerdem glaub ich, mich daran zu erinnern, dass Ihre Höhenminze doch etwas andere Blätter hat. Mal sehn, Sie wissen ja, wie man so schön sagt: ›Im Ruhestand, da hat man Zeit.‹«

• • •

Rund eine halbe Stunde später war Kogler wieder bei der Eva Madritsch im Geschäft. Sie überreichte ihm ein Glas, in dem sich eine grün-gräuliche Salbe befand.

»So, Sie werden sehn, dass die Heilkräfte der Natur Wunder bewirken können. Wichtig ist aber, dass Sie die Salbe wirklich großflächig auftragen, und zwar am ganzen Körper, nicht nur an den betroffenen Stellen. Sie müssen sich das wie einen Saunagang vorstellen, eine Komplettbehandlung also. Wir reinigen und entgiften Ihren Körper und zwingen damit die Nesselsucht nach und nach in die Knie.«

»Auch im Gesicht?«

»Können Sie, aber ich warn Sie: Die Salbe hat einen sehr starken Geruch. Vielleicht tragen Sie sie nur von den Füßen bis zum Hals auf. Aber warten Sie damit nicht zu lang, die optimale Wirkung entfaltet die Mischung, wenn sie ganz frisch ist. Also tragen Sie die Salbe am besten gleich auf, wenn Sie heut nach Haus kommen.«

»Alles klar, werd ich machen. Was bekommen Sie dafür von mir?«

»Nix, geht aufs Haus.«

»Aber ...«, protestierte Kogler.

»Keine Widerrede! Und richten Sie der Maria schöne Grüße aus. Sagen Sie ihr, dass ich ihr noch Bescheid geben werd, wann das Begräbnis von meinem Mann stattfinden kann.« Die Eva Madritsch deutete auf das Formular vor ihr. »Nicht nur, dass die Rechtsmediziner die Leiche vom Matthias noch immer nicht freigegeben haben, jetzt muss ich mich auch noch um ein Urnengrab kümmern, dabei haben wir schon vor vielen Jahren für viel Geld ein wunderschönes Gemeinschaftsgrab gekauft. Aber nein ... das wär ja viel zu einfach gewesen, denn erst kürzlich hat mein Mann von heut auf morgen die fixe Idee gehabt, dass er, wenn er einmal nicht mehr sein sollt, nicht auf dem normalen Friedhof begraben, sondern verbrannt werden will. Warum, das weiß ich bis heut nicht.«

»Ich werd der Maria das mit dem Begräbnis ausrichten, wobei man ja in der Schwangerschaft eigentlich besser nicht zu so was hingeht.« Kogler räusperte sich und biss sich auf die Zunge. Hoffentlich war das jetzt nicht zu unhöflich gewesen.

»Ach ja? Warum denn nicht?«

»Ach nix, tut mir leid, das ist nur so ein alter Volksglaube.«

»Ach so? Und was sagt der genau?«

Kogler wand sich ein wenig, bevor er antwortete. »Ähm ja, wie gesagt, das ist nur so eine Redensart: Schwangere sollen nicht auf Begräbnisse gehn, weil sie sonst eine Fehlgeburt bekommen könnten.«

»Eine Fehlgeburt?« Die Eva Madritsch begann plötzlich breit zu grinsen. »Aber, Herr Kogler, Sie werden doch nicht an so einen Humbug glauben, oder?«

»Ähm, nein, natürlich nicht, dass ist mir nur so rausgerutscht, Entschuldigung.« Kogler steckte seine Salbe ein und reichte der Eva Madritsch die Hand. Humbug hin oder her, dachte er, man wusste nie, was an solchen Sachen dran war. Das würde er auch der Maria sagen. Kogler hatte bei solchen Dingen immer ein ungutes Gefühl. Man musste das Schicksal ja nicht extra herausfordern.

• • •

»Wir nähern uns, mein alter Freund, wir nähern uns«, sagte Kogler zum Blacky, der ihn mit großen Augen anschaute. Dann widmete sich der Kater wieder seinem neuen Katzenminzekissen, das Kogler ihm heute im Tiergeschäft in Klagenfurt gekauft hatte. Kogler kratzte sich mehrmals an der Brust und am Rücken. Sein Körper juckte wieder stärker, ganz so, als ob der Ausschlag ihn davon abhalten wollte, sich weitere Gedanken zum Madritsch-Mord zu machen. Kogler betrachtete den knallroten Elefanten, den er zu Ende gefaltet hatte. War schon eine tolle Sache, dieses spezielle Origamipapier. Machte richtig was her. Hatte genau die richtige Stärke, und man konnte aus verschiedenen Farben wählen. Außerdem war es praktischerweise schon quadratisch zugeschnitten. Kogler beschloss, eine weitere Packung davon zu besorgen, wenn er das nächste Mal beim Papierfachgeschäft in Klagenfurt vorbeikam. Er stand auf, nahm die Dose mit seiner neuen Salbe in die Hand und ging die Treppe hinauf. Es half nichts, er musste sich um seinen Ausschlag kümmern.

Im Badezimmer zog sich Kogler bis auf die Unterhose aus, dann öffnete er die Salbendose. Die Eva Madritsch hatte nicht zu viel versprochen, ein scharfer und stechender Geruch zog in seine Nase. Nun gut, dachte er, von nichts kommt nichts. Kogler begann, die Salbe großflächig auf Armen, Brust und Bauch aufzutragen. Gerade als er sich seinen Beinen widmen wollte, stürmte plötzlich der Blacky zur Tür hinein und begann, wie verrückt zu miauen.

»Was ist denn, mein Schatz?«

Der Kater sprang wild hin und her. Als Kogler versuchte, ihn zu beruhigen, biss er ihm in die Hand. Erschrocken stellte Kogler die Salbe auf den Boden. Was war denn mit dem Blacky los? Das hatte er in all den Jahren noch nie gemacht. Er folgte seinem Kater, der noch immer komplett außer sich war. Konnte das was mit seinem neuen Katzenminzekissen zu tun haben? Kogler schüttelte den Kopf, während er die Treppe runter ins Wohnzimmer ging. Er holte das Kissen unter dem Tisch hervor und inspizierte es sorgfältig. Nein, nichts Auffälliges zu erkennen. Er setzte sich auf die Couch und nahm einen Schluck von dem Tee, den er sich mit der Minze zubereitet hatte, die er sich auf dem Heimweg aus der Reserve von der Maria besorgt hatte. Der Tee war zwar kalt, trotzdem war sie sofort wieder da – diese wunderbare Kasnudel-Note. Kein Zweifel, diese Minzsorte schmeckte ganz anders als die vom Benediktinermarkt. Kogler schaute zum Blacky hinüber, der sich inzwischen wieder etwas beruhigt hatte. Er saß am Ende der Treppe und fixierte ihn noch immer mit geweiteten Augen.

Kogler merkte, wie er zu schwitzen begann. Er ging zur Verandatür und öffnete sie, bevor er sich wieder vor den Laptop setzte und im Internet eine Botanikseite zum Thema Minze aufrief. Trotz offener Tür stieg die Hitze im Raum weiter an. Kogler trank seine Tasse Tee in einem Schluck aus und verglich die Minzblätter mit den Fotos auf der Webseite. Bei einer Abbildung hielt er inne. Sein Blick wanderte zwischen den Blättern in seiner Hand und der Abbildung aus dem Internet hin und her. Ja, das musste diese in der Höhe wachsende Sorte sein: »Poleiminze«, las er laut. Kogler runzelte die Stirn, davon hatte er noch nie etwas gehört. Er überflog die angefügte Beschreibung und blieb an einer bestimmten Formulierung hängen. Für einen Moment stockte ihm der Atem. Konnte das sein? Das würde ja bedeuten, dass ... Kogler sprang von der Couch auf und griff nach seinem Handy. Jetzt machte alles Sinn. Er musste handeln. Sofort. Doch mit einem Mal verschwamm alles vor seinen Augen, und ihm wurde schwindlig. Kogler setzte sich wieder und kniff die Augen zusammen. Irgendwie schaffte er es, die richtige Nummer zu wählen. Es klingelte. Koglers Mund war inzwischen komplett ausgetrocknet. Um ihn herum drehte sich alles.

»Kogelnig?«

Kogler wollte sprechen, brachte aber kein Wort heraus.

»Karl? Bist du das?«

»Kind«, brachte Kogler mit letzter Kraft hervor.

»Karl? Alles in Ordnung?«

»Tee«, stöhnte Kogler. »Nicht ... Kind ...« Dann fiel ihm das Telefon aus der Hand. Kurz darauf begann sein ganzer Körper zu zucken, er hatte keine Kontrolle mehr über ihn. Kogler fiel zu Boden. Er versuchte, in Richtung Veranda zu kriechen, doch seine Muskeln gehorchten ihm nicht mehr. Minutenlang lag er da, hilflos und bewegungsunfähig. Als die Zuckungen etwas nachgelassen hatten, blickte Kogler auf seine Hände und Arme. Überall sprossen dicke dunkle Haare. Er hatte das Gefühl, dass sein Kopf gleich explodieren würde. Während seine Augenlider unkontrolliert auf und zu flatterten, nahm er verschwommen wahr, wie seine Zehen- und Fingernägel rasant zu wachsen begannen. Kogler röchelte, er bekam nicht mehr richtig Luft. Verzweifelt griff er sich an den Hals, wo sich seine krallenartigen Nägel tief in die Haut bohrten. Blut spritzte auf den Teppich und färbte ihn rot. Auf einmal stand der Blacky neben ihm und schaute ihn mit seinen funkelnden grünen Katzenaugen scharf an. »Raus, du musst raus! Sofort!«, schrie der Kater ihn an. Kogler wollte seinem sprechenden Vierbeiner antworten, doch er brachte kein Wort hervor. »Raus sollst! Sofort!«, wiederholte der Blacky und fuhr ihm mit seinen Krallen über die Wange. »Ich versuch's ja!«, stöhnte Kogler mit letzter Kraft. Dann wurde es um ihn herum dunkel. Alles war pechschwarz. Die Welt hatte aufgehört zu existieren.

33.

Kogler öffnete seine Augen. Langsam schärfte sich sein Blick. Wo war er? Er lag unter einer riesigen Eiche in der Nähe von irgendeiner Straße. Kogler blickte an sich herab: Dichtes, glänzendes Fell bedeckte seinen ganzen Körper. Wo vorher seine Hände und Füße gewesen waren, ragten jetzt mächtige Pfoten mit messerscharfen Krallen hervor.

»So ein schöner Wolf!«, hörte er eine vertraute Stimme sagen. »Und dieses bläuliche Fell, wirklich beeindruckend.«

Kogler fuhr auf seinen vier Beinen herum. Dann erkannte er sie. Gütig schaute sie ihn an, während sie ihn sanft am Rücken streichelte.

»Oma?«

»Hallo, mein Liebling! Wie geht's dir?«

»Aber wie kann das sein? Wo bin ich?«, stammelte Kogler.

»Wo wir sind? Ich weiß es nicht, mein Schatz. Irgendwo in deinem Kopf. Du hast mich gerufen.«

»Was … was ist passiert, Oma?«

»Du hast's geschafft und bist schlussendlich über die letzte Grenze gegangen, mein Schatz. Deine Verwandlung ist damit vollendet.«

»Welche Verwandlung? Ich versteh nicht.«

Seine Großmutter kraulte Kogler hinter den Ohren. »Verstehst du's wirklich nicht, Karl? Du bist jetzt endgültig zum Wolf geworden.«

»Was redest du da, Oma?« Kogler merkte, wie sich seine Fellhaare am Rücken sträubten.

»Ist ja gut, mein Liebling«, beruhigte sie ihn, »du brauchst keine Angst zu haben, das nennt sich Schizophrenie.«

»Schizophren? Ich?«

»Überleg doch mal! Der schlechte Schlaf, die dunklen Träume ... Jeder reagiert anders auf Stress und Schicksalsschläge. Das war halt alles zu viel für dich: die Sache mit dem Strasser, die schwere Krankheit und der Tod von der Hanna, der Einbruch im Café Benny, die damit verbundene Schande, das ganze Gespött, das du ertragen hast müssen ... Da bist halt in eine andere Welt geflohn: zuerst nur in deinen Träumen, später dann auch im Wachzustand. Du hast zwar gedacht, dass du in den Nächten in deinem Bett liegen würdest, aber in Wahrheit bist umhergewandert, so wie es sich um diese Zeit für einen Wolf gehört. Und dann ... dann hast getötet.«

»Getötet? Ich hab niemanden getötet!«, presste Kogler hervor, der merkte, dass ihm das Sprechen immer schwerer fiel. Seine Großmutter sah ihn liebevoll an. Sie fuhr sich durch ihre strähnigen schlohweißen Haare und küsste ihn auf die Stirn. »Weißt das wirklich nicht mehr? Den Madritsch hast erstochen am Samstag in der Früh. Verständlich, denn den hast ja dein halbes Leben lang abgrundtief mit jeder einzelnen Faser deines Körpers gehasst. Da ist alles in dir hochgekommen, und du bist schlussendlich mitten in der Nacht aufgebrochen und den ganzen Weg zu ihm zu Fuß gelaufen. Und dann, als du aus Maria Wörth zurück warst, hast dein Gewand in der Garage versteckt, dich geduscht und hingelegt – so, als ob nie was passiert wär. Als du dann einige Minuten später aufgewacht bist, warst wieder der alte Karl Kogler. Und unglaublich müd, das weißt doch wenigstens noch, oder?«

»Ja, mag schon sein, dass ich müd war, aber ich war nie beim Madritsch, verdammt noch mal!« Kogler sprang ein Stück zurück und fletschte seine Zähne.

»Und wo ist dein großes Küchenmesser? Das von Ikea? Mit dem blauen Griff?«

»Keine Ahnung! Hab ich halt verlegt. Wenn ich's dir doch sag, ich war's nicht!«, stöhnte Kogler. »Nein! Nein! Nein! Oma, du irrst dich! Bitte, du musst mir glauben!« Kogler merkte, wie seine Stimme versagte. Statt Wörtern verließ ein Winseln seine Schnauze.

»Oh, wir bekommen Besuch. Ich muss dich jetzt verlassen, mein Schatz.« Koglers Großmutter kniete sich vor ihn hin und blickte ihm tief in die Augen. »Egal, was passiert, Karl, vergiss nie, dass ich dich über alles lieb!« Dann stand sie auf und verschwand in den Wald. Kogler sah ihr nach. Er versuchte, ihr etwas nachzurufen, doch außer wildem Geheul brachte er nichts hervor.

Kogler hörte Schritte. Er schaute zurück Richtung Straße. Vor seinen Augen begann es zu flackern, kleine Farbblitze sprangen auf und ab. Es dauerte ein wenig, bis es ihm gelang, seinen Blick zu fokussieren. Dann erkannte er ein männliches Gesicht, aus dem ihn geschwollene, blutunterlaufene Augen erschrocken anstarrten.

»Um Gottes willen! Was ist denn mit Ihnen passiert? Hallo! Können Sie mich hören?«

»Bastian Pastewka?«, krächzte Kogler.

»Ja, der bin ich, aber das ist jetzt nicht wichtig. Meine Güte! Sie sind ja fast komplett nackt! Sind Sie überfallen worden? Und wie Sie ausschaun! Sie bluten!«

»Rettung ... Arzt ...«

Der Bastian Pastewka zog sein Handy aus der Hosentasche. »Ja natürlich, sicher! Einen Moment, das haben wir gleich! Halten Sie durch!«

»Maa ... Maaa ...«, stöhnte Kogler. Dann versagte seine Stimme ein weiteres Mal. Mit letzter Kraft richtete er sich ein kleines Stück auf und sah an sich herunter. Sein Fell war verschwunden. Seine Hände, Füße und Unterhose: alles wieder da. Wenigstens etwas, dachte Kogler. Dann verlor er das Bewusstsein.

34.

»Da! Er hat seine Augen aufgemacht. Können wir mit ihm reden?«

»Versuchen Sie's«, sagte der Arzt.

Der Uwe Fruchtinger beugte sich über Kogler. »Karl, ich bin's, der Uwe. Du bist auf der Intensivstation. Kannst mich hören?«

»Die Maria. Die Krähe, die ins Fenster geschaut hat. Tee … Kind … ungeboren.«

»Er halluziniert wieder, Herr Chefinspektor«, sagte eine der beiden Krankenschwestern.

Kogler griff nach dem Hemdsärmel vom Leiter der Ermittlungsgruppe Leib/Leben. »Ich fantasier nicht, Uwe …«, flüsterte er. »Bitte, hör mir einfach zu!«

Der Uwe Fruchtinger beugte sich noch weiter nach vorn. »Keine Angst, Karl!«, sagte er mit ruhiger Stimme. »Entspann dich! Der Harald und ich hören dir ganz genau zu, versprochen!«

…

Kogler drehte gerade seine alte Polizeimütze nachdenklich in seinen Händen hin und her, als jemand an die Tür seines Krankenzimmers klopfte. Wenig später stand auch schon die Schwester Irmi vor ihm und lächelte ihn an. Kogler mochte die junge Frau. Die hatte ihm heut sogar eine Wurstsemmel aus der Kantine ins

Zimmer geschmuggelt, und das, obwohl er streng genommen nur Essen aus der Diätküche zu sich nehmen durfte. »Für den Kommissar Rex«, hatte sie zu ihm gesagt, als sie die Semmel mit einer eleganten Handbewegung in der Schublade von seinem Betttisch hatte verschwinden lassen. Großes Augenzwinkern inklusive. Ja, die Schwester Irmi war schon in Ordnung. Absolut. Keine Frage.

»Sie haben Besuch, Herr Kogler.«

»Hab gedacht, ich darf erst ab morgen welchen empfangen?«

»Ja, das stimmt schon, aber bei der Polizei machen wir eine Ausnahme. Ist alles mit dem Herrn Primar abgesprochen.«

Hinter ihr betrat der Harald Pinter den Raum. Er bedankte sich bei der Krankenschwester und schloss, nachdem diese wieder auf den Gang gegangen war, die Tür hinter sich. Er nahm sich einen Stuhl und setzte sich neben Kogler ans Bett.

»Junge, Junge! Was ist denn mit deinem Bart passiert?«

»Haben sie abrasieren müssen, zumindest teilweise, als sie mich intubiert haben. Danach hab ich wie ein gerupftes Huhn ausgesehen, da hab ich ihn gleich ganz abrasieren lassen. Schaut's sehr schlimm aus?«

Der Harald Pinter lachte und schüttelte den Kopf. »Nein, überhaupt nicht! Schaust ja fast wieder aus wie ein junger Mann. Aber sag, Karl, viel wichtiger, wie geht's dir denn? Hab gedacht, ich schau mal bei dir vorbei, jetzt, wo du endgültig über den Berg bist.«

Kogler legte die Polizeimütze neben sich aufs Bett und bediente den eingebauten Motor, sodass er darin aufrechter liegen konnte. Er schüttelte seinem alten Bekannten die Hand. »Danke, das ist lieb von dir, Harald! Ja, mir geht's eigentlich ganz gut, kann wieder normal essen und sogar schon allein aufs Klo gehen. Hin und wieder ist mir noch ein bisschen schwindlig, aber sonst passt's so weit.« Kogler deutete auf den Infusionsständer neben sich. »Nur diese Dinger nerven gewaltig, ich hab schon ganz geschwollene Finger von dem Zeug.«

Der Harald Pinter klopfte Kogler auf die Schulter. »Sehr gut, Karl, das freut mich zu hören. Na ja, warst ja schon immer ein zäher Teufel! Kannst dich eigentlich überhaupt noch erinnern, dass der Uwe und ich bei dir auf der Intensivstation waren und mit dir geredet haben?«

»Wurde mir später erzählt, aber ich selbst hab da überhaupt keine Erinnerung mehr dran.«

»Ja, warst ziemlich neben dir, aber doch noch klar genug, um uns das Wichtigste mitzuteilen. Dass wir kurz darauf die Eva Madritsch verhaftet haben, hast bestimmt gehört, oder? Und dass es der Maria und ihrem ungeborenen Kind gut geht?«

Kogler nickte.

»Ja, dann erzähl ich dir nur ganz kurz ein paar Details. Hab mir gedacht, die würdest gern aus erster Hand hören. Aber vorher ...« Der Leiter der Dienststelle Velden griff in seine Jacke, zog zwei große Karten hervor und überreichte sie Kogler. »Die mit der Katze ist von uns und die andere, wo ›Gute Besserung!‹ draufgedruckt ist, vom LKA.«

»Echt, vom LKA?«

»Ja, der Uwe lässt sich übrigens entschuldigen. Der wär gern mitgekommen, hat aber zu einem Kongress nach Wien müssen.«

Kogler betrachtete die beiden Glückwunschkarten. Auf beiden hatten unzählige ehemalige Kollegen unterschrieben.

»Ja, Karl, die kommen von Herzen. Die Leut sind alle heilfroh, dass du's überlebt hat. In den letzten Tagen hast dir einiges an Respekt verdient bei den ganzen Kollegen: wie du die Blaue-Wolf-Sache gelöst und dann auch noch die Eva Madritsch überführt hast ... Sagen wir mal so, so schnell wird keiner mehr dumme Bemerkungen wegen der Einbruchsgeschichte machen. Das ist jetzt schon so gut wie Schnee von gestern, wenn du verstehst, was ich mein.«

»Meinst echt?«

»Ja, mein ich.«

Kogler gab dem Harald Pinter die beiden Glückwunschkarten zurück und bat ihn, sie auf den Tisch zu legen. Dort stapelten sich neben einer Reihe von Blumensträußen und Süßigkeitenpackungen bereits verschiedenste Billets mit Gute-Besserung-Wünschen.

»Hat die Beate gemacht.« Kogler deutete auf eine bunte Kinderzeichnung, die an einer der Vasen lehnte. »Das sind sie, die Yvonne, der Gerhard und der Archie.«

Der Harald Pinter betrachtete die Zeichnung. »Wer ist der Archie?«

»Der Hund ganz rechts ...«

Der Harald Pinter schmunzelte. »Ach so, das soll ein Hund sein. Na ja, mit ein bisschen Fantasie ...« Er hob die große DVD-Box hoch. »Und das?«

»Die ist vom Pastewka. Komplettausgabe von seiner Serie. Alle neun Staffeln, Luxusedition, mit persönlicher Widmung.«

»Nicht schlecht.« Der Harald Pinter pfiff durch die Zähne. »Der hat's dank dir übrigens auf die Titelseite von der Bild-Zeitung geschafft. ›Unser Held! Bastian Pastewka rettet Kärntner Hexenopfer das Leben!‹ So oder so ähnlich haben die's betitelt.«

Kogler lächelte leicht gequält. »Na ja, grundsätzlich stimmt's ja. Ohne den Pastewka wär ich dort am Straßenrand wohl in die ewigen Jagdgründe eingegangen. Viel hätt nicht mehr gefehlt, haben mir die Ärzte gesagt.«

Der Harald Pinter nickte. »Ja, das war wirklich verdammt knapp. Die Madritsch hat sich auch wirklich große Mühe gegeben, dich um die Ecke zu bringen. Bei der hast übrigens im Großen und Ganzen mit allem recht gehabt. Die hat ihren Mann tatsächlich wegen der Schwangerschaft von der Maria umgebracht, aber am Ende war das dann doch keine klassische Eifersuchtsgeschichte, wie man annehmen sollt.«

»War's nicht?«

»Nein, ihr Mann hat ihr das nämlich schon vor Wochen alles gestanden, und die beiden haben sich sogar geeinigt, demnächst bei einem Notar mit der Maria einen Vertrag aufzusetzen, in dem sie auf alle Ansprüche gegenüber dem Ehepaar verzichten sollte. Dafür hätt sie 300.000 Euro bekommen und für das Kind noch mal die gleiche Summe über ein Treuhandkonto, auszahlbar bei Volljährigkeit.«

Kogler war überrascht. »Und was ist dann schiefgegangen?«, fragte er.

»Tja, wie das Leben so spielt, ist dann alles anders gekommen. Dazu sei gesagt, dass die Madritsch immer Kinder haben wollt, aber ihr Mann da strikt dagegen war. Aber als dann die Maria von ihm schwanger war, hat er wohl eine ganz neue Seite in sich entdeckt. Hat im Geheimen geplant, sich scheiden zu lassen, das Kind anzuerkennen und mit der Maria eine offizielle Beziehung anzufangen.«

»Und seine Frau hat's rausgefunden ...«

»Ganz genau, die hat sich eines Tages in seinen privaten Laptop eingeklinkt und den E-Mail-Verkehr angeschaut. Der Madritsch dürft nicht grad die raffiniertesten Passwörter gehabt haben, so nebenbei ... Aber egal, und was findet seine Frau da? Liebesbekundungen an die Maria und allerlei Korrespondenz zwischen ihm und seinem Notar, in der die beiden die Scheidungsmodalitäten besprechen.«

»Hatten die einen Ehevertrag?«

»Nein, die Madritsch hätt anständig geerbt, aber das war ihr anscheinend egal. Weißt ja, gekränkter Stolz und so ... Und na ja, da hat sie beschlossen, die ganze Sache anders zu lösen: endgültig, wenn du so willst. Und als sie vor zwei Wochen am Mittwoch in der Wörthersee Post die Blaue-Wolf-Story gelesen hat, hat sie den richtigen Zeitpunkt kommen gesehn.«

»Da hat sie den Mord geplant und begonnen, die Maria mit dieser Poleiminze zu versorgen, von der sie gewusst hat, dass die abtreibend wirkt und hoch genug dosiert zu Fehlgeburten führt.«

»Nicht ganz, diese speziellen Minzblätter hat sie der Maria schon viel länger gegeben, schon seit sie von der Schwangerschaft erfahren hat.«

Kogler schüttelte den Kopf. Unglaublich, zu was so ein gekränkter Stolz die Menschen verleiten konnte. Er nahm den Faden vom Harald Pinter auf: »Sie fährt also zum Wochenendhaus und stattet ihrem Mann dann Samstag in aller Früh einen Überraschungsbesuch ab. Das Verandaschloss stellt für sie natürlich kein Problem dar, die normale Eingangstür meidet sie, weil das sonst Fragen hätte aufwerfen können. Dann ersticht sie ihn und platziert das Bekennerschreiben, bevor sie zurück ins Guttaringer Bergland fährt.«

Der Harald Pinter stand auf und ging zum Fenster. Er lehnte sich an die Wand und nickte. »Ja, genau so war's.«

»Und die Leiche von ihrem Mann wollt sie verbrennen lassen, um einen DNA-Test unmöglich zu machen, falls das mit der Poleiminze nicht funktioniert hätt.« Kogler nahm einen Schluck Kräutertee aus der Tasse, die auf seinem Bettkästchen stand.

»So ist's, weil nach neuem EU-Gesetz sind auch uneheliche Kinder voll erbberechtigt«, bestätigte der Chefinspektor. »Was anderes. Hast eigentlich mit der Maria sprechen können? Die hat übrigens bei deiner Tochter Alarm geschlagen nach deinem Anrufversuch bei ihr, hat gedacht, dass du einen Schlaganfall gehabt hast.«

»Ja, hab heut kurz mit ihr und dem Sepp am Telefon geplaudert. Hab's ja die meiste Zeit ausgeschaltet, unglaublich, wie viel Leut zurzeit versuchen, mich zu erreichen. Bin wirklich froh, dass es der Maria gut geht.« Kogler leerte seine Teetasse. Die Maria war aus allen Wolken gefallen und von der Polizei schnurstracks auf die Gynäkologie gebracht worden. Dort hatte es dann Gott sei Dank Entwarnung gegeben. Das in der Poleiminze enthaltene Pulegon-Gift hatte, außer dass dadurch Marias verstärktes Erbrechen und der bei der Untersuchung gemessene erhöhte Blutdruck erklärt werden konnten, noch keinen Schaden angerichtet.

»Ja, den Namen Kräuterhexe hat sie sich wirklich redlich verdient, die Madritsch«, stellte der Harald Pinter fest, als er wieder neben Koglers Krankenbett Platz nahm. »Und das, was sie dir in deine Salbe gemischt hat, hätt im Normalfall dafür gereicht, einen ausgewachsenen Bären zu töten. Ein Wunder, dass du das überlebt hast, Karl – der Toxikologe hat gesagt, dass er noch nie so eine hoch konzentrierte Kräutergiftmischung gesehn hat: Tollkirsche, Blauer Eisenhut, Alraune, Bilsenkraut, Stechapfel, gefleckter Schierling und weiß der Teufel was noch. Allein die große Menge an Eisenhut hätt normalerweise gereicht, dich umzubringen.«

Kogler dachte an den Blacky. Er hoffte, dass es seinem Lebensretter gut ging. Aber die Yvonne schaute ja jeden Tag zweimal nach ihm, das würde also schon passen, schließlich war der Blacky ja erwachsen und kein kleines Kätzchen mehr.

»Mir hat einer deiner Ärzte gesagt, dass, wenn du dich mit diesem Zeug wirklich am ganzen Körper eingeschmiert hättest, wie von der Madritsch aufgetragen, nix mehr zu machen gewesen wär.«

»Ja, das hab ich dem Blacky zu verdanken.«

Der Harald Pinter schaute erstaunt. »Dem Blacky?«

»Ja, der hat das wohl gespürt oder gerochen, keine Ahnung. Ist komplett ausgeflippt, als ich's aufgetragen hab. Darum hab ich abgebrochen.«

»Schlaues Tier!«, sagte der Harald Pinter, der sichtlich beeindruckt war. Kogler konnte dem nur zustimmen. Er erinnerte sich auch noch an die Worte, die, als er auf dem Wohnzimmerboden gelegen hatte, aus dem Maul vom Blacky gekommen waren: »Raus, du musst raus! Sofort!« Kogler wusste natürlich, dass er da bereits halluziniert hatte, aber andererseits … was wusste man schon.

»Kannst dich eigentlich noch erinnern, wie du zur Straße gekommen bist? Das waren ja immerhin fast hundert Meter.«

Kogler schüttelte den Kopf. Nein, er hatte keinen blassen Schimmer. Er erinnerte sich nur noch an das Gespräch mit seiner verstorbenen Großmutter. Schizophren sei er. Voller Schmerz und Wut. Fähig zu einem Mord. Schlimm, was einem das eigene Unterbewusstsein für Streiche spielen konnte. Wobei das mit der Überforderung und der Verdrängung ungeliebter Gefühle sicherlich nicht ganz von der Hand zu weisen war.

Kogler merkte, wie ihm langsam die Augen zufielen. Die Infusionen begannen zu wirken.

Der Harald Pinter stand auf und drückte Koglers Hand. »So, mein Lieber, jetzt brech ich aber auf und lass dich in Ruh. Du schaust müd aus, am besten schläfst du ein bisschen und schaust, dass du weiter zu Kräften kommst.«

Kogler nickte. Der Harald Pinter deutete zum Abschied auf die abgetragene Polizeimütze, die neben Koglers Polster lag. »Wo kommt die denn eigentlich her?«, fragte er.

»Ein Geschenk vom Goran. Er hat gemeint, ein echter Polizist wie ich bräucht seine alte Polizeimütze zurück.« Er lächelte glücklich. »Wenn ich raus bin, treffen wir uns und reden in Ruhe über alles.«

»Das ist schön, Karl! Das freut mich für euch beide. Wirklich!«

• • •

Eine hitzige Diskussion auf dem Gang weckte Kogler auf. Verschlafen versuchte er, die schrillen Frauenstimmen zu verstehen, die durch die geschlossene Tür zu ihm ins Zimmer drangen. Wenige Sekunden später flog die Tür auf, und die Staatsanwältin Pokorny rauschte an der hilflos dreinschauenden Schwester Irmi vorbei in sein Krankenzimmer. Sie schloss die Tür hinter sich, marschierte zu seinem Bett und baute sich vor ihm auf.

»Ein beschissenes Foto von ihm und seiner dämlichen Katze war in dem Schließfach! Das war's!«, herrschte sie ihn an.

Kogler stellte sich dumm. »Wie bitte? Ich versteh nicht?«

»Da war keine Waffe!«

»Nicht?«

Die Gisela Pokorny beugte sich zu Kogler nach vorne und knirschte mit den Zähnen. Ihr Gesicht war rot angelaufen. »Nein, da war gar nix außer diesem dummen Fotoausdruck! Sie können Ihrem Idioten von einem Greidl sagen, dass er sich in Zukunft seine Informationen sonst wo hinstecken kann!« Die Staatsanwältin richtete sich auf. »Und von Ihnen will ich in den nächsten Monaten auch nix mehr hören! Kein einziges Wort!«, setzte sie nach. Dann verließ sie grußlos das Zimmer und schmiss mit einem lauten Knall die Tür hinter sich zu.

Kogler lächelte. In seinem ganzen Körper machte sich ein wohliges Gefühl breit. Er blickte aus dem Fenster. Fast schien es so, als würde die große Wolke, die dort am Himmel stand, die Gestalt eines Katzenkopfs annehmen.

»Das war für dich, Hannibal!«, flüsterte Kogler. Das Katzengesicht schien ihm zuzunicken. Kogler nickte zurück. Dann schlief er wieder ein.

35.

Eine knappe Woche später stand Kogler am Grab der Hanna auf dem Veldener Friedhof. Der kalte Wind fuhr über seine Stirn. Ein klassischer früher Novembertag. Kogler stellte seinen Jackenkragen auf und zog sich seine Mütze tief ins Gesicht, sodass beide Ohren von der wärmenden Baumwolle komplett bedeckt waren.

Kogler richtete ein weiteres Mal die gelben Rosen in der Vase aus. Die waren jetzt natürlich nicht gerade typische Friedhofsblumen, aber seine Frau hatte diese über alles geliebt. Kogler stand auf und betrachtete sein Werk. Er war zufrieden. Die Rosen machten sich wunderbar inmitten der unzähligen blauen, violetten und weißen Astern, die er am Grab hatte pflanzen lassen. Die verschiedenen Kerzen, die andere Besucher vor einigen Tagen an die letzte Ruhestätte von der Hanna gestellt hatten, brannten noch sanft vor sich hin.

Fast eine Stunde hatte Kogler mit seiner verstorbenen Frau gesprochen. Zuerst war er sich dabei etwas seltsam vorgekommen, aber dieses Gefühl hatte sich schnell verflüchtigt. Immerhin redete er ja seit dem Tod von der Hanna in Gedanken immer wieder mit ihr, warum sollte er das dann auch auf einem Friedhof anders halten? Außerdem war er der einzige Besucher. Kein Wunder, vor drei Tagen war ja auch erst Allerseelen gewesen, an dem unzählige

Einwohner ihren Lieben hier am kleinen Veldener Friedhof ihre Aufwartung gemacht hatten.

»Also, mein Schatz!«, sagte Kogler leise. »Entschuldige noch mal, dass ich's am zweiten November nicht geschafft hab.« Er rupfte ein kleines Büschel Unkraut aus der Ecke des Grabs. »Ich hab dir ja jetzt alles erzählt. Wie gesagt, mir geht's so weit wieder gut, die Ärzte haben gesagt, dass ich alles überstanden hab. Schonen soll ich mich halt noch ein wenig, und das werd ich auch, versprochen ...« Kogler räusperte sich. »Aber zwei Sachen wären da noch, die ich dich gern fragen möcht.« Kogler trat unruhig von einem Bein auf das andere. Das, was nun kommen würde, hatte er sich extra bis zum Schluss aufgehoben. Er nahm zwei tiefe Atemzüge. Es half nichts, dachte er, es musste sein – er konnte damit nicht mehr länger warten. »Hanna, du weißt ja, wie sehr ich dich vermiss. Jeder Tag ohne dich war und ist für mich eine Qual. Aber, na ja ...«, Kogler setzte eine kurze Pause und schluckte, »sosehr du uns auch fehlst, dem Blacky und mir, und so einsam es ohne dich bei uns im Haus ist, es ist jetzt wohl langsam an der Zeit, dass wir alle wieder nach vorn schaun und das Beste aus der neuen Situation machen. Versteh mich bitte nicht falsch, mein Schatz, aber ich glaub, dass die Yvonne damit recht hat, dass ich einfach loslassen muss. Ich mein, natürlich vermissen wir dich alle schrecklich, jeden Tag, aber das Leben geht halt weiter: Die Yvonne und der Gerhard finden grad wieder zueinander, die Beate wird auch immer größer.« Kogler kratzte sich unter seiner Mütze. Er merkte, wie er abschweifte. Er musste zum Punkt kommen. »Also, mein Schatz, und da hab ich mir gedacht, dass ich die Beate hin und wieder zu mir nehm, für ein Wochenende, oder so, damit die Yvonne und der Gerhard mehr Zeit für sich haben. Und weißt, ich denk, so ein eigenes Kinderzimmer würd sie freun, dann muss sie nicht im Gästezimmer schlafen und hätt auch reichlich Platz. Du weißt ja, wie klein das ist, und außerdem kann's ja sein, dass ihre Eltern auch mal über Nacht bleiben wollen. Darum wär jetzt die Idee, dein altes Zimmer auszuräumen. Natürlich behalt ich alle Sachen, es kommt nix weg. Und dann richt ich alles für die Beate her, kindergerecht halt: neues Bett, Spielecke, such mit ihr Poster aus ... solche Sachen halt. Und dem Blacky stell ich dann noch einen neuen großen Kratzbaum rein. Kennst die beiden ja, die sind ja auch ganz dick miteinander.«

Der Wind ließ etwas nach, und der Nebel lichtete sich ein wenig. Kogler nahm seinen ganzen Mut zusammen. »Das ist das eine. Ich bin mir sicher, dass du das ähnlich siehst, warst ja auch immer praktisch veranlagt.« Kogler setzte eine längere Pause. Keine Antwort. Natürlich. Was hatte er auch erwartet?

»Und dann muss ich dir noch was sagen, mein Schatz. Ich hab dir ja von der Susanne Mahringer erzählt, du weißt schon, die Journalistin, die mir beim Fall geholfen hat. Und na ja, weißt du ... wie soll ich sagen ... ich mag sie irgendwie.« Kogler hüstelte. »Nicht, dass da was wär zwischen uns, nein, nein, aber sie ist wirklich eine ganz Nette und ... und ich verbring gern Zeit mit ihr. Und, na ja, ich wollt dir nur sagen, dass ich hoff, dass du nicht bös bist, falls sich da doch mal ein bisschen mehr entwickelt zwischen uns.«

Kogler senkte seinen Blick. Als er wieder aufschaute, fiel ein kleiner Sonnenstrahl auf den Grabstein von der Hanna. Die Wolkendecke war aufgebrochen, und der Nebel verschwand langsam. Kogler wischte sich eine kleine Träne aus dem Auge. »Danke, Hanna!«, flüsterte er mit heiserer Stimme. »Ich hab gewusst, dass du mich verstehn würdest.«

Epilog

Rund eineinhalb Monate später …

Dicke Nebelschwaden hingen über dem Klagenfurter Christkindlmarkt. Der Geruch von Glühwein und Lebkuchen stieg in die Nasen der zahlreichen Besucher. Die Maria nahm einen Schluck von ihrem Kinderpunsch und kniff ihre Augen zusammen.

»Schau, da drüben am Buschenschank-Stand steht der Karl mit der Mahringer.« Sie erhielt keine Antwort, stattdessen schaute sie ihr Begleiter verliebt an. Die Maria lächelte. Sie hatte ein gutes Gefühl. Vielleicht hatte sie zur Abwechslung wirklich einmal die richtige Entscheidung getroffen. »Und schau, irr ich mich, oder halten die beiden Händchen?«

»Tun sie«, sagte ihr Begleiter, der nur ganz kurz seinen Blick abgewandt hatte und ihr nun wieder tief in die Augen schaute. Er umfasste ihre Hand mit den seinen. Die Maria lächelte ihn an. »Na ja«, sagte sie, »wünschen würd ich's dem Karl ja, dass das was wird.« Sie strich sich über ihren Bauch. »Und bist dir wirklich sicher, dass du das mit uns durchziehn willst?«

Marias neuer Freund legte ihr seinen Finger auf den Mund. Dann küsste er sie liebevoll. Die Maria fühlte ein warmes Gefühl in ihrem Bauch, und das kam eindeutig nicht vom Kinderpunsch. Sie sah den groß gewachsenen Mann dankbar an und streichelte seine Wange. Süß sah er aus mit der bunten Anden-Strickmütze auf dem Kopf, die sie ihm vorher bei einem anderen Stand gekauft hatte. Dann sagte sie: »Aber dem Papa sagen wir noch nix, in Ordnung? Da warten wir noch ein bisschen ab.«

»Ja, tun ma warten bissi«, antwortete der Branko. »Noch nix sagen Chef. Nix Sorgen machen, Maria. Alles gut. Später werden ma scho machen.«